Ruben Eliassen

PHENOMENA

3. Buch

Das verlorene Herz

Aus dem Norwegischen von
Sabine Richter

Deutscher Taschenbuch Verlag

Ruben Eliassen in der *Reihe Hanser* bei dtv:

»Phenomena – Die Auserwählten der Prophezeiung« (dtv 62397)
»Phenomena – Das Auge des Parados« (dtv 62398)

Die Übersetzung des Buches wurde gefördert durch NORLA.

Das gesamte lieferbare Programm der *Reihe Hanser*
und viele andere Informationen finden Sie unter
www.reihehanser.de

Deutsche Erstausgabe
In neuer Rechtschreibung
März 2010
Deutscher Taschenbuch Verlag GmbH & Co. KG,
München

Titel der Originalausgabe: ›Phenomena – Det tapte hjertet‹
(Gyldendal Norsk Forlag AS, Oslo)

Umschlagillustration: Eva Schöffmann-Davidov
Innenillustrationen und Karten: Ruben Eliassen
Gesetzt aus der Meridien 11,75/14'
Gesamtherstellung: Druckerei C. H. Beck, Nördlingen
Gedruckt auf säurefreiem, chlorfrei gebleichtem Papier
Printed in Germany · ISBN 978-3-423-62436-7

Das größte Abenteuer ist weder das, was vor uns liegt,
noch das, was hinter uns liegt.
Das größte aller Abenteuer ist in uns.

Königinstraße
Statue des Stadtgründers
Olav Tryggvason
Königstraße
Einkaufszentrum
Trondheim Torg
Königstraße
N
Prinzenstraße
Mönchstraße
Prinzenstraße
Mönchstraße
Kalvskinnet
Bischofstraße
Bischofstraße
Nidaros-Dom

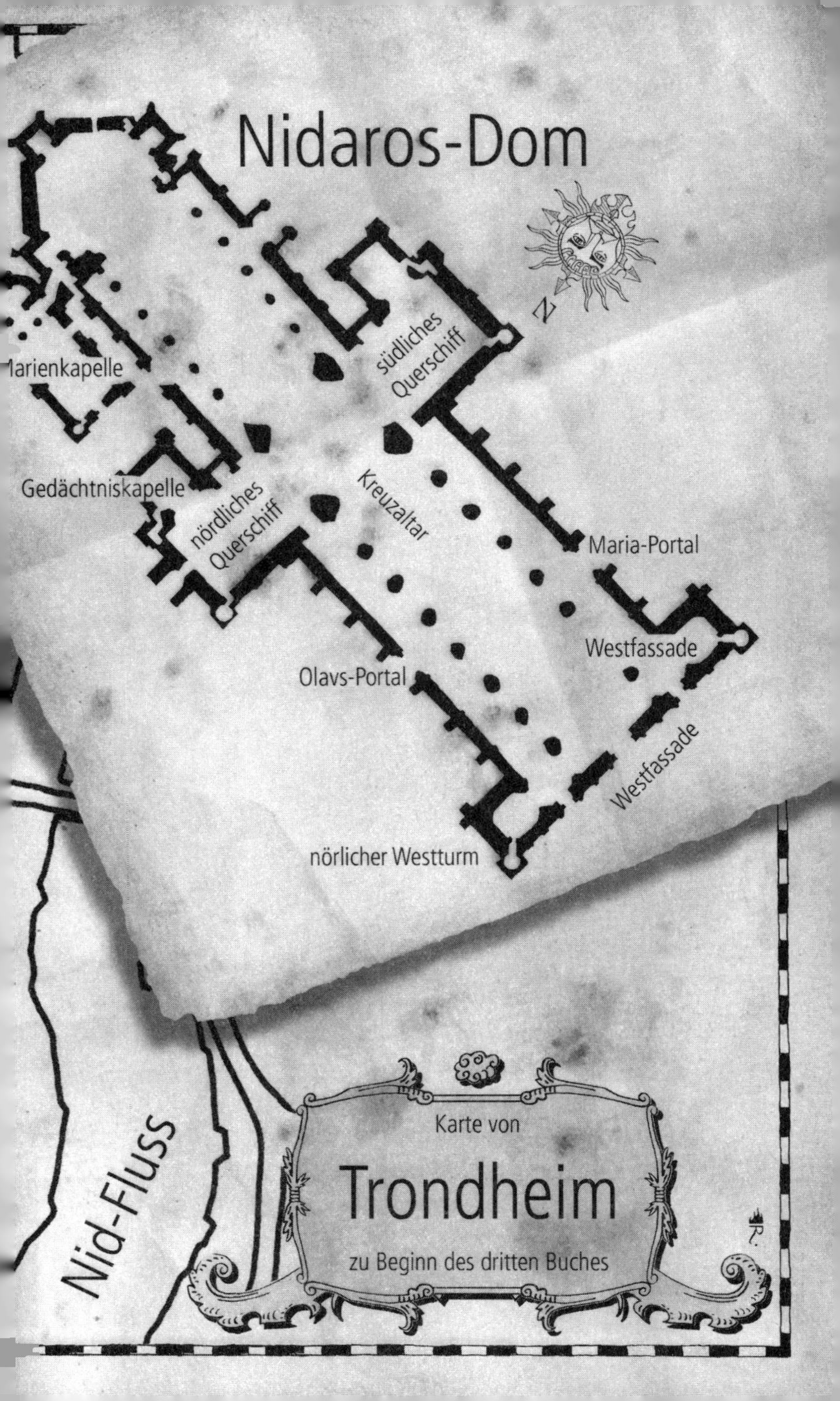

Nidaros-Dom
N
Marienkapelle
südliches Querschiff
Gedächtniskapelle
nördliches Querschiff
Kreuzaltar
Maria-Portal
Westfassade
Olavs-Portal
Westfassade
nörlicher Westturm
Nid-Fluss
Karte von
Trondheim
zu Beginn des dritten Buches

Für Hilde Katrine, die mich mehr liebt, als ich es verdiene. Und für Leo Caspian und Joachim, zu denen meine Liebe über den Himmel hinausgeht.

Inhalt

DER WIND DREHT

ALDRA

FREIHEIT UND LEBEN

Eine neue Welt

Die Schrift an der Wand

Ein kalter Wind wehte durch die Dämmerung, und dort, wo der Nid-Fluss verschwand, leuchtete die Sonne matt am Horizont. Regen lag in der Luft, und die schneidenden Böen fegten über die steinernen Engel und drückten das Gras, das um die Gräber herum wuchs, auf die feuchte Erde.

Im Schatten der Kirche schien der Wind noch kälter. Die hohen Turmspitzen zeichneten schwarze Schatten auf den Boden und behinderten die Sicht auf der Brücke, die zum Stadtzentrum führte. Die vorbeifahrenden Autos kämpften sich im Schritttempo voran, und es schien nur noch eine Frage der Zeit, bis der Verkehr ganz zum Erliegen käme.

Jetzt fuhr ein großer roter Bus über die Brücke, blinkte und bog zur Seite ab. Gegenüber dem Nidaros-Dom hielt er an. Die Türen öffneten sich, und drei Gestalten stiegen aus. Regungslos warteten sie, bis der Bus weitergefahren war; dann schauten sie sich vorsichtig um, um sicherzugehen, dass sie niemand beobachtete.

Die Luft war rein. Sie nickten einander kurz

zu und liefen los: über den Rasen und weiter auf dem Weg, sprangen die kleine Steintreppe hinunter und verschwanden schließlich im schwarzen Kirchenschatten. Das Geräusch von Rucksäcken, die vorsichtig auf dem Boden abgelegt und geöffnet wurden, war kaum zu vernehmen, weil der Wind unerbittlich durch die Bäume fuhr, die sich bedrohlich stark in Richtung Dom bogen. Ihre Blätter raschelten unheimlich. Zwei der Gestalten sahen sich ängstlich um.

»Seid ihr nervös?«, fragte Millian leise. Sie trug eine schwarze Hose, einen Kapuzenpullover und wie die anderen eine dunkle, dicke Jacke. Die Kapuze hatte sie sich tief ins Gesicht gezogen.

Conrad schob seine Kapuze etwas weiter nach hinten, um besser sehen zu können. Die Sommersprossen auf seiner schmalen Nase bewegten sich, als er Millian zuflüsterte, dass sie sich keine Sorgen machen sollte. Er pustete sich die blonden Stirnlocken aus dem Gesicht und nahm eine Spraydose aus dem Rucksack, die er an Joachim weitergab.

Joachim lächelte zaghaft.

»Denk dran: Es muss eine zusammenhängende Kante um die ganze Kirche herum werden, sonst funktioniert es nicht«, meldete sich Millian wieder zu Wort.

»Das hast du schon gesagt«, sagte Conrad gereizt.

Das Mädchen zuckte mit den Schultern. »Es ist noch nicht zu spät auszusteigen«, sagte sie leise.

»Jetzt hör endlich auf!«, zischte Conrad. »Ich habe gesagt, dass ich mitmache, und wenn ich ›Ja‹ sage, dann meine ich das auch. Auch wenn …« Er ließ den Rest des Satzes in der Luft hängen.

»Auch wenn es besser gewesen wäre, Trondheim gegen Molde spielen zu sehen«, ergänzte Joachim mit einem breiten Lächeln.

Conrad grinste.

Millian allerdings schüttelte resigniert den Kopf. Sie wollte hier rasch fertig werden. Der Auftrag, den sie bekommen hatten, war wichtig, und sie spürte eine merkwürdige Unruhe in sich. Sie war angespannt und fahrig – ihr Gefühl sagte ihr, dass gleich etwas passieren würde. Normalerweise vertraute Millian ihrem Bauchgefühl und müsste die beiden deshalb eigentlich warnen. Doch die Jungen waren schon nervös genug, auch ohne ihre Vorahnungen. Deshalb beschloss Millian, ihnen nicht zu zeigen, dass sie Angst hatte.

Die Spraydosen gaben einen zischenden Ton von sich, als die drei Kinder damit begannen, an der gesamten Kirchenwand entlang eine durchlaufende Borte zu sprühen. Millian bewegte sich rasch vorwärts, um den südlich gelegenen Westturm herum und zum Maria-Portal hin, während die beiden anderen sich die andere Seite vornahmen. Wenn Joachim und Conrad das Tempo hielten, würden sie sich in gut einer Stunde auf halber Strecke wiedertreffen.

Die ruhelosen Gedanken machten Millian noch immer zu schaffen. Deshalb gab sie sich ganz besonders viel Mühe, die Zeichen, aus denen sich ihr Bortenteil an der Wand zusammensetzte, beim Sprayen sorgfältig aneinanderzuhängen. Sie konzentrierte sich so sehr auf ihre Aufgabe und auf die Gedanken, die ihr durch den Kopf schwirrten, dass sie die leichten Schritte auf dem Kiesweg nicht wahrnahm. Erst als die erste Spraydose leer war und sie den Verschluss der zweiten Dose, die sie in der Jackentasche hatte, abnahm, merkte Millian, dass hier tatsächlich etwas nicht stimmte: Die Luft vibrierte vom schweren Atem einer Person, die offenbar nicht weit entfernt war. Panik ergriff sie wie ein Peitschenschlag: Jemand war auf dem Weg zu Joachim und Conrad.

Millian blieb ganz still hocken und versuchte, die Geräuschfetzen zu erlauschen, die der Wind in ihre Richtung trug. Doch egal, wie sehr sie sich anstrengte: Es war unmöglich. Erst der erstickte Schrei und der Schlag, der klang, als würde jemand auf der anderen Seite des Domes gegen die Wand geworfen, waren klar verständlich. Millian zuckte zusammen und drückte sich gegen die Wand.

Dann hörte sie die Stimme eines Mannes – so leise, dass kein menschliches Ohr sie wahrnehmen konnte, doch ihr gelang es, wenigstens einen Teil zu erlauschen. Entschlossen konzentrierte Millian sich auf die Vibrationen in der Luft und filterte die Töne heraus, die der Wind mit um die Ecke trug. Tatsächlich wurde die Stimme deutlicher, und sie verstand … Millian sperrte die Augen auf, und ihr schmales Gesicht erbleichte. Das schwarze Haar, das ihr in die Augen fiel, ließ ihre Haut plötzlich noch weißer erscheinen.

Rasch zog das Mädchen Schuhe und Strümpfe aus. Nicht einmal die Kälte spürte sie, so groß war ihre Angst. Dann setzte Millian probeweise einen Fuß gegen die glatte Kirchenmauer und suchte mit den Händen nach Halt. Ihre Finger und Füße passten sich den Unebenheiten des Talksteins perfekt an, und sie bewegte sich rasch und elegant wie eine Eidechse nach oben und über das Dach hinweg zur anderen Seite der Kirche, wo sie ihre beiden Freunde vermutete. Flach an die Ziegel gedrückt robbte Millian langsam in Richtung Dachrinne, um hinunter auf den Kirchhof spähen zu können.

»Wer bist du?«, zischte der Mann und hielt Conrad fest an die Wand gedrückt.

Millian sah, wie Conrad verzweifelt versuchte, sich aus seinem Griff zu winden, doch der Priester, der ihn festhielt, war stark. Conrads Blick schweifte hin und her, er versuchte jedoch, sich nichts von seiner Angst anmerken zu lassen.

»Ich habe dich etwas gefragt!«, sagte der Mann drohend und beugte sich zu ihm hinunter. »Bist du allein?«

Conrad nickte. »Ja. Ich bin allein. Ganz allein.«

Die Lüge machte seine Stimme unsicher. Millian hoffte inständig, dass nur sie das bemerkt hatte.

»Bist du dir sicher?«, fragte der Priester noch einmal mit gepresster Stimme.

Conrad wich dem drohenden Blick des Mannes aus – er machte ihm Angst. Schweißperlen traten ihm auf die Stirn, und Millian beobachtete, wie ihr Freund fieberhaft nach einer Antwort suchte. Schließlich entschied er sich für die Flucht nach vorn.

»Hören Sie zu!«, antwortete Conrad keck. »Das ist doch nur ein bisschen Graffiti. Wenn Sie wollen, komme ich morgen wieder und wasche das Zeugs ab.«

Der Priester hob die schwarzen Augenbrauen, aber Conrad setzte seine Unschuldsmiene auf.

»Ich kann Ihnen die Telefonnummer von meinen Eltern geben«, schlug er vor.

»Halt den Mund!«, zischte der Priester und schlug Conrad mit der flachen Hand ins Gesicht, sodass sein Kopf unsanft gegen die Wand schlug.

Millian schluckte. Denn jetzt hatte sie erkannt, wem Conrad da in die Fänge gegangen war: Pater Torquemada, ihrem Onkel.

Er war der Einzige, vor dem sie wirklich Angst hatte.

Panisch schob sie sich hinter einen der steinernen Wasserspeier an den Strebepfeilern des Turmes.

Die Luft begann erneut zu vibrieren. Millian wusste, was das zu bedeuten hatte: Pater Torquemada versuchte, alle in der Luft liegenden

Töne zu erlauschen, um zu erfahren, ob Conrad die Wahrheit gesagt hatte. Millian schloss die Augen und suchte hektisch nach den Geräuschen, die Joachim verursachte. Sie musste ihn vor Pater Torquemada finden, sonst war auch er in höchster Gefahr.

Es dauerte nur einen Moment: Millian kannte ihn lange genug, um die Schallwellen, die er aussandte, von denen anderer Geschöpfe in seiner Nähe unterscheiden zu können. Eine Waldohreule hockte bewegungslos in dem ovalen Kirchenfenster, das auf den Friedhof ging, und hielt nach Beute Ausschau. Direkt darunter hockte Joachim hinter einem Obelisken. Erschrocken presste er sich beide Hände vor den Mund, damit ihn sein schwerer Atem nicht verriet. Für Pater Torquemada würde es jedoch ein Kinderspiel, ihn zu orten. Mit all ihrer Willenskraft riss Millian die von Joachim ausströmenden Schallwellen in solch klitzekleine Stücke, dass sie sich anhörten wie ein Schwarm Insekten.

Pater Torquemada hielt verwirrt inne. Spielten seine Ohren ihm gerade einen Streich? Woher kamen auf einmal all die Geräusche in der kalten Nachtluft? Er hatte keine Erklärung und zuckte mit den Schultern.

Millian atmete erleichtert aus.

»Wer bist du, und wo hast du die Meilenschrift gelernt?«, wandte Pater Torquemada sich wieder an Conrad und starrte ihn böse an. Der Junge sackte vor Furcht regelrecht in sich zusammen.

»Sie sind kein gewöhnlicher Priester!«, flüsterte Conrad.

Pater Torquemada strich sich lächelnd über den weißen Kragen.

»Und du bist kein gewöhnlicher Junge«, antwortete er. »Aber das Beste an dir ist, dass ich dir das Genick brechen kann, ohne dass es jemand mitbekommt!«, lächelte er kalt, legte die Hände um Conrads Hals und zog ihn mit einem festen Griff hoch.

Conrad rang nach Atem und zappelte mit Armen und Beinen, als er den Bodenkontakt verlor. In einem verzweifelten Versuch, Atem zu holen, fiel sein Blick auf Millian. Zuerst war er überrascht, dass sie dort oben auf dem Dach klebte. Doch dann lächelte er. Allerdings nur einen Moment. Sein Lächeln gefror, als der Mann fester zudrückte und er begriff, dass Millian genauso viel Angst hatte wie er.

Noch bevor Millian etwas unternehmen konnte, hörte man ein leises Knacken, und schon hing Conrad leblos zwischen den starken Händen Pater Torquemadas.

Verzweifelt klammerte sich Millian an die Wand. Ihre Knöchel wurden weiß, und die Nägel gruben sich in den harten Stein. Am liebsten hätte sie laut aufgeschrien und sich auf das Untier dort unten gestürzt. Eine innere Kälte überfiel sie und breitete sich in ihrem gesamten Körper aus. Vielleicht war es das, worauf er gewartet hatte: Dass sie die Kontrolle verlieren und die Tarnung aufgeben würde …

Millian schloss die Augen und spürte, wie der Sturm, der in ihr raste, sich langsam wieder beruhigte. Sie konnte sich wieder konzentrieren und lauschte angestrengt auf die Geräusche um sie herum. Nach und nach kristallisierte sich ein schwacher, kaum wahrnehmbarer Ton aus all den anderen Geräuschen heraus, die durch die nächtliche Luft geisterten. Millian öffnete die Augen und starrte in Conrads stumpfen Blick. Eine leichte Bewegung seiner Halsschlagader ließ sie zusammenfahren: Er lebte noch! Pater Torquemada war offensichtlich noch nicht fertig mit ihm.

Millian zuckte zusammen, als ihr klar wurde, was das zu bedeuten hatte. Natürlich – sie hätte es wissen müssen: Ihr Onkel wollte mehr über ihn und die Zeichen, die um die Kirche gesprüht waren, wissen. Doch so besorgniserregend diese Neugierde des Paters auch war – die Hauptsache war, dass Conrad noch atmete. Zwar nur noch schwach und kaum wahrnehmbar, doch er war am Leben!

Torquemada schaute sich hastig um, bevor er zur großen Tür im Olavs-Portal eilte, das in die Kirche führte. Sein Mantelsaum schlug gegen die schwarzen Lederstiefel, die ihm bis an die Knie reichten, als er mit Conrad, den er sich über die Schulter geworfen hatte, hinter der Tür verschwand.

Es knirschte auf dem Kiesweg des Friedhofs. Millian sah Joachim auftauchen. Er blieb in der Hocke und schaute sich aufmerksam um. Dann sprang er auf und schwang sich behände über den Friedhofszaun. Über den asphaltierten Gehweg, der durch das schmiedeeiserne Tor die Mönchstraße entlangführte, lief er schnurstracks in Richtung Stadtzentrum.

Der Tunnel

Joachim lief wie in einem Albtraum, aus dem es scheinbar kein Erwachen gab – schwer atmend und mit pfeifenden Lungen.

Seine Füße sprangen ungelenk über das Pflaster und die Bordsteinkante. Die Angst trieb ihn vorwärts. Trotz der warnenden Stimme in seinem Inneren, die ihm zuflüsterte, dass er zu erschöpft sei, um in diesem Tempo weiterzurennen, weil sein Herz aufhören könnte zu schlagen oder er vor Überanstrengung einfach umfallen könnte, hielt Joachim nicht an.

Erst an der Königstraße bremste er ab. Jetzt spürte er auch, wie unangenehm der kühle Herbstwind ihm in den Augen und im Hals biss.

Die Straßen waren menschenleer. Vor dem Einkaufszentrum Trondheim Torg hing ein Mädchen herum und betrachtete ihn uninteressiert, während sie einen Kaugummi aus dem Mund zog und ihn sich um den Zeigefinger wickelte.

Joachim vergewisserte sich, dass ihm niemand folgte, bevor er an ihr vorbei und die

Treppen zur U-Bahn hinunterhastete. Er nahm zwei Stufen auf einmal und bog flink um die Ecke in Richtung Bahnsteig. Am Fahrkartenschalter steckte Joachim seine Hand in die hintere Hosentasche, um sicherzugehen, dass er seine Monatskarte auch wirklich dabeihatte, bevor er lächelte und der Frau hinter dem Fahrkartenschalter kurz zunickte. Sie musterte ihn lediglich kühl und ließ ihn dann durch.

Konzentriert las Joachim die Anzeigentafel, während er ruhigen Schrittes, um keine Aufmerksamkeit zu erregen, auf dem Bahnsteig an allen Wartenden vorbeiging. Die nächste U-Bahn kam in drei Minuten, er musste sich beeilen. Am Ende des Bahnsteigs blieb Joachim stehen und schaute sich vorsichtig um.

Niemand würdigte ihn eines Blickes.

Das war gut. Sehr gut sogar.

Denn so sah auch niemand, wie er leise auf die Schienen hinunterkletterte. Als ihn die Dunkelheit des Tunnels umschloss und Joachim sich sicher war, dass ihn auch wirklich niemand mehr hören konnte, nahm er die Beine in die Hand.

Doch was war das? Etwa zwanzig Meter vor ihm lagen zwei Gestalten mitten auf den Schienen. Rasch sah Joachim sich um, konnte aber die Lichter der U-Bahn noch nicht entdecken. Er biss sich auf die Lippen und beobachtete die beiden, die keine Anstalten machten, die Schienen zu räumen. Was sollte er tun? Einfach nur herüberrufen war zu gefährlich – was, wenn sie ihn nicht hörten? Joachim seufzte und rannte dann auf die beiden Unbekannten zu. Dabei schrie er ihnen aus Leibeskräften Warnungen entgegen und schwenkte die Arme. Sie schienen ihn jedoch nicht wahrzunehmen.

In dem Moment, in dem Joachim sich auf die beiden Gestalten warf und sie zur Seite schubste, sah er die Lichter der U-Bahn nur noch wenige Meter hinter sich.

Metall kreischte, als die Bahn donnernd an ihnen vorbeifuhr. Funken stoben, und Räder quietschten.

Joachim rappelte sich auf und betrachtete die beiden Geretteten mit einer Mischung aus Wut und Entsetzen.

»Ihr Idioten!«, schimpfte er. »Habt ihr die U-Bahn nicht kommen hören?«

Doch er bereute fast augenblicklich, was er gerade gesagt hatte, denn der Junge, der da zu ihm angekrabbelt kam, sah ihn an, als ob er seine Angst nicht im Geringsten nachvollziehen könnte. Und das Mädchen, das Joachim gerade so unsanft von den Schienen geschubst hatte, lag mit weit geöffneten Augen bewegungslos da und starrte ihn an.

Joachim verstummte und sah das seltsame Paar vor sich mit großen Augen an. Dann zuckte er ratlos mit den Achseln und lief weiter in den Tunnel hinein. Er hatte nun wirklich andere Probleme!

»Was für Idioten!«, murmelte er vor sich hin – allerdings mehr zu seiner eigenen Entschuldigung als aus tiefer innerer Überzeugung. So konnte er die beiden einfach liegen lassen und musste nicht fragen, ob alles in Ordnung sei mit ihnen oder was in aller Welt sie hier trieben.

»Warte!«, rief ihm der Junge hinterher.

Langsam drehte Joachim sich um und sah ihn an.

»Wo sind wir?«, fragte der Junge verwirrt.

Joachim lächelte überrascht. Und dann begann er lauthals zu lachen. Die beiden mussten ja noch verwirrter sein, als er zunächst geglaubt hatte.

»Willkommen auf dem Planeten Erde!«, sagte er sarkastisch und ging weiter.

»Erde?«, hörte er den Jungen erstaunt murmeln.

Am liebsten wäre Joachim zu den beiden zurückgegangen – doch das ging beim besten

Willen nicht. Er musste den anderen berichten, was mit Conrad geschehen war, und außerdem hoffte er inständig, dass Millian hatte entkommen können und vielleicht schon im Hauptquartier auf ihn wartete.

Ohne sich noch einmal umzublicken, rannte Joachim in die Dunkelheit hinein.

Die verborgene Tür

Alak und Ilke blieben stehen und schauten sich an.

»Tarkan sagte, dass das hier die Tür zu einer anderen Welt sei«, flüsterte Ilke ehrfürchtig. »Zu welcher genau hat er aber nicht erwähnt.«

Alak schaute sie lange an. Er fühlte sich völlig ausgelaugt, und in seinem Kopf schwirrten lauter verwirrende Gedanken.

»Ich hoffe nur, dass es Scha-Ra gelingt, uns zu finden«, sagte er schließlich.

»Das hoffe ich auch«, pflichtete Ilke ihm bei und spürte, wie ihr die Tränen in die Augen schossen.

»Wenn es jemanden gibt, der uns hier finden kann, dann ist das Scha-Ra«, sagte Alak leise.

Er schaute seine Schwester skeptisch an: Ihr Körper bebte ein wenig, und sie hob ein klitzekleines bisschen die Schultern, so, als ob sie versuchte, die Tränen zu unterdrücken.

Alak spürte einen Klumpen im Hals und zog Ilke an sich. Erst da begann sie zu weinen.

Alak schaute sich um. Im Tunnel war es dunkel, aber den Schmutz, der wie dicker

Kleister auf den Wänden lag, konnte man trotzdem ausmachen. Ein unbekannter Geruch, wie er ihn daheim in Aldra noch nie wahrgenommen hatte, stach ihm in die Nase und machte ihn benommen.

Es war eine merkwürdige Welt, in der sie da gelandet waren. Er fragte sich, ob es hier überall so aussah: Steinmauern auf allen Seiten. Und er fragte sich auch, ob die, die hier lebten, alle in dunklen Tunneln wohnten. Und ob alle Gerüche in dieser hässlichen Welt so muffig und scharf waren.

»Du hast was auf der Jacke«, sagte Ilke und versuchte, den Fleck abzureiben.

Alak betrachtete den weißen Klumpen, der an der Jacke klebte: Er war schmierig und zäh.

»Das riecht süß.«

»Snipp es weg!«, sagte Ilke. »Das sieht eklig aus!«

Die Elfenzwillinge sahen sich um. Vieles hier wirkte eklig, stellten sie fest: Über den ganzen Boden verstreut lagen bunte Dosen, Metallrohre, glänzendes Papier und andere Gegenstände, von denen sie nicht wussten, was sie sein sollten.

»Wer macht denn so was?« Ilke rümpfte die Nase. »Glaubst du, hier wohnen Leute?«

»Ich weiß nicht«, sagte Alak unschlüssig. »Besonders schön sieht's nicht aus in dieser Welt. Was sollen wir jetzt machen?«

»Wir können ja in die Richtung gehen, die der Junge genommen hat«, schlug Ilke vor. »Wenn es da aber noch mehr von diesen Metallwagen gibt, hab ich keine Lust darauf.«

Der erste Wagen hatte sie fast genauso erschreckt, wie das, was Tarkan damals im Turm gemacht hatte, als sie seine Gefangene war. Aber irgendwie waren die Metallwagen schlimmer: Tarkan hatte wenigstens ein Gesicht. Selbst wenn sein Blick kalt war, so waren die Augen im Gesicht des Zauberers doch nicht so kalt wie das rote Licht, das sie vorhin beinahe umgebracht hatte und das dann in den Tunnel hinein verschwunden war.

»Du hast recht – wir gehen ihm nach«, sagte Alak und nickte in die Richtung, in der der Junge verschwunden war. »Er muss ja irgendwohin wollen. Vielleicht kann man uns dort helfen.«

Ilke nickte. »Ja, das ist auf jeden Fall besser, als hier dumm rumzustehen«, sagte Ilke.

»Das hat sich gut angefühlt, wie du mich umarmt hast«, sagte Alak mit einem Lächeln, als Ilke ihn losließ.

»Du Dummerchen«, sagte sie neckisch. »Das

nächste Mal drücke ich dich so doll, dass dir die Luft wegbleibt.«

»Ich habe nur gesagt, dass das eben schön war, nicht, dass ich das beim nächsten Mal auch noch schön finde«, lachte Alak und schubste seine Schwester vor sich her in den Tunnel hinein.

Ilke nahm Alaks Hand, schaute ihn an und lächelte verlegen.

»Mir gefällt das alles nicht«, sagte sie. »Es gibt keine Fackeln, keinen Fackelschein und an der Decke nur farblose Rohre, die leuchten.«

»Das ist sicher Zauberei«, erwiderte Alak und drückte freundlich ihre Hand.

Eine plötzliche Bewegung ließ die Elfenzwillinge zusammenzucken. Erschrocken starrten sie auf den Boden: Zu ihren Füßen liefen mehrere Ratten, die so groß waren wie kleine Katzen. Die Tiere nahmen von Alak und Ilke keine Notiz, sie liefen nahezu lautlos zur Wand auf der anderen Seite hinüber und verschwanden im Halbdunkel – dort, wo die Leuchtrohre nicht hinschienen. Die Elfenkinder schauten sich an und lachten über sich selbst.

»Die waren aber viel größer als die in dem Kerker in Emblaz«, gluckste Alak.

»Als ob das eine Entschuldigung dafür wäre, dass wir uns wie kleine Kinder benehmen«, hänselte ihn Ilke.

Sie waren noch nie zuvor nur wegen ein paar Ratten aufgesprungen. Diese neue Welt und dieser schaurige, immer dunkler werdende Tunnel kosteten sie den letzten Nerv.

»Weißt du noch, wie uns die Terraqus unter den Sand gezogen haben?«, fragte Ilke und erschauerte, als sie sich daran erinnerte, wie sie dabei fast erstickt wären.

»Fühlt sich das hier genauso an?«, fragte Alak.

Sie antwortete nicht, nickte aber vorsichtig.

Der dunkle Tunnel verstärkte den Geruch und die Geräusche. Wasser rieselte von der Decke und tropfte auf die Steine.

»Was ist das für ein Geruch?«, fragte Ilke. Alak konnte aus dem Augenwinkel erkennen, dass sie die Nase rümpfte.

»Ich weiß nicht«, antwortete der Elfenjunge. »Er erinnert mich an Schwefel, aber irgendwie stärker, anders.«

Sie stapften weiter, ohne zu wissen wohin. Sie gingen langsam, um nicht zu stolpern oder hinzufallen.

Plötzlich hörten sie wieder das unverkennbare Geräusch von Metall gegen Metall.

»Da kommt noch einer von den Metallwagen!«, rief Ilke panisch. »Was sollen wir machen?«

Alak ergriff seine Schwester und schob sie an die Wand.

Das Geräusch wurde immer lauter, und plötzlich traf Alak ganz unerwartet ein blendendes Licht. Kreise und Pünktchen tanzten vor seinen Augen. Panik ergriff ihn, und er wollte gerade weglaufen, als Ilke seine Jacke packte und ihn an sich zog. Alak hielt sich gut an seiner Schwester fest. Die Pünktchen tanzten immer noch vor seinen Augen und machten es ihm schwer, etwas zu erkennen.

Ein plötzliches Quietschen der Wagen, die an ihnen vorbeifuhren, ließ sie zusammen fahren.

»Ich will hier weg!«, rief Ilke und weinte fast. »Vielleicht wäre es doch besser, wenn wir Sklaven der Murtokks wären! Da hätten wir wenigstens jemanden, der uns im Auge behält. Jetzt haben wir niemanden.«

»Du hast mich«, sagte Alak und versuchte, ruhig zu wirken, während er sich die Augen rieb. Langsam verschwanden die Pünktchen, und er konnte wieder deutlich sehen.

Im Innersten wusste er, dass er genauso viel Angst hatte wie Ilke.

»Das hilft mir aber nichts!«, weinte sie, knuffte Alak in die Seite und hielt sich die Hände vors Gesicht.

Alak sah, dass sie zitterte, und strich ihr so liebevoll, wie er konnte, über den Rücken.

Sie hatten den Jungen in die Richtung rennen sehen, in die sie jetzt gingen. Doch wie hatte er sich zurechtfinden können, wo er doch keine Fackel bei sich gehabt hatte? Gab es irgendwo eine verborgene Tür? Alak war sich auf einmal sicher, dass sie etwas Wichtiges übersehen hatten. Nur was?

Alak versuchte nachzudenken. Er ging die Route, die sie gegangen waren, noch einmal in Gedanken durch und versuchte, sich an alle Details, an Unregelmäßigkeiten an den Wänden, Spuren im Schotter, über den sie liefen, an etwas, das im Schatten verborgen lag, zu erinnern.

»Ich frage mich, ob wir an einer Tür oder so etwas Ähnlichem vorbeigegangen sein können«, murmelte er. »Hast du etwas Ungewöhnliches bemerkt? Eine Vertiefung in der Wand oder so?«

»Du solltest die Ratten fragen«, meinte Ilke, nur um etwas zu sagen. Sie war sich sicher, dass Alak bereits mit diesem Gedanken gespielt hatte.

»Was hast du gesagt?«, fragte Alak und schaute sie so verwirrt an, als ob er sie nicht gehört hätte. In diesem Moment stieß er mit dem Kopf an eine Kante und schrie auf vor Schmerz. Dann riss er sich jedoch zusammen. »Du hast etwas von Ratten gesagt«, sagte er zwischen zusammengebissenen Zähnen, während er sich den Kopf rieb.

Ilke ging ihm nach und wischte sich den überall an ihr hängenden Dreck und Staub ab.

»Ich habe nur überlegt, ob du vorhattest, die Ratten zu fragen«, sagte sie. »Du hast ja schließlich von den Luftpropheten die Gabe bekommen, andere Sprachen sprechen zu können, nicht wahr …?«

»Wovon redest du?« unterbrach Alak seine Schwester. Er hatte offensichtlich nichts von dem, was sie gesagt hatte, verstanden, denn er war zu sehr mit seinen Kopfschmerzen beschäftigt.

»Wie schwer von Begriff kann man eigentlich sein?«, seufzte Ilke und legte eine kühlende Hand auf die Stelle, wo er sich gestoßen hatte.

»Danke!«, sagte Alak.

Ein Schatten schoss an der Wand entlang.

»Noch eine Ratte!«, kreischte Ilke.

»Seit wann hast du solche Angst vor Ratten?«, lachte Alak.

»Dummkopf«, antwortete Ilke und schlug mit der flachen Hand nach ihm.

Als sie ihn genau dort traf, wo er sich gerade gestoßen hatte, schrie Alak erneut auf.

»Was ist denn los mit dir?«, rief er. »Zuerst machst du, dass der Schmerz verschwindet, und dann schlägst du mich, sodass es wieder weh tut.«

»Kapierst du nicht, oder was?«, antwortete Ilke etwas gereizt. »Diese Ratte weiß bestimmt, ob es hier einen geheimen Gang gibt!«

Alak schaute sie einen Moment verwirrt an, bevor er verstand, was sie gerade gesagt hatte.

»Selbstverständlich«, sagte er und lief der Ratte hinterher.

»Hallo, jetzt warte doch auf mich!«, rief Ilke und rannte hinter ihm her.

Ilke wäre fast über Alak gestolpert, der nun zwischen den Schienen kniete.

»Die ist widerspenstig«, sagte Alak und hielt die Ratte hoch, die er gerade gefangen hatte. »Diese Tiere sind ungeheuer klug. Die Ratte will mir einfach nicht sagen, wo sich der geheime Gang befindet.«

»Aber sie …« Ilke schaute das fauchende

Tier, das Alak in Händen hielt, schief an. »Aber sie hat dir auf alle Fälle gesagt, dass es hier einen verborgenen Gang gibt?«

»Ja, aber sie will nicht sagen wo, bevor ich sie nicht wieder freilasse.«

»Warum machst du das dann nicht einfach?«, fragte Ilke.

»Sie lügt«, sagte Alak und schaute zu Ilke hoch. »Ich höre es ihr an.«

»Du musst lernen, anderen mehr zu vertrauen«, sagte Ilke ruhig und stemmte die Hände in die Seiten.

Alak hob die Augenbrauen.

Er gab ein paar Pfiffe von sich, bevor er die Ratte absetzte.

»Was hast du zu ihr gesagt?«, fragte Ilke.

»Ich habe gesagt, dass ich sie einfach laufen lassen muss, wenn sie uns nichts sagen will«, antwortete Alak.

»Schön!«, sagte Ilke. »Schau mal, wie dankbar sie ausschaut!«

Die Ratte saß da, schaute sie an und ließ ihre Schnurrhaare geschäftig vibrieren.

Alak lächelte und wollte ihr über den Kopf streichen, als die Ratte ihn in den Finger biss.

Alak schrie auf und zog die Hand zurück.

Die Ratte putzte sich mit der Pfote die Nase, bevor sie in den Tunnel lief.

»Komm schon, sie zeigt uns sicher, wo wir den Geheimgang finden können«, sagte Ilke und rannte der Ratte hinterher.

»Ja klar, ganz sicher!«, rief Alak spöttisch hinter ihr her. Es pochte schmerzhaft in seinem Finger.

Er steckte ihn sich in den Mund und schmeckte Blut. Gereizt kickte Alak ein paar Steinchen vor sich her, während er hinter seiner Schwester her eilte.

»Schau mal!«, jubelte Ilke und steckte ihre Hand in einen Spalt in der Wand. Man konnte einen jammernden Ton von Stein, der gegen Stein schabte, vernehmen, als sich langsam eine verborgene Tür öffnete. Ilke versetzte ihr einen leichten Stoß und guckte dahinter. Die Tür war so schmal, dass sie nur seitwärts hindurchpassen würden.

»Komm!« Ilke winkte ihn zu sich und lächelte triumphierend. »Na, was habe ich dir gesagt? Die Ratte hat uns tatsächlich den Weg gezeigt, als du sie lieb darum gebeten hast.«

Alak rannte auf seine Schwester zu und blickte aufgeregt in den Gang hinein, der hinter der Geheimtür lag: Er erweiterte sich zu einem Raum, der von Fackeln an den Wänden erleuchtet wurde.

»Sollen wir es wagen?«, fragte Ilke und schaute neckisch zu ihm auf.

Alak schüttelte den Kopf. Dann wurde er jedoch mutiger. »Ich traue mich, wenn du dich traust!«, sagte er und schob sie vorsichtig, aber entschlossen weiter.

In dem Moment, in dem sie eingetreten waren, schloss sich die Tür langsam hinter ihnen.

»Ich bin gegen etwas gestoßen«, sagte Ilke schuldbewusst.

Als sie den Fuß auf den losen Stein gesetzt hatte, begriff sie, dass sie einen Mechanismus im Fußboden ausgelöst hatte.

»Spielt keine Rolle!«, sagte Alak. »Es gibt sicher einen guten Grund dafür, dass der Eingang versteckt liegt.«

Sie tappten den Gang entlang, bis sie zu einer Wendeltreppe gelangten, die aus dem Gestein gehauen war und nach unten führte. An der Wand war ein mit Bolzen befestigtes Metallgeländer, das sich gemeinsam mit der Treppe nach unten wand. Kleine Fackeln warfen spärliches Licht in den im Übrigen dunklen Schacht. Alak ergriff beherzt das Geländer und zog versuchsweise daran, um zu sehen, ob es auch hielt. Dann begann er sachte mit dem Abstieg – nicht jedoch, ohne alle seine Sinne zu aktivieren. In einer unbekannten

Welt konnte es sie teuer zu stehen kommen, wenn sie nicht aufpassten.

Ilke folgte ihm ebenso aufmerksam. Auch sie war wachsam, um drohende Gefahren sofort wahrzunehmen.

Die Treppe endete in einem großen, ovalen Raum. Einige Kisten und Stapel mit Holzplanken standen mitten im Raum, aber so ungeschickt gelagert, als ob sie jemand vergessen hätte. Durch ein schmales, angelehntes Fenster über einer Metalltür, die halb verborgen im Schatten lag, drangen Stimmen zu ihnen.

Alak blickte Ilke an und nickte in Richtung Tür. Die Geschwister pirschten sich vorsichtig heran. Die Stimmen wurden lauter, je näher sie kamen. Die Elfenkinder pressten sich wortlos gegen die Wand und lauschten.

Nun waren die Stimmen deutlicher zu hören – sie wirkten erregt und wütend.

»Was sagen sie?«, flüsterte Ilke.

Alak hielt sich den Finger vor den Mund, um ihr zu bedeuten, dass sie schweigen sollte.

Plötzlich wurde es still im Raum.

Alak warf Ilke einen nervösen Blick zu. Hatte sie jemand gehört? Die Elfenkinder hielten den Atem an und erwarteten, dass die Tür jeden Moment aufgerissen würde und man sie entdeckte.

Plötzlich hörte man eine weitere Stimme im Raum; sie war kräftiger und bestimmt.

Alak und Ilke atmeten auf. Offenbar hatte sie niemand entdeckt.

Alak holte ein paar Kisten, die er gleich neben der Tür übereinanderstapelte. Ilke schaute zum Fenster hoch und begriff, was Alak vorhatte. Sie holte noch ein paar Kisten und half Alak, hinaufzuklettern.

Auf den Kisten balancierend, blickte der Elfenjunge durch das Fenster. Er zog sich rasch zurück und erbleichte.

Ilke sah ihn verwirrt an.

»Was ist los? Was hast du gesehen?«, flüsterte sie heiser.

Alak schluckte ein paarmal, bevor er die Kontrolle über seine Stimme und seine Gedanken wiederhatte.

»Da drinnen steht ein Mann …« Er hielt mitten im Satz inne, so als ob er nicht wüsste, wie er fortfahren sollte.

»Und …?«, drängte Ilke.

»Er hat die *Phenomena*.«

Ilke verstummte. Auf einmal stand alles still. Sie schaute ihren Bruder verwirrt an.

»Was machen wir nun?« Sie zitterte am ganzen Körper.

»Ich weiß nicht«, sagte Alak unschlüssig.

»Wir können ja nicht einfach hineinstürzen und verlangen, dass er uns sagt, woher er das Buch hat.«

»Warum nicht?«, fragte Ilke und stierte auf die Tür. Dann ging sie entschlossen und mit geballten Fäusten einen Schritt auf die Tür zu.

Alak kam zu ihr heruntergeklettert und legte die Hand auf ihre Schulter.

»Lass uns einen günstigen Moment abwarten! Wir können da nicht einfach reinstürzen, ohne zu wissen, was uns erwartet«, raunte er.

Ilke warf ihm einen eiskalten Blick zu – einen ebenso kalten wie damals, als die Murtokk-Kinder ihr Floß gestohlen hatten. Damals hatte er seine Schwester daran hindern können, dass sie ihre Frostkräfte einsetzte. Vielleicht sollte er sie dieses Mal nicht davon abhalten?

Alak zuckte mit den Schultern, als Ilke die Hand auf die Türklinke legte. Die Frostschicht ließ das Metall langsam weiß werden. Schließlich gab das Schloss mit einem Knall nach, und Ilke riss die Tür weit auf.

Im Raum wurde es mucksmäuschenstill.

Der Junge, der sie vor dem Metallwagen gerettet hatte, stand mit weit geöffnetem Mund da und starrte sie mit großen Augen an.

Das Erste, was Ilke wahrnahm, war der große Mahagoni-Tisch, um den herum alle Jugendlichen versammelt waren. Dann entdeckte sie den Mann mit Scha-Ras Buch.

Sie warf einen schnellen Blick in die Runde, um sich zu vergewissern, dass sie die Situation im Griff hatte.

Der Raum war groß, und an allen Wänden standen volle Bücherregale, genau wie in Scha-Ras Schloss. Eine Metalltreppe führte nach oben, zu einer Galerie mit weiteren Bücherregalen und einer Tür.

Der Junge ging einen Schritt auf sie zu, während er den anderen am Mahagoni-Tisch zu erklären versuchte, dass er die Tür nicht offen gelassen hatte.

Es waren insgesamt sieben Jugendliche, die interessiert auf Alak und Ilke starrten, die immer noch unbeweglich in der Tür standen.

Einer von ihnen erhob sich. »Sind das die zwei, die du im Tunnel gerettet hast?«, fragte er leise.

Der Junge nickte.

Ein anderer Junge stöhnte resigniert.

»Zuerst lässt er Conrad und Millian im Stich und dann …«

»Das ist genug!«, sagte der Mann und hob die Hand, damit die Jungen den Mund hielten.

»Sir Thomas, wenn rauskommt, dass wir uns unter dem Scandic Hotel treffen, dann …«

»Ruhe!«, sagte der Mann wieder und erhob sich.

Er warf dem armen Jungen einen Blick zu, der ihn zusammenzucken ließ. »Niemand weiß, dass wir hier sind! Nicht einmal die Hotelbetreiber!«

Die Art und Weise, wie er sich bewegte, und der schwarze Umhang aus schwerer Seide mit den tiefen Falten erinnerten Alak an etwas. Er kam bloß nicht darauf, was es genau war.

»Es sieht so aus, als ob wir die Tür wieder reparieren müssten. Das ist nicht weiter schlimm!«, sagte Sir Thomas, drehte sich zu den Elfenkindern um und lächelte.

»Sie haben etwas, das uns gehört!«, zischte Ilke. »Und das wollen wir gefälligst wiederhaben!«

Bevor er ihren Blick erwiderte, blickte Sir Thomas auf das Buch in seinen Händen.

»Meinst du das hier?«, fragte er und zeigte auf die *Phenomena*.

Ilke schaute zu Alak, der übersetzte.

»Ja, sicher!«, antwortete Ilke.

»Das glaube ich nicht«, sagte Sir Thomas in klingendem Aldrisch und legte das Buch mit einem dumpfen Knall auf den Tisch.

Ilke schaute verschreckt zu ihrem Bruder. Kam dieser Mann etwa aus ihrer eigenen Welt?

Alak kniff die Augen etwas zusammen und begegnete dem Blick des Mannes. Er wich ihm nicht aus – er würde sich nicht einschüchtern lassen.

Sir Thomas strich das schwarze, schulterlange Haar nach hinten und betrachtete die Elfenzwillinge. »Ihr verdient eine Erklärung«, sagte er dann langsam und mit Bedacht.

Alak konnte sehen, dass die Jugendlichen, die um den Tisch herum saßen, miteinander flüsterten und zuerst Sir Thomas und danach ihnen verwirrte Blicke zuwarfen.

»Wollt ihr euch nicht setzen?«, fragte der Mann und zeigte einladend zum Tisch.

Ilke schüttelte den Kopf; sie wollte lieber stehen bleiben, bis sie wusste, mit wem sie es hier zu tun hatte.

»Nun ja!«, sagte Sir Thomas, der auf einmal sehr müde aussah. »Dann eben nicht.«

Er beugte sich schwer über das Buch, das auf dem Tisch lag, und sah die Jugendlichen mit müden Augen an.

»Dann hat also der Kampf, auf den ich euch so lange vorbereitet habe, begonnen«, sagte er und stieß einen tiefen Seufzer aus.

Ilke blickte ihren Bruder fassungslos an, als der Mann aus dem Aldrischen in die Sprache der anderen wechselte. Ihr Bruder übersetzte für sie.

Alle, die um den Tisch versammelt waren, nickten ernsthaft.

»Wer von euch hat das Auge des Parados?«, fragte Sir Thomas, an Alak und Ilke gewandt.

Die Elfenkinder schauten sich an.

Sir Thomas lächelte. »Ihr braucht keine Angst zu haben! Ich will euch den Stein nicht abnehmen, aber ich weiß genau, dass einer von euch ihn bei sich trägt.«

Alak räusperte sich und trat einen Schritt vor. »Ich habe ihn«, sagte er dann und versuchte, nicht aufgeregt zu klingen.

Sir Thomas betrachtete den Elfenjungen eindringlich und lange.

Alak starrte zurück. Etwas an diesem Mann wirkt vertraut, dachte er, aber was nur? Er überlegte hin und her – jedoch ohne Erfolg. Vielleicht war es nur ein Gefühl, aber es war ein starkes Gefühl.

»Gut!«, sagte Sir Thomas schließlich und lächelte schwach. »Verlier ihn aber nicht!« Dann wandte er sich an die Jugendlichen, die um den Tisch herum saßen. »Wie ihr sicher verstanden habt, kommen unsere zwei Besucher aus dem Land Aldra, vom Planeten Erda«, sagte er.

Die Jugendlichen starrten sie mit großen Augen an, was Alak und Ilke ziemlich verlegen machte.

»Was hat er gesagt?«, fragte Ilke leise.

»Warte mal!«, flüsterte Alak zurück und legte den Zeigefinger an den Mund. Gerade rechtzeitig, denn Sir Thomas drehte sich wieder zu ihnen um.

Ilke war angespannt. Sie fühlte sich einfach nicht wohl, wenn sie nicht verstand, worüber gerade gesprochen wurde. Aber so viel hatte sie verstanden: dass sich das Gespräch um sie beide drehte.

»Kaja und Jacob, findet ihr für unsere Gäste ein Zimmer zum Schlafen?«, fragte Sir Thomas und erhob sich. »Soll ich dein Hemd waschen lassen?«, fragte er Ilke.

Ilke schaute an sich herunter und sah, dass ihr Hemd blutig war. Sie erinnerte sich, dass sie es entdeckt hatte, als sie in Tarkans Turm zu sich gekommen war.

»Ich habe deine Jacke. Du hattest sie, kurz bevor die Nurqus dich entführten, verloren«, sagte Alak und zog die Jacke aus seinem Gürtel. »Die kannst du ja solange anziehen, bis dein Hemd trocken ist.«

Ilke sah ihren Bruder verständnislos an. Meinte er allen Ernstes, dass sie sich hier – vor allen – ausziehen sollte?

Offensichtlich meinte er das, denn er wedelte bekräftigend mit der Jacke. Schüchtern griff Ilke danach, drehte sich um und zog sich das Hemd über den Kopf. Sie wimmerte leise, als der Schorf zusammen mit dem Hemd abgerissen wurde.

Sir Thomas nahm das Hemd und untersuchte sie.

»Diese Wunden sehen nicht gut aus«, sagte er und betrachtete ihren Rücken etwas genauer.

»Nurqus!«, sagte Ilke und verbiss sich die Tränen.

»Und diese blauen Flecken?«, fragte Sir Thomas und schaute sich ihr Gesicht und die Schultern an.

»Tarkan«, antwortete sie grimmig.

Sir Thomas legte seine Hände auf ihren Rücken, dorthin, wo die Nurqus sie verletzt hatten. Augenblicklich spürte Ilke, wie die Schmerzen verschwanden und dass sie sich plötzlich ganz wunderbar fühlte.

Sir Thomas gab ihr Hemd Kaja, die zusammen mit Jacob die Treppen hochstieg. Sie lächelten Alak und Ilke verlegen zu.

»Deine Wunden!« Alak starrte seine Schwester ungläubig an. »Sie sind weg!«

Ilke schaute nach und erstarrte: Sir Thomas hatte sie tatsächlich geheilt – nur die schmutzigen Blutflecken zeigten noch, dass da eben noch Verletzungen gewesen waren. Langsam streifte sie sich die Jacke über und schaute Sir Thomas an.

»Danke!«, stotterte sie.

Die Jugendlichen um den Tisch herum lächelten. Offensichtlich hatten sie Sir Thomas schon einmal jemanden heilen sehen.

»Ihr seid sicher müde, oder?«, fragte dieser und sah die Elfenzwillinge prüfend an. Bevor die beiden etwas erwidern konnten, löste er die Versammlung auf.

Die Jugendlichen erhoben sich.

»Ich möchte, dass ihr euch hier übermorgen zur selben Zeit versammelt«, sagte Sir Thomas und nickte ihnen zu.

Bevor Joachim mit den anderen den Raum verlassen konnte, wandte Sir Thomas sich an ihn. »Und du sollst wissen, dass ich stolz auf dich bin«, sagte er lächelnd. »Du hast nichts getan, für das du dich schämen musst. Conrad und Millian kommen allein klar, du bist nicht für sie verantwortlich. *Ich* – und nur ich – bin für sie verantwortlich.«

Joachim bekam feuchte Augen und nickte.

»Danke!«, sagte Alak, als Joachim an ihnen vorbeiging.

Joachim lächelte und nickte zum Gruß.

»Keine Ursache!«, sagte er leise. »'tschuldigung, dass ich euch Idioten geschimpft habe.«

»Macht nichts!«, erwiderte Alak. »Wir kennen schlimmere Wörter auf Aldrisch.«

Joachim lachte. »Die müsst ihr mir mal beibringen!«, sagte er, winkte ihnen kurz zu und verschwand durch die Tür.

Ilke stieß Alak an, um ihm zeigen, dass sie es nicht mochte, wenn er über ihren Kopf hinweg mit jemandem sprach – und noch dazu in einer Sprache, die sie nicht verstand.

»Ich habe nur Danke gesagt«, sagte Alak vorwurfsvoll.

»Und …?«, erwiderte Ilke.

»Er hat sich dafür entschuldigt, dass er uns Idioten genannt hat«, erklärte ihr Bruder.

Ilke nickte. »Na gut«, sagte sie. Damit war die Sache für sie erledigt.

Sir Thomas schaute den Jugendlichen hinterher. Als die Tür mit einem metallenen Geräusch hinter ihnen ins Schloss gefallen war, wandte er sich an die Elfenzwillinge.

»Willkommen auf dem Planeten Tellus«, sagte er freundlich. »Wenn ihr mir folgen wollt, gebe ich euch einige Antworten auf die Fragen, die ihr garantiert habt. Zum Beispiel könnte ich euch erzählen, woher ich das Buch habe und wer ich bin.« Nun sprach Sir Thomas wieder Aldrisch.

»Ich weiß, wer Ihr seid«, sagte Alak plötzlich und strahlte. Er hatte sich daran erinnert, woher er den Mann, der vor ihm saß, kannte.

Sir Thomas hob die Augenbrauen und schaute Alak überrascht an.

Ilke zog vorsichtig an seinem Ärmel.

»Weißt du, wer das ist?«, flüsterte sie »Aber wir haben ihn doch noch nie gesehen.«

»Ich habe ihn schon mal gesehen«, sagte Alak mit klarer und deutlich vernehmbarer Stimme.

Sir Thomas lächelte und nickte.

»Das stimmt, wir sind uns schon einmal begegnet«, sagte er.

»Wusstest du das schon, als du hereinkamst, oder hast du es erst jetzt begriffen?«

»Das spielt keine Rolle«, antwortete Alak ruhig. »Ihr seid jedenfalls der schwarze Ritter, der uns in Aldra beobachtet hat.«

Sir Thomas nickte.

»Aber ich bin mehr als das«, sagte er.

Alak und Ilke warfen sich einen Blick zu. Aus irgendeinem Grund schien das selbstverständlich zu sein. Das war genau genommen das Einzige, das in einer im Übrigen merkwürdigen und verrückten Welt Sinn ergab.

Pater Torquemada

Millian blickte Pater Torquemada, der mit Conrad in der Kirche verschwand, hinterher. Als die Tür hinter ihnen zugefallen war, robbte sie zur Westseite des Doms. Vorsichtig lugte das Mädchen über den Kupferbeschlag des Dachs auf die Heiligenfiguren an der Wand hinunter. Zwischen den Steinskulpturen von Matthäus und Jakob befand sich der Eingang, den sie normalerweise benutzten, wenn sie in der Kirche selbst sprühten. Die Meilenzeichen hatten im Inneren der dicken Steinwände nämlich eine stärkere Wirkung.

Mit einer schnellen Bewegung ließ Millian sich auf die Seitenwand des Doms hinabgleiten und krabbelte zwischen die Figuren. Als Millian sie von Nahem sah, erschauderte sie: An viele von ihnen erinnerte sie sich aus vergangenen Jahrhunderten. Und immer dachte sie dasselbe: Auch wenn die Skulpturen sich glatt und kalt anfühlten wie der Stein, aus dem sie gemeißelt waren, sahen sie in der Dämmerung beinahe lebendig aus. Während Millian eilig über sie hinweg nach unten kletterte, schien es, als hauchten sie ihr ins Gesicht.

Vor dem runden Fenster nahm sie ein kleines Taschenmesser aus der Hosentasche und grub die Messerklinge zwischen Glas und Fensterrahmen. Es knackte bei jeder Hebelbewegung, die Millian vollführte, um das Fenster zu öffnen. Sie arbeitete behutsam und konzentriert. Endlich ließ sich das Fenster aufschieben.

Behände kroch Millian ins Innere des Doms.

Im Schatten der Steinmeyer-Orgel blieb sie hocken und spähte vorsichtig in den riesigen Raum hinunter.

Einige der elektrischen Lampen an den Wänden waren angeschaltet, aber alles in allem waren sie nicht hell genug, um den gesamten Innenraum der Kirche auszuleuchten.

Millian musste sich also auf ihr Gehör verlassen. Mit geschlossenen Augen konzentrierte sie sich auf die Geräusche in der unmittelbaren Umgebung und suchte nach Tönen, die ihr verraten könnten, wohin Pater Torquemada mit Conrad verschwunden war. Wenn sie sich anstrengte, da war Millian sich sicher, würde ihr das auch über kurz oder lang gelingen. Der große Raum fing nämlich alle durch die Luft geisternden Töne auf, leitete sie zwischen den Säulen hindurch und warf sie schließlich so lange gegen die massiven Steinwände des Kirchenschiffs, bis nichts weiter als ein klarer, leiser Klang von ihnen übrig blieb. Noch vor wenigen Minuten hatte Millian so das Echo von Pater Torquemadas Schritten orten können.

Die Ohren an die Kirchenwand gepresst, kletterte sie weiter an der Wand entlang und versuchte herauszuhören, wohin die Schritte verschwunden waren.

Als Millian am Chorbogen vor dem Oktogon, dem achteckigen Abschluss des Kirchenraumes, angelangt war, wusste sie mit Sicherheit, dass Pater Torquemada in der Marienkapelle war. Aber irgendetwas schien hier nicht zu stimmen: Um ihren Onkel hatten sich viele Personen versammelt, doch Conrad war nicht unter ihnen. Aus dem Mittelschiff kamen Schritte auf sie zu, und Millian machte sich so klein wie möglich. Ein Priester hastete an ihr vorbei und nahm sie glücklicherweise nicht wahr. In seiner Hand sah das Mädchen einen funkelnden Schlüssel.

Unter dem Kronleuchter in der Marienkapelle saßen elf ernste Männer um einen Eichentisch herum.

Pater Torquemada stand neben dem hölzernen Taufbecken und betrachtete die elf auf ihren unbequemen Holzstühlen. Der weiße Kragen seines Gewandes bildete einen unheimlichen Kontrast zu seinem düsteren Gesicht, in das das Leben tiefe Falten gegraben hatte.

Torquemada beugte sich herunter und stützte seine großen Hände auf die Kante des Taufbeckens. Die Knöchel wurden unter seinem Gewicht ganz weiß.

»Wir haben ein Problem«, sagte er, wurde jedoch von einem kleinen, dicklichen Mann unterbrochen, der plötzlich schwer atmend hinter den Säulen auftauchte, vor denen der Pater stand. Der Neuankömmling trug – genau wie die anderen – eine bis zum Boden reichende schwarze Mönchskutte und glänzende Stiefel.

»Ich habe den Jungen ins Turmzimmer gebracht, wie du mich gebeten hast«, sagte er, doch Pater Torquemada schenkte ihm keinerlei Beachtung. Wortlos reichte der kleine Dicke ihm daraufhin einen alten Schlüssel und setzte sich in die erste Bankreihe der Kapelle.

Torquemada fuhr fort: »Ihr wisst alle, wie wichtig diese Vorbereitungen gewesen sind. Wir haben lange darauf gewartet, dass der Meister Kontakt aufnehmen und die namentlich Genannten versammeln würde.« Er umklammerte den Schlüssel in seiner Hand fester, hob den Blick und betrachtete jeden einzelnen der Männer eindringlich.

Es war mucksmäuschenstill in der Kapelle; die Stimmung war gedrückt, und Unruhe vibrierte in der Luft.

»Das letzte Mal, als ich hier war, hatten wir ein Problem mit Leuten, die sich Zugang zur Kirche verschafft und überall Zeichen und Formeln hingekritzelt hatten«, fuhr Pater Torquemada fort und sah streng in die Runde. »Wer von euch hatte den Auftrag bekommen, das Problem aus der Welt zu schaffen?«

Ein älterer Mann erhob sich. »Die Sache wurde mir übergeben.« Er schluckte schwer und musste offensichtlich seinen ganzen Mut zusammennehmen, bevor er fortfuhr. »Es waren doch nur Kinder«, sagte er zu den anderen um den Tisch Versammelten und lächelte. Als er jedoch Pater Torquemadas Augen sah, gefror sein Lächeln zu einer Grimasse.

»Ihr habt Wissen, von dem andere Sterbliche noch nicht einmal träumen können, und trotzdem begreift ihr nichts!«, brüllte der Pater. »Was wollt ihr mit diesem Geschenk anfangen, wenn ihr es nicht nutzt?«

Die Mönche zuckten zusammen.

Der ältere Mann wusste offenbar nicht genau, wie er sich angesichts von Torquemadas Wutausbruch verhalten sollte: Er sah auf seinen Stuhl hinunter, traute sich aber nicht, sich unaufgefordert wieder zu setzen. Stehen wollte er andererseits aber auch nicht. Verzweifelt senkte der Alte den Kopf und schloss die Augen.

»Kinder können verstehen, ohne zu wissen. Und sie glauben an das, was sie nicht sehen können. Einen Erwachsenen kann man dazu verführen, nur an das zu glauben, was er sehen kann, Kinder aber … Kinder sind am gefährlichsten!« Pater Torquemadas Stimme war tief und dunkel und zitterte vor Wut. Langsam ging er auf den älteren Mönch zu, die Hände auf den Rücken gelegt und mit einem leichten Lächeln um den Mund.

Dieser zuckte zusammen und bat leise um Vergebung.

Pater Torquemada blieb direkt vor ihm stehen und runzelte die Stirn.

»Ich erinnere mich noch gut an die Zeit, als du jünger warst«, sagte er ruhig. »Du hast dich hier nie zurechtgefunden. Und du hattest immer diese Liebe zu Kindern. Ich kann mich nicht erinnern, dass du jemals die Hand gegen eines erhoben hättest.« Torquemada schnaubte verächtlich. »Du warst immer schwach! Und es ist nicht das erste Mal, dass du nicht das getan hast, worum ich dich gebeten habe. Ich habe dich wieder und wieder verschont, doch du hast nie den Ernst der Lage begriffen …«

»Das soll nicht wieder vorkommen«, murmelte der Alte, ergriff die Hand des Paters und begann sie zu küssen.

Torquemada zog die Hand zurück und warf ihm einen Blick zu, mit dem er deutlich zu verstehen gab, dass er den Versuch des Alten, sich demütig zu zeigen, nicht mochte.

»Warum?«, brüllte er. »Warum missbrauchst du meine Güte?« Sein eiserner Griff schloss sich um den Hals des Alten und hob ihn empor. »Warum?«

Ohne Vorwarnung ließ Torquemada den alten Mann fallen. Mit einem lauten Schlag landete dieser auf dem harten Steinboden. Er rang um Atem, und seine Augen rollten in den Augenhöhlen, als er sich zu bewegen versuchte.

Pater Torquemada beugte sich hinunter und legte seinen Mund dicht an das Ohr seines Opfers. »Warum lässt du mich im Stich?«, flüsterte er.

»Es waren doch nur Kinder«, keuchte der Alte erneut. »Wie können kleine Kinder dem Meister im Wege sein?«

»Wie?«, flüsterte Pater Torquemada. »Es sind immer Kinder, die das Unheil anrichten. Nur Kinder wagen es, dem Meister in den Weg zu treten. Hast du nie die Prophezeiungen gelesen?«

Der Alte kroch in sich zusammen und versuchte, sich hinter dem Stuhlrücken zu verstecken.

»Aber …«

Er konnte den Satz nicht mehr zu Ende bringen, denn Pater Torquemada hob ihn erneut vom Boden empor und warf ihn in Richtung Altar.

Der Aufprall war fürchterlich: Es krachte schauerlich, und Blut spritzte, sodass die anderen elf Männer ihre Gesichter mit erhobenen Händen schützen mussten.

Pater Torquemada atmete schwer und blickte starr auf den alten Mann, der leblos am Fuße des Altars lag. Dann wischte sich Torquemada etwas Blut, das er ins Gesicht bekommen hatte, ab und strich seinen langen schwarzen Mantel glatt.

Der Mann lag mit dem Gesicht den anderen zugewandt da; er hatte einen leeren Blick. Ein rotes Rinnsal floss als dicke Linie langsam aus seinen Ohren über die Wangen in den halb geöffneten Mund hinein, wo es einen kleinen

Damm bildete, bevor es weiterlief und sich wie ein Teppich unter seinen Kopf legte.

»Das ewige Leben ist nichts für Schwächlinge … Es ist den Starken vorbehalten, denen, die vor nichts zurückweichen«, sagte Torquemada leise durch zusammengepresste Lippen.

Er wartete die Reaktion der anderen Mönche gar nicht erst ab, sondern drehte sich um und ging.

Niemand sagte etwas.

Kaum jemand wagte zu atmen.

Und alle warteten sehnlichst darauf, dass seine Schritte verhallten.

Millian stand vor einer großen, schweren Eichentür, die sie bestens kannte. Sie war schon öfter hier gewesen, wenn Torquemada verreist und die Luft rein war. Bis zu diesem Abend hatte sie sich jedoch nie hierher getraut, wenn er da war. Nun blieb ihr aber nichts anderes übrig.

Die Angst vor dem mächtigen Mann jagte ihr kalte Schauer über den Rücken, und als Millian die Türklinke ergriff und langsam hinunterdrückte, merkte sie, dass ihre Hand zitterte.

Natürlich war die Tür verschlossen. Sie hatte eigentlich sogar damit gerechnet, aber trotzdem gehofft, nicht den Nachschlüssel nehmen zu müssen. Pater Torquemada besaß nämlich dieselbe Gabe wie sie: ein überaus feines Gehör, dem nichts entging.

Als Millian den großen Eisenschlüssel in das Schlüsselloch steckte, biss sie sich vor lauter Anspannung in die Unterlippe. Ihr Herz schlug bis zum Hals, und ihre Finger zitterten. Doch so vorsichtig sie auch war: der Schlüssel schabte gegen das Zylinderschloss, weil sie nicht auf den ersten Versuch traf. Als er schließlich im Schließzylinder einrastete, knackte es leise.

Erschrocken zuckte Millian zusammen, fing sich aber sofort wieder. Sie musste jetzt vor allem schnell sein, das war das Wichtigste. Eilig drehte sie den Schlüssel um und schob das Bücherregal an der Wand zur Seite. Dort kam eine schmale, verriegelte Eisentür zum Vorschein. Sie schob den Riegel zur Seite und trat in die kleine Kammer, die früher wohl als Kerkerloch und Folterkammer gedient hatte. Und da war es: Conrads Atmen. Millian riss die Augen auf und versuchte, sich in der Dunkelheit zu orientieren.

Er lag auf einer Holzpritsche, die mit Bolzen und Ketten an der Wand befestigt war.

Conrad war der erste Mensch, den Millian in diesem Raum eingesperrt sah, doch viele

Mitglieder aus ihrer Familie waren hier von Pater Torquemada umgebracht worden. Das wusste sie. An den Steinwänden waren Spuren derjenigen zu sehen, die hier gesessen und auf ihren Tod gewartet hatten: Jahreszahlen und Namen, mit Fingernägeln eingeritzt. An der Decke waren Mauerhaken befestigt, an die Pater Torquemada seine Gefangenen aufhängte, um das aus ihnen herauszupressen, was er wissen wollte. Auf dem Steinfußboden und an den Wänden waren dunkle Flecken.

Wie immer, wenn sie hierherkam, blieb Millian einen Moment stehen und las die Buchstaben, die direkt über der Pritsche in die Wand geritzt waren: Meine geliebte Millian!

Vorsichtig strich sie über die Buchstaben und spürte die Vertiefungen im Stein.

Sie hatten sich nicht mehr voneinander verabschieden können, als sie ihn holen kamen, aber auf eine Art war es ihm schließlich doch noch gelungen, ihr auf Wiedersehen zu sagen.

»Ich habe dich lieb, Papa!«, flüsterte sie. »Ich vermisse dich und Mama so sehr, dass es wehtut!«

Eine Träne lief über die Wange und tropfte auf Conrad herunter, der die Augen öffnete und sie verwundert anstarrte.

»Millian, bist du gekommen, um mich zu retten?«, stöhnte er leise.

Sie lächelte und nickte. Dann beugte Millian sich zu ihm hinunter, legte eine Hand vorsichtig unter seinen Nacken und hob ihn hoch.

Conrad wimmerte und kniff die Augen zu, klagte jedoch nicht über die Schmerzen, die ihm durch Nacken und Kopf fuhren.

»Ich habe so merkwürdig von dir geträumt«, flüsterte er und schaute sie wieder an. »Ich habe davon geträumt, dass du wie Spiderman die Wände hochgeklettert bist … na ja, auch wenn du ein Mädchen bist.«

Millian lächelte. »Mein Vater *war* ein Spiderman«, flüsterte sie und schaute ein letztes Mal auf die Wand über der Pritsche, wo ihr Name geschrieben stand. Dann drehte sie sich um und ging, Conrad im Arm, ruhig aus dem düsteren Raum. Vorsichtig legte sie ihren Freund auf Pater Torquemadas Bett, verschloss die Tür hinter sich und schob das Bücherregal wieder an seinen Platz, damit Pater Torquemada nicht sofort bemerkte, dass Conrad weg war.

Gerade wollte sie auch die Tür zum Turmzimmer im nördlich gelegenen Westturm schließen, als Millian Pater Torquemadas schweren Atem hörte. Er eilte gerade am Kreuzaltar vorbei und steuerte direkt auf sie zu. Ihr Onkel wirkte gereizt und hektisch. Millian schaute Conrad an und spürte Panik in sich aufwallen: Sie würden es nicht mehr schaffen, sich rechtzeitig zu verstecken.

Panisch schlüpfte sie durch die Tür und schloss sie hinter sich.

Pater Torquemada war so in Gedanken versunken, dass er die verdächtigen Töne, die durch den Raum schwirrten, erst bemerkte, als er den Raum bereits betreten hatte. Er hielt inne und runzelte die Augenbrauen. Was war das? So viele Geräusche – bekannte und fremde gleichermaßen. Misstrauisch sah er sich um. Alles sah noch genauso aus wie vorhin, als er den Raum verlassen hatte. Er ging zu seinem Bett und hob die Bettdecke hoch. Kleine Tropfen Schweiß und Blut waren auf dem weißen Bettbezug. Dieser idiotische Diener hatte den Jungen auf seinem Bett abgelegt, bevor er ihr einsperrte.

Pater Torquemada riss die Bettwäsche mit einer einzigen wütenden Bewegung herunter und schleuderte sie quer durch den Raum. Die Töne und der Geruch des Jungen waren um ihn herum.

Er eilte zum Bücherregal und zerrte es zur Seite, als ein Kreis leuchtender Meilenzeichen um die gewölbten Fenster im Inneren des Zimmers zu vibrieren begann.

»Torquemada!«

Eine heisere, rostige Stimme ließ ihn innehalten und sich umwenden. Wie ferngesteuert schob der Pater das Regal wieder auf seinen Platz.

»Sei gegrüßt, Zauberer Scherpa!«, sagte er ehrerbietig, und langsam öffnete sich ein Fenster zu einer anderen Welt.

Der Zauberer Scherpa saß vornübergebeugt und betrachtete ihn forschend. Dann ergriff er das Wort: »Tarkan ist mit dem Auge des Parados nach San-Alabar gereist. Sobald er das Auge in die Refero-Klaue gelegt hat, werde ich das Portal öffnen zwischen Tellus, also deiner Welt, und Erda, der meinen. Seid ihr vorbereitet, du und die Deinen?«

»Ja«, antwortete Pater Torquemada und lächelte. »Die Zauberer aus allen drei Welten werden sich in ein paar Wochen hier versammeln.«

»Gab es Probleme?«

»Wir hatten in der Tat ein paar Probleme, aber ich denke, die haben wir mittlerweile gelöst.«

»Was für Probleme?«

»Probleme, mit denen wir uns seit Jahrhunderten herumschlagen. Einige versuchen uns daran zu hindern, deine Wiederkehr vorzubereiten. In den letzten Jahren haben ein paar Jugendliche begonnen, in und um die Kirche herum Formeln in Meilenschrift zu schreiben, um die Öffnung des Portals zu verhindern. Es sind dieselben Formeln wie das letzte Mal, als sie dabei waren, das Portal zu schließen«, antwortete Pater Torquemada.

»Aber wir konnten es verhindern, nicht wahr? Es ist nichts geschehen, um das man sich ernsthaft Sorgen machen müsste, hoffe ich«, sagte der alte Zauberer.

»Sicher nicht«, beruhigte ihn Torquemada. »Aber es hat uns einiges gekostet, als wir Pater Cristóbal aussenden mussten, um es wieder zu öffnen.«

»War das nicht die Reise, auf der uns dein Bruder im Stich ließ? Das ist schon eine Weile her.«

»Du hast recht, Meister! Alvero verließ uns nach der Reise von 1492, um mit einem Zirkus durch Europa zu ziehen.«

»Ja, jetzt erinnere ich mich – er war ein Mann mit hehren Prinzipien und einem gewaltigen Dickkopf. Aber lassen wir das jetzt: Sag, hast du herausfinden können, wer uns an unserem Tun hindert?«

»Ich habe einen Verdacht«, nickte Pater Torquemada und schlug die Hände hinter seinem Rücken zusammen. »Und ich irre mich selten.«

»Und …?«

»König Weha ist für mich ein zu großes Problem, Meister!«, antwortete Pater Torquemada.

Der Zauberer Scherpa lachte laut auf. »Ich weiß deine Aufrichtigkeit zu schätzen, Pater Torquemada.«

»Danke, Meister!«, erwiderte Torquemada untertänig. »Doch heute ist etwas Seltsames passiert: Ich hatte das Gefühl, dass jemand von meinen eigenen Leuten mich beobachtete.«

»Jemand aus deiner Familie?«

»Du weißt doch, dass wir eine ganz besonders feine Wahrnehmung haben, wenn wir uns in der Nähe des anderen befinden«, lächelte der Pater.

»Ich dachte, du hättest alle deine Lieben, die gegen uns und unsere Sache waren, aus dem Weg geräumt«, sagte Scherpa verhalten.

»Das habe ich auch geglaubt«, antwortete Pater Torquemada. »Ich habe wirklich alles getan, um den Rest meiner aufrührerischen Familie während der Inquisition zu beseitigen. Aber wer weiß, ob mir nicht jemand durch die

Lappen gegangen ist? Das Gefühl war nur sehr vage; es beunruhigt mich aber dennoch sehr.«

Scherpa lehnte sich im Stuhl zurück.

»Das soll man sich mal überlegen: Da setzt jemand eine weltumspannende Verfolgungsjagd in Gang, nur um seine eigene Familie umzubringen«, lachte Scherpa in sich hinein. »Weißt du, Torquemada, ich habe dich schon immer gemocht, auch wenn du ein Araknoq bist.«

»Danke, Scherpa! Ich versuche auch, deinem Willen unbedingt zu gehorchen, wenigstens soweit das in meiner Macht steht.«

»Und weil du dir nicht ganz sicher bist, ob du sie alle ausgeschaltet hast, reist du also durch die ganze Welt?« Scherpa wurde wieder ernst.

Pater Torquemada verneigte sich ehrfürchtig und nickte. »Millian«, sagte er leise. »Ich habe ihren Körper nie gefunden. Das macht mir Sorgen. Sie war zwar tödlich verletzt, als sie damals in den Wald hineinflüchtete, aber ab und an hege ich noch Zweifel. Andererseits: Sie war so geschwächt – die wilden Tiere haben sie sicher gefressen. Weißt du, ich mag keine losen Enden – und sie ist ein solches loses Ende: dünn, fast unsichtbar, aber doch irgendwie da.«

»Deine Einstellung gefällt mir, Torquemada«, lobte Scherpa. »Deshalb habe ich dich auch mit der Aufgabe betraut, alles für die Sammlung der namentlich genannten Zauberer und die Öffnung des Portals vorzubereiten.«

Pater Torquemada verstummte, die Gedanken kreisten wild in seinem Kopf.

»Hast du noch andere Sorgen?«, fragte Scherpa.

»Nein, nur diese ständigen Versuche, uns an der Öffnung des Portals zu hindern, plagen mich«, antwortete Torquemada mit grimmiger und nachdenklicher Miene.

»Denk nicht mehr daran!«, riet ihm Scherpa. »Das Leben König Wehas liegt in meinen Händen. Er ist an ein Versprechen gebunden, das er mir einmal gegeben hat, und wenn er es bricht, dann ...« Der alte Zauberer reckte seine geballte, zitternde Faust in die Luft empor. Augenblicklich begannen die Meilenzeichen zu vibrieren und verglühten kurz darauf.

Pater Torquemada stand da und schaute geistesabwesend auf die Wand, an der nun nichts mehr zu sehen war.

»Ich werde diesen Abschaum dazu zwingen, mir zu sagen, wo Weha ist!«, zischte er, riss das Bücherregal und den Türriegel zur

Seite und stürzte in den kleinen, ovalen Raum. Dort blieb er ratlos stehen. Die Pritsche war leer, obwohl die Töne des Jungen, sein Atem und sein Herzschlag in der Luft vibrierten.

Eine plötzliche Bewegung hinter seinem Rücken ließ Torquemada herumfahren. Doch es war bereits zu spät: Die Tür zum Turmzimmer war zugefallen und wurde von der anderen Seite abgeschlossen. Brüllend warf sich der Pater dagegen, dass die Funken stoben – doch er war gefangen in seiner eigenen Zelle und hörte nur noch Schritte auf der Treppe, die sich nach unten entfernten.

Der schwarze Ritter

Sir Thomas

»Wer seid Ihr eigentlich? Und warum habt Ihr Scha-Ras Buch?«, fragte Alak.

Sir Thomas lächelte und lehnte sich auf seinem Stuhl zurück.

»Ich habe euch beobachtet, seitdem Scha-Ra euch erlaubte, außerhalb des Schlossgeländes zu spielen«, sagte er.

»Kennt Ihr Scha-Ra?«, fragte Ilke eifrig.

»In gewisser Weise schon«, antwortete Sir Thomas.

Ilke fühlte sich bei dem Mann, den Alak als den schwarzen Ritter wiedererkannt hatte, sicher. Irgendetwas an seiner Art zu sprechen und sein Blick wirkten beruhigend.

Alak hingegen fühlte Unruhe in sich hochsteigen; er wollte so schnell wie möglich weg von hier. Der schwarze Ritter weckte keine guten Erinnerungen in ihm.

Er warf einen raschen Blick auf das Buch, das auf Sir Thomas' Schoß lag. Wenn sie es blitzschnell ergreifen und davonrennen könnten, würde er sich bedeutend besser fühlen. Vielleicht befand sich Scha-Ra ja schon in dieser Welt und suchte bereits nach ihnen?

Sir Thomas erzählte Ilke davon, wie er von Alak überrascht worden war, der ihn oben auf dem Bergkamm entdeckt hatte, als sie auf dem Weg zum Merihba-See waren.

Alak warf ihm einen eiskalten Blick zu: Er erinnerte sich daran, dass er jedes Mal, wenn Sir Thomas in der Nähe war, einen kalten Luftzug gespürt hatte.

»Du hast ungewöhnliche Fähigkeiten!«, sagte Sir Thomas zu dem Jungen und plauderte dann harmlos weiter: »Wenn ich in Aldra herumreite, verberge ich mich mithilfe eines Zaubers, der bewirkt, dass die Leute mich zwar sehen können, mich aber trotzdem nicht wahrnehmen. So als wäre ich eine Bergkuppe oder ein Baum, den sie schon viele Male zuvor gesehen haben.«

»Alak ist gegen Zauberei immun«, sagte Ilke und machte es sich auf dem Stuhl bequem.

Alak wollte sich nicht hinsetzen. Er fühlte sich zu unwohl.

Sir Thomas lächelte. »Das habe ich mittlerweile verstanden. Das wird helfen, in den schwierigen Zeiten, die vor uns liegen.«

»Ich dagegen bin gegen Zauberei nicht immun«, fuhr Ilke fort. »Ich bin eher das ganze Gegenteil: proppenvoll mit Eiseskräften und solchen Sachen.«

»Ich habe auch deine Kräfte bemerkt, Ilke, und ich bin sehr beeindruckt!«, sagte Sir Thomas und lächelte.

»Aber warum habt Ihr uns beobachtet?«, fragte Ilke.

»Hast du das noch nicht erraten?«, lächelte Sir Thomas schelmisch.

»Ich frage mich eher, warum Ihr Scha-Ras Buch habt«, mischte sich Alak mürrisch ein. Er traute Sir Thomas nicht ganz. Etwas an ihm stimmte nicht, sagte ihm sein Gefühl, doch Alak wusste nicht, was genau das war.

»Das Buch hat Scha-Ra in der Wüste verloren«, erklärte Sir Thomas. »Ich habe es damals zu schreiben begonnen, deshalb kommt es auch immer wieder zu mir zurück.«

»Dann seid Ihr König Weha!«, staunte Ilke.

Alak fuhr zusammen. Ihre Antwort war wie eine Faust, die sich in seinen Bauch rammte. Er schaute zu Ilke, die zufrieden lächelte, und richtete seinen Blick dann auf den Mann vor ihnen: War das tatsächlich König Weha?

»König Weha!«, wiederholte Ilke beeindruckt und sah ihn mit großen, bittenden Augen an. »Dann wisst Ihr doch ganz sicher, wie es Scha-Ra und Arul geht, nicht wahr? Erzählt uns alles: Kommen sie uns bald abholen? Suchen sie nach uns? Und geht es ihnen gut?«

»Immer mit der Ruhe!«, lächelte Sir Thomas. »Ich weiß nicht alles. Du hast eindeutig zu viele Fragen, und ich habe zu wenige Antworten darauf. Doch eines kann ich dir mit Sicherheit sagen: Ja, ich bin König Weha. Aber sag es nicht zu laut!« Er zwinkerte Ilke zu und hielt sich den Zeigefinger vor den Mund. »Das braucht ja niemand zu erfahren. Hier kennt man mich nämlich nur als Sir Thomas, den Bibliothekar und Schriftsteller.«

Ilke sah ein wenig enttäuscht aus. Sie hatte immer fest angenommen, dass König Weha alles wüsste.

»Bibliothekar und Schriftsteller?«, fragte sie skeptisch und rümpfte die Nase. »Scha-Ra hat gesagt, dass Ihr der mächtigste …«

»Ja, ja!«, unterbrach Sir Thomas sie ungeduldig. »Das mag ja alles sein, aber mit mutigen Gedanken, die man aufschreibt und die andere dann lesen, kann man weitaus größere Dinge ausrichten.«

»Das ist ja wohl ein Scherz!«, ereiferte sich Ilke und sah Sir Thomas ungläubig an.

»Durchaus nicht. Weißt du denn nicht, dass niemand gegen Wissen und die Wahrheit ankommt? Mit körperlicher Kraft kann man zahlreiche Widersacher bekämpfen, doch eines Tages verlässt einen die Kraft und man stirbt. Und was passiert dann? Hast du dich das einmal gefragt? Ich sage es dir: Nichts. Wissen stirbt niemals, und wer es besitzt, wird ewig leben.«

»Und der Kampf auf der Gredom-Ebene … Wie sollte der also Eurer Meinung nach ausgekämpft werden?«, fragte Ilke vorlaut.

Sir Thomas betrachtete sie eingehend und lächelte.

»Der wird mit dem Schwert ausgetragen, doch derjenige, der das Wissen einsetzt, wird siegen«, sagte er und sah kurz auf etwas, was er um das Handgelenk trug.

»Was ist das?«, fragte Ilke.

Sir Thomas schaute hoch und lächelte. »Das ist eine Uhr. Auf diesem Planeten hier benutzt man sie, um der Zeit zu folgen.«

Er beugte den Arm in ihre Richtung, damit Ilke sie genauer betrachten konnte.

»Was zeigt sie jetzt an?«, fragte sie.

»Sie zeigt, dass Millian und Conrad spät dran sind, und das macht mir Sorgen. Auch wenn Millian gut auf sich selbst aufpassen kann«, sagte Sir Thomas.

Alak sah abwechselnd zu Ilke, die mit König Weha sprach, als wäre das die natürlichste Sache der Welt, und zu König Weha, der über alles andere sprach als das, was wirklich wichtig war: Den Elfenjungen interessierte viel mehr, weshalb er das Buch besaß. Und die Erklärung, die Weha ihnen gegeben hatte, überzeugte ihn ganz und gar nicht: Scha-Ra konnte das Buch unmöglich verloren haben, andernfalls wäre die Prophezeiung außer Kraft gesetzt. Und wie sollten sie nach Aldra zurückkommen? Wie ging es Scha-Ra und Arul? Wusste König Weha womöglich gar nichts davon? Und warum konnte er nicht einfach seine Gedanken lesen und antworten – ohne dass Alak lange zu fragen brauchte?

Sir Thomas schaute ihn an.

Alak senkte plötzlich den Blick. Konnte König Weha doch seine Gedanken lesen?

»Wir könnten doch einfach Scha-Ras Buch mitnehmen, wenn wir wieder nach Hause zurückkehren. Dann wird alles wie früher«, schlug Ilke hoffnungsvoll vor, so als ob sie die Spannung zwischen Alak und Sir Thomas weder bemerkt noch verstanden hätte.

»Leider ist das nicht so einfach«, erklärte Sir Thomas ruhig. »Ihr könnt nicht einfach so nach Aldra zurückgeschickt werden. Dass ihr hierhergelangt seid, bedeutet, dass Scherpa die drei Steine gesammelt hat, die das Parallelportal auf Erda öffnen.«

»Drei Steine?«, fragte Ilke verwundert.

»Geht es nicht nur um den einen, den Alak hat?«

Sir Thomas schüttelte den Kopf. »Damals, als alles geschaffen wurde, gab es auf Erda drei Steine, die das Portal zu den anderen Welten offen hielten. Der erste war in San-Alabar, der zweite in Afrheim und der dritte in Altfjerd.«

»Konnten alle, die das wollten, so wie Alak und ich durch eine solche Tür treten?«, fragte Ilke neugierig.

»Nein, Ilke! Wenn die Steine erst wieder alle eingesetzt sind, wird es so aussehen, als ob sich der Planet mit einem Schlag erweitert: Neue Länder und Kontinente tauchen plötzlich aus dem Nichts auf, und sie fügen sich so gut zusammen, dass alles wie eine einzige Welt aussieht und nicht mehr länger wie mehrere«, erklärte Sir Thomas.

»Das hört sich nicht schlecht an«, sagte Ilke. »Aber warum sollte es so gefährlich sein, wenn es dann noch mehr Orte zu erforschen gibt?«

»Weil Scherpa und seine Brüder alles beherrschen wollen; sie wollen ein grausames und ungerechtes Reich errichten, das die Leute versklavt und abhängig macht.«

»Deshalb hab Ihr also die Türme verschlossen?«, fragte Ilke. »Weil Ihr denkt, dass es schwieriger ist, die Macht in mehreren verschiedenen Welten zu ergreifen statt in nur einer großen?«

König Weha sah sie aufmerksam an. »Du kennst die Geschichte also?«

»Scha-Ra hat sie Alak erzählt, und Alak hat sie dann mir erzählt«, nickte das Elfenmädchen. »Bis dahin hatte ich immer geglaubt, dass es nur einen einzigen Planeten gibt, auf dem Lebewesen existieren – nämlich unseren eigenen Planeten Erda.«

Der König schüttelte den Kopf. »Es gibt viele Planeten mit Leben, Ilke. Allein dieser Planet hier besteht aus drei verschiedenen Welten. Und das Unglaublichste ist, dass die meisten, die hier leben, nicht einmal eine vage Ahnung davon haben.«

»Jetzt verstehe ich gar nichts mehr!«, sagte Ilke verwirrt.

»Damals, als ich die Türme auf Erda verschloss, tat ich das auch auf all den anderen Planeten«, erklärte Sir Thomas. »Ihr müsst wissen, dass das entsprechende Portal in der Welt geöffnet sein muss, zu der man reist. Genauso wie das Portal in der Welt, aus der man kommt. Was ich nicht wusste, als ich das Portal auf Erda verschloss, war, dass einige von Scherpas Brüdern in diese Welt gelangt waren. Als ich nach Tellus zurückkam, entdeckte ich zu meinem Entsetzen, dass sie viele der Portale, die ich verschlossen hatte, wieder geöffnet hatten und gerade dabei waren, die Macht an sich zu reißen.«

»Warum habt Ihr sie nicht daran gehindert? Ihr seid doch ein mächtiger König, oder?«, fragte Ilke.

»Es ist schwierig, mächtige Feinde zu bekämpfen, ohne dass dabei auch Unschuldige umkommen«, sagte Sir Thomas. »Das möchte ich aber um jeden Preis vermeiden, auch wenn es mehr Zeit kostet, bis wir am Ziel sind.«

»Könnt Ihr uns in unsere eigene Welt zurückschicken?«, fragte Alak ungeduldig.

Sir Thomas schüttelte den Kopf. »Noch nicht gleich. Alle Brüder von Scherpa – die Zauberer von Erda – versammeln sich nämlich hier in dieser Stadt, um Scherpa in Empfang zu nehmen. Wenn wir nicht vorsichtig sind, riskiert ihr, ihnen direkt in die Arme zu laufen.«

»Und was heißt das im Klartext? Wie lange müssen wir hierbleiben?«, fragte Alak.

Sir Thomas zuckte mit den Schultern. »Ich muss zuerst noch ein paar Sachen untersuchen, bevor ihr reisen könnt. In der Zwischenzeit sollt ihr ein bisschen mehr über die Welt erfahren, in der ihr gelandet seid.«

Ilke spürte, wie ihr Körper schwer wurde. Sie hatte geglaubt, dass sie genauso einfach und schnell wieder zurückreisen konnten, wie sie hergekommen waren.

Sie schielte zu ihrem Bruder: Auch er sah so aus, als ob ihm diese Neuigkeiten zu schaffen machten.

Sie waren nun schon so viele Monate von Scha-Ra und Arul getrennt und hatten keine Ahnung, wie es ihnen ging. In der Zwischenzeit konnte so viel passiert sein, von dem sie nicht die leiseste Ahnung hatten, und dieser Gedanke war alles andere als angenehm.

»Alles wird gut!«, sagte Ilke und strich Alak über die Schulter.

Der schaute sie jedoch nur traurig an.

»Sicher!«, flüsterte er. Nicht, weil er daran glaubte, sondern weil es guttat, das zu sagen.

»Macht ihr euch wegen Scha-Ra und Arul Sorgen?«, fragte Sir Thomas.

Die Elfenkinder nickten heftig.

»Ich werde sehen, ob ich sie finden kann, wenn ich nach Aldra reise, um eure Rückkehr vorzubereiten«, versprach Sir Thomas.

Alak und Ilke begannen zu strahlen und nickten dankbar.

»Schon gut!«, sagte Sir Thomas, als Ilke sich ihm an den Hals warf. »Aber ich verspreche nichts! Ihr dürft keine zu großen Erwartungen haben.«

»Verzeihung!«, sagte Ilke und ließ ihn los. »Wir haben ganz vergessen, dass Ihr ein König seid.«

Sir Thomas lächelte, wurde jedoch sofort wieder ernst. »Kann es sein, dass dir eine Frage unter den Nägeln brennt?«, fragte er und schaute Alak erwartungsvoll an.

Der Junge fuhr zusammen, so als ob Sir Thomas plötzlich und ganz unerwartet in die dunkelsten Ecken seines Inneren geleuchtet und dabei seine geheimsten Gedanken erraten hätte …

»Majestät! … Ich meine, Sir Thomas!«, begann Alak, schluckte und atmete schwer. Weiter brachte er jedoch nichts heraus.

Sir Thomas betrachtete ihn forschend und wartete darauf, dass der Elfenzwilling fortfahren würde.

Der schüttelte jetzt verzweifelt den Kopf. »Ach, es war doch nichts«, sagte Alak und spürte, wie ihn der Mut verließ. Eigentlich hatte er fragen wollen, ob es einen Zusammenhang gab zwischen dem Verschwinden der Stimme in seinem Kopf und dem Umstand, dass Sir Thomas Scha-Ras Buch in seinem Besitz hatte. Der Junge erinnerte sich nur allzu deutlich daran, wie Scha-Ra ihm beschrieben hatte, was geschehen würde, wenn er nicht auf die Stimme in seinem Kopf hörte. Und dass die Prophezeiungen tausend Jahre lang nicht in Erfüllung gehen würden, wenn Scha-Ra das Buch verlor.

»Früher oder später bekommen wir die Antworten auf alle unsere Fragen«, sagte Sir Thomas. »Kann sein, dass es für die Antwort, die du suchst, jetzt noch zu früh ist.«

Alak nickte. Er fühlte, wie sich Unbehagen in ihm ausbreitete und wie heiß ihm plötzlich war.

Ilke bewegte sich nervös hin und her; dass sie außen vor blieb, entging ihr nicht. Die beiden hätten genauso gut in einer anderen Sprache miteinander reden können – sie verstand kein Wort von dem, was da besprochen wurde. Aber auf eine merkwürdige Art schien es, als ob sie einander verstünden.

Millians Geschichte

Das Geräusch einer Metalltür, die hinter Ilke aufgestoßen wurde, ließ sie zusammenfahren.

»Millian, was ist passiert?«, fragte Sir Thomas erschrocken, als ein großes drahtiges Mädchen mit langen schwarzen Haaren und einem Jungen auf den Armen durch die Tür trat. Schweißperlen standen ihr auf der Stirn, und eine feuchte Haarsträhne klebte in ihrem verschwitzten Gesicht.

Millian ging ruhig durch den Raum, während Sir Thomas den Tisch freimachte, sodass sie den bewusstlosen Jungen darauf ablegen konnte.

Als sie ihre Last losgeworden war, strich sie sich das Haar zur Seite und versuchte, wieder zu Atem zu kommen.

»Ich glaube, Conrad hat sich schwer verletzt«, keuchte sie.

»Ich habe ihn den ganzen Weg vom Nidaros-Dom bis hierher getragen. Als ich über die Mönchstraße gerannt bin, ist er ohnmächtig geworden.«

Ihr Blick blieb irritiert an Alak und Ilke hängen, die Millian erst jetzt bemerkte. Sie schaute Sir Thomas fragend an, doch der war zu sehr damit beschäftigt, Conrads Nacken zu untersuchen, als dass er es bemerkte.

»Das sieht schlimm aus«, sagte er sorgenvoll. »Joachim hat berichtet, dass euch ein Priester überrascht und Conrad mit in den Dom genommen hat.«

»Das war kein Priester«, sagte Millian und strich die weiße Locke zur Seite, die ihr erneut vor die Augen gefallen war. Sie warf Alak und Ilke einen misstrauischen Blick zu und sprach auf Aldrisch weiter: »Das war Pater Torquemada.«

Alak und Ilke wechselten erstaunte Blickte: Wer war das fremde Mädchen? War sie auch aus ihrer Welt? Oder aus einer ganz anderen?

»Bist du Pater Torquemada begegnet?«, fragte Sir Thomas überrascht.

Millian lächelte und schüttelte den Kopf. »Nein, aber es war knapp, beinahe hätte er uns erwischt. Ich hatte mich unter seinem Bett im Turmzimmer versteckt, als er kam.«

»Willst du damit sagen, dass ihr beide mit ihm im selben Zimmer wart, ohne dass er euch bemerkte?«

»Ja«, bestätigte sie eifrig. »Und als er in das Kerkerloch ging, um nach Conrad zu sehen, habe ich die Tür von außen hinter ihm abgeschlossen und bin einfach losgerannt.«

»Das hört sich an, als ob du dein Schicksal mehr herausforderst, als gut für dich ist. Wir haben darüber schon gesprochen«, sagte Sir Thomas, während er sich hinunter beugte, um Conrad genauer zu untersuchen. »Du hättest mir Bescheid geben sollen, dann hätte ich die Sache schon in die Hand genommen. Ich habe dir doch schon so oft gesagt, dass du dich selbst oder andere unter gar keinen Umständen in Gefahr bringen sollst. Und Pater Torquemada ist definitiv eine Gefahr für dich.«

»Es ist ja noch mal gut gegangen«, seufzte Millian. »Ich musste einfach etwas tun. Schließlich kann ich doch nicht jedes Mal, wenn irgendwas Unvorhergesehenes passiert, zu Euch angelaufen kommen! Habt Ihr eine Ahnung, wie langweilig es ist, jeden Tag mit den Jugendlichen herumzuhängen und so zu tun, als wäre ich eine von ihnen? Hier unten zu sitzen und ihnen Meilenschrift und Formeln beizubringen?«

»Glaubst du, er langweilt sich?«, sagte Sir Thomas streng und nickte in Richtung Conrad, der still auf dem Tisch lag.

»'tschuldigung! Das war nicht so gemeint.

Ich weiß, dass wir es nie geschafft hätten, uns Scherpa vom Halse zu halten, wenn uns die Menschen nicht jahrhundertelang geholfen hätten.«

»Ja. Und viele von ihnen haben sogar ihr Leben geopfert für unsere Sache. Ich finde nicht, dass sich das langweilig anhört.«

Millian wurde verlegen. »Glaubt Ihr, er schafft es?«, fragte sie leise und deutlich beschämt.

Sir Thomas nickte, während er Conrad weiter untersuchte.

»Wer sind die beiden?« Millian deutete vorsichtig in Richtung der Elfenkinder.

Sir Thomas blickte auf und lächelte.

»Wollt ihr Millian nicht Guten Tag sagen?«, wandte er sich auf Aldrisch an die Elfenzwillinge.

Millian zuckte zusammen, als sie begriff, dass die beiden ihre Sprache sprachen und eben alles verstanden hatten.

Alak streckte seine Hand aus und stellte sich vor. Millian war sprachlos.

Nach ihrem Bruder verbeugte sich auch Ilke und nannte höflich ihren Namen.

Millian schaute unschlüssig zu Sir Thomas.

»Wenn ihr mit der Meilenzeichen-Borte um den Dom herum fertig geworden wärt, wären sie Pater Torquemada und seinen Handlangern in die Hände gefallen«, sagte Sir Thomas und drückte mit seinem Finger vorsichtig Conrads Nacken entlang.

»Stattdessen wurden sie jedoch im Portal herumgeschleudert und sind schließlich nur durch Zufall hier gelandet.«

»Sind sie aus Aldra?«, fragte Millian neugierig.

Sir Thomas nickte zur Bestätigung.

»Dann seid ihr Elfen!«, stellte Millian fest. »Stimmt, jetzt sehe ich es auch an euren Ohren. Aber warum hast du so eine merkwürdige Hautfarbe?« Fasziniert strich sie Ilke mit einem Finger über die Wange.

Ilke zuckte verärgert zurück.

»Möchtest du, dass ich dir zeige, warum?«, fragte sie leise.

Millian schaute zu Sir Thomas und lächelte überlegen, doch dieser war zu stark auf den vor ihm liegenden Jungen konzentriert, um die Spannung zwischen Millian und Ilke zu bemerken.

Millian zuckte gleichgültig mit den Schultern und blickte Ilke herausfordernd an. »Wenn du nicht sagen willst, warum, ist das auch in Ordnung.«

»Sie besitzt Frostkräfte«, mischte sich jetzt

Alak ein, um der entstandenen Situation die Spannung zu nehmen.

»Toll!«, sagte Millian. »Warum hast du das nicht gleich gesagt? Das ist ja cool!«

»Cool?« Ilke sah ihren Bruder fragend an.

Millian kicherte. Ilke hatte das Wort offensichtlich noch nie gehört, denn sie sprach es so unbeholfen aus, dass es aus ihrem Mund ganz seltsam klang.

»Das Wort ›cool‹ gibt es nicht auf Aldrisch«, sagte Alak entschuldigend.

Ilke nickte und konnte ihre Neugierde nur einen Moment im Zaum halten. »Woher kannst du Aldrisch?«, platzte es dann aus ihr heraus.

»Ich bin eine Araknoq«, antwortete Millian.

»Eine was?« Ilke maß Millian mit den Augen.

Millian wirkte zuerst etwas verlegen, dass sie nicht wussten, was ein Araknoq war, doch dann leuchtete ihr Gesicht auf. Sie schlug sich mit der flachen Hand vor die Stirn. »Ach, ihr kommt also von der Insel Orti, stimmt's? Dann ist das ja kein Wunder«, sagte sie.

Alak schüttelte den Kopf. »Ist es lange her, seit du das letzte Mal in Aldra warst?«, fragte der Elfenjunge.

Millian schaute zu Sir Thomas, doch der zuckte nur mit den Schultern.

»Sehr lange«, sagte sie unsicher. »Genau genommen … bin ich noch nie da gewesen. Aber ich habe viel davon gehört. Sir Thomas hat mir alles erzählt, was er weiß. Meine Familie kommt aus den Felshöhlen in Afrheim.«

»Jetzt müsst ihr einen Moment still sein«, sagte Sir Thomas und beugte sich über Conrad.

Alak und Ilke streckten die Köpfe nach vorn, um besser sehen zu können, was er machte. Mit geschlossenen Augen und hochkonzentriert ließ Sir Thomas seine Finger über den Nacken des Jungen gleiten, drückte sie dann sanft durch die Haut hindurch und begann, an den Wirbeln entlangzutasten. Das Geräusch von Fleisch, das beiseitegedrückt wurde, von Muskeln, die zur Seite glitten, und von knackenden Knochen jagte ihnen Schauer über den Rücken.

Nach einer Weile zog Sir Thomas seine Finger vorsichtig wieder aus Conrads Nacken und trocknete Blut an seinem Hemd ab.

»Ich trage ihn nach oben und lege ihn in mein Bett, dann kann er sich ausruhen«, sagte er und lächelte. »In ein paar Tagen ist er wieder auf den Beinen, das verspreche ich euch.

Und in ein paar Wochen ist alles geheilt und Conrad der alte.«

Sir Thomas hob den bewusstlosen Jungen vorsichtig hoch.

»Was sagen wir seinen Eltern?«, fragte er und sah Millian an.

»Sie sind geschieden. Die Mutter schert sich nicht darum, wo er steckt; sie arbeitet Schicht.«

Sir Thomas nickte nachdenklich. »Das Übliche also!«

Dann verschwand er mit Conrad auf dem Arm die Treppe hinauf.

»Wie bist du nach Tellus gekommen?«, fragte Alak Millian, als Sir Thomas außer Hörweite war.

Die grinste, setzte sich auf die Tischkante und schaute ihn neckisch an.

»Das ist lange her.«

»So lange kann das aber gar nicht sein«, wandte Ilke ein. »Du bist doch noch nicht so alt.«

»Nein?«, antwortete Millian. »Was denkst du: Wie alt bin ich wohl?«

Ilke stemmte die Arme in die Seiten und betrachtete sie genauer.

»Höchstens sechzehn«, sagte sie nach einer Weile.

Darauf warf Millian den Kopf nach hinten und lachte schallend.

Ilke wand sich. »Jedenfalls nicht viel älter«, lenkte sie ein.

Millian starrte Alak an. »Glaubst du auch, dass ich nicht älter als sechzehn bin?«

Alak hatte ihr launenhaftes Benehmen ziemlich satt, außerdem nahm er Millian übel, dass sie seine Schwester in eine unangenehme Situation gebracht hatte.

»Du bist sicher viel älter«, antwortete er deshalb knapp. »Aber du benimmst dich wie eine Fünfjährige.«

Millian hörte zu lächeln auf und warf Ilke, die sich vor Lachen kaum noch halten konnte, einen giftigen Blick zu.

Sir Thomas kam die Treppe herunter.

»Millian ist 249 Jahre alt«, sagte er trocken. »Der Lebenszyklus eines Araknoqs ist etwas ungewöhnlich, müsst ihr wissen: Ein Araknoq-Jahr entspricht fünfzehn Elfenjahren.«

»Dann bist du, wie ich geraten habe, gut sechzehn«, sagte Ilke, nachdem sie im Kopf rasch nachgerechnet hatte.

Millian hopste vom Tisch herunter und beugte sich zu ihr hinüber, sodass das schwarze Haar und die weiße Locke in Ilkes Gesicht fielen.

»Aber das behältst du für dich, okay?«, flüsterte sie verschwörerisch und lächelte das Elfenmädchen zuckersüß an.

Ilke lächelte zurück.

»Millian neckt neue Bekannte gerne – aber wenn man sie erst einmal kennengelernt hat, dann versteht man, dass man keine bessere Freundin als sie haben kann«, sagte Sir Thomas beschwichtigend in Alaks Richtung und setzte sich zu Millian auf den Tisch. Er sah sie streng an.

»Conrad sagte irgendetwas davon, dass er dich wie Spiderman die Wände hat hochklettern sehen. Du hast ja wohl hoffentlich nicht zugelassen, dass er dich sehen konnte?«

»Tut mir leid!«, stotterte Millian. »Als Pater Torquemada ihn geschnappt hat, muss er mich gesehen haben.«

»Spiderman?«, fragte Ilke.

»Das ist hier auf Tellus eine beliebte Figur aus einem Comic«, sagte Sir Thomas resigniert über Millians Unvorsichtigkeit. »Hier in dieser Welt gibt es viele merkwürdige Dinge. Comics sind eine Art Märchen in Bildern.«

»Ungefähr wie Pantolyphen?«, fragte Alak.

»So ungefähr!«, antwortete Sir Thomas, der sichtbar erfreut war, dass es nicht schwer war, den Elfenzwillingen etwas zu erklären, von dem er am liebsten nicht mehr sprechen wollte. Schon als er neu war auf Tellus, war ihm das merkwürdige Interesse der Menschen für alles Unterhaltsame aufgefallen. Sie waren wie kleine Kinder, fand er, wie gefährliche Kinder.

»Mein Vater hat die Menschen zu dieser Comic-Figur inspiriert«, sagte Millian stolz. »Meine Familie stand eigentlich einst im Dienst des Königs im Norden. Sie blieben mit Scherpas Zauberern hier zurück, als Sir Thomas die Türme auf Erda verschlossen hat.«

»Hätte ich geahnt, dass ich so eine fantastische Person wie dich in dieser Welt einsperren würde, hätte ich noch ein wenig gewartet«, lächelte Sir Thomas und strich ihr liebevoll über das lange Haar.

»Ihr macht Euch die ganze Zeit Sorgen um mich«, nörgelte Millian ungehalten und rutschte ein Stück von Sir Thomas weg.

»Ich habe deinem Vater versprochen ...«

»Ja doch«, unterbrach sie ihn. »Ich sollte doch eigentlich von ihm erzählen.«

Sir Thomas lachte laut: »Komm, erzähl schon weiter!« Und zu den Elfenzwillingen gewandt fuhr er fort: »Es ist das erste Mal, dass Millian anderen als mir von ihm erzählt. Ich möchte nämlich nicht, dass sie die anderen

Kinder einweiht. Die Menschen brauchen nicht alles zu wissen.«

Alak und Ilke nickten zum Zeichen, dass sie verstanden hatten.

Millian seufzte laut auf und fuhr erst fort, als die beiden ihr wieder ihre volle Aufmerksamkeit widmeten: »Meine Eltern reisten, wie fast alle meine Vorfahren, die nicht Scherpas Zauberern dienen wollten, mit einem Zirkus umher. Sie meinten, es wäre besser, mit den Menschen in Frieden zusammenzuleben, als auf Scherpa zu warten, der ja doch nur über sie herrschen wollte. Mein Vater war im Zirkus der kletternde ›Spinnenmann‹ und auf ganz Tellus berühmt.«

»So habe ich sie auch kennengelernt«, warf Sir Thomas ein. »Ich las in einem Buch über den Spinnenmann – und mir war sofort klar, dass er einer der Araknoqs sein musste, der zusammen mit Scherpas Zauberern hiergeblieben war.«

»Viele Jahrhunderte später las dann ein Mann namens Stan dasselbe Buch und zeichnete eine Geschichte, die von dem fantastischen Spinnenmann erzählte!«, sagte Millian, und ihre Augen funkelten begeistert.

»Und wo sind deine Eltern jetzt?«, fragte Ilke neugierig.

Millian verstummte, und die Glut in ihren Augen erlosch auf einen Schlag.

»Mein Onkel … Pater Torquemada … hat sie ermordet«, flüsterte sie mit erstickter Stimme. »Sie sind vor ihm nach Norwegen geflüchtet, einem Land auf Tellus, in dem es mit der Inquisition nicht so ernst genommen wurde. Doch er ist ihnen gefolgt und hat meinen Vater unter dem Vorwand, dass er Hexenkunst betreibe, festnehmen lassen. Meine Mutter und ich sind daraufhin allein weitergeflüchtet. Als er festgenommen wurde, habe ich ihn zum letzten Mal gesehen.« Millian verbarg ihr Gesicht in den Händen. »Alvero, der berühmte Spinnenmensch.«

»Konntest du dich gar nicht von ihm verabschieden?«, fragte Ilke voller Mitgefühl.

»In dem kleinen Zimmer, in das Pater Torquemada ihn eingesperrt hatte«, sagte sie langsam. »Dort – dort steht an der Wand …« Millians Stimme brach, und Tränen liefen ihr über die Wangen.

»›Meine geliebte Millian‹«, warf Sir Thomas ein.

»Ich hatte versucht, ihre Eltern dazu zu überreden, mit mir zu kommen, damit ich sie beschützen konnte, doch ihr Vater war nicht dazu zu bewegen. Er wollte sich nicht zwischen Scherpa und mich stellen. Als ich dann hörte, dass Millian und ihre Mutter Ariadne vor Pater Torquemada auf der Flucht waren, habe ich nach ihnen gesucht und sie schließlich hier in Trondheim gefunden. Ariadne ist mit Millian auf dem Arm panisch in den Wald gerannt. Daraufhin hat Pater Torquemada Hunde auf ihre Spur gesetzt … Als ich die beiden endlich fand, hatten die Hunde ihre Mutter schon getötet. Und Millian war so schwer verletzt, dass sie auch nicht überlebt hätte, wenn ich nur ein paar Minuten später gekommen wäre. Damals war sie zwei Jahre alt.«

»Dreißig«, sagte Millian mit Nachdruck.

»Dreißig Elfenjahre«, gab Sir Thomas klein bei und strich Millian über den Rücken.

»Als ich Pater Torquemada heute gesehen habe, bekam ich solche Lust, etwas zu unternehmen«, knurrte Millian wütend und ballte die Fäuste. »Ich weiß noch ganz genau, wie ich in Rom auf seinem Schoß saß, während meine Mutter und mein Vater versucht haben, ihn dazu zu bringen, von der Verfolgung unserer Familie abzulassen. Er hat mich zärtlich in seinen Armen gewiegt und gesagt, dass er nicht ruhen würde, bis auch der letzte von uns ausgeschaltet sei. Ich war damals so klein, dass ich nicht verstanden habe, was er da sagte.«

»Ich erinnere mich daran«, sagte Sir Thomas. »Das war, als ich zu eurer Rettung gekommen bin und euch durch die unterirdischen Gänge aus der Stadt geführt habe.«

»Ich wünschte, Vater hätte damals auf Euch gehört«, sagte sie und lehnte sich an ihn.

»Ja«, sagte Sir Thomas und runzelte die Stirn. »Das hätte ich mir auch gewünscht. Du hattest fantastische Eltern.«

»Ach übrigens, wie seid ihr eigentlich hierhergekommen?«, fragte Millian und wechselte so plötzlich das Thema, dass Alak und Ilke sofort begriffen, dass sie nicht mehr an die traurige Geschichte mit ihren Eltern denken wollte.

»Zeig ihr den Stein!«, sagte Sir Thomas zu Alak.

Alak wühlte in seinem Jackenfutter, wo er den Stein verborgen hatte, holte ihn hervor und hob ihn hoch, sodass ihn alle sehen konnten.

Das Auge des Parados glühte in dem spärlichen Licht, und es sah aus, als ob Alak eine lebendige Flamme in seinen Händen hielt, die mit ihrem leuchtenden Schein die Luft um sich herum verzehrte.

Gratia

Millian sah skeptisch von Alak zu Sir Thomas. Der funkelnde Stein, der den Raum in rotes, magisches Licht tauchte, weckte sofort ihre Neugier, sie getraute sich jedoch nicht zu fragen und überließ das Sir Thomas.

»Brennt er nicht in deinen Händen«, fragte dieser und umfasste Alaks Hände.

Alak zuckte zusammen, als er spürte, wie sich die kalten Hände von Sir Thomas um seine eigenen legten, und schüttelte den Kopf. »Er fühlt sich ein bisschen warm an, das ist alles … Aber Eure Hände sind kalt«, sagte er vorsichtig.

»Deine sind wegen des Steins so warm«, erklärte Sir Thomas.

Alle sahen auf das Auge des Parados. Es glühte und pulsierte in Alaks Hand im Takt mit seinem Herzschlag.

Millian rutschte langsam vom Tisch herunter und ging zu Alak, um den Stein in die Hand zu nehmen. Weit kam sie jedoch nicht.

»Fass ihn nicht an!«, befahl Sir Thomas mit scharfer, aber dennoch freundlicher Stimme.

Millian drehte sich erstaunt zu ihm um –

doch Sir Thomas schüttelte entschieden den Kopf.

»Das würde dich das Leben kosten!«, sagte er ernst.

»Er sieht aber gar nicht so gefährlich aus«, entgegnete Millian trotzig.

»Nein, er sieht nicht gefährlich aus, aber lass dich durch sein Äußeres nicht täuschen«, antwortete Sir Thomas. Dann wandte er sich besorgt an das Elfenmädchen. »Hast du ihn auch angefasst, Ilke?«, fragte er.

»Natürlich nicht!«, stieß Ilke empört hervor und schüttelte heftig den Kopf. »Seid Ihr verrückt?«

»Ganz und gar nicht!«, lachte Sir Thomas und zwinkerte ihr zu.

Alak räusperte sich und warf seiner Schwester einen vernichtenden Blick zu.

Ilke lief sofort rot an und schlug beschämt die Augen nieder.

»Kann ich das Auge des Parados einen Augenblick haben?«, bat Sir Thomas.

Alak nickte und reichte ihm den Stein.

Sir Thomas nahm Ilkes Hand; das Elfenmädchen zuckte zurück und warf Alak einen ängstlichen Blick zu. Was wollte Sir Thomas von ihr? Panisch starrte sie auf den Stein in seinen Händen.

»Hab keine Angst, Ilke! Ich werde dir nicht wehtun!«, sagte Sir Thomas ruhig.

»Ach, und jetzt soll sie wohl auch noch den Stein anfassen dürfen?«, brach es aus Millian heraus. »Na, super. Und was ist bitte schön so besonders an den beiden, dass sie ihn anfassen können und ich nicht?«

Sir Thomas antwortete ihr nicht. Stattdessen hielt er konzentriert Ilkes Blick und lächelte beruhigend, während er das Auge des Parados in ihre Hand legte.

Das Elfenmädchen zuckte zusammen, als sie den heißen Stein in ihrer Hand spürte, aber er brannte wirklich nicht auf der Haut, wie sie befürchtet hatte.

»Und? Tut es weh?«, fragte Sir Thomas.

Ilke schüttelte den Kopf, doch die Wärme, die von ihrer Hand über den Arm nach oben kroch, verursachte ihr allmählich Übelkeit. Sie schluckte ein paarmal schwer und spürte, wie ihr der Schweiß auf die Stirn trat.

Sir Thomas wurde besorgt, als er sah, dass es Ilke ganz offensichtlich nicht gut ging, nahm ihr das Auge des Parados ab und reichte es Alak.

Der Junge nahm den Stein wortlos entgegen und steckte ihn zurück in sein Jackenfutter. Beunruhigt beobachtete er seine

Schwester, die bleich aussah. Ihr schien außerdem schwindlig zu sein.

»Hast du dich eben nicht wohlgefühlt, als du das Auge des Parados in der Hand hattest?«, fragte Sir Thomas und strich Ilke über die Stirn.

Sie lächelte tapfer und schüttelte den Kopf.

»Das müssen wohl die Frostkräfte in dir sein, die auf die Hitze des Auges reagieren«, sagte Sir Thomas ernst und dachte scharf nach.

»Warum können die beiden den Stein anfassen und ich nicht?«, fragte Millian noch einmal und sah Ilke skeptisch an.

»Ich bin mir noch nicht sicher«, antwortete Sir Thomas. »Aber sie sind ganz offensichtlich ›Gratia‹ – zwei ›der ganz besonderen Art‹.«

»Wie geht es dir?«, fragte Alak, der Sir Thomas' Erklärung geflissentlich überhörte, und umarmte Ilke.

»Ganz gut!«, lächelte sie matt. »Hättest du gedacht, dass ich das Auge des Parados halten könnte?«

Alak lächelte. »Nein. Ich hatte angenommen, dass ich den Stein deshalb halten kann, weil ich gegen Zauberei immun bin.«

»Und was ist ein Gratia?«, fragte Ilke jetzt. Kaum ging es ihr ein wenig besser, kehrte auch ihre Neugierde wieder zurück.

»Mein Vater war ein Gratia«, sagte Millian stolz.

»Millians Vater, Alvero, wurde in der Tat als Gratia geboren«, bestätigte Sir Thomas und wandte sich an Ilke. »Das ist jemand, der mit einem Gnadengeschenk zur Welt kommt.«

Langsam schien Millian zu begreifen. »Sind das die beiden, die die Prophezeiung auserwählt hat?«, fragte sie und drehte sich zu Sir Thomas um.

»Ja«, antwortete Ilke stolz, noch bevor Sir Thomas darauf antworten konnte. »Wir werden Aldra von dem Bösen erlösen.«

Während sie diese großen Worte sprach, fühlte Ilke sich, als schwebe sie mehrere Meter über dem Boden. Auf eine merkwürdige Weise war es gut, sich vor Millian wichtig zu tun.

Alak und Sir Thomas warfen sich einen Blick zu, aber keiner von ihnen sagte etwas.

Ilke war der Blickwechsel nicht entgangen, der sie abrupt wieder auf den Boden der Tatsachen holte. Was hatten die beiden denn?

»Es ist spät«, sagte Sir Thomas plötzlich. »Unsere Gäste sind sicher hungrig und erschöpft.«

Und tatsächlich: Allein die Vorstellung von etwas Essbarem brachte Alaks und Ilkes Magen zum Knurren; kein Wunder: Sie hatten ja auch den ganzen Tag noch nichts gegessen, so beschäftigt, wie sie mit ihren aufregenden Erlebnissen gewesen waren.

»O ja!«, rief nun auch Millian begeistert. »Können wir etwas essen gehen?«

»Glaubst du, das wäre so klug, nach all dem, was du heute erlebt hast?«, fragte Sir Thomas ernst.

»Wir könnten uns doch einen Burger an der Ecke holen«, bettelte Millian.

Sir Thomas zuckte resigniert mit den Schultern und schüttelte den Kopf.

»Wenn nicht, dann müssen wir erst einkaufen gehen«, nörgelte Millian und versuchte Sir Thomas mit Blicken zu hypnotisieren. »Wir haben fast nichts mehr in der Speisekammer.«

»Bist du diesen Monat nicht mit Einkaufen dran?«, fragte Sir Thomas.

Millian schaute ihn verwundert an. »Diesen Monat? Ich dachte, das wäre erst im nächsten …«

»In Ordnung, wir gehen dann eben essen«, unterbrach Sir Thomas sie und gab klein bei. »Aber es ist kalt draußen. Wenn du uns etwas zum Überziehen holen könntest, wäre ich dir sehr dankbar.«

»Verzeiht Ihr mir dann auch, dass ich vergessen habe einzukaufen?«, fragte Millian und lächelte spitzbübisch.

»Jetzt übertreib es nicht!«, lächelte Sir Thomas und scheuchte sie davon.

Grinsend verschwand Millian über die Treppe nach oben und kam gleich darauf mit einem Stapel warmer Kleider über dem Arm wieder heruntergerannt.

Eifrig reichte sie Sir Thomas einen grau melierten Mantel, den er sich wortlos überwarf. Dann wandte er sich an die Kinder. »Ich möchte, dass ihr vorsichtig seid, wenn wir nach draußen kommen«, sagte er eindringlich. »Sprecht bitte mit niemandem, es sei denn, ihr werdet angesprochen. Und bleibt zusammen!«

»Ich werde auf sie aufpassen«, zwitscherte Millian vergnügt.

»Die Warnung war besonders an dich gerichtet!«, sagte Sir Thomas ernst.

Millian verdrehte die Augen, reichte Alak und Ilke zwei dunkelblaue Daunenjacken und zeigte ihnen, wie sie diese anziehen sollten.

»So!«, schloss sie ihre Erklärung und zog zufrieden den Reißverschluss ihrer eigenen Jacke bis über das Kinn hoch.

Ilke hielt das seltsame Kleidungsstück prüfend vor sich. Weder sie noch Alak hatten jemals etwas Ähnliches gesehen: Der Stoff war glatt und mit Luft gefüllt. Deshalb lag er auch so federleicht in der Hand. Alak lächelte fasziniert und drückte auf seine Jacke. Die Luft gab dem Druck seines Fingers nach, und der Elfenjunge versuchte es sofort noch einmal an einer anderen Stelle. Es funktionierte auch hier.

Ilke kicherte.

Sir Thomas beobachtete die beiden fröhlichen Elfenkinder und schmunzelte über ihre hilflosen Versuche, die Reißverschlüsse zu schließen. Sie waren wie zwei Abenteurer: fasziniert und verzaubert von allem, was neu und anders für sie war. Sir Thomas hatte schon beinahe vergessen, wie merkwürdig Tellus war, verglichen mit Alaks und Ilkes Welt.

»Können wir Conrad hier wirklich allein lassen?«, fragte Ilke unvermittelt und machte ein besorgtes Gesicht.

Sir Thomas nickte beruhigend. »Er schläft tief und fest«, sagte er. »Außerdem tut es ihm vielleicht ganz gut, wenn es hier einmal absolut still ist. Er braucht gerade jetzt mehr Ruhe als Gesellschaft.«

»Ich habe nach ihm gesehen, als ich die Jacken holen war. Er schläft wirklich tief«, bestätigte Millian.

»Es sieht so aus, als ob Millian bereit ist,

euch ein wenig auf Tellus herumzuführen«, sagte Sir Thomas. »Doch zuerst müssen wir noch etwas mit dir anstellen, Ilke! So kannst du nicht raus.«

Er hockte sich vor Ilke und legte ihr die Hand auf die Stirn. Augenblicklich strömte ein vibrierendes Licht von seiner Handfläche aus, das sich sanft um Ilke legte.

Alak sah Sir Thomas staunend zu.

»Was ist?«, fragte ihn Ilke, doch Alak brachte kein Wort heraus.

Millian krümmte sich vor Lachen und konnte kaum still stehen.

»Was ist?«, wiederholte Ilke, allerdings deutlich ungehalten. Langsam wurde sie wütend. Weshalb sagte ihr keiner etwas?

Sir Thomas erhob sich, nahm einen Metallbecher vom Tisch und rieb ihn mit dem Ärmel blank, bevor er ihn vor sie hielt, damit Ilke sich darin spiegeln konnte.

Entsetzt wich das Elfenmädchen zurück, als sie ihr Spiegelbild sah.

»Was habt Ihr da getan?«, flüsterte sie ungläubig.

»Du hättest nur unnötig die Aufmerksamkeit der Menschen auf dich gezogen, wenn du so, wie du bist, herumgelaufen wärst«, erklärte Sir Thomas und lächelte sie aufmerksam an.

»Du bekommst deine Farbe wieder, sobald ihr nach Aldra zurückkehrt.«

»Aber ich sehe aus wie ein Murtokk!«, sagte Ilke mit belegter Stimme.

»Du siehst aus wie Julsahs Schwester«, grinste Alak und begann zu lachen.

»Und du siehst aus wie ein Pakistaner«, schoss Millian zurück, worauf beide Geschwister lachen mussten.

Dann wurde der Elfenjunge jedoch ernst. »Pakistaner?«, fragte er und schaute Millian verwundert an.

»Das sind Leute, die aus einem Land kommen, das Pakistan heißt«, erklärte Millian. »Die haben eine dunkle Haut, genauso wie Ilke jetzt.«

»Halten Pakistaner Elfen in dieser Welt als Sklaven?«, fragte Ilke erschrocken.

Sir Thomas schüttelte den Kopf. »Nein, das tun sie nicht.«

»Außerdem gibt es hier keine Elfen«, fügte Millian hinzu. »Aber lasst uns jetzt endlich gehen! Ich möchte Ilke noch den Kleiderladen zeigen, bevor das Einkaufszentrum schließt.«

»Millian hat recht«, sagte Sir Thomas und lächelte breit, als diese ihn unsanft am Mantel packte und mit sich zog. »Wir haben nur noch eine knappe Stunde.«

Alak und Ilke lächelten unsicher und folgten Sir Thomas und Millian in Richtung Ausgang.

»Scha-Ra hat uns aber bessere Manieren beigebracht«, flüsterte Alak seiner Schwester zu. »Findest du nicht auch, dass man so keinen König behandelt? Millian hat mit ihm gesprochen, als ob er ein Onkel oder so wäre.«

Ilke nickte ernst: Sie verstand auch nicht, wie Millian sich Sir Thomas gegenüber so viel herausnehmen konnte. Die beiden mussten ein ganz besonderes Verhältnis zueinander haben, fast wie Vater und Tochter.

Wortlos folgten die Elfenkinder Sir Thomas und Millian die steile Wendeltreppe hinauf und in den Tunnel hinein, in den sie nur wenige Stunden zuvor durch das leuchtende Portal in San-Alabar gestürzt waren.

Trondheim

Als sie die Leiter zum Bahnsteig hochgeklettert waren, kamen die Elfenzwillinge nicht mehr aus dem Staunen heraus.

»Was für eine merkwürdige Welt!«, sagte Ilke kopfschüttelnd und betrachtete eine Leuchttafel an der Decke.

Sir Thomas lachte und strich ihr durchs Haar. »Warte nur, bis wir nach draußen kommen. Dort ist alles noch merkwürdiger«, versprach er.

Ilke schaute begeistert zu Alak und ergriff seine Hand. In Begleitung von Sir Thomas und Millian fühlte sie sich in dieser merkwürdigen Welt nun viel sicherer und hatte große Lust, Tellus zu erkunden.

Nicht einmal das schönste Schloss, von dem Scha-Ra ihnen erzählt hatte, hatte so glatte Wände wie der Boden und die Wände auf Tellus. Alak freute sich darauf, Scha-Ra und Arul zu berichten, was Ilke und er in dieser neuen Welt alles erlebt hatten. Und es versprach noch spannender zu werden, denn bis jetzt hatten sie nur kleine Einblicke in die Welt der Menschen bekommen.

»Was für ein Ort ist das?«, fragte Alak Sir Thomas.

»Das nennen die Menschen eine U-Bahnstation«, erklärte dieser im Gehen. »Hier hält die U-Bahn, um Fahrgäste aussteigen und neue einsteigen zu lassen.«

»Dann ist die Maschine, die uns beinahe getötet hätte, als wir hierhergekommen sind, also eine Art Fahrzeug?«, fragte Alak. »Ein Fahrzeug, das Menschen transportiert?«

»Genau.« Sir Thomas nickte.

»Sie fährt durch die Tunnel, die unter der gesamten Stadt verlaufen«, lächelte Millian.

»Tunnel – unter der gesamten Stadt?« Ilke sah sie ungläubig an.

Millian nickte.

»Dann kann die Stadt aber nicht sehr groß sein«, sagte Alak entschieden.

Millian kicherte begeistert. »Wart's ab!«, sagte sie und zwinkerte den Elfenzwillingen zu.

Ein plötzliches Geräusch ließ Alak und Ilke zusammenzucken: Eine Bahn kam aus dem Tunnel hinter ihnen und bremste an der Station.

Ilke wollte bereits die Flucht ergreifen und davonlaufen, als Sir Thomas ihr beruhigend eine Hand auf die Schulter legte. »Pass auf!

Gleich wirst du etwas ganz Unglaubliches zu sehen bekommen«, sagte er und nickte ihr ermutigend zu.

Das Geräusch von zischend austretender Druckluft machte Ilke zwar ein wenig Angst, doch als sie sah, wie kurz darauf die Türen der Wagen wie von Zauberhand geöffnet zur Seite glitten, begann die Begeisterung zu überwiegen. Das konnte doch alles gar nicht wahr sein!

Alak und Ilke standen wie versteinert da und starrten auf das Ungetüm von Fahrzeug vor sich, als die Menschen aus den Wagen gehetzt kamen und durch den Gang in Richtung Treppe hasteten.

»Schau mal!«, rief Alak plötzlich aufgeregt und klopfte Ilke auf die Schulter. »Sie gleiten die Treppe hinauf, ohne die Füße zu bewegen!«

Ilke traute ihren Augen nicht.

»Das nennt man Rolltreppe«, erklärte Millian.

Wortlos gingen die Elfenzwillinge zu der Zaubertreppe, um sie näher in Augenschein zu nehmen.

Ilke setzte versuchsweise einen Fuß auf eine der nach oben gleitenden Stufen. Einen Moment war sie überrascht, dann machte sie einen großen Schritt nach hinten und blieb wie gebannt neben Alak stehen.

»Schau mal!«, flüsterte sie fasziniert. »Sogar das Geländer bewegt sich!«

Alak legte die Hand auf das schwarze Geländer und spürte ganz deutlich, wie dieses auf seinem Weg nach oben gegen seine Handfläche rieb. Unwillkürlich musste er lachen.

»Wollen wir weitergehen?«, fragte Sir Thomas. »Mit der Rolltreppe zu spielen macht nicht satt.«

Mutig nickten die Zwillinge und ließen sich von Millian zeigen, wie sie auf der Rolltreppe stehen sollten. Alak und Ilke kicherten ununterbrochen. Das war das Merkwürdigste, was sie bisher erlebt hatten.

Sir Thomas drehte sich zu ihnen um. Die Munterkeit der Elfenkinder und ihre unverhohlene Begeisterung für die vielen neuen Entdeckungen, die sie gerade machten, stimmten ihn fast traurig, denn er wusste: Auf ihnen, auf zwei Kindern, lastete alle Verantwortung für den Unverstand und die Gier der Erwachsenen. Er war sich so sicher gewesen, die richtige Entscheidung zu treffen, als er die *Phenomena* wieder an sich nahm. Hatte Alak ihm nicht gezeigt, dass er in seinem Herzen nicht bewältigen konnte, was von ihm als dem Auserwählten erwartet wurde? Und wenn er nun eine falsche Entscheidung getroffen hatte? Er seufzte. Es wäre alles so viel einfacher, wenn er ihnen nie begegnet wäre …

Als Alak und Ilke das Einkaufszentrum sahen, in das die rollende Treppe einfuhr, hatten sie nur noch Augen für das bunte Treiben, in das sie da geraten waren: Durch eine gewölbte Glasdecke über ihnen, die von blauen Schwellbalken gehalten wurde, warf der Mond seine bleichen Strahlen auf sie. Staunend entdeckten die Kinder dann noch zwei weitere Etagen über ihren Köpfen. Der Klang von Schuhen, die über die grauen Bodenplatten schlurften, vermischte sich mit Stimmen und Gelächter. Unbekannte Düfte wehten an ihnen vorbei, zusammen mit dem kühlen Wind, der sich seinen Weg in das offene Gebäude gebahnt hatte.

»Wonach riecht es hier?«, fragte Ilke und schnupperte interessiert.

Sir Thomas schloss die Augen und sog tief die Luft ein.

»Kaffee!«, murmelte er dann und lächelte. »Das ist ein Getränk, das es in Aldra nicht gibt, aber hier auf der Erde trinken es fast alle.«

»Ich nicht!«, sagte Millian und verzog das Gesicht.

Alak ging unterdessen zu einem Blumenladen neben der Rolltreppe und schaute neugierig hinein.

»Ilke!«, flüsterte er kopfschüttelnd und winkte sie zu sich. »Schau mal, dort drinnen: Die Frau dort drüben hat gerade einen Strauß Blumen eingepackt, und die andere hat dafür bezahlt!«

»Ach, Quatsch«, sagte Ilke ungläubig. »Du nimmst mich wohl auf den Arm.«

»Schau mal, da kommt noch einer!« Alak zeigte auf einen Mann, der einen Strauß roter Rosen auf den Ladentisch legte und, während der Strauß eingepackt wurde, ein paar Münzen und Geldscheine hervorholte.

Ilkes Augen weiteten sich. Das konnte doch nicht sein!

Als der Rosenmann aus dem Laden kam, starrte sie ihn noch immer verständnislos an. Er lächelte unsicher und grüßte kurz, bevor er weiterging.

»Wachsen in dieser Welt keine Blumen?«, fragte Ilke Sir Thomas.

»Doch, natürlich! Und sie wachsen, genauso wie in Aldra, in der freien Natur«, antwortete dieser und zuckte hilflos mit den Achseln. »Weißt du, es ist schwer zu erklären, aber in dieser Welt machen die Menschen vieles, was ihr nie verstehen werdet. Blumen in einem Laden kaufen zum Beispiel, wenn man sie auch ganz einfach selber pflücken könnte.«

»Ist das hier also eine Art Markt?«, fragte Alak und blickte sich neugierig um.

»Irgendwie schon«, sagte Sir Thomas. »Aber im Gegensatz zu Aldra sind diese Läden das ganze Jahr über offen. Das nennt man ein Einkaufszentrum.«

»Ist das Dach deshalb aus Glas, damit es ein bisschen mehr nach Markt aussieht?«, wunderte sich Alak.

Sir Thomas nickte, obwohl er nicht ganz sicher war, ob die Theorie des Elfenjungen stimmte.

»Können wir auch mal diese rollende Treppe hier ausprobieren?«, fragte Ilke eifrig und deutete auf eine Rolltreppe, die in die nächste Etage führte.

Millian lachte. »Hast du Lust auf einen Einkaufsbummel?«

»Einkaufsbummel?« Ilke schaute sie verwundert an.

»Klar«, lachte Millian. »Das machen Mädchen doch ganz besonders gern: In jeden Laden rennen und alles Mögliche kaufen. Vor allem Sachen, die man nicht wirklich braucht.«

Ilke sah Millian beleidigt an, als wollte sie

sagen: Nicht *alle* Mädchen. Sie jedenfalls hatte das ganz bestimmt nicht vor.

»Dürfen Ilke und ich kurz in ein paar Klamottenläden gehen?«, fragte Millian Sir Thomas. »Bittebittebitte?«

Mit ernster Miene schüttelte Sir Thomas den Kopf und sah auf die Uhr. »Die Läden machen gleich zu«, gab er zu bedenken. »Und eigentlich wollten wir doch etwas essen gehen, oder?«

»Bitte! Ihr könnt doch mit Alak vorausgehen – und etwas bei BURGER KING besorgen, oder?«, bettelte Millian. »Ilke ist doch noch nie in einem Klamottenladen gewesen.«

»Ich mag gar nicht daran denken, dass Pater Torquemada in der Stadt ist«, sagte Sir Thomas ernst. »Wir sollten uns auf keinen Fall trennen.«

»Aber er bleibt doch fast immer auf dem Domgelände, wenn er hier ist. Das wisst Ihr doch!«, argumentierte Millian trotzig. »Warum sollte das heute anders sein?«

»Du bist ein Grund!«, sagte Sir Thomas.

»Ich habe doch gesagt, dass er mich nicht gesehen hat. Er glaubt, dass ich tot bin!«

»Hör mal!«, mischte sich jetzt Ilke ein und zupfte Millian am Ärmel. »Vielleicht ist das in eurer Welt normal, aber ich möchte eigentlich gar nicht durch die Läden rennen und Kleider anschauen.«

Millian sah Ilke schief an. Ein Mädchen, das sich nicht für Kleider interessierte? Was war das denn?

»Im Ernst?«, fragte sie ungläubig.

Ilke wurde unsicher. Vielleicht war es ja tatsächlich netter, einen Einkaufsbummel zu machen, als es sich anhörte?

»Ich könnte ja mal kurz mit gucken kommen«, schlug sie deshalb vor.

Sofort wurde Millian wieder munter. »Wir können zu H&M gehen«, rief sie fröhlich und deutete auf ein Geschäft. »Das ist dort drüben. Die haben ein paar richtig coole Jacken.«

Sir Thomas versuchte, ernst dreinzuschauen, doch es wollte ihm angesichts von Millians Begeisterung nicht gelingen. Mit vergnügtem Lächeln steckte er dem Mädchen einen Geldschein zu.

»Ihr bleibt aber nicht lange«, ordnete er an. »Und in zwanzig Minuten treffen wir uns genau hier wieder, alles klar?«, sagte er, und als Millian eifrig nickte, ließ er die Mädchen ziehen.

Millian hopste und sprang fröhlich davon, während Ilke vorsichtig hinterhertapste.

Als die Mädchen in dem bunten Treiben bei H&M verschwunden waren, wandte Alak sich an Sir Thomas.

»Wo genau ist denn Eure Bibliothek? Dort vorne«, fragte er ein wenig unbeholfen. Der Elfenjunge wollte unbedingt ein Gespräch in Gang bringen, um die unguten Gedanken, die da in seinem Kopf herumschwirrten, zu verdrängen.

»Wie kommst du denn plötzlich auf die Bibliothek? Ist es, weil ich gesagt habe, dass ich Bibliothekar und Schriftsteller bin?« Sir Thomas warf Alak einen freundlichen Blick zu.

Dieser nickte.

»Genau genommen ist es nicht meine persönliche Bibliothek, wo ich arbeite«, sagte Sir Thomas. »Alle in der Stadt benutzen sie. In der öffentlichen Bücherei kann man Bücher ausleihen oder in einem Lesesaal sitzen und lesen. Ich arbeite da zwei Tage die Woche, und einige der Bücher, die ich geschrieben habe, stehen auch dort. Ich hätte dir die Bibliothek gern gezeigt, aber sie ist jetzt geschlossen. Vielleicht ein andermal …«

»Was für Bücher schreibt Ihr?«

»Meistens Geschichtsbücher«, sagte Sir Thomas und ging dem Elfenjungen in den dunklen Abend voraus.

Alak blieb am Ausgang des Einkaufszentrums stehen. Er drehte sich um und schaute noch einmal in das hell erleuchtete Gebäude zurück.

»Kommst du?«, fragte Sir Thomas.

Eifrig nickte der Junge, trabte zu ihm hin und versuchte gleichzeitig, all das Fremde und Merkwürdige um ihn herum in sich aufzusaugen. Dabei merkte er, wie kalt es draußen war. Zitternd zog er seine Jacke enger um sich.

»Es sah aus, als ob dort drinnen die Sonne leuchtete«, sagte er enttäuscht.

»Das soll so sein«, sagte Sir Thomas. »Ewiger Tag.«

Er hielt an einer Bordsteinkante an und zeigte auf einen Pfosten auf der anderen Seite der Straße, wo ein rotes Männchen aufleuchtete.

»Wir müssen warten, bis es grün wird. Sonst ist es zu gefährlich, die Straße zu überqueren.«

Schon rauschten zwei Autos mit hoher Geschwindigkeit an ihnen vorbei. Alak sprang erschrocken zurück.

Die anderen Fußgänger, die ebenfalls auf das Umschalten der Ampel warteten, starrten ihn an, einige kicherten und tuschelten miteinander.

Alak stellte sich dicht neben Sir Thomas.

»Was war das?«, flüsterte der Elfenjunge und blickte den Fahrzeugen aufmerksam hinterher.

»Autos«, flüsterte Sir Thomas zurück. »Die Menschen benutzen sie als Transportmittel.«

»So etwas habe ich noch nie gesehen«, raunte Alak und wurde ein wenig rot.

»Halt dich nur an mich, dann geht's schon!«, beruhigte ihn Sir Thomas.

Dankbar nahm Alak seine Hand; so fühlte er sich sicherer, als wenn er sie in der Hosentasche behielt. Millians Welt war erschreckend, fand er, aber gleichzeitig auch unglaublich faszinierend. Viel von dem, was Alak sah, verstand er nicht, doch aus Angst, sich zu blamieren und noch einmal die Aufmerksamkeit der Passanten auf sich zu ziehen, fragte er nicht näher nach.

Am besten war es, mit den Fragen zu warten, bis sie wieder unter sich waren.

Sir Thomas steuerte auf eine Tür zu, über der ein rotes Leuchtschild hing. Er nickte Alak freundlich zu und ging voraus.

Eine Menschentraube drängelte sich drinnen vor einem langen Tisch. Kein Wunder, denn der köstliche Geruch von gebratenem Fleisch brachte auch den Magen des Elfenjungen zum Knurren.

»Setz dich doch schon an einen Tisch«, schlug Sir Thomas vor. »Ich stelle mich schon einmal an.«

Dankbar nickte Alak und ließ sich erschöpft auf einen Stuhl fallen. Sein Blick schweifte aus dem Fenster: Mitten auf der Straße, auf der die Autos fuhren, stand auf einem hohen Sockel die Figur eines Mannes. Schon wieder etwas, was er nicht verstand.

Bisher hatte er nicht auf Details geachtet, weil so vieles seine Aufmerksamkeit in Anspruch genommen hatte. Das holte er jetzt mit Begeisterung nach.

Alak schaute sich um. Der Stuhl, auf dem er saß, war glatt und kalt, und alle Möbelstücke und die Bilder an den Wänden waren bunt – ganz anders, als er es gewohnt war. Das grelle Licht und die schreienden Farben blendeten den Elfenjungen in den Augen.

Sir Thomas kam mit einem Tablett auf ihn zu und setzte sich ihm gegenüber. Lächelnd reichte er ihm eine Papiertüte.

Neugierig schaute Alak hinein.

»Doppel Whopper gegrillt, mit Käse«, sagte Sir Thomas.

»Ist das zum Essen?«, fragte Alak skeptisch.

Sir Thomas lachte auf. »Wenn du großen

Hunger hast, kannst du ihn gleich essen«, sagte er.

Das ließ Alak sich nicht zweimal sagen. Mit beiden Händen griff er nach dem Burger und biss ein großes Stück ab. Er kaute gierig – und stellte fest: Es schmeckte himmlisch. Verzückt schloss der Elfenjunge die Augen und spürte jetzt, wie unglaublich hungrig er war.

»Wollen wir zurückgehen zu den Mädchen?«, fragte Sir Thomas und erhob sich bereits.

Alak wischte sich mit einem weißen Papierstückchen, das ihm Sir Thomas gereicht hatte, den Mund ab.

»Wer ist das?«, fragte Alak noch schnell zwischen zwei Bissen und zeigte neugierig auf die Figur, die in den Abendhimmel ragte.

»Olav Tryggvason, ein Wikingerkönig«, antwortete Sir Thomas. »Die Wikinger waren ein Volk, das vor über tausend Jahren hier lebte.«

Alak nickte und biss, während er zum Wikingerkönig hochschaute, noch einmal von seinem Burger ab.

Schweigend gingen sie in das Einkaufszentrum zurück. Als sie durch die riesigen Drehtüren kamen, wurde alles um sie herum wieder taghell.

»Ewiger Tag«, murmelte Alak und schluckte den letzten Bissen herunter.

Sir Thomas lächelte vor sich hin, als er Alak zitieren hörte, was er vor Kurzem gerade selbst gesagt hatte.

»Die Mädchen sind noch nicht hier. Hast du Lust auf einen Kaffee, während wir warten?«

Alak nickte und folgte Sir Thomas zur Kaffeebar.

Als er zwei Becher Kaffee bestellte, wechselte Sir Thomas automatisch in die Sprache über, die man hier sprach.

»C…o…f…f…e…e«, buchstabierte Alak.

Sir Thomas schaute ihn verwundert an. »Liest du auch andere Sprachen?«, fragte er ungläubig.

»Ich weiß nicht«, sagte Alak. »Ich dachte erst, es sei mit semantischen Buchstaben geschrieben – als ich allerdings zu lesen begann, veränderten sie auf einmal die Formen und wurden zu Buchstaben, die ich noch nicht kannte.« Er zuckte die Schultern. »Aber da hatte ich sie schon gelesen.« Der Elfenjunge wirkte irgendwie verwirrt.

»Du hast richtig gelesen«, bestätigte Sir Thomas.

»Ja?«, fragte Alak froh und strahlte über das ganze Gesicht.

»Komm, wir setzen uns dort drüben hin.« Sir Thomas zeigte auf ein paar Bänke neben einer Elefantenskulptur aus Metall, setzte sich auf die mittlere und reichte Alak den Becher mit dem heißen schwarzen Getränk.

Der Junge nahm einen Schluck und fühlte, wie ihm angenehm warm im Bauch wurde, aber dass er das Gefühl im Mund verlor. Der Kaffee schmeckte bitter, und er verzog das Gesicht.

»Und? Schmeckt dir das?«, fragte Sir Thomas lächelnd.

Alak schüttelte den Kopf.

»So ist das immer beim ersten Mal, aber nachdem du es ein paarmal getrunken hast, gewöhnst du dich rasch an den Geschmack«, sagte Sir Thomas, schloss genießerisch die Augen und nahm einen großen Schluck.

»Das klingt ja wohl genauso unsinnig wie Blumen zu kaufen«, sagte Alak.

»Verzeihung!«, rief Sir Thomas in gespielter Empörung aus. »Was meinst du denn damit?«

Alak lächelte verlegen. »Ich meine, es hört sich merkwürdig an, etwas zu trinken, das schlecht schmeckt, nur weil man sich nach und nach an den Geschmack gewöhnt hat«, sagte er leise. »Ich finde es viel besser, dass man etwas nicht mehr weitertrinkt, wenn es schon beim ersten Mal nicht schmeckt.«

Sir Thomas lachte laut und schlug sich auf die Schenkel.

Alak lächelte schüchtern mit, traute sich jedoch nicht mitzulachen. Er war sich nicht sicher, ob er das hätte sagen sollen, was ihm da gerade herausgerutscht war. Immerhin saß er neben einem König. Und neben was für einem!

»Entschuldigung! Ihr habt nicht vielleicht ein bisschen Kleingeld für einen Kaffee?«

Alak zuckte zusammen. Ohne dass er es bemerkt hatte, war ein Mann mit ausgestreckter Hand zu ihnen getreten und sah die beiden nun bittend an.

Aus Reflex reichte ihm Alak seinen Kaffeebecher, aber irgendetwas schien den fremden Mann daran zu verwirren. Er sah verstört von dem Kaffeebecher, den er plötzlich in der Hand hielt, zu Alak und wieder zurück.

»Sie können ihn haben«, sagte Alak rasch. »Ich habe gerade herausgefunden, dass Kaffee doch nicht so gut schmeckt.«

Der Mann sah einen Moment unzufrieden aus und nickte missmutig.

Sir Thomas sah ihn ernst an, dann fasste er nach seinem Arm und starrte ihm in die Augen.

»Du wolltest gar keinen Kaffee, oder?«, fragte er ernst und schloss, ohne eine Antwort abzuwarten, die Augen. Den Arm des Mannes hielt er dabei weiter fest.

Irgendetwas schien mit dem Bettler zu passieren, während Sir Thomas konzentriert und vollkommen bewegungslos seinen Arm hielt. Er zitterte einen Augenblick; dann befreite er sich energisch aus Sir Thomas' Griff und rückte von ihm weg. Gerade als er den Mund öffnete und etwas Ungehaltenes sagen wollte, kam wie aus dem Nichts eine plötzliche Ruhe über ihn.

»Was hast du mit mir gemacht?«, stotterte er. Tränen traten ihm in die Augen.

»Du hast eine Familie, die auf dich wartet«, erwiderte Sir Thomas. »Geh zu ihr zurück. Und erzähl niemandem von dem, was dir gerade passiert ist.«

Der Mann verbeugte sich leicht, dann nahm er die Beine in die Hand und verschwand in der Menschenmenge.

»Was war das denn?«, fragte Alak.

Sir Thomas lächelte den Jungen an und wiegte den Kopf.

»Die Menschen haben viele Probleme, die ihnen die Zauberer aus deiner Welt beigebracht haben. Der Mann, dem du gerade deine Tasse Kaffee gegeben hast, wollte Geld für Drogen.«

»Drogen?«

»Das ist ein Stoff, den die Zauberer den Menschen aufzwingen, wenn sie nicht freiwillig zu ihren Sklaven werden. Der Stoff macht sie abhängig, und dann denken sie an nichts anderes mehr als an sich selbst. Und eben an die Droge, nach der sie süchtig sind.«

»Und wessen Sklaven sind dann die anderen Menschen? Diejenigen, die nicht abhängig von Drogen sind?«

Sir Thomas sah ihm ernst in die Augen. »Sie sind Sklaven von Geld, Macht und Anerkennung.« Traurig winkte er ab. »Um dir nur einige wenige zu nennen …«

»Was für eine merkwürdige Welt!«, seufzte Alak.

»Wenn Tarkan Macht über Aldra bekommt, wird deine Welt genauso«, sagte Sir Thomas leise.

»Sind den Menschen solche Dinge wirklich wichtiger als ihre Kinder?«, fragte Alak mit großen Augen.

»Ja«, antwortete Sir Thomas.

»Und was machen sie mit den Kindern, wenn sie so beschäftigt sind mit Geld und Macht und Anerkennung? Haben sie eigene

Lager, in die sie die Kinder bringen, wie bei den Murtokks?«

»So was Ähnliches«, antwortete Sir Thomas und nickte. »Hier nennt man sie aber nicht Lager, sondern Kindergärten oder Schulen …«

Alak seufzte. Das Böse in dieser Welt erschien ihm so fremd und war so schwer zu verstehen … Gegen das Böse in Aldra, das greifbar war und einen Namen trug, konnte man wenigstens kämpfen. Hier aber schien das unmöglich zu sein.

»Du siehst so missmutig aus«, sagte Sir Thomas und knuffte Alak in die Seite.

Der Junge schaute zu ihm hoch und lächelte.

Sir Thomas schien zu verstehen, was den jungen Elf beschäftigte. »Glaube mir, das ist wirklich alles sehr kompliziert hier. Aber du musst ja nicht alles an einem Abend verstehen«, munterte er ihn auf und erhob sich. »Komm, lass uns jetzt gehen«, sagte er.

Alak nickte, und gemeinsam verließen sie die Kaffeebar und gingen in Richtung H&M.

Alak blieb stehen und betrachtete verwundert den Laden, in den Sir Thomas hineingegangen war. Dieser lächelte über das ganze Gesicht und winkte ihn zu sich.

»Gibt es hier wirklich eigene Läden, in denen die Leute Bücher kaufen können?«, fragte Alak verblüfft.

Sir Thomas nickte. »Das nennt man Buchhandlung.«

»*Arche-Buchhandlung* – das habe ich auf dem Schild draußen gelesen«, sagte Alak.

»Stimmt.«

»Haben Sie Sigrid Undsets Buch über König Artus?«, fragte Sir Thomas die Frau hinter dem Tresen.

Diese lächelte höflich und suchte im Computer.

Verständnislos beugte sich Alak über den Ladentisch, um besser sehen zu können, was sie da genau machte, und sah Sir Thomas fragend an.

»Ich kann dir nicht alles erklären, Alak, aber sie benutzt die Maschine, um nach dem Buch zu suchen, nach dem ich gefragt habe«, sagte er leise.

Alak starrte aufmerksam auf den Bildschirm, um zu sehen, ob sie fand, wonach sie suchte.

»Wir haben noch ein Exemplar«, sagte die Frau schließlich. »Als Taschenbuch. Möchten Sie das haben?«

»Ja, sehr gern«, sagte Sir Thomas.

Die Frau nickte freundlich, ging ihnen voraus zu einem Bücherregal, suchte das Buch heraus und reichte es Sir Thomas.

Als sie sich auf der kleinen Sitzgruppe niedergelassen hatten, blätterte Sir Thomas in dem Buch, nickte und las Alak vor: »Sitten und Gewohnheiten ändern sich alle Tage … nicht aber die Herzen der Menschen.«

Dann erhob er sich, ging zur Kasse und bezahlte.

Vor der Buchhandlung zog Sir Thomas dann einen Stift hervor, schrieb eine Widmung in das Buch und reichte es Alak.

»Ich weiß nicht, ob du ein ganzes Buch in einer anderen Sprache lesen kannst, aber du bekommst es trotzdem«, sagte er lächelnd. »Viel Freude damit.«

»Ich lerne schnell«, antwortete Alak und schlug die Seite auf, auf die Sir Thomas die Widmung geschrieben hatte.

»Und wenn der Abend kommt, entzünde ich ein Licht in der Stube, und wir summen leise unsere Lieder – ich und die Fliege. Dein Freund Sir Thomas«, las Alak.

»Fantastisch!«, sagte Sir Thomas begeistert. »Du bist ein Naturtalent!«

»Danke für das Buch«, sagte der Junge,

wurde aber sofort nachdenklich. »Das ist aber eine merkwürdige Widmung.«

»Ein kleiner Rat auf dem Weg: Wenn du denkst, dass alles dunkel und hoffnungslos ist, dann hilft es, ein Licht anzuzünden. Das ist aus einem Gedicht eines guten norwegischen Freundes von mir, von Arnulf Øverland.«

»Habt Ihr das Buch geschrieben?«

Sir Thomas lachte. »Nein, nein, nicht ich, sondern eine Freundin von mir. Ich habe ihr den Vortritt gelassen. Du wirst es mögen.«

Alak begann zu blättern.

»Und warum habt Ihr es nicht selbst geschrieben?«, fragte er neugierig.

Sir Thomas winkte ab. »Weißt du, ich habe die Geschichte schon ein paarmal aufgeschrieben und fand, dass es jetzt an der Zeit war, dass jemand anders sie schreibt.«

»Das verstehe ich nicht«, sagte Alak. »Reicht es nicht, wenn man ein Buch *einmal* schreibt?«

Sir Thomas lachte und streichelte über Alaks Kopf.

»Wenn du so lange wie ich gelebt hast, verändert sich die Sprache«, erklärte er. »Als ich die Geschichte das letzte Mal aufgeschrieben habe, im Jahr 1469 … oder 1479, hat man sich komplett anders ausgedrückt. Und auch anders gesprochen. Die Menschen von heute würden gar nicht mehr verstehen, was da auf den Seiten steht. Oder sie würden sich schrecklich langweilen. Und weil ich die Sprache dieser jungen Frau so mochte und weil sie sich für alte Geschichten und alte Sprache interessierte, habe ich ihr auf einer Party von König Artus und dem magischen Schwert Excalibur erzählt. Ich habe ihr dann am nächsten Tag mein Buch geschenkt, und sie mochte die Geschichte so sehr, dass sie mich gefragt hat, ob sie die nicht in ihrer modernen Sprache noch einmal erzählen dürfe. Damit möglichst viele Menschen sie lesen können.«

»Scha-Ra hat eine Bibliothek voller Bücher, die von vielen verschiedenen Leuten geschrieben wurden«, sagte Alak. »Aber diese Leute sind keine Schriftsteller – sie schreiben nur Scha-Ras Bücher aus alten ab«, sagte Alak.

»In dieser Welt muss man alte Bücher nicht mehr abschreiben – hier druckt man die Bücher mit Maschinen. In Sigrid Undsets Version meines Buches ist die Geschichte von König Artus und seinem Schwert dann übrigens nicht ganz so geworden, wie sie sich wirklich zugetragen hat.«

»Dann ist das tatsächlich eine wahre Geschichte?«, wunderte sich Alak.

»Sie handelt von einem Auserwählten, der

sich von einem magischen Schwert im Kampf gegen das Böse leiten lässt«, erklärte Sir Thomas.

Alak schaute ihn ungläubig an. »Ein Auserwählter?«

»Ein Auserwählter genau wie du, Alak. Wie gesagt, ich glaube, du wirst das Buch mögen. Es besitzt auf gewisse Art eine innere Stimme.«

»Ich weiß, was Ihr meint«, nickte Alak. »Die größten Abenteuer sind nicht die, die wir erlebt haben oder die wir noch erleben werden, sondern die, die in uns liegen.«

Sir Thomas nickte zufrieden. »Da hast du ganz recht.«

Die Begegnung mit Pater Torquemada

Ilke versuchte, Millian nicht aus den Augen zu verlieren, die aufgeregt zwischen den überladenen Kleiderständern herumschwirrte und dabei Haken schlug, dass dem Elfenmädchen Hören und Sehen verging.

»Ist das nicht hübsch?«, sagte Millian plötzlich strahlend und hielt ein rotes Kleid mit einem prachtvoll gestickten Perlenmuster am Saum hoch.

Ilke wusste nicht, was sie sagen sollte – die Kleider in diesem Laden waren so ganz anders als die, die sie normalerweise trug. Ob sie das schön fand oder nicht, wusste sie noch nicht so genau.

Millian reichte Ilke das Kleid, sagte »Halt mal« und eilte weiter.

Ilke legte es sich über den Arm und sah sich um: Überall – wohin das Auge auch blickte – hingen Sachen. Wer sollte das denn alles anziehen? Komisch war auch, dass die Leute in kleinen engen Räumen verschwanden, die, wie Millian erklärt hatte, zur Anprobe da waren. Die Menschen in dieser Welt mussten ein bisschen verrückt sein, fand Ilke und schüttelte unwillkürlich den Kopf. Sie würde sich niemals in einem Raum aus- und anzuziehen, der sie an einen schmalen Schrank erinnerte. So etwas würde es in Aldra niemals geben …

Andererseits: Wenn sie ganz ehrlich war, hatte sie gar keine Vergleichsmöglichkeiten, denn Ilke war in ihrer Welt auch noch nie auf einem richtigen Markt gewesen – den in Emblaz, wo sie Azur vor dem Sklavenhändler gerettet hatte, nicht mitgerechnet.

Ach, Azur, dachte sie wehmütig. Wie es ihm wohl ging? Und ob er Scha-Ra und Arul mittlerweile gefunden hatte?

Still lächelte Ilke vor sich hin. Sie spürte, wie ihr warm ums Herz wurde, wenn sie sich vorstellte, wie es sein würde, endlich, endlich Scha-Ra und Arul wiederzutreffen.

Ein spitzer Schrei Millians riss das Elfenmädchen aus ihren Träumen.

»Schau dir die an!«, kreischte Millian und hielt eine schwarze Jacke hoch.

Ilke besah sich das Ding und befühlte dann skeptisch einen Ärmel.

»Das ist kein Leder«, sagte sie nur und schüttelte den Kopf.

»Natürlich nicht!«, erwiderte Millian mit wichtigtuerischer Miene. »Das ist Plastik – und echt cool!«

»Plastik?«, fragte Ilke. »Das Wort gibt es nicht auf Aldrisch.«

»Das höre ich an der Art, wie du das Wort aussprichst«, kicherte Millian.

»Was ist … Plastik?«

»Das ist dasselbe Material, aus dem man auch Limoflaschen, Bankkarten, Tüten und Spielzeug macht«, erklärte Millian.

»Wovon redest du eigentlich?« Ilke wurde ärgerlich. »Du vergisst, dass ich nicht aus deiner Welt komme!«

Millian dachte eine ganze Weile nach, bevor sie antwortete: »Ist eigentlich auch nicht so wichtig. Auf alle Fälle benutzen die Menschen Gegenstände aus Plastik meistens nur einmal und werfen sie dann weg.«

Ilke schaute verwundert auf die blanke Jacke und dann zu Millian hoch. »Was meinst du mit ›wegwerfen‹?«

»Tja, wenn man etwas nicht mehr braucht, dann wirft man es hier einfach weg. In den Müll.«

Ilke schüttelte verständnislos den Kopf; sie kapierte überhaupt nicht, wovon Millian redete. Das, was für Millian ganz alltäglich und gewöhnlich war, fand Ilke merkwürdig und fremd.

»Ich habe noch nie so viele Sachen auf einmal gesehen«, sagte das Elfenmädchen ratlos und sah Millian fragend an. »Ziehen die Menschen wirklich alle diese Kleider an?«

»Wie viele Sachen hast du denn in Aldra?«, erkundigte sich Millian verwundert.

»Nicht viel mehr als das, was ich jetzt anhabe«, sagte Ilke und zuckte mit den Schultern, als sie Millians entsetzten Blick sah.

»Ich kann dir gerne etwas spendieren, wenn du was findest, was du haben möchtest.« Millian wühlte bis ganz unten in ihrer Hosentasche herum und zog ein paar Scheine hervor, die sie Ilke unter die Nase hielt. »Komm, lass uns gleich nach was Schönem für dich suchen.«

Ilke sah sich ratlos um. Wo sollte sie nur anfangen mit der Suche?

Ihr Blick fiel auf ein Mädchen, das in Richtung Anprobe lief. »Was hat sie da vor den Augen?«, fragte sie.

Millian folgte ihrem Blick. »Oh, das ist eine Sonnenbrille. Möchtest du eine haben?«

Ilke nickte.

Millian grinste und zog das Mädchen mit zur Kasse, neben der an einer kleinen Wand

Sonnenbrillen in allen Formen und Farben hingen.

Ilke blieb stehen und starrte die riesige Auswahl an. Um wie viel leichter wäre es, wenn da nicht so viele auf einmal hingen!

Am Ende nahm sie zwei.

»Wir brauchen auch eine für Alak!«, sagte sie und gab Millian die Sonnenbrillen, damit sie sie bezahlen konnte.

Zufrieden setzte Ilke dann ihre neue Brille auf, als sie aus dem Laden gingen.

»Du siehst ganz schön schick aus!«, sagte Millian anerkennend und stellte sie vor das H&M-Schaufenster, damit sie ihr Spiegelbild sehen konnte.

Ilke grinste: Das würde Alak sicher gefallen! Sie erinnerte sich daran, Scha-Ra mit etwas Ähnlichem auf der Nase gesehen zu haben, doch er hatte erklärt, dass er seine Brille zum Lesen benutzte. Die hier hatte schwarze Gläser und war wirklich toll. Ilke spürte, wie sie hinter den dunklen Brillengläsern förmlich wuchs.

Millian lächelte in Richtung Scheibe und zwinkerte ihr vergnügt zu. Doch plötzlich erstarrte ihr Lächeln, weil ein vertrautes Gefühl durch ihren gesamten Körper fuhr. Es fühlte sich an, als hätte gerade ein Blitz eingeschlagen, und Schweiß brach ihr aus allen Poren. Da stand er, direkt hinter ihnen. Sie sah es durch die Schaufensterscheibe: Pater Torquemada. Als er nach ihr griff, fuhr sie zusammen.

»Dieses Mal kommst du mir nicht davon!«, fauchte Torquemada sie an.

»Wie hast du mich gefunden?«, flüsterte Millian mit erstickter Stimme.

»Ich hatte schon lange den Verdacht, dass du noch irgendwo steckst«, zischte er. »Deshalb habe ich auch überall nach dir gesucht. Du bist also die ganze Zeit hier in der Stadt gewesen. Seitdem ... deine Mutter starb, richtig?«

Millian traten die Tränen in die Augen.

»Hast du Millians Eltern ermordet«, stieß Ilke ungläubig hervor und suchte Torquemadas Blick.

»Schau ihm nicht in die Augen!«, flüsterte Millian ihr zu. »Er kann dich hypnotisieren.«

»Das soll er ruhig versuchen!«, entgegnete Ilke mutig.

Der Gedanke, dass der Mann, der da vor ihr stand, Millians Eltern kaltblütig getötet hatte, machte sie rasend und gleichzeitig unglaublich traurig.

»Willst du mich nicht deiner Freundin vorstellen?«, fragte Torquemada seine Nichte, ließ Ilke aber nicht aus den Augen.

Das Elfenmädchen spürte, wie es hinter ihrer Stirn zu prickeln begann.

»Ich heiße Ilke«, sagte sie und streckte ihm ihre Hand entgegen.

Pater Torquemada war von der unerwarteten Geste überrascht. Er wusste ganz offensichtlich nicht so recht, wie er auf diese Höflichkeit reagieren sollte. Dann nahm Torquemade jedoch resolut ihre Hand und drückte sie fest. Womit er jedoch nicht gerechnet hatte, war der eisige Schmerz, der ihm bei der Berührung des seltsamen Mädchens durch den rechten Arm fuhr. Als er versuchte, seine Hand zurückzureißen, war sie wie festgefroren.

»Lass Millian los!«, fauchte Ilke und wirkte plötzlich gar nicht mehr höflich.

Pater Torquemadas Augen verdunkelten sich. Er wollte gerade antworten, als er spürte, wie die Kälte noch intensiver wurde und er alles Gefühl in den Fingern verlor. Erschrocken blickte er auf seine Hand hinunter, die bereits blau geworden war. Verzweifelt versuchte er, Ilkes Blick einzufangen, doch sie wich ihm aus.

»Lass sie los!«, forderte sie ihn noch einmal mit scharfer Stimme auf.

Pater Torquemada blickte die beiden Mädchen missmutig an, bevor er Millian tatsächlich losließ.

»Ihr entkommt mir trotz allem nicht!«, knurrte er blind vor Wut.

Millian presste sich verängstigt gegen das Schaufenster. Ihre Oberlippe zitterte. So nah war Torquemada ihr seit damals, als sie als kleines Mädchen auf seinem Schoß gespielt hatte, nie mehr gekommen. Damals hatte sie nichts begriffen und nur den besorgten Blick der Eltern bemerkt.

Ohne seine Hand loszulassen, drehte sich Ilke zu Millian.

»Bist du bereit?«, flüsterte sie.

Millian schaute sie fragend an.

»Wenn ich ›jetzt‹ sage, rennen wir«, raunte Ilke und sah ihre neue Freundin prüfend an.

Millian nickte nervös.

Ilke holte tief Luft, schloss die Augen und konzentrierte sich.

Als er in einer glitzernden Wolke aus Frost und Schnee nach hinten geworfen wurde, schrie Pater Torquemada entsetzt auf. Glas klirrte und hagelte auf ihn nieder, als er mitten in einem Schaufenster landete. Sofort legte sich Raureif über die Wände um ihn herum, und die Luft schien zu dampfen.

Die Passanten, die zunächst noch neugierig stehen geblieben waren, um zu beobachten, was da genau geschah zwischen dem Mann und den Mädchen, gerieten in Panik und rannten schreiend in Richtung Ausgang.

Das Chaos war gewaltig. Und kam Ilke sehr gelegen. Mit einem schnellen Griff packte sie Millian am Ärmel und bahnte sich durch die Menschenmenge einen Weg zu dem vereinbarten Treffpunkt, wo sie sich mit Alak und Sir Thomas verabredet hatten.

Zu ihrem Entsetzen waren die beiden aber noch nicht da.

»Wo sind sie?«, schrie Millian und klammerte sich völlig verängstigt an Ilke.

Ilke zuckte mit den Schultern. Ihr war auch nicht mehr wohl. »Alak!«, rief sie, so laut sie konnte. Doch die Akustik im Einkaufszentrum verstärkte den Lärm der panisch schreienden und verzweifelt umherirrenden Menschen so sehr, dass Ilkes Hilferuf in dem allgemeinen Geräuschpegel einfach unterging.

»Was machen wir?« Millian sah sich verzweifelt um, um zu sehen, ob Pater Torquemada bereits hinter ihnen her war.

Plötzlich ergriff eine starke Hand Millians Arm. Sie schrie panisch auf und sprang mit einem Satz zurück.

»Nur ruhig!«, sagte Sir Thomas und zog das Mädchen an sich.

Ihr Herz schlug in rasender Geschwindigkeit. »Ich dachte, es wäre Pater Torquemada«, keuchte sie.

»Ist er hier?«

Ilke nickte.

Sir Thomas runzelte ernst die Stirn.

»Das gefällt mir nicht. Was treibt Pater Torquemada hier unter den Leuten?«, murmelte er vor sich hin und hastete vor den Kindern her in Richtung U-Bahn-Eingang.

Die Leute drängelten an den Ausgängen. Noch immer stand ihnen die Angst in die Gesichter geschrieben. Sie wollten alle nur noch eines: Raus hier. Weg von den gellenden Polizeisirenen. Alle hatten es so eilig, raus aus dem Einkaufszentrum zu kommen, dass niemand auf die vier Leute achtete, die eilig die Rolltreppe hinunter verschwanden.

Sobald sie wieder in ihrem Versteck angelangt waren, nahm Sir Thomas Millian ins Gebet. Er wollte alles wissen, bis ins Detail.

Millian erklärte alles, so gut sie eben konnte, während Ilke ihren Hamburger und Alak etwas aß, das Sir Thomas als »Pommes« bezeichnet hatte.

Sir Thomas fuhr sich beim Zuhören immer wieder durchs Haar und wanderte unruhig auf und ab.

»Ich habe keinen Hunger«, sagte Millian und reichte Alak ihre Tüte mit dem Essen.

Alak nahm sie dankbar entgegen. Er war immer noch nicht satt. Wortlos teilte er die zweite Portion mit Ilke und beobachtete Sir Thomas, wie der ruhelos und vor sich hin murmelnd umherging.

»Habe ich etwas falsch gemacht, Sir Thomas?«, fragte Millian schließlich zaghaft.

»Nein, das ist es nicht.« Sir Thomas schüttelte den Kopf. »Mir macht der Gedanke zu schaffen, dass Pater Torquemada jetzt weiß, dass du am Leben bist. Er wird nicht aufgeben, bis er dich zum zweiten Mal gefunden hat, so viel ist sicher.«

Mit einem Ruck blieb er stehen.

»Oh, und euch hätte ich beinahe vergessen«, sagte er und lächelte die Elfenkinder matt an. »Ihr seid sicher sehr erschöpft. Wollt ihr ins Bett gehen?«

Alak und Ilke schauten einander fragend an. Das Essen hatte ihren Hunger gestillt und sie tatsächlich müde gemacht.

»Bringst du die beiden ins Gästezimmer?«, bat Sir Thomas Millian.

Sie nickte und ging den Elfenzwillingen voraus die Treppe nach oben.

»Ich habe das Zimmer neben euch, ihr braucht also nur an die Wand zu klopfen, wenn ihr schlecht geträumt habt oder ein Glas Wasser haben wollt«, sagte sie freundlich, wünschte Alak und Ilke gute Nacht und verschwand in ihrem Zimmer.

Die Zwillinge lagen im Dunkeln und starrten zur Decke hoch. Abgesehen von den beiden Betten und einem Stuhl, auf dem sie ihre Sachen abgelegt hatten, war das Zimmer leer.

»Ich frage mich, wo Scha-Ra und Arul jetzt sind«, sagte Ilke plötzlich. Sie stützte sich auf ihre Ellenbogen und schaute zu ihrem Bruder hinüber. »Glaubst du, dass sie sich Sorgen um uns machen?«

»Sie denken wohl genau das Gleiche wie wir ... Vielleicht genau in diesem Augenblick«, sagte Alak leise und wiegte den Kopf.

Ilke nickte und legte sich wieder hin. Vielleicht konnten Scha-Ra und Arul ja auch nicht schlafen. Vielleicht lagen sie genauso wie sie jetzt einfach nur da und starrten zur Decke hoch. Vielleicht dachten Arul und Scha-Ra ja gerade jetzt an sie. Ilke seufzte. Das war ein schöner Gedanke.

Gleich darauf schlief sie vor Erschöpfung ein.

Prüfend sah Alak zu Ilke hinüber, doch sie rührte sich schon nicht mehr. Seufzend setzte sich der Junge im Bett auf und zog das Teikhoskop aus seinem Jackenfutter. Das Metall blinkte, als es den kleinen Lichtstreifen widerspiegelte, der durch das Schlüsselloch ins Zimmer fiel. Alak blies Sand und Staub weg, hielt es vor sich und schloss die Augen. Er versuchte, an Scha-Ra und Arul zu denken, ganz intensiv, und war gespannt, was ihm das Teikhoskop wohl zeigen würde. Doch als er die Augen wieder öffnete, zeigte das Gerät nichts an. Das Einzige, was wie ein winziger Lebensfunke blitzte, war der Widerschein im Metall, doch das bemerkte Alak nicht.

Tränen hatten sich wie ein Schleier über seine Augen gelegt.

Tarkans Kindheit

Früh am nächsten Morgen wurden Alak und Ilke von Millian mit einem großen Frühstück geweckt. Auf einem Tablett trug sie acht mit Aufschnitt belegte Brotscheiben und zwei große Gläser Milch.

Alak und Ilke krochen seufzend unter den Bettdecken hervor, schlugen die Beine über die Bettkante und rieben sich verschlafen die Augen.

»Ich fühle mich, als ob wir mehrere Tage lang geschlafen hätten!«, gähnte Ilke.

»So seht ihr auch aus«, grinste Millian.

Die Elfenkinder stürzten sich auf die Brote und bissen beherzt hinein, während Millian an die Tür gelehnt dastand und ihnen zusah.

»Hast du schon gegessen?«, murmelte Alak zwischen zwei Bissen.

Millian nickte. »Ja. Ich bin nämlich schon mehrere Stunden auf.«

»Und Sir Thomas? Ist der auch schon auf?«, fragte Ilke.

»Er war diese Nacht nicht im Bett. Ich glaube, dass er gestern Abend, kurz nachdem wir uns hingelegt hatten, noch einmal wegging.

Aber es gibt auch eine schöne Neuigkeit: Conrad ist wieder gesund; ich habe ihn nach Hause geschickt, bevor ihr aufgewacht seid, damit er nicht eine Menge dummer Fragen stellt.«

»Ist er tatsächlich schon wieder gesund?«, fragte Alak verwundert.

»Du weißt doch, dass Sir Thomas ungewöhnliche Gaben hat«, sagte Millian und trommelte mit den Fingern in der Luft. »Zum Glück erinnert sich Conrad an fast nichts mehr von gestern Abend«, seufzte sie dann erleichtert. »Bestimmt hat Sir Thomas auch da seine Finger im Spiel.«

Alak und Ilke schauten sie fragend an.

»Wo ist Sir Thomas?«, fragte Ilke.

»Keine Ahnung. Er sagt mir normalerweise nicht Bescheid, wo er genau hingeht, sondern geht einfach. Manchmal dauert es Monate, bis er wieder zurück ist. Er hat uns aber eine Nachricht hinterlassen, dass wir hier warten sollen, bis er wieder da ist«, antwortete Millian und wedelte mit einem Stück Papier.

»Ich habe dir dein Hemd hingelegt, Ilke!«, sagte Millian. »Es ist frisch gewaschen und gebügelt.«

»Gebügelt?«, sagte Ilke und hielt das Hemd hoch, das schöne, gerade Bügelfalten hatte. »Danke!«

Sie zog es an und begann, die Kanten zu glätten, die schöner anzuschauen waren, als zu tragen.

Ilke folgte Millian nach unten, während Alak zu Ende aß und sich anzog.

Als Alak nachkam, saßen die Mädchen am Tisch, kicherten fröhlich und erzählten einander Geschichten.

»Ich habe was für dich«, sagte Ilke strahlend und kramte die Sonnenbrille mit den dunklen Gläsern hervor.

»Ich sehe ausgezeichnet«, sagte Alak und setzte sich mit dem Buch, das er von Sir Thomas bekommen hatte, an den Tisch.

Ilke und Millian sahen einander an und prusteten los.

Alak verstand nicht, was daran so lustig sein sollte, dass er gut sah, und entschied sich, die beiden Mädchen vorsichtshalber zu ignorieren. Vielleicht hörten sie dann ja mit dem albernen Gegacker auf.

»Das ist keine Brille so wie die von Scha-Ra«, sagte Ilke und hielt sie ihm noch einmal unter die Nase. »Jetzt nimm schon, das ist ein Geschenk!«

Alak seufzte und setzte sie auf. Durch die Brillengläser wurde der Raum plötzlich dunkel wie am späten Abend. Der Elfenjunge schüttelte den Kopf und nahm sie wieder ab. »Was soll das denn?«, nörgelte er verständnislos. »Ich will doch lesen und nicht schlafen!«

»Die sind super für draußen«, erklärte Millian. »Besonders bei viel Sonne.«

Alak hielt die Brille prüfend gegen das Deckenlicht. Tatsächlich konnte er jetzt, ohne geblendet zu werden, unter den Lampenschirm sehen. Das wiederum beeindruckte ihn.

»Danke!«, sagte er und steckte sie in die Hosentasche. »Die ist wirklich … cool.«

»Wenn du weiter so redest, versteht dich niemand mehr in Aldra«, lachte Ilke.

»Was hast du da?« Millian zeigte auf Alaks Buch.

»Das habe ich gestern von Sir Thomas bekommen«, antwortete er. »Er meinte, dass es mir gefallen würde.«

»Kannst du uns nicht etwas vorlesen?«, bat Millian.

Alak wand sich, am liebsten las er für sich alleine.

»Sir Thomas will ja, dass wir hierbleiben, bis er wieder zurück ist. Und mit so viel anderem können wir uns nicht beschäftigen«, sagte Millian.

Alak seufzte.

»Bitte!«, mischte sich jetzt auch Ilke ein.

»Ich kann die Sprache in Millians Welt nicht lesen, außerdem ist deine Stimme immer so beruhigend.«

Alak merkte, wie er rot wurde. Doch gehorsam blätterte er das erste Kapitel auf und begann vorzulesen. So einfach war die Sache allerdings nicht. Die Sprache in diesem Buch war ganz anders als die, die er gewohnt war, und er fand es schwierig, alles direkt beim Vorlesen ins Aldrische zu übersetzen. Doch nach und nach wurde es leichter, und die Geschichte begann zu fließen.

Die Mädchen lauschten Alak fasziniert, wie er die Geschichte von König Artus und den Rittern vor ihren Augen förmlich wie auf eine Leinwand malte. Die Bilder wurden lebendig, und bald waren sie selbst Teil der märchenhaften Geschichte. Die Welt um sie herum war vergessen.

So saßen sie tagelang und wurden nur durch Sir Thomas unterbrochen, der ihnen etwas zu essen brachte und nachsehen kam, ob es ihnen immer noch gut ging. Er lächelte zufrieden, wenn er Alak vorlesen sah und beobachten konnte, wie die Mädchen aufmerksam lauschend neben ihm saßen.

Als Alak das Buch ausgelesen hatte, suchte

Sir Thomas weitere Bücher hervor, auf die sich der Elfenjunge mit Begeisterung stürzte. Manchmal, wenn Ilke und Millian mit anderen Dingen beschäftigt waren, suchte er in den Regalen nach Büchern, die er allein lesen konnte, und wählte Geschichtsbücher aus, studierte Karten und vertiefte sich in Werke über Entdeckungen und Erfindungen. In solchen Momenten verlor Alak sich ganz in der Welt, in der Sir Thomas und Millian lebten; sie faszinierte und erschreckte ihn zugleich. Er konnte nicht verstehen, wie ein Flugzeug, das Menschen in die Luft erhob und ihnen zeigte, wie ihr Planet aus der Vogelperspektive aussah, gleichzeitig dazu benutzt werden konnte, zu töten und diese schöne Erde zu zerstören.

Alak dachte viel über das nach, was er gelesen und dabei gelernt hatte – am Ende gelangte er aber immer wieder zu derselben Einsicht: nämlich dass er die Menschen nie ganz verstehen würde.

Einige Wochen waren vergangen, als Sir Thomas das nächste Mal mit prall gefüllten Lebensmitteltüten bei ihnen vorbeischaute. Dieses Mal setzte er sich zu den Mädchen und hörte zu, wie Alak vorlas.

»Tut mir leid, dass ich in letzter Zeit so oft

weg war«, sagte er, als Alak eine Pause zwischen zwei Kapiteln einlegte, um ihn zu begrüßen, »aber in der Stadt gehen gerade ganz unglaubliche Dinge vor sich: Die Zauberer haben sich versammelt, um Scherpa im Nidaros-Dom feierlich zu empfangen. Und Pater Torquemada sucht fieberhaft nach euch, um das Auge des Parados in seinen Besitz zu bringen, denn ohne den Stein kann das Portal zwischen eurer und dieser Welt nicht geöffnet werden.«

»Habt Ihr etwas über Scha-Ra und Arul herausgefunden?«, fragte Ilke atemlos.

Sir Thomas schüttelte den Kopf. »Allerdings wartet Tarkan in San-Alabar geduldig auf euch.«

Alak und Ilke wechselten besorgte Blickte, was Sir Thomas nicht entging.

»Habt keine Angst! Bevor ihr abreist, ist er weg«, versprach er. »Vertraut mir nur!«

»Und wann reisen wir?«, fragte Alak.

»Bald!«, lächelte Sir Thomas und zwinkerte dem Elfenjungen zu. »Hast du es satt, den Mädchen vorzulesen?«

Alak schüttelte entschieden den Kopf. »Nein, das ist es nicht. Bevor wir Scha-Ras Schloss am Merihba-See verließen, konnte ich wochenlang ohne Unterbrechung lesen.«

»Ach was – monatelang!«, warf Ilke ein und erklärte ihren Gastgebern lächelnd: »Mein Bruder ist Büchern nämlich restlos verfallen.«

»Und du?«, fragte Sir Thomas Ilke. »Langweilst du dich beim Lesen?«

Sie zuckte die Schultern und druckste herum. »Ein bisschen!«, gab sie dann zu und wurde rot. »Mir fehlt dann immer die frische Luft, und ich kann irgendwie auch nicht so lange still sitzen.«

»Das verstehe ich«, sagte Sir Thomas freundlich.

»Alle sagen, dass Alak und ich so verschieden sind, aber eigentlich stimmt das gar nicht. Ich spüre ganz genau, dass wir uns eigentlich sehr ähneln«, sagte Ilke.

»Ihr seid euch wirklich sehr ähnlich«, bestätigte Sir Thomas. »Das Einzige, was euch unterscheidet, ist, dass ihr euch unterschiedlich verhaltet. Und das ist eine Stärke, solange ihr zusammenhaltet.«

»Was meint Ihr damit?«, fragte Ilke.

»Wisst ihr, was Synapsen sind?«, fragte Sir Thomas.

»Von Scha-Ra haben wir gelernt, dass das Kontakte im Gehirn sind, die miteinander reden«, sagte Alak.

»Alak meint, dass meine Synapsen nicht so

funktionieren, wie sie sollten«, sagte Ilke erklärend und warf Alak einen bösen Blick zu.

Ein Lächeln breitete sich über das Gesicht ihres Bruders, und er zwinkerte ihr zu.

»Alak hat recht«, bestätigte Sir Thomas. »Aber seine Synapsen kommunizieren auch nicht so gut miteinander. Wenn deine Synapsen Probleme machen, bewirkt das bei dir, dass du kaum noch still sitzen kannst oder dass du dich nicht so lange konzentrieren kannst wie andere. Aber bei dir, Alak, hat die gestörte Funktion deiner Synapsen zur Folge, dass du viel nachdenkst und oft fühlst, dass die Dinge nicht so gut laufen, wie sie sollten. Wenn ihr in dieser Welt leben würdet, bekämt ihr die Diagnose ...«

»ADHS«, unterbrach ihn Millian, die gerade mit belegten Brötchen hereinkam. »Conrad hat das, und er nimmt Medikamente.«

»Medikamente!«, sagte Ilke trotzig. »So ein Quatsch! Ich brauche doch keine Medikamente!«

»Nein, das nun wirklich nicht«, beruhigte Sir Thomas sie. »Du lebst in einer anderen Welt, wo ihr viel gesünder esst als die Kinder hier. Außerdem ist eure Welt eine solch wunderbare Fantasiewelt, eine Welt, von der die Kinder in Millians Welt träumen und in die sie sich hineinfantasieren. In eurer Welt ist ADHS sogar eine Stärke, in dieser Welt hier eine Schwäche. Millians Welt braucht keine Träumer, auch wenn sie noch so intelligent und kreativ sind.«

»In Aldra ist das anders!«, sagte Alak.

»Ja, ganz anders!«, nickte Sir Thomas und nahm sich ein Brötchen von dem großen Teller, den Millian vor sie hingestellt hatte.

»Kannst du uns nicht deine Geschichte erzählen?«, fragte Ilke und nahm sich ein Brötchen mit Käse und Paprika.

»Warum nicht«, sagte Sir Thomas und wiegte den Kopf. »Das passt vielleicht gerade jetzt ganz gut, und ich habe ein bisschen Zeit, bevor ich wieder los muss.«

»Dann los!«, bat Ilke.

Sir Thomas lächelte und nahm einen großen Schluck Wasser.

»Es war im Jahr 95, dass eine Gruppe Soldaten und ich die Grenzposten bei der Nerunian-Ebene, östlich vom Murem-Gebirge, dort wo die Drachen leben, inspizierten. Ich hatte den König im Norden, König Akhabih, 95 Jahre zuvor über das Elhajim-Gebirge in die Flucht geschlagen, doch er hatte seine Truppen mittlerweile wieder gen Süden verlagert, an die alte Grenze, die von der im Osten gelegenen Küstenstadt Imrad bis nach Armtam im Westen verläuft. Die Leute, die dort gelebt hatten, waren nach Aldra geflüchtet, und nach vielen Jahren Krieg herrschte nun wieder Frieden.

Um König Akhabih aber zu zeigen, dass ich ein Auge auf ihn hatte und ihn aufhalten würde, sobald er die Grenze zu überschreiten versuchte, erhielt ich eine starke Verteidigungslinie im Grenzgebiet aufrecht.

Es war Abend, wir saßen um das Lagerfeuer herum beim Essen, und die Sommerluft war warm und angenehm. Einige der Soldaten hatten ihre Musikinstrumente hervorgeholt und sangen und tanzten vergnügt. Ich selbst war auch guter Stimmung, denn an der Grenze war alles ruhig. Wir hatten unser Lager südlich von Armtam unweit des Nerunian-Waldes aufgeschlagen. Am nächsten Morgen wollten wir uns aufmachen, um ihn zu durchqueren, und in Richtung Sögn weiterreiten.«

Alak und Ilke mussten sich mächtig konzentrieren, um Sir Thomas in seiner Erzählung zu folgen, denn trotz ihrer Geografie-Stunden bei Scha-Ra war das ziemlich viel Landschaft auf einmal.

Sir Thomas sah, wie sie ihre Stirnen runzelten, und lächelte.

»Fällt es euch schwer, mir zu folgen?«, fragte er.

»Nein«, sagte Alak etwas unsicher. »Wir haben bei Scha-Ra gelernt, wo die vielen Orte liegen, von denen du erzählst.«

»Ein bisschen«, sagte Ilke. »Ich sage es nur, wie es ist: Ich finde, Ihr hört Euch an wie Scha-Ra, wenn wir bei ihm alle Städte und Orte in Aldra pauken müssen. Wenn Eure Geschichte in einem Buch aufgeschrieben wäre, würde ich Alak bitten, ein paar Seiten zu überspringen.«

Sir Thomas lachte laut auf. »Vielleicht sollte ich das tun – ein paar Seiten überspringen. Was meint ihr?«, schlug er munter vor.

»Nein«, sagte Alak. »Ich fand es spannend.«

»Wolltet Ihr uns nicht von Tarkan erzählen?«, warf Ilke ein.

Sir Thomas lachte immer noch. »Ja, das wollte ich. Es ist nur – sobald ich etwas aus meinem Leben erzähle, sehe ich auch die Orte vor mir, in denen sich alles zugetragen hat. Und irgendwie gehören sie auch dazu, finde ich. Es ist zwar lange her, seit ich zum letzten Mal dort gewesen bin, aber ich kenne noch jeden Pfad und jeden Stein dort. Aber ich straffe meine Beschreibungen ein wenig, wenn ihr wollt. Seht ihr also alles vor euch? Die Soldaten, die um das Lagerfeuer herumsitzen, die

Ebene mit dem Gras, das im warmen Sommerwind schaukelt, und den dunklen Wald?«

Alak und Ilke nickten.

»Plötzlich kam eine weiße Eule aus dem Wald geflogen. Ich sah sie als Erster, denn sie flog direkt auf uns zu, und ihr weißes Federkleid setzte sich deutlich von dem dunklen Wald ab. Ich gebe zu, dass ich ziemlich erschrocken war – denn im Sommer hatte ich noch nie eine weiße Eule gesehen und noch nie solch eine große – das Tier war wirklich eindrucksvoll: Die Spannweite seiner Flügel betrug gut und gerne zwei Meter.

Ich erhob mich und beobachtete sie, während sie sich uns näherte.

Einige der anderen hatten sie ebenfalls bemerkt, und langsam verklang am Lagerfeuer die Musik, weil alle wie gebannt nach oben in die Lüfte starrten.

Die Eule flog weiter auf uns zu, bis sie nur noch einige Meter entfernt war. Dann landete sie, stand da und betrachtete uns aufmerksam. Das Ganze erschien uns sehr merkwürdig, vor allem die Tatsache, dass sie keine Angst vor uns zu haben schien. Im Gegenteil!

›Geh und hol sie!‹, sagte ich zu einem der Soldaten.

Er ging zu dem Vogel hin, doch als er sich

hinabbeugte, um nach der Eule zu greifen, schlug sie mit den Flügeln und schnappte nach ihm.

Der Soldat schaute Hilfe suchend zu mir.

›Muss ich selbst kommen?‹, lachte ich, erhob mich und ging zu ihm. Aber wenige Meter bevor ich ihn erreichte, stieg die weiße Eule in die Luft und flog ein Stückchen weg von uns. Als sie sich niedergelassen hatte, blickte sie mich mit einem solch intensiven Blick an, dass es mir durch Mark und Bein ging.

›Ich glaube, sie will, dass du ihr nachgehst‹, flüsterte der Soldat mir zu. Auch ihm war das alles nicht so recht geheuer.

Ich nickte, ging weiter auf den Vogel zu, und wieder und wieder geschah dasselbe: Die Eule erhob sich in die Luft, flog weiter und landete nur ein Stückchen weiter entfernt.

›Bringt mir mein Pferd und mein Schwert!‹, rief ich den anderen über die Schulter zu. Der Vogel hatte meine Neugier geweckt, und ich war gespannt, wo er mich hinführen wollte.

Zwei Soldaten begleiteten mich, als ich aufsaß und auf die Eule zuritt. Wiederum erhob sie sich in die Luft und flog mir voraus in Richtung Wald. Wir folgten ihr im Trab und kamen auf einen mit Gestrüpp verwachsenen Pfad, auf dem wir nur sehr schwer vorankamen.

Aber die Eule war geduldig: Sie wartete in einem Baum vor uns, bis wir uns den Weg freigeschlagen hatten.

Nachdem wir uns ungefähr eine Stunde lang durch die Büsche gequält hatten, wurde der Wald noch dichter. Jetzt war der Pfad komplett zugewachsen.

›Bleibt ihr mit den Pferden hier‹, schlug ich den anderen vor, ›ich gehe ihr weiter hinterher.‹

›Ich fürchte, ein Zauber lässt uns ihr folgen‹, sagte ein Soldat und übernahm mein Pferd.

›Irgendetwas *muss* es ja sein‹, sagte ich lächelnd. ›Und ich werde es herausfinden.‹

Ich folgte der weißen Eule also Richtung Norden. Mehrmals musste ich mir meinen Weg durch dichtes Gestrüpp freischlagen – ein mühsames und anstrengendes Unterfangen. Nachdem ich mich auch noch durch ein Dorngestrüpp geschlagen hatte, saß der große Vogel still da, wartete auf mich und machte keine Anstalten weiterzufliegen. Ich ging zu dem Baum, auf dem er gesessen hatte, als er plötzlich erneut seine Flügel ausbreitete und verschwand.«

»Ihr konntet ihn nicht mehr sehen?«, flüsterte Ilke atemlos. Sie war wie hypnotisiert von Sir Thomas' Geschichte.

»Nein, nachdem mich die Eule so tief in den Wald hineingeführt hatte, flog sie einfach weg und kam nicht wieder. ›Hast du mich die ganze Zeit zum Narren gehalten, du elender Vogel?‹, rief ich ihm hinterher und drohte mit der geballten Faust. Mein Rufen muss es erschreckt oder geweckt haben, denn plötzlich hörte ich ganz in der Nähe ein Kind schreien. Ich ging dem Schreien nach und fand ein kleines Baby unter der Wurzel eines umgestürzten Baumes. Es war ein Junge, der notdürftig in eine schmutzige Decke gehüllt war. Ich beugte mich zu ihm hinab und hob ihn hoch. Das Baby konnte kaum mehr als ein paar Tage alt sein, doch trotzdem schaute es mich mit seinen großen himmelblauen Augen so aufmerksam an, als ob es begriffen hätte, dass es gerade gerettet worden war.

Ich blickte suchend in die Richtung, in die die schneeweiße Eule verschwunden war, und flüsterte eine Entschuldigung für das, was ich ihr hinterhergerufen hatte.

Als wir zum Lager zurückkamen, dämmerte bereits der neue Tag. Meinen Gefährten verkündete ich, dass ich das Kind behalten würde – wie mich der kleine Junge angeblickt hatte und wie mich die weiße Eule wundersamerweise zu ihm geführt hatte, las ich als

Zeichen dafür, dass ich dazu auserwählt worden war, das Kind wie meinen eigenen Sohn aufzuziehen.

Wir blieben noch länger im Lager, und ich versuchte den Jungen mit der Milch von wilden Ziegen zu füttern, die auf der Ebene grasten – doch leider verweigerte er jede Nahrung.

›Er sieht nicht gut aus!‹, sagte Adonai, einer meiner Leibwächter, sorgenvoll, als er mich einmal wieder beobachtete, wie ich erfolglos versuchte, dem Jungen etwas zu Trinken zu geben. ›Aber ich habe eine Amme für den Jungen gefunden. Ich habe mich im Dorf in der Nähe von Armtam umgehört.‹

›Warst du auf der anderen Seite der Grenze?‹

Adonai nickte. ›Ich war in den Kleidern unterwegs, die meine Mutter mir genäht hatte, bevor ich von zu Hause wegging. Die Uniform habe ich im Lager gelassen.‹

›Das war gut so‹, sagte ich. ›Ich möchte nämlich nicht, dass der König im Norden glaubt, wir würden Spione über die Grenze schicken.‹

Adonai nickte und fuhr fort: ›Im Dorf war eine Frau, die gerade Mann und Kind verloren hat. Sie hat Milch und kann stillen.‹

›Schick sie herein, damit ich mit ihr sprechen kann!‹, sagte ich erfreut.

Mein Leibwächter verbeugte sich und winkte eine junge Frau zu uns ins Zelt, die in einen schwarzen Umhang gehüllt war und einen schwarzen Schleier trug, der ihre Augen bedeckte. Das ist in Afrheim so Sitte, wenn jemand Trauer trägt.

Sie setzte sich auf den Boden und legte die Hände in den Schoß.

›Möchtest du zum Sitzen ein paar Kissen haben?‹, fragte Adonai, doch sie schüttelte nur schüchtern den Kopf und sah verlegen zu Boden.

›Wenn ich es richtig verstanden habe, dann möchtest du mir als Amme in meinem Schloss dienen!‹, sagte ich und betrachtete sie forschend.

Sie hatte lange schwarze Haare und ein weißes Gesicht; das konnte ich hinter dem schwarzen Schleier erahnen.

›Ja, Herr!‹, antwortete sie.

›Und du weißt, wer ich bin?‹, fragte ich zur Sicherheit nach.

›Ihr seid König Weha, der gute Herrscher aus dem Süden‹, antwortete sie, ohne zu zögern.

›Wie hast du deine Familie verloren?‹

Auf diese Frage hin begann sie, am ganzen Körper zu zittern. Ich stand schnell auf, ging zu ihr und legte ihr beruhigend die Hand auf die Schulter.

›Weine nicht!‹, sagte ich leise. ›Ich frage nur, um sicherzugehen, wem ich meinen Schutz anbiete.‹

Sie seufzte unglücklich und begann zu erzählen. ›Ich wurde von meiner Familie in Trubar mit einem älteren Mann verheiratet, der schon drei Frauen hatte. Aber ich wollte nicht, ich hatte mich schon in einen anderen verliebt und trug ein Kind von ihm unter dem Herzen. Eines Nachts flüchteten wir in einem kleinen Fischerboot in Richtung Imrad. Auf dem Meer überraschte uns jedoch ein Sturm, und das Boot kenterte. Als ich wieder zu mir kam, lag ich an einem fremden Strand, und mein Geliebter war fort.

Nach ein paar Tagen fand man mich am Strand, wo ich mich von dem, was an Land getrieben wurde, und dem, was ich im Spülsaum finden konnte, ernährt hatte. Es waren Minkhs, die mich fanden – Sklavenhändler aus der Hada-Wüste.‹«

»Die haben wir auch getroffen«, sagte Ilke, die ganz in die Geschichte versunken war.

Sir Thomas lächelte. »Das Buch hat von all dem, was es mit euch erlebt hat, berichtet.«

»Ist es lebendig?«, fragte Ilke plötzlich und riss staunend die Augen auf.

»Nicht so wie du und ich oder die Tiere. Es ist eher so lebendig wie das Gras und die Blumen. Du weißt ja, es ist kein gewöhnliches Buch, es ist magisch«, erklärte Sir Thomas.

»Ich verstehe«, sagte Ilke und warf einen bewundernden Blick auf das Buch. Vielleicht verstand es ja sogar, was sie genau jetzt, in diesem Moment, dachte?

»Die Minkhs waren König Akhabihs Verbündete, und als ich ihn über das Elhajim-Gebirge zurückdrängte, folgten sie ihm und ließen sich in der Tundra nördlich der Nydis-Ebene nieder. Von dort aus trieben sie weiter Sklavenhandel und plünderten Handelsreisende«, berichtete Sir Thomas weiter. – »Jetzt aber zurück zu der Frau, die sich mir als Amme anbot: Sie war so verzweifelt, weil sie ihren Geliebten verloren hatte, dass sie sich den Sklavenhändlern freiwillig unterwarf – allerdings unter der Bedingung, dass sie Trauerkleider tragen durfte. Sie hatte sich nämlich geschworen, den Schleier so lange zu tragen, bis sie ihren Geliebten wiederfand.«

»Hat sie den Schleier nie abgenommen?«, fragte Ilke und stellte sich vor, wie es sein musste, ein ganzes Leben lang zu trauern.

»Doch, hat sie. Aber erst als sie ihren Geliebten wiedergefunden hatte«, fuhr Sir Thomas fort. Doch nun lächelte er nicht mehr. Seine Miene hatte sich verfinstert, und er starrte ausdruckslos durch die Kinder hindurch und auf die Wand hinter ihnen. »Die Minkhs hatten sie mitgenommen und in dem Dorf, in dem Adonai sie dann gefunden hat, an einen reichen Händler verkauft. Über ihr Kind sagte sie, dass es einige Tage nach der Geburt gestorben sei. Ich nahm sie mit auf mein Schloss am Merihba-See, wo der Junge in Frieden aufwachsen konnte. Die junge Frau aus Trubar stillte ihn, bis er feste Nahrung zu sich nehmen konnte, und wurde dann seine Lehrerin und Mutter.«

»Habt Ihr sie geheiratet?«, fragte Ilke.

Sir Thomas' Gesicht verfinsterte sich noch weiter, und seine Lippen wurden schmal.

»Nein«, sagte er hart. »Sie hatte schon jemanden, den sie liebte, doch das fand ich erst viel später heraus.«

Er erhob sich, kehrte seinen Zuhörern den Rücken und blieb so stehen, ohne ein weiteres Wort zu sagen. Dann räusperte er sich und fuhr fort:

»An dem Tag, als der Junge zwölf wurde, kam ich von einer langen Reise nach Hause.

Aber was soll ich sagen? Statt Festtagsstimmung herrschte auf dem Schloss tiefe Trauer. Nach und nach erfuhr ich dann, was geschehen war: Adonai berichtete mir, dass König Akhabihs Zauberer Scherpa da gewesen sei – plötzlich habe er aus heiterem Himmel im Schlosssaal gestanden, obwohl die Pforten verschlossen waren und ihn niemand hereingelassen hatte. Er behauptete steif und fest, dass das Kind ihm gehöre, und nahm den Jungen dann mit sich.

›Das war garantiert Zauberei‹, sagte Adonai verzweifelt. ›Nicht einmal ein Spatz gelangt in deinen Thronsaal, ohne dass ich es zulasse. Und wie Scherpa das geschafft hat, ist mir ein Rätsel.‹

Ich wurde rasend vor Kummer und machte mich sofort bereit, meinem Adoptivsohn nachzureisen. Seine Amme weinte ununterbrochen und bat mich flehentlich darum, mitkommen zu dürfen. Ich nahm sie mit, um des Jungen willen.

Begleitet wurden wir auf unserer langen Reise von einer Truppe schwer bewaffneter Soldaten, die ich aber eigentlich gar nicht so dringend gebraucht hätte, denn Scherpa und ich wussten beide, dass ich ihm überlegen war: Meine Kräfte waren stärker als seine.

Wir hetzten Scherpa hinterher, so schnell wir konnten, aber er hatte einen riesigen Vorsprung. An der Grenze trafen wir auf König Akhabih höchstpersönlich und seine Soldaten. Wir sprachen vernünftig und ohne Groll miteinander, und er versicherte mir immer wieder, dass diese Sache nichts mit unseren beiden Königreichen zu tun hätte, sondern allein eine Angelegenheit zwischen Scherpa und mir sei. Zum Zeichen, dass er es ernst meinte, sicherte er mir freies Geleit in seinem Land zu. Er schien sein Versprechen zwar ernst zu nehmen, doch ich band ihn zur Sicherheit noch zusätzlich durch Zauberkunst daran. So konnte ich meine Soldaten beruhigt an der Grenze zurücklassen.«

»Was bedeutet dass – Ihr habt ihn durch Zauberkunst an sein Versprechen gebunden?«, fragte Alak.

»Gewöhnliche Versprechen kann man brechen – aber ein Versprechen, das durch Zauberkunst gebunden ist, ist stärker«, erklärte Sir Thomas. »Derjenige, der ein solches Versprechen bricht, wird eines langsamen und qualvollen Todes sterben. Das wusste auch König Akhabih.«

»Und seid Ihr selbst auch an solche Versprechen gebunden?«, fragte Alak.

Sir Thomas nickte und fuhr fort: »Scherpa empfing die Amme und mich im Turmzimmer, das direkt über dem Schlosssaal lag. Er hatte meinen Jungen auf dem Schoß, aber das Kind sah seltsam aus – wie betäubt. Es sagte keinen Mucks und zeigte keinerlei Regung.

›Was hast du mit dem Jungen gemacht?‹, rief ich wutentbrannt und wollte schon zu Scherpa hinlaufen und das Kind an mich reißen.

›Stopp!‹, sagte der Zauberer ruhig. ›Zuerst musst du mir etwas versprechen!‹

Ich stutzte.

›Ich weiß, du bist ein gerechter und guter König‹, begann der alte Zauberer. ›Und deshalb sollst du mir schwören, dass du den Jungen nicht ohne meine Einwilligung mit dir nimmst, wenn sich herausstellt, dass ich der Vater des Jungen bin.‹

Wütend und frustriert, wie ich war, versprach ich alles, nur damit ich endlich zu meinem Jungen durfte. Zärtlich nahm ich ihn auf den Arm und ging zur Tür. Als ich sie aufgeschoben hatte und gerade dabei war, hinauszugehen, rief Scherpa mir etwas nach, und als ich mich zu ihm umdrehte, sah er mich triumphierend an.

›Ich binde dich durch deine eigene Zauberkunst an das Versprechen‹, sagte er und streckte die Hand nach mir aus.

Ich wollte ihn gerade warnen, mir nicht zu drohen, als ich spürte, wie mich alle Kraft verließ und ich auf die Knie fiel. Scherpa war tatsächlich der Vater des Jungen, und ich hatte ihm gedankenlos erlaubt, mich an ein Versprechen zu binden, das ich abgegeben hatte, als ich voller Wut darüber war, dass er mir den über alles geliebten Jungen genommen hatte. Bevor ich zusammenbrach, musste ich den Jungen loslassen.

Der Junge blieb stehen und verzog keine Miene. So kannte ich das Kind überhaupt nicht. Was Scherpa seinem eigen Fleisch und Blut wohl angetan haben mochte, dass das Kind so freudlos und stumm vor mir stand? Nein, in diesem Moment ging mir auf, dass ich Scherpa den Jungen nicht überlassen konnte – ob er nun sein Vater war oder nicht.

›Du musst ihn mir geben‹, sagte ich und schaffte es, auf die Knie zu kommen.

Es muss ein kümmerlicher Anblick gewesen sein, wie ich dort vor Scherpa kniete und darum bat, seinen Sohn mit nach Hause nehmen zu dürfen.

›Warum sollte ich das?‹, fragte Scherpa und sah mich lauernd an.

›Ich habe ihn vor zwölf Jahren verlassen im Wald gefunden und ihn aufgezogen. Ohne mich wäre er verhungert und verdurstet oder von wilden Tieren gefressen worden. Seitdem ist er mir wie ein Sohn gewesen und ich ihm wie ein Vater. Du kannst ihn mir nicht einfach wegnehmen.‹

›Das habe ich doch schon längst‹, höhnte Scherpa. ›Und dir sind die Hände gebunden, denn ich habe dein Versprechen.‹

›Bitte, Scherpa, du musst ihn mir geben!‹, bat ich den Zauberer noch einmal eindringlich.

›Wie kann ich wissen, ob du ihm ein guter Vater sein wirst und ob du auch gut auf ihn aufpasst? Nach dem, was ich gehört habe, bist du die ganze Zeit auf Reisen durch dein Königreich, ohne auch nur an den Jungen zu denken. Er soll viel allein sein, sagt man.‹

›Das stimmt nicht‹, erwiderte ich. ›Du hast zwar recht, wenn du sagst, dass ich viel unterwegs gewesen bin, doch seine Amme hat ihn für mich erzogen, wenn ich fort war. Sie hat ihn mit der gleichen Liebe wie ich und in meinem Sinne erzogen. Sie ist eine gute Mutter.‹

Ich sah hoch und deutete auf die junge Frau, die den Jungen zärtlich umfasst hielt. Sie neigte den Kopf, und ich konnte sehen, dass sie hinter ihrem Schleier ein wenig verlegen wirkte, weil ich sie so gelobt hatte.

›Du bist ihm eine gute Mutter gewesen‹, sagte ich freundlich zu ihr, um ihr zu versichern, dass ich es wirklich so meinte und nicht nur als Argument gegen Scherpa gebrauchte.

›Wenn du meine Einwilligung haben willst, den Jungen mit dir nehmen zu dürfen, dann musst du ein Pfand für ihn hinterlegen‹, forderte Scherpa. ›Etwas, was zeigt, dass du bereit bist, alles für den Jungen zu tun. Und dann musst du geloben, dass du dich niemals gegen mich wenden wirst, um mich zu zerstören.‹

›Du weißt, dass ich durch die Prophezeiungen aus dem Buch *Phenomena* gebunden bin‹, erwiderte ich. ›Wenn du der Böse bist, von dem die Prophezeiungen sprechen, dann kann ich ein solches Gelöbnis nicht abgeben.‹

Scherpa zischte böse und blickte mich mit solchem Hass an, dass er schwankte, als er sich von seinem Stuhl erhob. Schließlich sah er mich mit einem solch vernichtenden Blick an, dass mir ein kalter Schauer über den Rücken lief.

›Dann musst du mir geloben, dass du dem Jungen, wenn er einundzwanzig wird, deinen Königstitel überlässt. Und dass du dich nie selbst gegen mich wenden wirst. Ich will, dass zwischen uns immer ein Abstand besteht, sodass du meine Gedanken nicht lesen oder durch die Kräfte der Natur Hand an mich legen kannst‹, tobte der Zauberer.

Scherpa wirkte nach diesem Ausbruch erschöpft. Er setzte sich wieder und schloss keuchend die Augen. Es sah beinahe so aus, als ob er in einen tiefen Schlaf gefallen wäre.

Doch in meinem Kopf hörte ich plötzlich seine Stimme: ›Oh, und noch etwas, König Weha! Ich will, dass er den Namen trägt, den er bei seiner Geburt bekommen hat.‹

›Was soll das für ein Beweis sein, dass ich den Jungen über alles liebe?‹, fragte ich verständnislos und ein wenig ärgerlich.

Scherpa lächelte und verweigerte mir eine Antwort. Schließlich flüsterte er grinsend: ›Als Pfand möchte ich dein Herz!‹ und blickte mich lauernd an.

Ich neigte den Kopf; das war ein kostbares Pfand. Meine Urteilskraft und meine Stärke würden geringer werden, wenn ich es Scherpa überließ.

Verzweifelt sah ich zu dem Jungen hoch – was sollte ich nur tun? Der Preis war höher, als ich erwartet hatte. Doch wie ich ihn da auf dem Schoß seiner Amme sitzen sah und mir einmal mehr auffiel, wie teilnahmslos er mich anstarrte, war mein Entschluss gefasst: Ich konnte ihn nicht zurücklassen. Lieber ließ ich einen Teil von mir hier.

Ich räusperte mich und blickte ihm in die Augen. ›Scherpa, ich gelobe dir, dass ich mich dir nicht nähern werde und dass ich zurücktreten und dem Jungen den Thron von Aldra überlassen werde, wenn er einundzwanzig wird …‹, sprach ich mein Gelöbnis. Feierlich und ernst. ›Allerdings mit einer Einschränkung: Ich möchte die Macht haben, ihn abzusetzen, wenn er meinem Volk nicht zum Besten dient. Und ich gelobe weiter, dass ich es in diesem Fall dem Volk überlassen werde, sich selbst zu regieren – ich selbst werde dann nicht statt des Jungen ihr König sein.‹

Ich schloss die Augen und atmete tief durch; als ich sie wieder öffnete, sah ich, wie Scherpa zusammenfuhr, als er hörte, wie ihm meine Stimme in seinem Kopf versprach, künftig nur noch den Geburtsnamen des Jungen zu benutzen. Dann lächelte er befriedigt.

›Doch eins sage ich dir, Scherpa!‹ Ich fühlte, wie ich wieder zu Kräften kam, erhob mich und stellte mich vor ihn hin. ›Ich binde mein Herz an dein Versprechen, dass du es nicht benutzen wirst, um mich oder andere zu zerstören. Und an dem Tag, an dem es jemand wieder für mich holt und es mir zurückgibt, werde ich dir mit aller Macht nachjagen, solltest du dich als böser und durchtriebener Zauberer zu erkennen gegeben haben. Denk an meine Worte!‹

›Ja, ja, so sei es!‹, schnaubte Scherpa und schien plötzlich keine Lust mehr zu haben, sich noch weiter mit mir zu beschäftigen. Missmutig winkte er mich deshalb mit der Hand weg. ›Und jetzt geh schon. Du kannst den Jungen haben.‹

Ich traute meinen Ohren kaum und konnte mein Glück kaum fassen. Doch gerade als ich mit dem Kind und seiner Amme gehen wollte, hielt Scherpa mich noch einmal zurück:

›Hast du nicht eine Kleinigkeit vergessen?‹, fragte er höhnisch.

Ich drehte mich um und sah in seine boshaften Augen, die mich gierig anstarrten. Und im nächsten Moment fühlte ich bereits nichts mehr außer einem fürchterlichen Schmerz, als Scherpa mich packte und mit seinen klauenartigen Fingern meine Brust durchbohrte. Sie umschlossen gierig mein Herz, das noch ein, zwei Mal in meiner Brust schlug – dann riss er es heraus, und ich fiel mit einem Schmerzensschrei zu Boden. Ich dachte, dass ich gleich sterben müsste, so weh tat mir alles. Als ich kurz die Augen öffnete, sah ich direkt vor mir mein pulsierendes Herz, das Scherpa mir triumphierend unter die Nase hielt.

›Du dachtest vielleicht, ich habe das nicht so ernst gemeint, oder?‹, flüsterte er und kam mit seinem Mund so nah an mein Ohr, dass mich sein Atem kitzelte.

›Du dachtest vielleicht, dass ich nur einen Schatten von dem hier wollte?‹, zischte er und deutete auf mein Herz.

Er betrachtete mich lange und weidete sich an meinem Anblick. Schließlich erhob er sich und wandte sich ab. Er schien das Interesse an mir verloren zu haben.

›Dann ist die Audienz hiermit beendet‹, verkündete er. ›Nimm den Jungen und geh.‹

Stöhnend erhob ich mich und wankte zur Tür, wo die Amme und der Junge bereits standen und auf mich warteten. Als ich das Kind um die Schulter fasste, um ihn mit mir zu nehmen, hob die Amme den Schleier und lächelte. Zum ersten Mal in all den Jahren sah ich ihre Augen. Sie waren so schneeweiß wie das Federkleid der Eule, die mir den Weg durch den Wald gewiesen hatte, damals an jenem Tag, als ich meinen Adoptivsohn gefunden hatte.

Ein letztes Mal drehte ich mich zu Scherpa um.

Er lächelte. ›Sorg dich nicht um den Jungen, Weha! Er hat eine gute Erziehung bekommen, sein Vater wird stolz auf ihn sein‹, höhnte er.

In diesem Augenblick fiel es mir wie Schuppen von den Augen, und ich verstand Scherpas hinterhältigen Plan: Er hatte seinen eigenen Sohn benutzt, um mir eine Falle zu stellen! Und die Amme, der ich vertraut hatte, hatte ihn in Scherpas Geiste erzogen, nicht in meinem! Sie hatte ihren Geliebten nie verloren – nein, er stand hier direkt vor mir, mit meinem pochenden Herzen in den Händen.

›Pass gut auf meinen Sohn auf!‹, sagte sie leise zu mir. Dann drehte sie sich um und ging zu Scherpa.

Ich schloss die Tür hinter mir und ging Hand in Hand mit Tarkan die Treppe hinunter und auf den Schlosshof hinaus, wo wir auf mein Pferd stiegen und fortritten.«

Sir Thomas verstummte. In Gedanken ritt er noch einmal mit dem Jungen vor sich auf dem Sattel in Richtung Heimat, und der Wind strich ihnen zärtlich über das Gesicht. Nichts von dem, was geschehen war, konnte das Gefühl verändern, dass das, was er getan hatte, trotz allem richtig gewesen war. Denn er war seinem Herzen gefolgt.

Alak, Ilke und Millian saßen schweigend da und betrachteten den Mann vor sich – den mächtigen König Weha, der weit in seine Erinnerungen eingetaucht war und sie hatte teilhaben lassen an seinem Geheimnis.

Die Abrechnung in San-Alabar

Tarkan saß still da und starrte auf die Wand, durch die Alak und Ilke verschwunden waren. Der weiße Kalk leuchtete ihm höhnisch entgegen, und die Meilenschrift war tot und verblasst: Sie strahlte und flimmerte nicht mehr wie in dem Moment, als er das Auge des Parados in die Schale am Ende der Stange gelegt hatte.

Scherpa hatte bereits mehrmals nach ihm gerufen, doch er hatte nicht reagiert.

Tarkan wusste, dass es langsam riskant wurde, den Zauberer noch länger hinzuhalten, wie er es in den vergangenen Monaten getan hatte. Der Alte verlor langsam die Geduld.

Auch die Nurqus wurden ungeduldig. Aus purer Langeweile – und weil sich keiner von ihnen getraute, seinen Ärger an Tarkan auszulassen, begannen sie, miteinander zu raufen. Je deutlicher die Nurqus begriffen, dass sie nur seinetwegen noch immer hier waren, desto erboster wurden sie – und desto heftiger verliefen ihre Raufereien.

Tarkan verfluchte sich selbst dafür, dass er sich von den Elfenkindern hatte hinters Licht führen lassen. Denn zu der Schande kam noch erschwerend hinzu, dass er nicht wusste, wie es jetzt weitergehen sollte: Sollte er zu Scherpa zurückkehren oder nicht? Missmutig verzog Tarkan das Gesicht. Eigentlich war das kein besonders verlockender Gedanke, wenn er ehrlich zu sich war. Denn der alte Zauberer würde ihm immer wieder unter die Nase reiben, dass er an seinem Auftrag gescheitert war: Das Auge des Parados war verschwunden, und zu allem Übel war er auch nicht in der Lage gewesen, das Portal zur anderen Welt offen zu halten, so wie Scherpa es ihm befohlen hatte.

Plötzlich begann die Meilenschrift zu leuchten. Tarkan zuckte zusammen und starrte erschrocken auf die Wand. Was hatte das zu bedeuten?

Er sollte es sofort erfahren, denn wie von Zauberhand wurde der Raum in ein weißes, glühendes Licht getaucht, während sich die Tür in der Wand langsam öffnete.

Tarkan wich ein paar Schritte zurück und blinzelte. Sein Atem stockte, und sein Herz schlug schneller, als er sah, was da gerade vor seinen Augen geschah: Aus der gleißenden

Helligkeit trat eine große, kräftige Gestalt auf ihn zu.

»Wer bist du?«, fragte Tarkan atemlos.

Die Gestalt antwortete nicht, und weil das Licht so blendete, konnte Tarkan nicht erkennen, wer da vor ihm stand.

Er musste es anders versuchen.

»Ich verlange, dass du mir antwortest!«, rief Tarkan und versuchte, bedrohlich zu klingen.

Doch die Gestalt antwortete noch immer nicht, sie stand einfach nur da und betrachtete ihn lange, bevor sie zu sprechen anhob:

»Du wirst zu Scherpa gehen und ihm berichten, dass sich der Wind gedreht hat«, sagte sie, ohne sich vorzustellen.

»Dass sich der Wind gedreht hat?«, wiederholte Tarkan ungläubig.

Die Gestalt redete zu ihm, als ob sie sich kennen würden, doch Tarkan war diese Stimme fremd. So hektisch er auch überlegte – er hatte keine Erinnerung an sie.

»Du hast richtig gehört«, fuhr die Stimme fort. »Der Wind hat sich gedreht – jedoch nicht zu Scherpas Gunsten …«

»Ich verstehe nicht«, sagte Tarkan unsicher und blinzelte. »Wer bist du?«, fragte er.

Doch ehe Tarkan eine Antwort erhielt, traf ihn bereits ein Stoß und schleuderte ihn mit

Macht durch den Raum. Mit einem Krachen prallte Tarkan gegen die Wand am anderen Ende des Saals.

Benebelt und stöhnend drehte er sich um, doch das Licht blendete ihn noch immer. Mit letzter Kraft hob Tarkan seinen Arm und sandte eine Schockwelle in Richtung der Gestalt aus, die jedoch ein wenig zittrig ausfiel. Statt den bedrohlichen Besucher zu treffen, zerschmetterte sie die Möbel und verhallte im Nichts.

Sein Gegenüber blieb vollkommen unbeeindruckt, so viel konnte Tarkan erkennen.

Wieder traf ihn ein Stoß und schleuderte Tarkan durch die Tür und die Treppe hinab. Verzweifelt versuchte er, den Sturz abzufangen, doch seine Nägel kratzten nur zu beiden Seiten an den Wänden.

Als Tarkan das Gleichgewicht wiedererlangt hatte, rannte er die Treppe hoch und blieb schwer atmend im Türrahmen stehen.

Die Gestalt kam auf ihn zu.

Er warf sich wie ein Raubtier und mit Schaum vor dem Mund nach vorn, doch sein erneuter Angriff wurde von dem anderen mit einer leichten Handbewegung aufgehalten und Tarkan erneut die Treppe hinuntergeworfen.

Dann ging die Gestalt ihm nach.

Tarkan kam unsanft auf dem harten feuchten Steinboden zu liegen. Ächzend versuchte er sich aufzurichten. Weil es so dunkel in dem Raum war, konnte er nur wenig erkennen. Die schweren Schritte des Fremden näherten sich ihm.

Tarkan rappelte sich auf und sah sich um. Der Fremde besaß ganz offensichtlich Kräfte, die seinen überlegen waren. Er musste weg von hier.

Er eilte zur Wand und schlug mit dem Siegelring, den er als Kind von Scherpa bekommen hatte, dagegen. Darauf erfüllte ein heller, glockenklarer Ton den Raum, und eine Tür kam zum Vorschein.

Er war keine Sekunde zu früh gewesen: In dem Moment, als die Gestalt die Treppe herunterkam, stürzte Tarkan durch die Tür und schloss sie mit einem Knall hinter sich.

Tarkan befahl den Nurqus, die den Turm bewachten, niemanden heraus- oder hineinzulassen und ihn unter Einsatz ihres Lebens zu verteidigen.

Dann entmaterialisierte er sich, stieg als Wolke gen Himmel und ließ sich vom Wind zu Scherpa treiben, um ihm von einer weiteren Niederlage zu berichten.

Freiheit und Tod

Der Tod in Ras-Malam

Die Sonne hing bereits tief über dem Horizont. Langsam erwachte die Wüstenstadt. Ras-Malam war seit Jahrhunderten ein wichtiges Umschlagzentrum, und Handelsreisende von überall her standen nun in langen Schlangen vor den Stadtmauern, wo Soldaten sie und die Waren, die sie auf dem Markt verkaufen wollten, kontrollierten.

Die Soldaten waren gründlich. So gründlich, dass auch das Dreifache an Kontrolleuren nur wenig Bewegung in die Menschenschlange brachte. Und je höher die Sonne über den Himmel wanderte, desto länger dauerte alles, denn die Hitze wurde immer unerträglicher. Manche Händler mussten zu guter Letzt sogar ihren Warenbestand angreifen, um sich mit kühlem Bier aus Organon und Eistee aus Farneis abzukühlen. Handelsleute aber, die versuchten, heimlich die Wachen zu bestechen, um schneller in die Schatten spendende Stadt zu gelangen, wurden von den Soldaten barsch abgewiesen und von ihren wartenden Kollegen unter lauten Schmährufen und Beschimpfungen ans Ende der Schlange geführt.

»Was ist denn heute los?«, fragte ein Kaufmann aus dem Arugh-Gebirge, der Schaffelle feilzubieten hatte, den Mann mit den Bierfässern vor sich. »Warum sind die Kontrollen heute so streng?«

Der Bierverkäufer schenkte dem Schaffellverkäufer in den Becher ein, den dieser ihm hinhielt, und nahm nickend zwei Kaurih entgegen, die er rasch in die Hosentasche steckte.

»Mein Onkel hat erzählt, dass der Fürst heute den Schwiegervater seiner Schwester auf dem Markt auspeitschen lässt und deshalb Angst vor Unruhen hat.«

»Seinen Schwiegervater?«, fragte der Schaffellverkäufer ungläubig, hob den Becher zum Mund und trank gierig von dem kühlen Bier. »Hat das was mit der Geschichte zu tun, die ich gehört habe? Dass die Schwester des Fürsten mit einem Burschen von den Mekks abgehauen ist?« Er wischte sich den Mund mit dem Handrücken ab.

Der Bierverkäufer nickte ernst, nahm noch zwei Kaurihs entgegen und füllte den Becher erneut.

»Einige seiner Hauptmänner haben ja schon wegen seiner letzten Aktion vor ein paar Wochen gemurrt.«

»Du meinst, als er den Zauberer gefangen nehmen ließ?«

»Ja. Man sagt, dass er der Hüter des Buches *Phenomena* war. Nur weiß ich nicht so viel darüber, ich war gerade in Organon und habe eine Lieferung Bier abgeholt, als das passiert ist.«

»Phenomena?«, fragte der andere verwundert. »Ich dachte, das sei nur ein altes Märchen, das man sich an den Lagerfeuern erzählt.«

»Ich war an der Efraïber-Quelle, als eine der Prophezeiungen in Erfüllung ging«, erzählte der Bierverkäufer. »In unserem Dorf werden alle Jungen, bevor sie in die Reihen der Erwachsenen aufgenommen werden, auf Pilgerreise dorthin geschickt. Ich habe nicht gesehen, wer den Regen angehalten hat, aber später gab es Gerüchte, dass es zwei Kinder gewesen sein sollen.«

Der Schaffellverkäufer begann laut zu lachen. »Das ist jetzt nicht dein Ernst, oder?«

Der andere nickte. »Doch. Wenn du dorthin kommst, siehst du, wie sich vier Flüsse durch den Wüstensand in Richtung Meer graben. Ich bin ganz sicher, dass sie im Laufe des Frühjahrs dort anlangen.«

»Ja, ja, ich werde wohl auch eine solche Pilgerfahrt machen, damit ich das alles mit eigenen Augen sehen kann. Trotzdem verstehe ich die strengen Kontrollen hier am Stadttor nicht. Wenn der Fürst besorgt ist, dass seine eigenen Leute rebellieren … warum schafft er dann nicht Ordnung *hinter* den Mauern? Immerhin sind seine Leute doch innerhalb der Stadt und nicht hier draußen bei uns.«

»Der Fürst hat gehört, dass ein Heer von Terraqus unterwegs ist, um den Zauberer zu befreien«, sagte der Bierverkäufer.

»Ein Heer von Terraqus?«, staunte sein Gegenüber. »Ich dachte immer, die fressen arme Seelen, die sich draußen in der Wüste verirren; wie können sie dann eine ganze Stadt überfallen, um eine solche arme Seele zu retten?«

»Na ja, was soll ich sagen? Das habe ich eben gehört«, rechtfertigte sich der Erste.

Eine in einen Mantel gehüllte Gestalt hinter ihnen räusperte sich jetzt vorsichtig.

»Willst du einen Becher Bier?«, fragte der Bierverkäufer und wandte sich zu seinem Hintermann in der Schlange um.

Die Gestalt schüttelte den Kopf. »Ich habe nur eine Frage.«

»Schieß los!«, sagte der allwissende Bierhändler und schenkte dem Schaffellverkäufer noch einmal nach.

»Ich suche nach Leuten: Scha-Ra und Arul. Wie man hört, sollen sie sich in der Stadt aufhalten. Weißt du da Näheres?«

Der Händler begann laut zu lachen. »Nein, das weiß ich nicht«, antwortete er. »Aber ich kann dir zumindest sagen, wer garantiert Bescheid weiß. Frag einfach Häuptling Emantucel, den armen Teufel, der heute öffentlich ausgepeitscht werden soll. Er sagt dir sicher, wo die beiden sind!«

»Danke!«, sagte die Gestalt leise und fädelte sich eilig aus der Schlange aus, als habe sie Angst, selbst Fragen beantworten zu müssen. Im Gehen zog sie ihre Kapuze, die zu rutschen begonnen hatte, wieder tief ins Gesicht. Dabei glitzerte das blaue Armband, das der Unbekannte trug.

Eilig verschwand er hinter einer Sanddüne, um gleich darauf auf der anderen Seite der Mauer wieder aufzutauchen.

Wie ein Schatten, dem niemand Beachtung schenkte, wanderte er umher und fing auf den Märkten und an den Wasserbrunnen Gesprächsfetzen auf.

»Bist du wach?«

Der alte Mann, der auf der harten Steinpritsche an der Wand lag, drehte sich stöhnend und mühevoll zu der Stimme an der Tür herum. Sein Gesicht war aufgedunsen und trug Spuren von Schlägen – genauso wie seine Arme und Beine. Als er sich endlich zur Tür gedreht hatte, versuchte er auszumachen, wer da in seine Zelle gekommen war, doch seine Augen waren geschwollen und tränten, sodass er nichts mehr erkennen konnte außer bunten Schemen.

»Bist du Emantucel, der Häuptling der Mekhs?«, fragte die Stimme.

Der Häuptling hustete kräftig, um seine Lungen frei zu atmen, doch das Sprechen ging nicht.

Azur ging zu ihm hin und strich ihm mit der Hand über den Kopf.

Das Wasser kühlte und erfrischte. Der Häuptling lächelte dankbar. Dabei sprangen seine trockenen Lippen auf und begannen zu bluten. Er zuckte kurz zusammen – doch in Azurs Gegenwart ließ sich der alte Mann den Schmerz nicht anmerken. Das erste Mal seit langer Zeit witterte er eine Chance, hier herauszukommen.

»Ja, ich bin's«, krächzte der Häuptling mit letzter Kraft und hustete kräftig. »Wie hast du mich gefunden?«

»Das ist unwichtig, alter Mann! Es hat lange

gedauert, dich zu finden. Wichtig ist, dass niemand weiß, dass ich hier bin oder nach jemandem namens Scha-Ra suche. Ich habe gehört, dass ihr zusammen gereist seid und dass du vielleicht weißt, wo er sich befindet.«

»Bist du ein Freund von ihm?«, flüsterte der Häuptling.

»Kein Freund«, sagte Azur und zog die Kapuze ab. »Doch die Elfenkinder Alak und Ilke gehören zu meinen Freunden. Sie haben mich gebeten, hierherzukommen.«

Die Antwort verunsicherte den Häuptling, und er streckte sich, um die Person, die vor ihm stand, anzufassen. Doch Azur entzog sich ihm.

»Hast du auch etwas zu trinken?«, fragte der Häuptling hoffnungsvoll.

»Nein, leider nicht.« Azur schüttelte bedauernd den Kopf. »All mein Wasser ist salzig, es ist Meerwasser.«

»Trotzdem danke, dass du mich gekühlt hast!«, sagte Emantucel.

»Kannst du mir helfen?«, fragte Azur. »Wo sind die beiden?«

»Sie wurden in den Kerker unter dem Schloss geführt«, antwortete Emantucel.

Azur lief ein Schauer über den Rücken, als er daran dachte, dass der Fürst einen Kerker unter seinem Schloss hatte. Abscheulich, so etwas in seinem eigenen Heim zu haben, wo man feierte und lebte und aß und es sich gut gehen ließ!

»Danke!«, sagte Azur und lehnte sich gegen die Wand.

»Nimmst du mich mit?«, fragte der Häuptling hoffnungsvoll und streckte bittend seine Hände nach ihm aus.

Azur zögerte: Warum sollte er? Er fühlte eine Art Freundschaft zu den Erdwesen Alak und Ilke, aber das auch nur, weil sie sein Leben gerettet hatten und er in ihrer Schuld stand. Dem alten Mann hingegen schuldete er nichts.

»Ich fürchte, dass ich sterben werde, wenn ich noch länger hierbleibe«, sagte der Häuptling, als Azur sich wortlos umwandte, um zu gehen.

Der Meermann hielt inne und begann schwer zu atmen, weil seine Gefühle ihn plötzlich überwältigten. Er erinnerte sich an die Barmherzigkeit, die Ilke ihm erwiesen hatte, als sie ihn in Emblaz gerettet hatte. Und an die Freundschaft und den Respekt, den Alak ihm erwiesen hatte. Sosehr er sich dagegen wehrte – es erwachte Mitleid für den Alten in ihm.

Azur ging auf Emantucel zu und nahm dessen Hand.

»Wenn du es gestattest, dass ein Terraqu dich von hier wegführt …«, sagte er freundlich, »dann nehme ich dich gerne mit.«

Häuptling Emantucel blickte erstaunt auf, doch dann lächelte er und erhob sich mit zitternden Knien.

»Ich bin zu alt, um jemanden nicht zu mögen, dem ich noch nie begegnet bin und von dem ich nur gehört habe«, sagte er.

Azur lächelte. Nicht alle Erdwesen waren gleich – auch der Alte war anders als das, was man sonst über sie hörte. Erfreulich anders. Und deshalb tat er zum ersten Mal in seinem Leben etwas, was ihm sein Herz befohlen hatte, auch wenn das gegen alles sprach, was er gelernt und erlebt hatte. Das tat gut. Lächelnd wandte er sich an den alten Mann.

»Es wird aber etwas unangenehm«, warnte er.

»Warum das?« Emantucel tapste unsicher hinter Azur her.

»Ich nehme dich mit … durch die Wand.«

Der Häuptling lächelte tapfer und legte seine Hand auf Azurs Wange. »Ich vertraue dir!«

»Danke!«, sagte Azur und schluckte. Das Vertrauen des Alten rührte ihn. »Jetzt komm!«

Energisch zog Azur Emantucel mit sich durch die Mauer.

Ein dunkler, nasser Fleck war alles, was von den beiden zurückblieb, und bald war der in der dampfenden Wärme von Emantucels Gefängnis verdampft.

Scha-Ra drehte sich abrupt um, als Emantucel ohne Vorwarnung aus der Wand stürzte und keuchend auf dem Fußboden liegen blieb. Gleich danach kam auch Azur zum Vorschein und trat neben den Häuptling, der sich mittlerweile übergeben musste.

»Seid ihr Alaks und Ilkes Familie?«, fragte Azur skeptisch und sah sich in der sandfarbenen, glühend heißen Zelle um.

Scha-Ra erhob sich schwankend und begegnete Azurs Blick, doch der Meermann schielte schon auf den weißen Pelzberg, der hinter dem alten Zauberer reglos auf dem Zellenboden lag.

Die intensive Hitze im Raum machte Azur schwindlig.

»Sind Alak und Ilke bei dir?«, fragte Scha-Ra und spürte, wie Tränen in seine Augen traten.

»Nein!«, antwortete Azur. »Aber ich kann euch zu ihnen bringen. Ist Arul …?«

»Arul ist nicht mehr unter uns, er ist weg«, unterbrach ihn Scha-Ra. »Ich konnte ihn nicht retten … Die Verletzungen waren … zu ernst. Vor vier Monaten habe ich meine letzten Kräfte eingesetzt, um ihn so zu bewahren, wie er war, als er starb. Dann kann ich ihn im Winterland, aus dem er stammt, begraben … wenn wir wieder frei sind.«

Häuptling Emantucel, der endlich aufgestanden war, streckte seine Hände Scha-Ras Stimme entgegen und ging unsicher auf ihn zu. Scha-Ra drehte sich um, als er merkte, wie die Arme des Häuptlings nach ihm griffen.

»Das tut mir so leid!«, flüsterte Emantucel und zitterte vor Kummer.

»Ich hätte euch nicht darum bitten sollen, mit hierherzukommen, um mit dem Volk der Drughs Frieden zu stiften. Ich hätte euch niemals hierherbringen dürfen … Aber ich konnte ja nicht ahnen …«

Azur fühlte sich beklommen angesichts der beiden alten Männer, die sich so freundschaftlich umarmten und dabei hemmungslos weinten.

»Alak und Ilke sind von einem bösen Zauberer in einem Turm in San-Alabar eingesperrt worden«, sagte Azur deshalb schnell, um die beiden auf andere Gedanken zu bringen.

Scha-Ra blickte auf. Er sah zu Tode erschrocken aus.

»Tarkan?«, fragte er tonlos.

Azur hielt den Atem an; bislang hatte er nämlich noch nicht in Erfahrung bringen können, wer der Zauberer genau war, der Alaks und Ilkes Schicksal gerade in der Hand hatte.

»Wie lange schon?«, fragte Scha-Ra.

»Seit fast einem Monat«, berichtete der Meermann und fügte hinzu: »Es war ziemlich schwierig hierherzugelangen. Ich kann mich nämlich immer nur für kurze Zeit unter dem Sand bewegen. Denn falls die Terraqus mich erwischen, dann ...« Azur schüttelte es vor Angst bei dieser Vorstellung.

»Seit einem Monat, sagst du?«, unterbrach ihn Scha-Ra und wiegte gedankenvoll den Kopf. »So lange konnten sie sich Tarkan auf keinen Fall vom Leibe halten ... Nein, das muss ein anderer böser Zauberer sein. Kannst du uns hier rausbringen?«

»Ja!«, nickte Azur. »Das hatte ich auch vor.« Und schon schritt er ihnen voran.

Scha-Ra und Emantucel folgten Azur durch die Zellenwand hindurch und verschwanden.

Zurück blieben nur ein regungsloser weißer Pelzberg und ein gutes, reines Eisbärenherz, das zu schlagen aufgehört hatte.

Die Tür zum Thronsaal prallte mit Wucht gegen die weiß gekalkte Wand, als Scha-Ra in Begleitung von Häuptling Emantucel und Azur schwungvoll den Raum betrat. Sein Gesicht glühte vor Wut.

Eine Gruppe von Soldaten, die es gewagt hatte, Unzufriedenheit darüber zu äußern, wie der Zauberer Scha-Ra vom Fürsten behandelt wurde und deshalb des Verrats angeklagt war, stand am Ende des Tisches.

Scha-Ra erkannte Hauptmann Rathü wieder, der ihn und Arul hierherbegleitet hatte.

Fürst Alhala erhob sich erschrocken von seinem Thron. Die anderen Adeligen blieben nervös sitzen und warteten ab, was als Nächstes geschehen würde.

Niemand wagte es, etwas zu sagen oder zu tun.

»Alhala!«, rief Scha-Ra zornig und ging langsam auf ihn zu. Der Fürst bekam einen flackernden Blick, und die anderen Adeligen starrten konzentriert vor sich auf den Tisch, als interessierten sie sich ganz besonders für die Maserung des Holzes vor sich. Sie waren so erschrocken, dass sie nicht einmal den Versuch unternahmen, sich zu verteidigen.

»Sitzen hier etwa nur Feiglinge an meinem Tisch?«, schrie Alhala und warf den Weinbecher auf die Papiere und Bücher, die über den Tisch verstreut lagen.

Er sah zu seinen Soldaten, die am anderen Ende strammstanden.

»Ergreift ihn!«, schrie er und zeigte auf Scha-Ra, der langsam näher kam.

Keiner der Soldaten rührte sich.

Fürst Alhala griff nach einem vor ihm liegenden Dokument. Die Tinte, mit der er es unterzeichnet hatte, war noch nicht einmal getrocknet.

»Ich begnadige euch alle, wenn ihr diesen Mann ergreift!«, rief Alhala – bereits ein wenig verzweifelt – und deutete mit einer Geste an, dass er das Dokument zerreißen würde, wenn sie seinem Befehl folgten.

Die Aussicht auf Begnadigung brachte Unruhe unter die Soldaten.

»Niemand verlässt die Reihe!«, brüllte Rathü.

Fürst Alhala zerriss das Papier. »Ihr seid begnadigt! Tut gefälligst, was ich euch befehle!«

Scha-Ra stand da und sah dem Fürsten spöttisch zu, wie er um den Tisch herumging und hinter einem seiner adeligen Gefolgsmänner Deckung suchte.

»Glaubst du etwa, du kannst meinem Zorn entkommen?«, fragte der alte Zauberer ruhig.

Fürst Alhala antwortete nicht. Er warf nervös einen kurzen Blick hinter sich, um zu sehen, ob jemand von den Soldaten dem Befehl gehorchte. Plötzlich bekam er einen wilden Blick, streckte sich mit einer schnellen Bewegung nach vorn und ergriff ein silbernes Horn, das direkt vor ihm auf dem Tisch lag.

Er führte es zum Mund und wollte gerade hineinblasen, als Scha-Ra die Hand hob und das Horn wie durch Zauberhand hinter dem Fürsten gegen die Wand geschleudert wurde. Darauf hob Scha-Ra beide Hände und schloss die Augen. Schon erfüllte ein Windhauch den Raum, der zu einem Wirbel wurde. Er blies immer kräftiger.

Fürst Alhala kniff die Augen zu und hielt sich krampfhaft an einem Stuhl fest, auf dem einer der Adeligen saß.

Die Soldaten hielten ihre Umhänge fest, und die Männer, die um den Tisch herum saßen, warfen sich über ihre Papiere und Bücher, damit keine ihrer Unterlagen weggeweht wurde.

Schneller und schneller wirbelte der Wind um sie herum, in immer kleineren Wirbeln, und plötzlich schwebte ein leuchtend blauer Stein vor Scha-Ra in der Luft.

»Was hast du mit meinem Zauberstab gemacht?«, fragte Scha-Ra den Fürsten.

Alhala warf ihm einen nervösen Blick zu. »Der ist zerbrochen und im Kamin verbrannt«, stotterte er.

»Der ganze Zauberstab?«, fragte Scha-Ra.

»Nun ja, beinahe wenigstens!«, antwortete Alhala.

Einer seiner adeligen Gefolgsleute spuckte schnell einen Holzspan aus, den er eben als Zahnstocher benutzt hatte.

Scha-Ra erhob erneut seine Hände, woraufhin der Kamin am anderen Ende des Thronsaals mit einem Knall explodierte. Steine und Putz flogen über den Fußboden und wurden zu gefährlichen Geschossen. Als schwarzer Wirbel wehte nun die Asche auf und formte sich langsam wieder zu Scha-Ras Zauberstab, der, als er fertiggestellt war, langsam auf ihn zugeschwebt kam.

Scha-Ra nickte zufrieden, griff nach seinem Stab und setzte den blauen Stein wieder ein.

»Rathü, versammle einige deiner Männer und hol mir Arul aus dem Kerker!«, wandte sich Scha-Ra dann an den Hauptmann. »Wir nehmen ihn mit uns, wenn wir von hier abreisen. Er soll möglichst weit weg von diesem

Schlangennest zur letzten Ruhe gebettet werden.«

Rathü nickte und wählte eilig zehn seiner Männer aus.

»Und du, Fürst Alhala, wirst mich zu deinem Vater, Fürst Ighada, führen«, befahl Scha-Ra mit scharfer Stimme.

Alhala rührte sich nicht – es sah beinahe so aus, als ob er nur darauf wartete, dass Scha-Ra ihn zu Boden strecken und töten würde.

»Jetzt!«, beharrte der alte Zauberer.

Alhala sah verzweifelt aus, als Scha-Ras Zauberkünste seine Beine in Bewegung setzten und diese – ob er nun wollte oder nicht – hinter dem Tisch hin- und herzulaufen begannen.

»Das hier ist mein Land, ich bin sein Fürst ... der Oberste. Du kannst nicht einfach hierherkommen und mir befehlen, was ich zu tun habe!«, schrie er erbost und bereits ein wenig außer Atem.

»Du wirst mich zu Fürst Ighada führen, ich zwinge dich mit Macht dazu!«, sagte Scha-Ra ruhig und bestimmt.

»Mit Macht! Dass ich nicht lache«, tobte Alhala. »Wer hat hier die Macht? Das bin doch wohl immer noch *ich! Ich* mache hier die Gesetze, *ich* bestrafe und begnadige, wen ich will;

du aber kannst mich nicht zwingen, als ob ich ein kleines Kind wäre, alter Mann!«

»Ohne Tarkan bist du ein Nichts!«, sagte Scha-Ra.

»Vielleicht ist Tarkan ja hier? Er könnte im großen Saal hinter dem Thron stehen. Was meinst du dazu? Wäre doch möglich, oder? Ich brauche nur nach ihm zu rufen, dann zeigt er dir, wer die Macht hat!«

»Du würdest nicht wie ein hysterisches Kind schreien, wenn Tarkan hier wäre!«, sagte Scha-Ra ruhig.

Fürst Alhala fuhr auf, schwieg jedoch, als er begriff, dass er sich gerade verraten hatte.

»Er ist gleich wieder zurück!«, sagte er zuversichtlich und versuchte, Ruhe zu bewahren. Doch keiner glaubte ihm, das spürte er nur allzu deutlich.

»So, genug geplaudert. Jetzt führst du mich zu Fürst Ighada. Und zwar sofort!«, befahl Scha-Ra.

»Der Fürst hat ausdrücklich gesagt, dass er keinen Besuch wünscht …«

»Ich warte!«, sagte Scha-Ra ungeduldig und ging gar nicht erst auf Alhalas Ausflüchte ein.

»So lautet aber Fürst Ighadas Befehl, ich kann nicht einfach …«

Scha-Ra schlug mit dem Stab in die Luft,

sodass der Fußboden unter ihnen erbebte. Putz rieselte von der Decke, und kleine Steine fielen zu Boden.

»Ich handle entgegen dem ausdrücklichen Befehl Fürst Ighadas«, sagte er trotzig und ging zur Tür, neben der Azur und Häuptling Emantucel bereits warteten.

»Ihr bleibt hier!«, sagte Scha-Ra zu Azur und Emantucel, als Alhala sich endlich bequemte, seinem Befehl nachzukommen. »Behaltet lieber die Eingangstür im Auge!«

Der Zauberer zeigte auf eine große Eisentür am Ende des Saals, bevor er Fürst Alhala folgte.

Keiner von beiden sagte etwas, während sie die Wendeltreppe emporstiegen. Oben angekommen, öffnete Alhala eine Tür, die einen weiteren Treppenabsatz freigab, und stieg weiter.

»Der alte Fürst weilt also nicht in den Spiegelgemächern?«, fragte Scha-Ra und dachte an die großen, offenen Räume am Ende der breiten Marmortreppe, die hinter den Gobelins beim Thron verborgen war.

»Das hat er so bestimmt«, antwortete Alhala kurz angebunden und führte Scha-Ra in einen Raum mit sechs Türen, drei zu jeder Seite rechts und links vom Eingang.

Scha-Ra erkannte den Raum wieder und nickte; hier war er schon einmal gewesen: Als er in Fürst Ighadas Diensten gestanden hatte, war der Raum als Karten- und Lagerraum benutzt worden.

Alhala klopfte an die letzte Tür rechts. So zaghaft, dass niemand antwortete. Er klopfte erneut, aber es kam noch immer keine Reaktion von drinnen.

»Er ruht sich sicher aus«, sagte Fürst Alhala entschuldigend. »Er ist alt und braucht viel Schlaf.«

»Das ist mir ziemlich egal«, sagte Scha-Ra mit harter Stimme. »Du öffnest jetzt die Tür!«

Fürst Alhala begann, seinen Mantel nach dem Schlüssel zu durchsuchen. Seine Hände zitterten, und er sah sich panisch nach einem Fluchtweg um.

»Ehrwürdiger Zauberer, ich habe den Schlüssel nicht!«, sagte er nach einer Weile betrübt.

Scha-Ra starrte ihn überrascht an. »Und wer bringt ihm sein Essen? … Wer kümmert sich um ihn? Derjenige muss doch einen Schlüssel zu seinen Privatgemächern haben!«

»Einer der Diener, ich weiß nicht, wer … Wir haben so viele.«

Statt noch länger mit Alhala zu diskutieren, schlug der alte Zauberer kurzerhand die Tür mit seinem Stab ein, sodass der Rahmen mit lautem Krachen zersplitterte und das Türschloss sich verbog.

Während Scha-Ra neugierig in das Privatgemach Ighadas schaute, schlich Alhala lautlos den Gang entlang in Richtung Wendeltreppe.

»Was ist das denn?«, rief der alte Zauberer erschüttert. Überall lag Staub, die Fenster waren mit Brettern vernagelt, und die Luft im Raum war stickig. Zwischen ein paar Kartenregalen und einem Schreibtisch stand ein Bett, auf dem eine Gestalt mit dem Rücken zu ihm lag. Sie rührte sich nicht.

Bevor Scha-Ra den Kartenraum jedoch näher in Augenschein nahm, schlug er noch mit seinem Stock auf den Boden, um die Tür zur Wendeltreppe mit lautem Knall zu schließen.

Alhala, der sich gerade hindurchschleichen wollte, wurde dabei unsanft gegen die Wand geschleudert.

»Du kommst mit mir!«, zischte Scha-Ra wütend.

Der Fürst rappelte sich zitternd auf und begann zu weinen. »Ich habe nichts davon gewusst«, nuschelte er. »Ich war schon lange nicht mehr hier.«

Scha-Ra packte ihn am Nacken und schleuderte ihn in Richtung Bett. Dann ging er zu dem alten Fürsten, legte seine Hand auf Ighadas Schulter und schüttelte ihn. Erst sanft, dann kräftiger.

»Fürst Ighada, ich bin es, Scha-Ra!«, sagte er, bekam aber immer noch keine Antwort.

Alhala hockte auf den Knien vor dem Bett und wimmerte vor sich hin, während Scha-Ra die Decke, die über dem alten Fürsten lag, seitwärts wegzog.

»Ich wusste das wirklich nicht. Wie hätte ich auch davon wissen können ... Die Diener ... sie haben doch immer gesagt, dass alles in Ordnung wäre mit ihm ...«

Scha-Ra drehte sich um und sah ihn wütend an.

»Du hast deinen eigenen Vater verhungern lassen, du Ungeheuer! Er muss schon seit Jahren tot sein!«

»Er starb an Altersschwäche«, sagte Alhala unsicher.

Scha-Ra nahm den Zinnteller aus Fürst Ighadas vertrockneten Händen und zeigte ihn Alhala.

»Er hat ihn so sauber geleckt, dass er fast

durchsichtig geworden ist! Schau dich um! Dein Vater hat vor Verzweiflung Pergamentstücke und Karten gegessen, um sich am Leben zu erhalten.«

Alhala sah sich in dem fahlen Licht des Raumes um: In Stücke gerissene Karten und große Pergamentrollen lagen umher, die deutlich Abdrücke von Zähnen zeigten, die versucht hatten, sie zu zerbeißen.

»Du bist ein erbärmlicher Mörder«, rief Scha-Ra zornig, »du konntest ihm nicht einmal in die Augen sehen, als du ihn getötet hast. Ein Messerstich oder ein Becher Gift hätten wohl zu viel Mut verlangt, oder? Aber hierzu – einen alten Mann einfach verhungern zu lassen, dazu warst du fähig! In deinem eigenen Haus! Hast du ihn abends, wenn es still war, schreien und rufen gehört, sag?«

Alhala hielt sich die Hände vor die Ohren und schüttelte den Kopf, so als ob er die Erinnerungen loswerden wollte, die Scha-Ra in ihm wachrief.

Der alte Zauberer raste vor Zorn. »Mir steht nicht zu, einen anderen Menschen zu bestrafen oder zu verurteilen, aber eines verspreche ich dir: Ich werde dafür sorgen, dass du dich bis zu deinem Lebensende an die

Leiden deines Vater erinnern wirst. Ich werde die Erinnerungen zu lebendigen Bildern in deinem Kopf machen und seine Stimme genauso klar wie zu seinen Lebzeiten«, sagte Scha-Ra und packte den Fürsten beim Haarschopf. Mit der anderen Hand griff der alte Zauberer nach einem Schmuckstück, das Fürst Ighada um den Hals trug, und steckte es in seine Tasche.

Dann ließ er von Alhala, der sich immer noch die Hände vor die Ohren hielt, ab und ging.

Der Fürst blieb in stummem Entsetzen bei seinem toten Vater zurück. Seine Erinnerungen kehrten mit folternder Deutlichkeit zurück: die Fußabdrücke Ighadas, seine weiche Stimme, die Wärme seiner Hand, wenn er ihm über die Wangen streichelte, sein leises Lachen. Als Nächstes klang das metallene Geräusch des Türschlosses in seinen Ohren nach, das damals auf seinen Befehl hin hinter dem alten Fürsten verriegelt wurde, dann die Schreie seines Vaters, das verzweifelte Kratzen seiner Fingernägel an den Wänden, die Schläge gegen die Tür und das Krachen von Gegenständen die umhergeworfen wurden. Diese schauerliche Sinfonie der Erinnerung mischte sich immer wieder mit dem Quietschen des Türschlosses, das wieder und wieder abgeschlossen wurde. So lange, bis Alhala glaubte, verrückt zu werden.

Doch das sollte erst der Anfang seiner Folter sein.

Unten im Thronsaal warteten Azur und Häuptling Emantucel zusammen mit Hauptmann Rathü und seinen Männern.

Vor ihnen auf dem Fußboden lag Arul, den man in ein buntes Leichentuch gehüllt hatte. Nur sein Kopf war zu sehen. Wie er da so friedlich mit geschlossenen Augen und offenem Maul lag, sah der Winterbär aus, als ob er schliefe. Scha-Ra blieb ruhig stehen und betrachtete ihn, bevor er die Tür hinter sich schloss.

»Ich habe einen Ochsenkarren für seinen Transport besorgt«, sagte Rathü und verbeugte sich kurz vor Scha-Ra.

»Danke!«, sagte dieser leise, beugte sich zu Arul hinunter und strich ihm sanft über den Eisbärenkopf. Augenblicklich legte sich ein blaues Licht um den toten Winterbären und vibrierte eine Weile, bevor es wieder verschwand.

»Damit er nicht verwest, bevor ich ihn dorthin zurückgebracht habe, wo er hingehört und wo er gern zur Ruhe gebettet werden wollte«, erklärte Scha-Ra den anderen mit gedämpfter Stimme.

»Und der Fürst?«, fragte der Hauptmann.

Scha-Ra schaute zu ihm hoch. »Der alte Fürst ist tot«, sagte er leise. »Verhungert.«

Rathü sah den alten Zauberer entsetzt an.

»Fürst Alhala wird wohl noch eine Zeit lang bei seinem Vater bleiben«, fuhr Scha-Ra fort. »Wir werden die Gelegenheit nutzen und sofort abreisen. In diesem Hause herrscht der Tod.«

Wie auf Kommando hoben die Soldaten Arul hoch und trugen ihn hinaus zum Ochsenkarren.

Rathü drehte sich zu den Adeligen um, die um den Tisch saßen und sich kaum gerührt hatten, seitdem Scha-Ra den Fürsten gegen seinen Willen die Wendeltreppe hinaufgetrieben hatte.

»Es steht euch frei, nach Hause zu gehen, wenn ihr es wünscht«, sagte er bestimmt. »Doch einige von euch sollten vielleicht hierbleiben und dem Fürsten, wenn er wieder herunterkommt, erklären, warum die anderen den Thronsaal verlassen haben.«

Die Männer begannen, leise miteinander zu reden. Offensichtlich wollte niemand von ihnen dem Fürsten Rechenschaft ablegen müssen – nicht nach all dem, was geschehen war. Und wie würde Fürst Alhala reagieren, wenn sie dem Befehl eines Hauptmanns folgten, der gerade noch wegen Verrats verurteilt worden war – auch wenn die auf dem Tisch liegenden Dokumente vom Fürsten selbst zerrissen worden waren? Würde er nicht auch sie des Verrats bezichtigen?

Ebenso wenig wagte es einer der Anwesenden, zu Alhala hinaufzugehen. Wer wusste schon, was ihn dort oben erwarten würde? Hatte nicht der Zauberer eben erst gesagt, dass der alte Fürst dort tot – verhungert – aufgefunden worden war?

Sie gossen sich Wein ein und lächelten Hauptmann Rathü zu, so als ob alles in schönster Ordnung sei und sie absolut nichts dagegen hätten zu warten, bis der Fürst wieder herunterkäme.

Scha-Ra stand mit Hauptmann Rathü zusammen und schaute zu, wie Arul auf den Karren gehoben wurde. Azur half derweil Häuptling Emantucel auf das Trittbrett und setzte ihn auf den Kutschbock.

»Hast du etwas von den Kindern gehört?«, fragte Scha-Ra den Hauptmann. »Du warst schließlich einer seiner engsten Vertrauten unter den Soldaten.«

Der Hauptmann lächelte und winkte ab. »Das ist schon lange vorbei. Woher wusstest du das übrigens?«

»Ich bin nicht umsonst Zauberer!«, sagte Scha-Ra.

»Das ist Antwort genug«, meinte Rathü und überlegte noch einmal. »Ich weiß nicht, ob du etwas damit anfangen kannst, aber als Tarkan hier war, hat er erwähnt, dass jemand namens Scherpa die Auserwählten zum Turm in San-Alabar locken sollte. Es hörte sich an, als ob das zwei Kinder wären.«

»Das ergäbe durchaus Sinn«, antwortete Scha-Ra. »Hast du noch mehr gehört?«

»Er sagte etwas von einer anderen Welt ... Viel habe ich nicht verstanden, aber Alhala sollte als Drachenfürst eine wichtige Rolle spielen.«

»Ja, das sollte er wohl«, antwortete Scha-Ra und drückte das Schmuckstück, das er Fürst Ighada weggenommen hatte, in der Hand. »Aber dazu gehören immer zwei! Bist du dir sicher, dass sie von einer anderen Welt gesprochen haben?«

»Ja, da bin ich mir ganz sicher! Tarkan stand nicht weiter weg als du jetzt«, erklärte Rathü.

»Das waren genau seine Worte. Oh, und noch etwas: Er hat irgendetwas über ein Auge gesagt.«

»Das Auge des Parados?«, fragte Scha-Ra.

»Ja, genau«, nickte der Hauptmann.

Der alte Zauberer wurde sehr nachdenklich »Ist es vielleicht möglich …? Nein, das kann nicht sein!«, sagte er zu sich selbst und dachte an all die Geschichten, die er über das Auge des Parados gehört hatte.

Der Zauberer fühlte, dass nun alles so viel schwerer war: Arul, der laut der Prophezeiung der Winterprinz war und auf dem die Kinder reiten sollten, war tot. Wehmütig lächelte Scha-Ra vor sich hin, als er sich erinnerte, wie er mit Arul zu Hause in der Schlossbibliothek gestanden hatte und dem Bärenprinzen vorgelesen hatte, was im Buch *Phenomena* über ihn stand. Nun war das Buch weg, und die Kinder waren auf unerklärliche Weise in einer anderen Welt verschwunden … Der Zauberer schüttelte den Kopf, er konnte es nicht fassen. Aber warum sollte Tarkan sonst gen Norden geeilt sein? Zum Glück hatte er sie nicht eingeholt! Scha-Ras Herz wurde schwer. Er hoffte nur, dass es ihnen dort, wo sie sich nun aufhielten, gut ging. Alles, was er noch tun konnte, war, Arul im Winterland, wo er hingehörte, zur letzten Ruhe zu betten.

»Danke!«, sagte Scha-Ra und ergriff die ihm entgegengestreckte Hand des Hauptmanns. »Ich hoffe, der Fürst behandelt euch ordentlich, wenn er wieder bei sich ist.«

»Das wird er wohl nicht«, seufzte Rathü. Nach einer Pause nahm er all seinen Mut zusammen, räusperte sich und sprach Scha-Ra an: »Wir sind allesamt, wie wir hier sitzen, Soldaten von unterschiedlichem militärischem Rang, allesamt gut ausgebildet und trainiert. Kurz: Wir möchten dir unsere Dienste anbieten. So wie sich die Situation entwickelt hat und angesichts der Verbündeten, die unser Fürst gewählt hat, sehen wir keine andere Alternative, als zu desertieren. Auch wenn das bedeutet, dass wir niemals mehr hierher zurückkehren können.«

»Ich verstehe!«, sagte Scha-Ra und wiegte den Kopf. »Glaube mir, ich weiß eure Liebenswürdigkeit zu schätzen, aber …«

»Laut *Phenomenas* Prophezeiungen wird eine Schlacht zwischen den guten und den bösen Mächten dieses Landes ausgetragen werden«, unterbrach ihn Rathü. »Unser Fürst hat die falsche Seite gewählt, das möchten wir nicht mit verantworten.«

»Wer hat gesagt, dass die Prophezeiungen noch zu unseren Lebzeiten in Erfüllung gehen?«, fragte der alte Zauberer zurück.

Hauptmann Rathü schaute Scha-Ra verwirrt an. »Du bist doch der Hüter des Buches, du solltest das wissen.«

»Ich bin nicht länger der Hüter, Hauptmann! Die Prophezeiungen werden sich in den nächsten tausend Jahren nicht erfüllen. So lange wird das Land von dunklen Mächten regiert werden«, sagte Scha-Ra und ging.

Hauptmann Rathü stand ratlos da und sah dem Zauberer eine Weile hinterher, bevor er ihm dann doch noch nachlief. Im Hof holte er Scha-Ra endlich ein.

»Wir haben die Wahl, Scha-Ra«, rief er dem alten Zauberer hinterher, »entweder bleiben wir hier und sind weiterhin von der Gnade des Fürsten abhängig, oder wir dienen dir und sind von deiner Gnade abhängig. Falls am Ende die dunklen Mächte Aldra einnehmen und das Land regieren, beugen wir uns der Ungerechtigkeit dennoch nicht.«

Scha-Ra lächelte. »Du sprichst wie ein ehrenvoller Soldat und wie ein Mann mit großem Herzen.«

»Ich bin Soldat«, erwiderte der Hauptmann stolz.

»Wir leben in einer gierigen und törichten Welt; alle lassen sich von Geld, Ehre, Wissen oder von der Liebe blenden. Was wir nicht sehen, ist, dass der Tod mitten unter uns ist. Ja, wir sind sogar so blind, dass wir ihn nicht einmal dann sehen, wenn er an unsere eigene Tür klopft. Und wenn er uns holen kommt, können wir nichts mitnehmen. Wir können nur Erinnerungen an das, was wir einmal waren, zurücklassen – zur Ermutigung und Hoffnung für andere, die nach uns kommen«, sagte Scha-Ra ernst. »Wenn ihr euch einen Namen machen wollt für die, die nach uns kommen, sodass sie den guten Weg wählen, dann können wir auch gemeinsam sterben. Es wäre mir eine Ehre, gemeinsam mit solchen Männern zur Ruhe gebettet zu werden.«

Hauptmann Rathü lächelte und stieg auf sein Pferd. Den Wachen am Eingang gab er Anweisung, dass auf Befehl des Fürsten niemand den Thronsaal verlassen oder betreten solle. Der Fürst hätte eine Beratung und wünsche erstens, nicht gestört zu werden, und zweitens, dass niemand seinen Herrschaftsbereich verließe, bevor er sie nicht beendet hätte. Diejenigen, die vor ihm den Thronsaal verließen, sollten unmittelbar in Haft genommen werden, bis der Fürst einen neuen Befehl erteile.

Als der Ochsenkarren durch das Haupttor über den Burggraben rollte, vorbei an den Händlern, die sehnlichst darauf warteten, in die Stadt gelassen zu werden, eskortierten drei von Hauptmann Rathü angeführte Infanteriedivisionen mit jeweils dreißig Soldaten Scha-Ras kleines Gefolge.

Die Reise nach San-Alabar

Hauptmann Rathü ritt unermüdlich zwischen den drei Divisionen hin und her und gab so lange Anweisungen, bis die Sonne zwischen den Sanddünen verschwand und der Tross haltmachte, um das Lager für die Nacht aufzuschlagen.

Rathü stieg von seinem Pferd und ging zu Scha-Ra, der bereits mit Azur und Emantucel unter einer Schatten spendenden Palme saß und warmen Honigwein trank.

»Die Todgeweihten grüßen dich!«, sagte Hauptmann Rathü und stand vor Scha-Ra stramm.

Der Zauberer lächelte und schüttelte den Kopf. »Setz dich, Rathü!«

Azur reichte dem Hauptmann einen Becher und goss ein.

»Was um alles in der Welt meinst du mit einem solchen Gruß?«, fragte Scha-Ra und schüttelte lächelnd den Kopf.

»Verehrter Zauberer Scha-Ra, ich würde es besser finden, wenn du mich ›Hauptmann‹ nennen würdest, wo ich nun unter deiner Führung stehe«, bat Rathü.

»Aber, lieber Rathü, du stehst doch nicht unter meiner Führung! Wie kommst du nur auf so etwas?«, fragte der alte Zauberer ungläubig und schmunzelte dabei.

Rathü beugte sich zu Scha-Ra und redete leise und eindringlich auf ihn ein: »Bei allem Respekt, aber das sind alles Soldaten hier, Scha-Ra«, erklärte er. »Ich bin der Oberkommandierende für eine Einheit von drei Divisionen … also von neunzig Soldaten. Jeder einzelne von ihnen ist ein Individuum, wie die Finger an einer Hand, doch innerhalb ihrer Einheit sind sie Soldaten – nicht mehr länger Individuen, sondern eins. Wie eine geballte Faust. Um sie zusammenzuhalten, muss ich ihr Hauptmann sein und du der hochverehrte Zauberer Scha-Ra. Soldaten brauchen klare Regeln, klare Anweisungen und vor allem eine klare Rangordnung.«

»Es tut mir leid, Hauptmann! Das ist mir nur etwas zu fremd«, sagte Scha-Ra und rieb sich die Schläfen. »Mit der Welt der Soldaten habe ich genauso wenig Erfahrung wie damit, dass man mich mit so viel Ehrfurcht behandelt.«

»Ihnen ist es aber nicht fremd«, sagte Rathü. »Und sie fühlen sich sicher, wenn sie ihr Leben in die Hände von jemandem legen, zu dem sie aufschauen, dem sie vertrauen und den sie respektieren.«

»Nur damit ich das richtig verstanden habe«, sagte Scha-Ra, »sie sind freiwillig bei uns; niemand, weil er dazu gezwungen wurde, stimmt das?«

»Ganz und gar«, sagte Hauptmann Rathü. »Ich habe einige aus den Reihen der Bewerber nach Hause geschickt, weil sie Familie haben. Alle, die heute hier sind, haben sich freiwillig gemeldet, weil sie dich begleiten *wollten.*«

»Aber der merkwürdige Gruß, mit dem du angekommen bist, ist der wirklich nötig?«, fragte Scha-Ra mit Unbehagen.

Hauptmann Rathü lächelte breit. »Das sind deine Worte, Scha-Ra.« Er nahm einen großen Schluck von dem warmen Honigwein. »Wir möchten uns einen Namen machen, damit die, die nach uns kommen, das Gute wählen. Und wir betrachten es als Ehre, zusammen mit dir zur Ruhe gebettet zu werden, sollten wir den Kampf verlieren.«

»Ich finde, das alles hört sich traurig und schwarzseherisch an«, sagte Azur, der still dagesessen und dem Gespräch aufmerksam zugehört hatte. »Ich weiß nicht, wie es euch geht, aber ich möchte das alles überleben. Und wenn ich eines Tages sterben muss, dann hoffentlich an Altersschwäche.«

Hauptmann Rathü lachte. »Niemand von uns wünscht sich den Tod mehr als das Leben«, sagte er. Dann wurde er jedoch wieder ernst und ergriff Scha-Ras Arm. »Aber wir sind bereit, für dich zu sterben, Zauberer Scha-Ra. Jeder einzelne von uns; niemand wird zurückweichen, wenn es gilt, dich zu verteidigen.«

Scha-Ra lächelte und ergriff seine Hand. »Du sollst wissen, dass ich eure Loyalität zu schätzen weiß. Mögen wir alle leben bis ins hohe Alter!«

»Ich fühle wohl schon das Alter«, sagte Emantucel und lächelte matt. »Die Tage, die ich im Gefängnis des Fürsten eingesperrt war, haben mich um Jahre altern lassen. In der Zeit bevor ich vor Ras-Malam mein Lager aufgeschlagen hatte, fühlte ich mich noch bedeutend jünger.«

»Häuptling Emantucel möchte zu seinem Volk zurückkehren«, erklärte Scha-Ra dem Hauptmann.

Rathü nickte. »Ich kann ein Pferd beschaffen«, bot er an.

Häuptling Emantucel strahlte, ergriff die Hände des Hauptmanns und dankte ihm überschwänglich.

Sie saßen noch lange beisammen und unterhielten sich. So lange, bis die Flammen des Lagerfeuers erloschen und die Wüste wieder zu einem stillen Ort wurde, an dem nur der Wind und die Sandkörnchen in Bewegung waren.

Früh am nächsten Morgen wurden die Zelte zusammengepackt, und die Soldaten stellten sich in Reih und Glied auf. Nachdem Hauptmann Rathü den Befehl zum Aufbruch gegeben hatte, stiegen alle auf ihre Pferde und warteten auf den Befehl zum Abmarsch.

Bevor auch er aufsaß, ging Hauptmann Rathü zu Scha-Ra und Emantucel. »Ich habe ein Pferd für den Häuptling«, sagte er lächelnd. »Und zwei Soldaten begleiten ihn nach Hause.«

Von einer Sekunde auf die andere schien Emantucel um vieles jünger. Seine Freude brachte die müden Augen zum Strahlen und zauberte Farbe in sein Gesicht.

»Du weißt, wo du deine Leute jetzt findest?«, fragte Scha-Ra den Häuptling, während Rathü die Soldaten und das Pferd, das er für den Häuptling beschafft hatte, herbeiwinkte.

»Mach dir keine Sorgen, Scha-Ra! Wir hatten einen Treffpunkt verabredet, falls etwas schiefgehen würde«, sagte dieser und zwinkerte dem alten Zauberer zu. »Wir sind nicht ganz unvorbereitet nach Ras-Malam aufgebrochen.«

»Das hatte ich auch nicht geglaubt!«, lächelte der Zauberer und umarmte den Häuptling.

»Dein Pferd!«, sagte Hauptmann Rathü und reichte dem Häuptling die Zügel.

Der Häuptling setzte einen Fuß in den Steigbügel und schwang sich elegant in den Sattel.

»Danke für die gute Gesellschaft, Scha-Ra! Ich hoffe, du findest Alak und Ilke wieder«, sagte er. »Und danke, Azur, dass du mein Leben gerettet hast!«

»Keine Ursache!«, lächelte der Meermann.

»Du findest also nicht, dass mein Leben es wert ist, gerettet zu werden?«, lachte Emantucel.

»So hatte ich es nicht gemeint, bitte entschuldige. Ich wollte nicht …«, stotterte Azur verlegen.

»Der Häuptling hat einen Scherz gemacht, Azur!«, erklärte Scha-Ra und knuffte den Meermann in die Seite.

»Diese Sache mit den Scherzen habe ich noch nicht ganz begriffen«, sagte Azur verlegen. »Wir haben so etwas nicht in unserem Volk.«

Emanctucel und Scha-Ra blickten sich lächelnd an. Dann wandte sich der Häuptling an den Meermann.

»Ich bin dir von Herzen dankbar. Und zum Abschied möchte ich dir sagen, dass du jederzeit als Gast beim Volk der Aharams willkommen bist!«, sagte Emantucel zu Azur. »Und das ist kein Scherz!«

Scha-Ra lächelte Azur zu. Azur verneigte sich tief; es war das erste Mal, dass er als Gast zu einem Volk eingeladen worden war, das an Land lebte. Er fühlte sich geehrt und war sehr stolz.

»Eine Sache noch, bevor du abreist, Emantucel!«, sagte Scha-Ra. »Kannst du Hauptmann Rathüs Soldaten mit den Sachen zurückschicken, die wir im Lager zurückgelassen hatten, als wir mit dir nach Ras-Malam zogen?«

Häuptling Emantucel lächelte. »Das ist selbstverständlich, lieber Scha-Ra! Ich werde meinem Volk auch berichten, was uns erwartet, und ihnen von der anstrengenden Reise erzählen, die ihr vor euch habt. Wenn meine Leute das hören, bin ich sicher, dass sich einige ebenfalls eurer Truppe anschließen wollen.«

Scha-Ra seufzte. »Deine Männer haben Besseres zu tun, als einem alten Mann wie mir zu folgen, der einen Freund begraben will. Ich habe es schon einmal gesagt, Emantucel: Ich bin nicht länger der Hüter von *Phenomena.* Die Prophezeiungen werden in meiner Zeit nicht mehr in Erfüllung gehen.«

»Ich hoffe, du irrst dich!«, sagte Häuptling Emantucel ernst.

Scha-Ra und Azur sahen Emantucel nach, als er mit den zwei Soldaten aus dem Lager ritt.

Als der Häuptling außer Sichtweite war, gab Hauptmann Rathü den übrigen Soldaten den Befehl zum Abmarsch.

Schweigend bewegten sich die drei Einheiten über die Dünen immer weiter in die Wüste hinein.

Der Hauptmann ritt nach vorn zu Scha-Ra, der auf dem Ochsenkarren saß. »Die Todgeweihten grüßen dich!«, sagte er ernst.

Scha-Ra lächelte. »Sei gegrüßt, Hauptmann Rathü!«

»Verehrter Scha-Ra, ist es unhöflich, wenn ich frage, wohin es geht?«

»Durchaus nicht, Hauptmann!«, sagte Scha-Ra und schwang die Peitsche über die Köpfe der Ochsen, um das Tempo zu steigern. »Wir nähern uns dem Teil der Wüste, der aus lockerem Sand besteht und wo die Ochsen nicht weiterkommen.« Scha-Ra blickte vor sich hin.

Rathü folgte seinem Blick und nickte; er kannte die Wüste.

»Wir reiten nach Westen, in Richtung des Gebirgspasses Ugh, und suchen nach Alak und Ilke in San-Alabar.«

Azur wollte schon etwas sagen, doch Scha-Ras brachte ihn mit einer Geste davon ab.

»Auch wenn Tarkan gesagt hat, dass sie durch ein Portal in eine andere Welt gekommen sind, muss ich nach ihnen suchen«, sagte Scha-Ra matt. »Es wird zwar schwieriger, sie zu finden, aber es ist nicht unmöglich.«

Es wurde still, Azur und Rathü warteten, dass der Zauberer das Schweigen brechen würde.

»Und danach reisen wir gen Norden«, sagte Scha-Ra plötzlich. »In Richtung Altfjerd, ins Reich der Winterbären.«

Azur warf einen Blick nach hinten, auf Arul im Leichentuch. Er dachte an das Meer, aus dem er gekommen war, und wünschte sich von ganzem Herzen, dass ihn irgendjemand zum blau-grünen Ozean, den er so sehr vermisste, zurückbringen würde; selbst wenn es nur war, um ihn dort beizusetzen.

Scha-Ra lächelte den Meermann freundlich an und umarmte ihn kurz, als hätte er eben seine Gedanken gelesen und als wollte er ihm ohne Worte sagen, dass er immer für ihn da sei.

Die Fürsorge und Freundlichkeit des alten Zauberers taten Azur so gut, dass er ihm genau in diesem Moment die gleiche Treue schwor, wie es Rathüs Soldaten getan hatten.

»Kannst du Gedanken lesen?«, fragte Azur.

»Selten«, antwortete Scha-Ra und zwinkerte dem Meermann zu.

Azur lächelte.

Vor ihnen türmten sich die Berge auf, die den Gebirgspass Ugh umgaben. Sie waren den ganzen Tag gereist, und als Hauptmann Rathü am Fuße des Gebirges endlich den Befehl gegeben hatte, das Lager aufzuschlagen, waren alle erleichtert und mobilisierten ihre letzten Kräfte. Bald würden sie um ein Lagerfeuer sitzen und ausruhen können, so lange, bis sie sich unter weichen Decken schlafen legten.

Hauptmann Rathü hatte Kundschafter ausgeschickt.

Sie kamen mit der Botschaft zurück, dass die Gegend sicher sei und es sogar frisches Wasser gebe: Unter Steinen am Berghang würde eine kleine Quelle entspringen. Allerdings hätten sie leider keine Tiere entdeckt, die sie zum Abendessen jagen könnten.

Hauptmann Rathü entschied sich trotzdem zu bleiben. Sie hatten Proviant für mehrere Tage bei sich, und sie waren den ganzen Tag durch glühende Hitze geritten. Die Strapazen der Reise hatten Durst gemacht, und die Soldaten hatten ihr Wasser bald aufgebraucht. Die Nachricht von einer Wasserquelle war deshalb eine Ermutigung.

»Hauptmann Rathü, wie lange dauert es, bis wir den Turm in San-Alabar erreicht haben?«, fragte Scha-Ra, als sie das Lager aufgeschlagen hatten und sich zum Ausruhen in den Schatten ihrer Zelte setzten.

»Einen knappen Tag«, sagte Rathü. »Es ginge allerdings auch schneller – wenn wir im Galopp reiten.«

Scha-Ra nickte ernst. Seine Ungeduld kannte keine Grenzen. Immer wieder musste er an jenen Abend denken, als Ilke ihn gefragt hatte, ob er eigene Kinder habe, und daran, wie er den Kopf geschüttelt hatte. Gleichzeitig hatte ihn jedoch dieses Gefühl durchströmt, dass er für die Elfenkinder eine Art Vater war, und die Liebe zu den Zwillingen hatte ihn im Innersten erschüttert. Zuerst hatte ihn das erschreckt, aber nun ... wurde diese Liebe zu einem glühenden Eifer – er wollte die beiden unbedingt wieder in den Armen halten und wissen, dass es ihnen gut ging. Er wollte für sie da sein und ihnen beistehen. Jetzt gleich, sofort und ohne Wenn und Aber. Scha-Ra wusste jedoch, dass er das so nicht zeigen durfte. Nach allem, was Rathü ihm über die Soldaten erklärt hatte und darüber, welches Bild sie von ihm hatten, fühlte der alte Zauberer sich dafür verantwortlich, ruhig und beherrscht aufzutreten. Sie betrachteten ihn als jemanden, dem sie bereitwillig ihr Leben in die Hand legen konnten, weil sie seinem Urteil vertrauten.

»Möchtest du schon heute Abend noch weiter?«, fragte Rathü.

Scha-Ra schüttelte tapfer den Kopf. »Nein. Wir warten bis morgen.«

»Das brauchen wir nicht«, sagte Rathü. »Ich habe Männer, die dich schon heute Abend zum Turm führen können, wenn du möchtest.«

»Das ist verlockend«, sagte Scha-Ra lächelnd zu dem Hauptmann. »Doch die Vernunft sagt mir, dass wir nicht vor morgen reiten sollten. Wir wissen nicht, was uns in San-

Alabar erwartet. Und dann sollten wir wenigstens ausgeruht sein.«

»Du hast sicher recht, Zauberer Scha-Ra!« Hauptmann Rathü salutierte kurz, bevor er sich umdrehte und ging.

Azur wartete, bis Hauptmann Rathü sie nicht mehr hören konnte.

»Du vermisst sie, nicht wahr?«, fragte der Meermann mitfühlend.

Scha-Ra fing seinen Blick auf und nickte.

Azur lächelte verständnisvoll und sagte leise: »So wie Alak und Ilke von dir gesprochen haben, dachte ich wirklich, dass ihr miteinander verwandt wärt.«

Scha-Ra lächelte sanft.

»Du siehst in ihnen mehr als nur die Auserwählten, nicht wahr?«, fragte Azur.

Scha-Ra nickte wieder, sagte jedoch nichts. Azur berührte etwas in ihm, das Worte überflüssig machte. Und er war zufrieden, dass man ihm seine Liebe zu Alak und Ilke an den Augen ablesen konnte.

Azur wurde still, so als ob er an etwas dachte. Nach einer Weile hob er den Kopf und schaute Scha-Ra direkt in die Augen.

»Wenn du solch ein mächtiger Zauberer bist, wie alle sagen, warum kannst du nicht einfach Alak und Ilke hier bei uns auftauchen lassen oder …« Azur sah zu dem toten Winterbären hinüber, der auf dem Ochsenkarren lag und aussah, als ob er schliefe. »… warum kannst du nicht einfach den weißen Bären wieder zum Leben erwecken?«

Scha-Ra seufzte. »Oft verstehe ich das selbst nicht. Ich wünschte, ich hätte die Macht, Tote wieder zum Leben zu erwecken. Ich wünschte, ich könnte die Wirklichkeit verändern, sodass sie sich zum Besseren wendet. Ich wünschte, ich wünschte, ich wünschte … aber das ist auch alles, was ich kann: wünschen. Meine Wünsche sind wie die von allen anderen: eben nur Wünsche. Die Zauberkunst, die ich beherrsche, beruht auf dem Wissen, wie die Materie um uns herum funktioniert. Die, die das nicht verstehen, nennen das weiße oder schwarze Magie, je nachdem, was man damit ausrichten will. Doch Magie ist viel komplizierter – und einfacher – als das, was ich kann. Um sie zu verstehen, muss man wissen, wie die Natur um uns herum funktioniert und wie alles voneinander abhängig ist.«

»Ich verstehe nicht ganz«, sagte Azur.

»Jeder von uns trägt ein wenig Magie in sich«, erklärte Scha-Ra ruhig. »Aber die Angst vor dem Unbekannten, vor unseren Träumen und unserer Fantasie knebelt uns.«

»Meinst du, dass auch ich magische Kräfte besitze?«, fragte Azur.

»Ja!«, sagte Scha-Ra und strich ihm über den mit Schuppen bedeckten Kopf. »Deine Magie besteht darin, dass du die Herzensregungen der anderen verstehst.«

Azur wurde still: Die Worte Scha-Ras hatten ihn wie ein Schlag getroffen. Sollte er, der feige Meermann, der von seinem eigenen Volk verstoßen worden war, die Fähigkeit besitzen, die Herzen anderer zu verstehen?

»Du musst dich irren, Zauberer!«, sagte Azur. »Ich besitze nicht einmal ansatzweise diese Gabe, die du in mir siehst.«

Scha-Ra lächelte den Meermann liebevoll an.

»Hab keine Angst vor dem, was in dir steckt, Azur!«, ermunterte er ihn mit fester Stimme. »In dir steckt Größeres, als du es jemals zu träumen gewagt hast. Du wirst derjenige sein, der die Terraqus zum Meer zurückführt.«

»Nun machst du Scherze!«, sagte Azur, und seine Stimme zitterte.

»Ich scherze selten«, antwortete Scha-Ra. »So, und nun ist es Zeit, dass wir uns schlafen legen. In ein paar Stunden erwartet uns ein neuer Tag mit neuen Anstrengungen und neuen Abenteuern.«

Mit einem Gutenachtgruß erhob sich der Zauberer und ging ins Zelt, während Azur still sitzen blieb und in die tanzenden Flammen des Lagerfeuers schaute. Die Worte Scha-Ras hatten ihn gleichzeitig erschreckt und erfreut. Vor allem waren sie aber aufregend und wühlten seine Gedanken auf. Erst als der Wind sich wie ein Mantel um ihn legte, fiel der Meermann langsam in den Schlaf und träumte von dem, was Scha-Ra ihm eingegeben hatte. Noch hatte er keine Vorstellung davon, welche Macht seine Träume über ihn bekommen würden und dass sie ihn eines Tages antreiben würden, Dinge zu tun, an die er in seiner kühnsten Fantasie nicht gedacht hätte.

Als Azur kurz aufwachte und in Richtung Gebirgspass schaute, der nach San-Alabar führte, fühlte er sich wie neu geboren.

Vorurteile

Am nächsten Morgen brachen sie in aller Frühe auf und ritten in den Pass hinein.

Hauptmann Rathü hatte vorgeschlagen, fünf Soldaten zurückzulassen, die den Ochsenkarren mit dem toten Arul bewachen sollten. Ohne ihr trauriges Gepäck wären sie nämlich bedeutend schneller beim Turm in San-Alabar. Doch Scha-Ra hatte abgelehnt und stattdessen zwei Kundschafter vorausgeschickt. Er konnte und wollte den Winterbären nicht zurücklassen; sie hatten einander durch so viele Lebenssituationen und über so viele Jahre hinweg begleitet, dass er nicht ohne ihn weiterreisen konnte. Diese Erkenntnis verwunderte Scha-Ra. Erst jetzt wurde ihm mit einem Schlag klar, wie sehr er an dem Winterbären hing. Er überließ die Zügel Azur.

Dieser beobachtete die hoch über sie ragenden rauen Felsen aufmerksam und sah sich immer wieder unruhig um. Die mächtigen Gesteinsmassen warfen lange Schatten über den Gebirgspass. Er dachte an die Nurqus und lauschte intensiv nach Geräuschen, die auf ihre Anwesenheit deuteten. Der Meermann fühlte sich sicher, dort, wo er saß, neben dem mächtigen Zauberer. Doch im Inneren hegte er die Hoffnung, dass die Wesen inzwischen zusammen mit ihrem Meister verschwunden waren.

Azur hatte auch den anderen von den Nurqus berichtet. Nun saßen sie mucksmäuschenstill mit dem Schreckensbild vor ihrem inneren Auge auf ihren Reittieren. Den Pferden und Ochsen hatten sie zur Sicherheit Socken über die Hufe gezogen, damit diese nicht laut auf die harte Erde schlugen und mögliche Feinde schon von Weitem von ihrem Kommen unterrichteten.

Hauptmann Rathü gab Azur ein Zeichen, dass er die Ochsen antreiben solle; er wollte das Ziel erreichen, bevor die Sonne unterging. Falls sie genötigt waren, ihr Lager mitten im Gebirgspass aufzuschlagen, waren sie völlig ungeschützt vor feindlichen Angriffen. Der Pass war wie eine große Falle.

Als sie viele Stunden später endlich den Turm ausmachen konnten, schien Hauptmann Rathü ein schwerer Stein vom Herzen zu fallen. Er lächelte breit, als er zu Scha-Ra und Azur geritten kam, um ihnen mit einem Handzeichen zu bedeuten, dass sie anhalten sollten. Er wollte erst den Bericht der Kundschafter abwarten, bevor sie weiterritten.

Doch je länger sie nichts von ihnen hörten, desto unruhiger schien Rathü zu werden.

»Sorgst du dich um deine Kundschafter, Hauptmann?«

Rathü nickte, ohne den Turm aus den Augen zu lassen, der in den Wolken zu verschwinden schien.

»Ich kann hingehen und nachschauen, warum sie so spät dran sind«, bot Azur an.

Scha-Ra und Rathü schauten ihn erstaunt an, sagten jedoch nichts.

Azur sah verlegen zu Boden, denn offenbar durchschauten sie ihn und sahen ganz genau, dass er innerlich vor Angst zitterte. Ja, bestimmt hörten sie auch an seiner Stimme, wie feige er war. Plötzlich spürte er Scha-Ras Arm auf seiner Schulter, sah hoch und begegnete dem festen und freundlichen Blick des Zauberers.

»Du hast keine Angst vor dem, was dich erwarten könnte?«, fragte dieser.

»Doch!«, antwortete Azur ehrlich.

Scha-Ra sah zu Hauptmann Rathü hinüber.

»Und wie willst du das anstellen, ohne gesehen zu werden?«, fragte Rathü den Meermann skeptisch.

»Er hat verblüffende Fähigkeiten, sich fortzubewegen, ohne gesehen zu werden. Glaub mir!«, antwortete Scha-Ra für seinen Freund.

Rathü blickte Azur fragend an. Der Meermann hielt seinem Blick stand und versuchte, tapfer zu lächeln.

»Brauchst du Hilfe?«, fragte Rathü, als Azur vom Karren kletterte.

»Nein, danke, das muss ich allein machen«, sagte dieser, drehte sich in Richtung Turm und spürte, wie der Boden unter ihm weich wurde und sich langsam öffnete.

Rathü wurde sehr unsicher, als er sah, wie Azur im Sand versank. Er erhob sich in den Steigbügeln und beugte sich im Sattel nach vorn.

»Bleib nur ruhig!«, sagte Scha-Ra. »Dort unten ist er in seinem Element und kann sich genauso rasch wie ein Fisch im Wasser vorwärtsbewegen.«

»Ist er einer von denen?«, fragte Rathü leise, als Azur verschwunden war und nur noch ein dunkler Fleck im Sand andeutete, dass der Meermann gerade noch hier gestanden hatte.

Scha-Ra schaute den Hauptmann forschend an und sagte dann mit fester Stimme: »Nein, er ist einer von uns.«

»Ich dachte, er …« Rathü sprach den Satz

nicht zu Ende. Im Grunde genommen hatte er sich über Azur bisher noch kein Bild gemacht. Seine Loyalität dem Zauberer gegenüber hatte ihm immer verboten, Azur und die Gründe zu hinterfragen, weshalb der Meermann sich Scha-Ra angeschlossen hatte. Das machte ihm nun zu schaffen.

Die bedrückende Stille, die das Misstrauen des Hauptmanns zwischen ihnen hervorrief, und Rathüs Anspannung standen wie eine Mauer zwischen ihnen. Scha-Ra gab nicht zu erkennen, dass er sich davon beeindrucken ließ, doch Rathü wusste, dass der Zauberer sie genauso intensiv spürte wie er. Und die Spannung stieg, je mehr Zeit verging und je länger Azur fortblieb.

Der Sand lag wie eine dicke, durchsichtige Haut über ihm. Azur schwamm vorsichtig weiter und hatte gleichzeitig ein Auge auf die Sandoberfläche. Die Bilder von den Nurqus, die er im Kopf hatte, machten ihm zu schaffen. Am meisten deshalb, weil er fest entschlossen war, ihnen entgegenzutreten, wenn es denn sein musste. Um sich selbst zu beweisen, dass er der Prophezeiung Scha-Ras auch würdig sei: die Terraqus wieder zum Meer zu führen, aus dem sie gekommen waren.

Ein Stückchen vor sich entdeckte der Meermann tanzende Schatten. Er schlug in dem weichen Sand mit den Füßen wie ein Fisch im Wasser mit dem Schwanz.

Nun war er direkt unter ihnen; ein Blick genügte, und er erkannte die Kundschafter wieder, die Hauptmann Rathü losgeschickt hatte. Der eine hielt sich an den Zügeln seines Pferdes fest, das sich aufbäumte – das andere Pferd konnte Azur nicht sehen. Plötzlich wurde der Boden dunkler und dunkler, jemand kam aus der Luft auf sie zu, jemand, dessen Schatten den gesamten Boden bedeckte.

Ein Schrei gellte – der fürchterliche Schrei eines Nurqus –, der dem Meermann durch Mark und Bein fuhr. Und nicht nur ihm: Auch das Pferd erschrak. Es wieherte vor Angst, warf panisch den Kopf nach hinten, riss an den Zügeln und versuchte, seinen Reiter abzuwerfen.

Der Reiter wurde in die Luft geschleudert und landete auf dem Boden. Das Pferd verschwand in einer Staubwolke, während der Schatten immer größer wurde. Er näherte sich dem Kundschafter, der sich vor Furcht ganz klein machte.

»In dir steckt Größeres, als du es jemals zu

träumen gewagt hast. Du wirst derjenige sein, der die Terraqus zum Meer zurückführt«, hörte Azur. Das war Scha-Ras Stimme – genauso deutlich, als stünde der Zauberer neben ihm. Der Meermann holte tief Atem, dann stieß er sich ab und schoss nach oben, in Richtung der Männer über ihm.

Die scharfen Klauen des Nurqus schnitten sich in den Arm und hinterließen einen tiefen Riss in seiner Haut, als er vom Boden hochgerissen wurde. Mit der anderen Hand schlug der Kundschafter verzweifelt um sich, während sein Kamerad die letzten Pfeile, die er noch im Köcher hatte, dem schwarzen Monster hinterherschickte. Einige der Geschosse trafen den Nurqu genau unter dem kräftigen Flügel. Und tatsächlich: Der plötzliche Schmerz bewirkte, dass er seine Beute fallen ließ. Der Mann schrie vor Angst. Azur schloss die Augen. Er konzentrierte sich und fühlte, wie der Sand um ihn herum langsam weich wurde und sich binnen Sekunden in klebrigen Treibsand verwandelte. Der Kundschafter landete unsanft auf der Schulter, sodass der Sand nur so über seinen Kameraden spritzte. Der fluchte, denn er hatte eigentlich genug damit zu tun, nicht im Boden zu versinken.

Azur hielt den Atem an, dann eilte er auf die beiden Kundschafter zu. Er kam keine Sekunde zu früh: Im selben Moment, als die Nurqus sich nach unten stürzten, um die beiden Soldaten zu ergreifen, griff der Meermann nach ihnen und zog sie mit sich unter die Sandoberfläche. Er konnte die Angst in den Augen der Kundschafter erkennen. Hektisch versuchte der Meermann, die beiden zu beruhigen, doch vergeblich. Es blieb ihm nichts anderes übrig: Er legte ihnen die Hände über die Münder und ließ sie in einen tiefen Schlaf fallen.

Als er die Kundschafter aus dem Sand nach oben zog, direkt vor dem Ochsenkarren, auf dem Scha-Ra saß und wartete, fühlte Azur eine Mischung aus Freude und Erschöpfung. Freude, weil es ihm gelungen war, seine Angst zu überwinden, und Erschöpfung, weil er zwei ausgewachsene Männer über eine weite Strecke unter dem Sand hinter sich hergezogen hatte.

»Ich konnte sie noch in letzter Sekunde retten«, sagte der Meermann, so ruhig es ging, weil er nach der Anstrengung heftig nach Atem ringen musste. »Ein Nurqu, der den Turm bewachte, hat ihre Pferde aufgescheucht und sie dabei fast umgebracht …«

Der Zauberer lächelte, als Azur ihm in die Augen sah.

Hauptmann Rathü stieg schnell von seinem Pferd und eilte auf die beiden regungslos im Sand liegenden Männer zu. Besorgt kniete er sich nieder und schüttelte sie sanft. Langsam kamen die beiden Kundschafter wieder zu sich.

Azur fühlte sich stolz und ein bisschen wie ein Held. Als er jedoch in die Gesichter der anderen Soldaten blickte, trafen ihn ernste Blicke. Sofort ahnte der Meermann das Schlimmste. Hatte er etwas verpasst?

»Hauptmann Rathü, soll ich noch einmal zurückgehen und nachsehen, wie viele noch von ihnen da sind, bevor wir in den Turm gehen?«, fragte Azur vorsichtig.

»Danke, du hast genug getan!«, sagte Rathü bestimmt.

»Komm und setz dich neben mich!«, forderte Scha-Ra den Meermann auf und deutete auf den freien Platz neben sich.

Azur zögerte.

»Jetzt!«, sagte Scha-Ra ruhig, aber entschieden.

Azur ging ein paar Schritte auf den Karren zu, kletterte hinauf und setzte sich.

»Was ist los?«, flüsterte er dem Zauberer ängstlich zu.

»Als du im Sand verschwunden bist, haben sie plötzlich begriffen, dass du ein Terraqu bist«, antwortete Scha-Ra.

»Oh!«, entfuhr es Azur, und er biss sich auf die Unterlippe.

»Solange ich hier bin, brauchst du dir keine Sorgen zu machen. Was du für Hauptmann Rathüs Männer getan hast, war mutig. Ich bin sehr stolz auf dich!«

Azur schaute zu Scha-Ra hoch und lächelte vorsichtig. In der Nähe des Zauberers fühlte er sich gleich ruhiger.

Plötzlich begann einer der beiden geretteten Kundschafter aus heiterem Himmel zu schreien und wild um sich zu schlagen. Der andere hingegen saß bewegungslos im Sand und starrte mit leerem Blick in die Luft.

Hauptmann Rathü beobachtete die beiden skeptisch; dann erhob er sich und winkte einige Soldaten zu sich. Er bat sie, ihre Kameraden zu beruhigen, und ging zu Scha-Ra.

»Ich mache mir Sorgen«, flüsterte er dem Zauberer zu, ohne Azur eines Blickes zu würdigen.

»Dazu hast du auch allen Grund, Hauptmann!«, sagte Scha-Ra.

»Wenn die Nurqus nicht den Befehl bekommen haben, den Turm zu bewachen, und nicht glauben, dass deine Männer unter der Sandoberfläche verschwunden sind, dann können sie jeden Augenblick hier sein.«

»Es geht um den Terraqu«, sagte Rathü ganz unverblümt. »Meine Männer vertrauen ihm nicht.«

»Hast du mit ihnen gesprochen, Hauptmann?«

Rathü hob den Kopf. Wut stand ihm ins Gesicht geschrieben.

»Ich kenne sie!«, zischte er, und sein Ton war alles andere als freundlich. »Glaubst du, dass ich ihre Blicke nicht sehe …? Und dass ich sie nicht deuten kann?«

Als der Hauptmann Scha-Ras verständnislosen Blick sah, kam er wieder zu sich und war selbst überrascht, dass er so laut gesprochen hatte. Beschämt drehte er sich um und sah die verwunderten Blicke seiner Männer. Er schämte sich.

»Es tut mir leid, geehrter Scha-Ra! Ich habe mich von meinen Gefühlen übermannen lassen … Bitte entschuldige mein respektloses Auftreten! Doch schau nur, was der Terraqu mit meinen Kundschaftern gemacht hat: Sie sind wahnsinnig, das kannst auch du nicht bestreiten … Wie kann ich wissen, dass sein Bericht über diese Monster der Wahrheit entspricht? Er ist ein Terraqu, großer Zauberer! Und wenn er uns nun zu den Seinen führt und die …?«

»Jetzt ist es aber genug!«, unterbrach ihn Scha-Ra.

Der Hauptmann machte eine tiefe Verbeugung und wurde rot.

»Noch einmal: Entschuldige bitte, verehrter Scha-Ra!«

»Hauptmann!«, redete Scha-Ra ihm ins Gewissen – laut genug, dass auch die Soldaten es hören konnten. »Azur hat ein großes Risiko auf sich genommen, als er sich bereit erklärte, deine Männer zu retten. Seine eigenen Leute sind hinter ihm her, und er ist, sobald er sich unter der Sandoberfläche bewegt, nicht mehr sicher. So, wie ich die Dinge sehe, hat Azur gerade deine Männer gerettet. Solltest du das anders sehen, dann löse ich dich von deinem Gelöbnis mir gegenüber und lasse euch ziehen.«

»Aber wir haben dir die Treue geschworen!«, widersprach der Hauptmann.

Scha-Ra schüttelte unwillig den Kopf. »Wie gesagt: Ich entbinde euch von eurem Gelöbnis! Kehrt zu Fürst Alhala zurück, sagt ihm, dass ich euch durch Zauberkunst in die Irre geführt habe, und dann …«

Hauptmann Rathü sah den Zauberer verwirrt an. Weshalb hatte er solch vorbehaltloses Vertrauen zu dem Terraqu? Sah der Zauberer denn nicht, was dieses Ungeheuer mit seinen Männern gemacht hatte? Kannte er die Geschichten von den Terraqus nicht, die Unschuldige in den Sand hinunterzogen und auffraßen? Nein, so konnte er nicht weitermachen. Nicht, wenn ein Monster unter ihnen war und das Leben seiner Soldaten bedrohte.

»Wir schlagen jetzt die Zelte auf«, sagte Rathü kühl. »Die Männer müssen sich ausruhen. Und morgen tun wir, was du vorgeschlagen hast: Wir brechen auf und reiten zurück nach Ras-Malam. Möge uns der Fürst in Gnaden aufnehmen!«

Ohne ein weiteres Wort ging er zu seinen Männern zurück und gab den Befehl, das Lager zu errichten.

»Und was machen wir?«, fragte Azur, dessen Stimme vor Scham und Trauer zitterte.

»Wir reisen weiter. Und zwar jetzt gleich, damit Hauptmann Rathü und seine Männer verstehen, dass wir Rücksicht auf sie nehmen«, bestimmte Scha-Ra entschieden. »Ich respektiere Hauptmann Rathüs Entschluss, auch wenn ich ihn nicht gut finde und mich gegenüber solchen Vorurteilen machtlos fühle.«

Der Zauberer ergriff die Zügel und ließ die Ochsen loslaufen, weiter durch den Gebirgspass hindurch, weiter in Richtung des Turmes in San-Alabar.

Hauptmann Rathü wandte sich um, als er den Ochsenkarren losrasseln hörte. Eigentlich wollte er Scha-Ra und Azur zurückrufen, doch stattdessen blieb er stumm und sah ihnen hinterher, bis er sie aus den Augen verloren hatte. Eigentlich hatte er nicht damit gerechnet, dass der Zauberer sofort weiterreisen würde, doch er konnte verstehen, weshalb Scha-Ra sich dazu entschieden hatte.

Seine Gedanken wanderten zurück, in die Zeit, als ihn sein Großvater mit in die Wüste genommen hatte, um ihm das Bogenschießen beizubringen. Er musste vier oder fünf Jahre alt gewesen sein, aber die Schreie des Großvaters, als die Terraqus ihn in den Sand hinunterzogen, würde er sein Leben lang nicht vergessen. Er war zwei Tage weinend durch die Wüste geirrt, bevor ihn seine Eltern fanden.

»Die Todgeweihten grüßen dich!«, flüsterte er, und eine salzige Träne lief über seine Wange bis zum Kinn.

Der Angriff

»Was machen wir, wenn wir die Nurqus finden?«, fragte Azur, als Rathü und die Soldaten außer Sichtweite waren.

Scha-Ra schnaubte in seinen Bart; seine Augen waren dunkel und hart.

Der Meermann begriff, dass es besser war, nicht weiter nachzubohren, auch wenn ihm die Frage auf der Zunge brannte. Deshalb konzentrierte er sich auf die Zügel des Ochsenkarrens.

»Kannst du mich unter der Sandoberfläche zum Turm mitnehmen?«, fragte Scha-Ra plötzlich.

»Selbstverständlich!«, antwortete Azur, der froh war, dass der alte Zauberer seine Frage gehört hatte.

Mit einem Ruck zog Scha-Ra an den Zügeln und hielt die Ochsen an. Dann wandte er sich zu Arul um und umarmte ihn.

»Hier muss ich dich wohl für eine kleine Weile verlassen, alter Freund!«, flüsterte er, griff nach seinem Zauberstab, der unter dem Kutschbock lag, und stieg ab.

»Von hier aus?«, fragte Azur unsicher.

»Von hier ist es genauso gut wie von irgendwo anders, oder?«, antwortete Scha-Ra entschlossen.

Eilig kletterte der Meermann vom Ochsenkarren. »Bist du bereit?«

Der Zauberer nickte ernst.

»Gut«, entgegnete Azur und konzentrierte sich. Schon wurde der Sand unter ihnen nass und dunkel, und sie begannen langsam in den Boden einzusinken.

»Geht das nicht schneller?«, fragte Scha-Ra ungeduldig.

Azur sah ihn überrascht an.

»Selbstverständlich«, sagte er dann eilig. »Ich wollte dir nur Zeit geben, dich auf die veränderte Umgebung einzustellen …«

»So ein Unsinn!«, schnaubte Scha-Ra. »Jetzt mach schon! Ich sehe vielleicht aus wie ein alter Mann, aber lass dich davon nicht täuschen!«

Weiter kam Scha-Ra nicht, denn sie verschwanden auf einmal so schnell im Sand, als ob sie gerade durch ein Loch im Boden fielen. Das Licht explodierte in seinem Kopf, und dann wurde es auf einen Schlag dunkel.

Azur bemerkte mit Sorge, wie der Körper des Zauberers plötzlich leblos und schlapp wurde.

Er lächelte etwas beklommen bei dem Gedanken, dass er recht gehabt hatte, als er das Eintauchen in das für Scha-Ra fremde Element vorsichtig und langsam hatte unternehmen wollen.

»Du hattest recht!«, sagte Scha-Ra, als er unter der Sandoberfläche wieder zu sich kam. »Wir hätten uns mehr Zeit nehmen sollen; es war furchtbar, in diesem Tempo abzutauchen.«

»Du warst beinahe fünf Minuten ohnmächtig«, sagte Azur ruhig.

»Wirklich?« Scha-Ra schien immer noch ein wenig benommen.

Der Meermann nickte. »Ja, wenn ich es dir doch sage«, murmelte er.

»Nächstes Mal machen wir langsamer. So, und nun musst du mich zum Turm bringen!«

»Nimm meine Hand«, sagte Azur und streckte dem Zauberer seinen Arm entgegen, »dann geht es schneller.«

Dankbar nickte Scha-Ra und griff zu. Im nächsten Augenblick glitt er sanft durch die unterirdische Sandlandschaft. Der Terraqu hatte Riesenkräfte.

Angenehm war das Reisen unter der Erde jedoch keinesfalls: Die Sandkörner trafen den Zauberer wie kleine Nadelstiche am ganzen Körper. Übelkeit ergriff seinen Körper, und

Scha-Ra spürte, dass er sich gleich erbrechen musste. Von all den Dingen, die er in seinem Leben erlebt hatte, war das hier am anstrengendsten.

Nachdem Azur vor einer Wand haltgemacht hatte, sagte Scha-Ra eine ganze Weile nichts. Die Wand lief wie ein schwarzer Schatten weiter nach unten.

»Ich kann dich leider nicht unter die Mauer mitnehmen«, sagte Azur entschuldigend. »Von dem Druck da unten würdest du zerquetscht.«

Der Zauberer nickte zum Zeichen, dass er verstanden hatte. Dann lächelte er schelmisch und sagte geheimnisvoll: »Man kann übrigens noch viel einfacher in den Turm kommen.«

»Aber die Wand ist glatt wie Marmor«, wandte Azur ein.

»Ich bin schon einmal hier gewesen. Von hier haben die ersten Wanderer ihr Wissen über die Meilenschrift her. Und hier war es, wo König Weha ihnen den Auftrag erteilte, das Buch *Phenomena* zu schreiben.«

Der Meermann sagte nichts. Selbst hier unten, unter der Sandoberfläche, strahlte Scha-Ra eine Sicherheit und Autorität aus, die bei Azur unbegrenztes Vertrauen hervorrief.

»Bring mich zur Oberfläche!«, bat Scha-Ra.

Azur blickte erschrocken nach oben. Er erwartete, dass jeden Moment die Schatten der Nurqus auftauchen würden.

»Und was machen wir, wenn wir angegriffen werden?«, fragte der Meermann besorgt.

»Ich versuche, sie uns vom Leibe zu halten, bis wir den Eingang gefunden haben«, versprach Scha-Ra und packte seinen Stab.

Azur nickte ernst und griff erneut nach der Hand des Zauberers.

Die Sonne blendete sie, als sie aus den unterirdischen Tiefen auftauchten. Sofort machte sich Scha-Ra daran, nach dem Eingang in den Turm zu suchen.

»Erinnerst du dich nicht daran, wo es reingeht?«, fragte Azur nervös.

»Der Turm dreht sich langsam um seine eigene Achse«, erklärte Scha-Ra. »Das bedeutet, dass der Eingang sich mitbewegt.«

»Wonach genau suchst du? Vielleicht kann ich dir ja helfen«, bot Azur an.

»Nach nichts Bestimmtem; den Eingang kann man nicht mit dem bloßen Auge sehen«, sagte Scha-Ra. »Ich versuche, eine Öffnung zu hören.«

Azur sah den Zauberer staunend an, dann konzentrierte er sich auf den blauen, beinahe wolkenlosen Himmel und suchte ihn nach

Nurqus ab. Und tatsächlich: Dort über ihnen kreisten drei Geschöpfe, die jetzt Kurs auf sie nahmen. Der Meermann erstarrte und griff nach Scha-Ras Arm.

»Nurqus?«, fragte der Zauberer nur.

Azur nickte. »Findest du den Eingang?«

»Ich versuche es«, sagte Scha-Ra zuversichtlich und legte die Hand an die Mauer. »Eben habe ich etwas gehört, aber nur schwach. Ich glaube, die Tür ist auf der anderen Seite.«

Azur sah Scha-Ra in heller Panik an: Die Nurqus kamen so schnell näher, dass ihnen nicht mehr viel Zeit blieb. Sie hatten bereits zur Landung angesetzt, sodass der Sand um sie herum aufgewirbelt wurde.

»Sollen wir wieder in den Sand hinein verschwinden?«, fragte Azur bange.

»Nein«, antwortete Scha-Ra mit fester Stimme. »Wir folgen dem Klang, bis wir die Öffnung finden.«

Azurs Hände begannen zu zittern. »Kannst du dem Eingang nicht auch unter der Sandoberfläche folgen?«, fragte er bange.

Scha-Ra schüttelte den Kopf. »Die Schallwellen gehen durch die Luft, dort unten kann ich sie nicht hören.«

In diesem Moment landete der erste Nurqu im Sturzflug vor ihnen.

Der Zauberer reagierte blitzschnell und warf sich vor Azur. Dabei wurde er von einem Flügel in die Seite getroffen, sodass er ins Taumeln kam und unsanft auf den Boden geschleudert wurde.

Doch Scha-Ra blieb keine Zeit aufzustehen, denn der zweite Nurqu machte sich zum Angriff bereit und hieb mit seinen messerscharfen Zähnen nach seinem Kopf. Als ihn jedoch ein Funkenregen aus Scha-Ras Stab traf, ließ der Nurqu von ihnen ab, sodass der Zauberer zur Seite rollen und sich aufrappeln konnte.

Kaum war Scha-Ra wieder auf den Beinen, kam der dritte Nurqu in gewaltigem Tempo auf ihn zugesegelt. Zitternd stand der Zauberer still und wartete, bis sich der Nurqu auf Armeslänge genähert hatte. Dann rammte er seinen Stab in den Boden und warf sich beherzt über den Angreifer.

Das Geräusch brechender Knochen und das darauf folgende Schmerzensgebrüll jagten Scha-Ra und Azur kalte Schauer den Rücken hinab. Doch der Zauberer zögerte nur einen Moment, dann hob den Stab und schlug dem Nurqu mit aller Kraft auf den behaarten Nacken.

Der Nurqu wurde von dem Schlag mit Wucht gegen die Wand geschleudert, und er regte sich nicht mehr. Der Nurqu winselte nur noch leise, während Blut den Sand unter ihm rot färbte.

Azur starrte Scha-Ra verblüfft an.

Der Zauberer drehte sich um, um sich zu vergewissern, dass mit dem Meermann alles in Ordnung war, bevor er dann in aller Ruhe wieder nach dem Eingang zu suchen begann.

Die beiden anderen Nurqus hatten atemlos zugesehen, wie Scha-Ra ihren Kumpan außer Gefecht gesetzt hatte, und schienen wie erstarrt. Als sie aus ihrem bösen Traum erwachten, schnüffelten sie sanft an ihm und stießen ihn leicht an, um zu sehen, ob er noch lebte. Der verletzte Nurqu winselte und versuchte sich aufzurichten. Die beiden Nurqus knurrten bedrohlich, als sie sich wieder zu Azur und Scha-Ra umwandten.

»Steh auf!«, sagte Scha-Ra leise und stieß Azur mit seinem Stab an.

Der Meermann zuckte zusammen und rappelte sich verwirrt auf.

»Da kommen noch mehr Nurqus!«, flüsterte Azur, und seine Stimme zitterte.

»Ich habe den Eingang gefunden!«, sagte Scha-Ra und lehnte sich erschöpft gegen den Turm.

Die Wand färbte sich rot, und kleine, zähflüssige Tropfen liefen herab und vermischten sich auf dem Boden mit dem Sand.

»Du bist ja verletzt, Scha-Ra!«, rief Azur besorgt und vergaß für einen Augenblick die drohende Gefahr.

Scha-Ra zog sein Hemd und das Unterhemd hoch, um nachzusehen, woher das Blut kam: Der Nurqu hatte auf seiner Brust eine tiefe Schnittwunde hinterlassen.

»Ich werde es überleben!«, sagte der Zauberer müde und drehte sich langsam zu den sich nähernden Nurqus um.

Pfeilschnell kamen sie auf Scha-Ra und Azur zugeflogen, brüllend und mit hasserfüllten gelben Augen.

Scha-Ra erhob seinen Stab. Sofort begann der blaue Kristall zu vibrieren. Ein ohrenbetäubender Knall ertönte, und pulsierende Lichtblitze flogen auf die Nurqus zu und warfen sie aus ihrer Flugbahn.

»Scha-Ra, wir haben ein Problem!«, flüsterte Azur und schaute zum Himmel hinauf, wo bereits neun weitere Nurqus ihre Kreise über ihnen zogen. Ein ganz besonders mutiger setzte bereits zum Sturzflug an und warf sich im Alleingang über den Zauberer.

Der Nurqu traf Scha-Ra mit einem Hinterbein auf der Brust, sodass dieser vor Schmerz laut aufschrie.

Azur rannte sofort zu ihm und warf sich mit seiner ganzen Kraft über den Nurqu – allerdings ohne Erfolg: Der packte den Meermann an der Schulter und warf Azur mühelos zwei seiner Kameraden zu.

Mit atemberaubendem Tempo sprangen die beiden anderen Nurqus auf Azur zu, um ihn in Stücke zu reißen. Krallen bohrten sich in die Schulter des Meermannes. Man hörte Haut reißen, und schon rann zähe blaue Flüssigkeit über Azurs Arm den Oberkörper hinab.

Plötzlich zerrissen Schüsse den Tumult. Die Nurqus fuhren erschrocken zusammen, und ehe sie fliehen konnten, wurden sie von einem Pfeilhagel getroffen: Die Soldaten aus Ras-Malam, allen voraus Hauptmann Rathü, waren wie aus dem Nichts aufgetaucht – und an ihrer Seite ritten die Wolfsritter auf riesigen Wölfen.

Der Kampf dauerte nicht lange – dann hatten auch die letzten Nurqus die Flucht ergriffen.

Scha-Ra ließ sich erschöpft auf alle viere fallen und ruhte sich kurz aus. Dann robbte er zu Azur hinüber, der mit zwei tiefen, tropfenden Schnittwunden am Arm auf der Erde lag.

Mit einem Stück von seinem Unterhemd verband der Zauberer den Meermann.

Kaum war Scha-Ra fertig, kam Hauptmann Rathü auf sie zugeeilt.

»Es tut mir leid!«, sagte er leise und ging vor dem Zauberer und Azur auf die Knie. »Ich habe mich geirrt. Meine Kundschafter haben erzählt, was geschehen ist; sie sagten, du hättest sie vor den Nurqus gerettet und wenn du nicht gewesen wärst …« Er machte eine kurze Pause und sah Azur beschämt an. »Als ich klein war, habe ich miterlebt, wie mein Großvater von Terraqus entführt wurde. Dieses schreckliche Erlebnis hat mich so aus der Bahn geworfen, dass ich vollkommen vergessen habe, dass jeder von uns anders ist – und dass man nicht von einem auf alle schließen darf. Ich habe dich für den Schmerz, den mir andere zugefügt haben, verurteilt. Bitte verzeih mir, Azur.«

Rathü verbeugte sich so tief, dass seine Stirn den Sand berührte.

»Wären du, Hauptmann, und deine Männer nicht gekommen, dann wären wir jetzt tot«, sagte Scha-Ra leise und ließ seinen Blick über die Soldaten gleiten, die einen schützenden Ring um sie gebildet hatten.

Hauptmann Rathü hob den Kopf und blickte in Scha-Ras freundliche Augen. Ein Lächeln überzog sein Gesicht, als der alte Zauberer ihm zunickte, und die Tränen versiegten.

»Ich verstehe deinen Hass«, sagte Azur leise zu dem Hauptmann. »Fast alle aus meiner Familie sind als Sklaven verkauft worden. Bevor Ilke mich in Emblaz gerettet hat, hasste ich euch alle, die ihr auf dem Festland lebt. Ganz einfach deshalb, weil einige von euch mir und meinem Volk unrecht getan hatten.«

Hauptmann Rathü legte seinen Kopf an Azurs Brust.

»Kannst du mir vergeben?«, fragte er leise.

»Es gibt nichts zu vergeben, Hauptmann!«, antwortete Azur.

Scha-Ra hob den Kopf und sah Ponjak und Melka auf sie zurennen. Sie sprangen behände über die Soldaten hinweg und landeten schließlich direkt vor dem alten Zauberer und Azur.

»Ha!«, schrie Ponjak begeistert und schaute um sich. »Das hier ist der Wunschtraum eines jeden Wolfsritters!«

»Fantastisch, dich wiederzusehen!«, jubelte Melka und ergriff Scha-Ras Arm.

Scha-Ra betrachtete sie: Melka trug sein langes Haar bis auf die beiden mit Perlen geschmückten Zöpfe offen wie die übrigen Wolfsritter. Das konnte nur eines bedeuten: Er war in ihre Reihen aufgenommen worden.

»Das habt ihr gut gemacht«, sagte Scha-Ra mit einem Augenzwinkern zu Ponjak und deutete auf die Zöpfe.

Ponjak und Melka lachten stolz und schauten sich an.

»Ich hätte mir nur gewünscht, wir hätten uns unter anderen Umständen wiedergesehen«, sagte Melka und blickte ratlos in dem Chaos um sich herum, das die Kämpfe mit den Nurqus ausgelöst hatten.

»Eine Division muss den Rückzug vorbereiten«, befahl Hauptmann Rathü drei Soldaten und wandte sich an Scha-Ra. »In einer Stunde müssen wir aufbruchbereit sein, rechtzeitig, bevor es dunkel wird. Wir können nämlich nicht sicher sein, dass die Nurqus nicht wiederkommen.«

Der alte Zauberer nickte.

»Braucht ihr unsere Unterstützung?«, fragte der Hauptmann weiter.

»Danke«, sagte Scha-Ra, »aber ich möchte mich im Turm umschauen.«

Hauptmann Rathü verstand. Aber er war besorgt. »Schaffst du das in einer Stunde? Wenn es dunkel wird, können wir uns hier nicht mehr halten.«

»Dann muss eine Stunde reichen!«, sagte Scha-Ra.

Melka und Ponjak schauten zum Turm.

»Willst du da wirklich rein?«, sagte Ponjak leise.

Der Zauberer nickte.

»Seit Jahrtausenden steht er schon da, ohne dass es jemand hineingeschafft hat.« Ponjak schaute Scha-Ra verwundert an.

»Alak und Ilke waren hier, vor gar nicht langer Zeit«, sagte der Zauberer.

»Und wo sind sie jetzt?«, fragte Melka.

Scha-Ra schüttelte den Kopf. »Ich weiß es nicht. Ich hoffe, dass ich im Turm die Antwort darauf finden kann.«

Das Geheimnis des Turms

Während die Soldaten in Stellung gingen, kroch Scha-Ra zur Turmwand, an der man noch deutlich sein Blut sah. Dort, wo die rotbraunen Flecken waren, musste der Eingang sein. Der Zauberer hockte sich auf die Knie und öffnete sein Hemd, dann berührte er mit einem Finger die offene Wunde auf der Brust, um mit dem Blut das Meilenzeichen für »Ton« an die Turmwand zu schreiben. Mit einer zweiten Blutportion schrieb er das Zeichen für »hören«.

Azur sah den alten Zauberer skeptisch an. »Muss man das mit Blut schreiben?«, fragte er.

Scha-Ra schüttelte den Kopf. »Nein, aber ich hab nichts anderes.«

Dann klopfte er mit seinem Stab gegen den glatten Stein. Damit erzeugte er einen klaren Ton, der in der Luft vibrierte. Der Kristall auf seinem Zauberstab reagierte mit kleinen Lichtblitzen. Je höher und klarer der Ton wurde, desto durchsichtiger schien die Wand zwischen den Meilenzeichen zu werden.

»Was ist?«, fragte Azur.

»Warte noch ein bisschen!«, antwortete Scha-Ra und starrte konzentriert auf die Wand.

Nun kamen auch Melka, Ponjak und Hauptmann Rathü zu ihnen gelaufen und betrachteten das kleine Wunder: Nach und nach schien die glatte Wand vor ihnen zu verschwinden, und sie konnten in den Turm hineinschauen.

»Wir sind eine knappe Stunde weg«, sagte Scha-Ra und gab Azur ein Zeichen, dass er mit hineinkommen sollte.

Der Meermann folgte ihm vorsichtig. Dabei ließ er die Wand nicht aus den Augen, um herauszufinden, wie es Scha-Ra gelungen war, sie verschwinden zu lassen. Doch die Kanten waren gerade und glatt, so als ob es die Öffnung schon immer gegeben hätte.

»Scha-Ra!« Hauptmann Rathü steckte den Kopf herein.

Der Zauberer drehte sich zu ihm um. »Hauptmann Rathü!«, sagte er ruhig.

»Ich stehe zu eurer Verfügung, falls ihr mich brauchen solltet. Wir wissen nicht, was euch im Inneren des Turms erwartet«, sagte Rathü und deutete eine Verbeugung an.

Scha-Ra schaute fragend zu Azur.

»Er hat recht, Scha-Ra!«, erwiderte der Meermann. »Wir wissen tatsächlich nicht, was gleich kommt. Außerdem bist du verletzt … Und mit mir sieht es auch nicht besser aus.«

»Dann komm mit uns hinein in den Turm, Hauptmann!«, sagte Scha-Ra.

Drinnen war es kühl und dunkel. Es knisterte, als Scha-Ra den Kristall auf seinem Stab zum Leuchten brachte, damit sie sich umsehen konnten.

Was sie sahen, ließ den Eindringlingen den Atem stocken: Sie standen in einem weitläufigen Raum, der von seinen Ausmaßen her gut und gerne ein Thronsaal sein konnte. Eine Wendeltreppe führte in scheinbar unendlichen Windungen in die Höhe und verschwand im Nichts.

»Erkennst du das wieder?«, fragte Scha-Ra den Meermann.

Azur nickte. »Dort bin ich hochgekommen«, sagte er und deutete auf eine Stelle am anderen Ende des Saals. »Und hier bin ich durch die Wand gegangen, um nicht entdeckt zu werden. Ich glaube, dass ich insgesamt achtundvierzig Räume wie diesen hier durchforstet habe, bis ich Alak endlich gefunden habe. Er ist aus einem Raum ganz oben gekommen. Diese Treppe ist er hinuntergestiegen.«

Scha-Ra lächelte: »Und wie weit oben habt ihr Ilke gefunden?«

»Acht Räume über uns«, sagte Azur. »Alak hat sie schreien gehört, als wir dabei waren, den Turm zu durchsuchen.«

Hauptmann Rathü setzte den Fuß auf die erste Treppenstufe und wollte schon losgehen, doch der Meermann hielt ihn zurück.

»Wir haben nur eine Stunde Zeit«, gab er zu bedenken. »Das bedeutet, dass wir auf keinen Fall die Treppe benutzen können.«

Der Hauptmann sah ihn verwundert an, doch als er sich vorzustellen versuchte, wie viele Stufen sie wohl steigen müssten, bis sie endlich angekommen wären, begriff er, dass der Terraqu recht hatte.

»Und wie kommen wir dann nach oben?«, fragte Rathü den Meermann.

Dieser lächelte nur vielsagend und zwinkerte Rathü zu.

»O nein!«, rief der Hauptmann, dem das Blut schon bei dem bloßen Gedanken aus dem Kopf wich, dass er von einem Terraqu in die Wand hineingezogen werden sollte. »Auf gar keinen Fall werde ich …«

Scha-Ra lachte vergnügt und beruhigte Rathü. »Es ist gar nicht so schlimm, Hauptmann! Ich glaube sogar, dass dir schwindliger wird, wenn du die Treppe nimmst.«

Rathü schüttelte heftig den Kopf. »Tut mir leid, aber ich nehme die Treppe.«

»Wie du willst, Hauptmann! Dann treffen wir uns …« – Scha-Ra machte eine kleine Pause – »… bald.«

Hauptmann Rathü nickte und begann, die Stufen der Wendeltreppe zu erklimmen. Zwei auf einmal zunächst.

Scha-Ra und Azur folgten dem Hauptmann mit den Augen.

»Glaubst du, er schafft das in dem Tempo bis ganz nach oben?«, fragte Azur skeptisch.

»Er ist Soldat, und Soldaten sind gut trainiert«, sagte Scha-Ra. Aber auch er schien nicht ganz überzeugt.

»Ich bin bereit.«

Azur ging zur Wand und legte seine Hand darauf. Sofort wurde sie dunkel und feucht.

»Diesmal vielleicht ein wenig langsamer, was meinst du?«, sagte der Zauberer mit einem Lächeln.

Azur nickte. »Etwas langsamer, alles klar. Also los!«

Dann verschwanden sie geräuschlos durch die Wand.

»Hier habe ich sie zurückgelassen«, sagte Azur, als sie sich aus der Wand heraus in den Raum hineinpressten.

Scha-Ra sah sich um. In der Saalmitte stand ein Stab, auf dem eine Schale befestigt war, die einer Klaue ähnelte. Nachdenklich schritt der alte Zauberer auf die Konstruktion zu und studierte sie gründlich. Erst dann wandte er sich um und fixierte die Wand mit den Meilenzeichen.

»Tarkan hatte das Auge des Parados in diese Klaue hier gelegt, bevor Alak es sich nahm«, sagte Azur und deutete auf die rätselhafte Schale.

Scha-Ra strich sich über den Bart.

»Das Auge des Parados«, sagte er zu sich selbst und runzelte angestrengt die Brauen. »Es hat also wirklich eine Tür zwischen den Meilenzeichen geöffnet?«

»Ja, da war eine Tür, durch die hindurch Alak und Ilke verschwunden sind«, bestätigte der Meermann.

»Und die Explosion, die du gehört hast – woher kam sie? Aus demselben Raum, in dem Alak eingesperrt war?«

»Ja«, antwortete Azur. »Möchtest du dich dort oben umschauen?«

»Sehr gern!«, antwortete Scha-Ra. »Ich

muss herausfinden, wie Scherpa es anstellen wollte, genug Energie zu sammeln, damit er das Portal offen halten konnte.«

»Glaubst du, das hat etwas mit der Explosion im Raum ganz oben zu tun?«, wunderte sich Azur.

»Ja«, antwortete Scha-Ra. »Das Portal hat sich in dem Augenblick geschlossen, in dem die Meilenzeichen den Kontakt mit dem Auge des Parados verloren. Damit das Portal stabil bleibt, müssen dem Auge unglaubliche Energiemengen zugeführt werden. Dazu muss es in diesen Referostab gelegt werden – nur so kann das Auge des Parados den Kontakt mit den anderen Steinen halten, die sich in den beiden anderen Türmen befinden. Sobald der Kontakt stabil ist, wird die Energie ausgeschaltet und das Portal geöffnet. Als Kind habe ich von meinem Lehrer, der jeden Abend an unserem Bett saß und vorlas, viele Märchen über die vielen parallelen Universen gehört.«

Scha-Ra schloss die Augen und dachte wehmütig an die Zeit, als er noch einen Bruder hatte: Er konnte Arkins Stimme hören, mit der er sie zum Abendessen ins Haus rief, während er und Mentor draußen im hohen Gras Verstecken spielten. Scha-Ra lachte leise, als er sich daran erinnerte, wie ernsthaft Mentor immer den Zeigefinger auf die Lippen gelegt hatte, zum Zeichen, dass sie still sein sollten. Dann warfen sich die Jungen ins Gras, während Arkin nach ihnen zu suchen begann. Mentor kicherte immer so lange, bis sie sich wieder in die Festung hineinschlichen und sich an den Abendbrottisch setzten. Draußen hörten sie Arkin noch immer herumlaufen und ihre Namen rufen.

Eine Stimme riss den alten Zauberer unsanft aus seiner Erinnerung.

»Scha-Ra, ist alles in Ordnung?«, fragte der Terraqu besorgt.

Scha-Ra räusperte sich. Dann begann er zu erzählen: »Die Meilenzeichen an der Wand besagen, dass es Scherpa tatsächlich ernst damit ist, immer ein geöffnetes Portal zu einer der anderen Welt bereitzustellen. Dazu benötigt er jedoch jede Menge Energie. Die einzigen Energiequellen, die ich kenne und die ein Portal von solch einer Dimension öffnen können, sind die Sonne oder Blitze.«

»Ich erinnere mich, dass es damals regnete und donnerte, als wir hierherkamen«, sagte Azur und wiegte nachdenklich den Kopf. »Aber sag, habe ich das eben richtig verstanden? Das Auge des Parados ist nur einer von insgesamt drei magischen Steinen?«

Scha-Ra nickte.

»Und was ist mit den beiden anderen?«

Der alte Zauberer runzelte die Stirn. »Wie gesagt, über sie steht kaum etwas im Buch *Phenomena*. Und das wenige, was ich über sie gefunden habe, klang so seltsam, dass ich die Geschichten immer für Märchen hielt. Ich erinnere mich, dass Arkin mir einmal erzählte, König Weha hätte den einen Kristall Panthelum, der Mutter der Drachen, gegeben. Den anderen soll er bei Polaris, dem Fürsten des Schneereiches, gelassen haben und den dritten bei Gruthul, dem Häuptling der unterirdischen Elfen. Alle drei Steine besitzen wohl eine gewaltige Kraft, die all diejenigen zerstört, die kein reines Herz haben und Böses im Schilde führen.«

»Alak hat ihn angefasst.«

Scha-Ra schüttelte den Kopf und murmelte stolz: »Der Junge versetzt mich immer wieder in Erstaunen.«

»Ilke hat erzählt, dass Alak die Stimme des mächtigen Schwertes Kheiko gehört hat«, erzählte Azur weiter. »Konnte er deshalb das Auge des Parados anfassen?«

»Das kann ich mir nicht vorstellen«, sagte Scha-Ra und schüttelte energisch den Kopf. »Aber sag, habt ihr nicht eine Legende über Kheiko in eurem Volk?«

Azur nickte. »Ja, da hast du recht. Sie wird seit Jahrhunderten weitererzählt – und sie endet mit der Prophezeiung, dass eines Tages ein Meermann auf dem Polarstern angeritten kommt und uns von der Sklaverei befreit.«

»Ich habe diese Geschichte schon einmal gehört, glaube ich«, sagte Scha-Ra nachdenklich und erinnerte sich an die Nacht, in der sie mit dem Schiff nach Emblaz gekommen waren und er Alak und Ilke vom Polarstern erzählt hatte.

Azur blinzelte dem Zauberer listig zu. »Du wirst schon sehen«, sagte er feierlich, »eines Tages wird sich das alles bewahrheiten.«

»Ob die Geschichte es nun will oder nicht?«, lächelte Scha-Ra mit einem Augenzwinkern.

»Ja«, antwortete Azur und ballte die Fäuste, »ob sie es will oder nicht. Mein Volk soll wieder frei sein, unabhängig davon, ob Tarkan in Aldra die Macht ergreift oder nicht.«

»Das ist die richtige Einstellung!«, sagte Scha-Ra und klopfte dem Terraqu auf die Schulter.

In diesem Moment hörten sie Hauptmann Rathüs schwere Schritte auf der Treppe. Sein Atem klang rasselnd, und Schweiß stand ihm auf der Stirn, als er in der Tür erschien.

»Wir wollen weiter nach oben«, begrüßte ihn Scha-Ra.

Hauptmann Rathü lehnte sich gegen den Türrahmen und spuckte auf den Boden.

»Weiter nach oben?«, fragte er, und die Verzweiflung stand ihm ins Gesicht geschrieben.

»Ganz nach oben«, bestätigte Azur und versuchte, ein Lächeln zu verbergen.

»Möchtest du, dass Azur dich jetzt mitnimmt, oder möchtest du hier warten?«, fragte Scha-Ra.

Hauptmann Rathü maß den Meermann mit den Augen und wiegte den Kopf.

»Tut mir leid!«, sagte er schließlich. »Das hat nichts mit dir zu tun, Azur! Ich hoffe, du verstehst das.«

Azur nickte. »Ich verstehe dich sehr gut.«

Bevor er mit Scha-Ra durch die Wand glitt, verabredeten sie noch einen Treffpunkt am Eingang.

Rahtü betrachtete wehmütig den nassen, dunklen Fleck auf der Wand, bevor er wieder auf der langen Treppe nach unten verschwand.

Während sie durch die Mauer nach oben glitten, betrachtete Scha-Ra die Umrisse der verschiedenen Räume und der Wendeltreppe.

Und er war beeindruckt von der Eleganz, mit der sich Azur bewegte.

Als der Meermann endlich anhielt und durch die Wand brach, standen sie in einem großen Raum, dessen Wände mit Bücherregalen bedeckt waren. Unter der riesigen Glaskuppel, direkt vor ihnen, stand eine seltsame Apparatur, die Azur interessiert betrachtete.

Scha-Ra interessierte sich mehr für die dunklen Flecken auf dem Fußboden neben der Maschine. Er beugte sich hinab und ließ einen Finger darübergleiten, um sie näher zu untersuchen.

»Blut«, sagte er schließlich.

»Das könnte Alaks Blut sein«, sagte Azur leise und erinnerte sich mit Grauen, wie Alak damals ausgesehen hatte, als er ihn in Sicherheit brachte und in die Wand hineinzog.

Statt einer Antwort drehte Scha-Ra sich zu dem Terraqu um und sah ihn mit großen Augen an.

Azurs Rücken wurde kalt, der Blick des Zauberers sagte ihm, wie besorgt dieser war.

»Glaubst du, dass wir Alak und Ilke finden werden?«, fragte er.

Scha-Ra beugte den Kopf. »Es liegt nicht in meiner Macht, sie zu retten«, flüsterte er.

»Den armen Arul konnte ich auch nicht beschützen.«

Scha-Ra erhob sich, stellte sich auf das Trittbrett der Maschine und ließ den Blick nach oben schweifen, hin zu dem dünnen Mast, in dem sie endete. Dann griff er mutig nach dem Hebel auf der Seite und versuchte, ihn herumzudrehen. Leider war der Zauberer zu schwach: Nichts bewegte sich.

»Sieht aus, als ob die Maschine Blitze sammelt und sie an eine Art Transformator weiterleitet, der unter dem Fußboden liegt. Dieser Transformator muss sie dann zu dem Raum leiten, aus dem Alak und Ilke verschwunden sind.« Scha-Ra sah sich besorgt um. »Scherpa hat viel verändert, seit ich zuletzt hier war. Hätte ich doch nur gewusst, dass der Turm benutzt wird.«

Mit schnellen Schritten ging der Zauberer zum Bücherregal, studierte die Titel und nahm schließlich ein Buch heraus. Eifrig begann er mit der Lektüre, schüttelte jedoch bereits nach kurzer Zeit den Kopf und ging suchend weiter an den Regalen entlang. Schließlich wurde Scha-Ra fündig: Erleichtert zog er ein dickes Buch zwischen den anderen Titeln hervor, blies den Staub weg und öffnete es. Rasch ging er mit dem Zeigefinger das Inhaltsverzeichnis durch, fand ganz offensichtlich, was er suchte, und lächelte Azur fröhlich zu.

»Was für ein Buch hast du da?«, fragte der Terraqu.

»Märchen, die man mir vorgelesen hat, als ich klein war«, sagte Scha-Ra. »Ich hatte sie fast vergessen.«

»Märchen? Bist du hergekommen, um ein Märchenbuch zu holen?«, wunderte sich Azur.

»Nein!« Scha-Ra schlug energisch das Buch zu. »Deshalb bin ich natürlich nicht hier. Wir sollten wieder nach unten, Hauptmann Rathü wartet auf uns.«

Sie trafen Hauptmann Rathü ganz unten im Turm. Er trommelte ungeduldig mit den Füßen auf den Boden und wollte Scha-Ra unbedingt noch etwas zeigen, bevor sie weitergingen. Scha-Ra und Azur folgten dem Hauptmann die Treppe hinauf. Die Wände sahen aus, als hätte jemand tiefe Wunden in das harte Mauerwerk geschnitten.

»Ich dachte, das solltest du vielleicht sehen«, sagte der Hauptmann zu dem alten Zauberer und deutete auf die Wand. »Diese Spuren gehen die Treppe entlang bis ganz nach oben zu dem Raum, in dem ich euch getroffen habe. Wenn das hier kein Mauerwerk wäre, würde ich fast glauben, dass das Nagelspuren sind.«

Scha-Ra wandte den Kopf – auch auf der anderen Seite des Treppenaufgangs waren die Spuren zu sehen.

»Merkwürdig«, sagte Scha-Ra. »Es sieht aus, als ob jemand die Treppen hinuntergefallen ist und versucht hat zu bremsen. Aber du hast recht, Hauptmann, das können unmöglich Kratzspuren von einem ganz normalen Sterblichen sein. Es gibt nur einen, der diese Spuren hinterlassen haben könnte …«

Hauptmann Rathü schaute den Zauberer verwundert an.

»Glaubst du, dass Alak und Ilke Tarkan die Treppe hinuntergeworfen haben?«, fragte Azur.

»Nein«, antwortete Scha-Ra. »Aber ich glaube, dass hier ein Kampf zwischen großen Kräften stattgefunden hat – und eine dieser Kräfte kann durchaus Tarkan gewesen sein.«

Azur lief es kalt den Rücken hinunter bei dem Gedanken an denjenigen, der ihn beinahe ermordet hätte, als er zusammen mit Alak Ilke rettete.

»Wir müssen weiter!«, sagte Scha-Ra. »Die Dunkelheit nähert sich.«

»Hast du gefunden, wonach du gesucht hast?«, fragte Rathü.

»Nein!«, sagte Scha-Ra traurig und dachte an die Kinder. »Aber ich habe das hier gefunden, das könnte uns nützlich sein.«

Der Hauptmann warf einen skeptischen Blick auf das alte Buch, das Scha-Ra unter dem Arm trug. »Was für ein Buch ist das?«, fragte er.

»Scherpas Prophezeiung«, sagte der Zauberer ruhig. »Nun wird es Zeit, dass wir uns die Karten anschauen, die Scherpa und Tarkan im Ärmel haben.«

Sie hasteten die Treppe hinunter und durch die Tür hinaus.

Tatsächlich hatte Rathü recht behalten: Draußen zogen bereits wieder Nurqus ihre Kreise über den Soldaten und warteten auf die Dunkelheit, um erneut anzugreifen.

»Hauptmann Rathü!«, sagte ein Soldat und salutierte. »Wir sind abmarschbereit! Außerdem haben wir die Verluste gezählt: Insgesamt haben wir sieben der Unseren verloren und die Wolfsritter elf von ihren Kriegern.«

Hauptmann Rathü sagte nichts, er gab dem Soldaten lediglich das Zeichen, dass er abtreten könne.

»Lasst uns aufbrechen!«, sagte er matt zu

Azur und Scha-Ra, bevor er mit gesenktem Kopf davonging.

Scha-Ra und der Terraqu sahen ihm bedrückt nach.

Als Rathü um die Ecke gebogen war, machte der Zauberer sich daran, die Meilenzeichen zu entfernen, die er vor ihrem Abenteuer ins Turminnere an die Wand gezeichnet hatte, damit er die Tür wieder verschließen konnte. Plötzlich hielt er mitten in der Bewegung inne.

»Was ist, Scha-Ra?«, fragte Azur.

Der Zauberer wiegte nachdenklich den Kopf. »Ich weiß nicht genau, was das gerade war«, sagte er. »Aber in dem Moment, als ich die Tür wieder schließen wollte, hatte ich die Eingebung, dass ich es besser sein lassen sollte.«

»Das hat sicher nichts zu sagen!«, beruhigte ihn Azur.

»Es war eine starke Eingebung«, entgegnete Scha-Ra. »So, als ob jemand mir den *Befehl* gegeben hätte, dass ich sie offen lassen soll.«

Scha-Ra strahlte Azur plötzlich an.

»Ich lasse sie auf!«, sagte er entschieden.

Der Wind dreht

Die Begegnung

Tarkan öffnete die schwere Eichentür zum Turmzimmer. Scherpa saß am Fenster und ließ sich das hereinströmende Sonnenlicht aufs Gesicht scheinen. Er sah besonders alt und schwach aus, dachte Tarkan. Leise schloss er die Tür hinter sich und ging zu dem alten Mann.

»Wie ich sehe, haben sie dich ans Fenster gesetzt, damit du auch einmal etwas anderes als die dunklen Wände zu sehen bekommst«, sagte Tarkan und schaute Scherpa über die Schulter – auf leere Straßen.

Scherpa runzelte die Stirn und zog es vor, nicht auf Tarkans Spott einzugehen.

»Die Stadt ist leer«, sagte er kurz. »Ich habe die Invasionstruppen bereits nach Aldra in Marsch gesetzt.«

Auch Tarkan wich aus. »Du hast mich hergebeten …«, sagte er und sah den alten Zauberer erwartungsvoll an.

In diesem Moment platzte Scherpa der Kragen. »Was glaubst du eigentlich, wer du bist?«, rief er und schlug mit der Faust auf die Armlehne seines Sessels. »Ich habe dich seit Monaten versucht zu erreichen – aber du warst wie vom Erdboden verschluckt! Und dann tauchst du aus heiterem Himmel wieder auf – ohne ein Wort der Entschuldigung?«

»Vergebt mir!«, sagte Tarkan rasch. Seine Augen verdunkelten sich.

»Und jetzt sage mir wenigstens, dass du den Auftrag, den ich dir erteilt habe, erfüllt hast!«

Tarkan antwortete nicht.

»Hast du das Auge des Parados nach San-Alabar gebracht?«, hakte Scherpa nach.

»Nein«, begann Tarkan, »... die Elfenkinder ...«

Scherpa breitete die Arme aus. »Die Elfenkinder? Ich habe sie dir sozusagen auf dem Silbertablett präsentiert. Wo ist das Problem?« Wütend versuchte der alte Zauberer, Tarkan zu packen.

»Sag mir, dass Parados' Auge immer noch in deinem Besitz ist!«, herrschte er Tarkan an.

»Es tut mir leid, Meister!«, antwortete Tarkan ausweichend.

»Es tut dir leid?«, brüllte Scherpa und zeigte mit seinem Finger auf Tarkan. Darauf explodierte der und verwandelte sich in Milliarden von Wassertropfen, die unsanft in den Raum geschleudert wurden. Zwischen den staubigen Bücherregalen entstand ein Regenbogen. Tarkan gelang es nur unter Aufbietung all seiner Kräfte, sich in seine ursprüngliche Gestalt zurückzuverwandeln.

»Bitte lass deine Bestrafung dabei bewenden. Ich verliere sonst alle Kraft«, bat Tarkan demütig, doch innerlich kochte er. Allein das Wissen, dass Scherpa stärker war als er, hielt ihn davon ab, den Alten hier und jetzt zu erwürgen.

»Jetzt hörst du dich gerade so an wie damals, als du klein warst«, knurrte Scherpa und starrte ihn hasserfüllt an.

Tarkan blieb weiterhin ruhig. »Ich erinnere mich nicht mehr an vieles aus dieser Zeit«, sagte er höflich.

Dafür erntete er ein höhnisches Schnauben. »Nein, natürlich nicht«, entgegnete Scherpa trocken. »Wie solltest du auch? Schließlich bist du doch nur ein Gedanke – und nicht einmal dein eigener.«

Tarkan hatte das Gefühl, dass die Worte des großen Zauberers ihn innerlich verbrannten – es waren fast dieselben Worte, die der Elfenjunge damals gesagt hatte, bevor er mit seiner Schwester durch das Portal verschwunden war.

»Und du hast dich wirklich von zwei kleinen Kindern austricksen lassen?«, höhnte Scherpa weiter.

Ein Schauder überlief Tarkan, als er spürte, dass der alte Zauberer seine Gedanken gelesen hatte.

»Tritt näher!«, befahl der Alte nun und rutschte in seinem Stuhl nach vorn. Wie viel Kraft ihn das kostete, war unübersehbar: Jede physische Anstrengung fraß an dem Alten wie Maden an einem Kadaver. Sein Körper zeigte deutliche Verwesungsspuren, doch seine geistigen Kräfte waren immer noch enorm – sie überstiegen alles, was Tarkan jemals gesehen oder gelesen hatte.

»Du irrst dich in einem wichtigen Punkt«, sagte Scherpa triumphierend: »Ich weiß, was du denkst, ohne dass ich dafür deine Gedanken zu lesen brauche. Ja, du magst recht haben – mein Körper ist am Verrotten, doch er hat immer noch Kräfte, die alles, was du dir vorstellen kannst, übertreffen. Und ich habe dir gesagt, dass ich dich brauche, deine Jugend, deine Kraft. Und deinen Hass – solltest du dich jedoch gegen mich wenden … dann zerstöre ich dich.«

Es blieb lange still im Raum.

Scherpa starrte auf den blauen Himmel, der sich langsam golden färbte, während die Sonne hinter den Häuserdächern und dem Wald verschwand.

Tarkan hing seinen Gedanken nach. So lange zumindest, bis Scherpas Stimme erklang, die aus der *Phenomena* zitierte: »›Die Auserwählten werden die Völker sammeln, und das Volk aus ihren eigenen Reihen wird von sich reden machen, sobald es die Ketten der Sklaverei abgeworfen hat. Und dafür wird man den Auserwählten huldigen bis in alle Ewigkeit‹«, zitierte Scherpa mit ruhiger Stimme.

Tarkan fiel ihm ins Wort: »Es gibt keine Auserwählten mehr«, sagte er. »Scha-Ra ist im Kerker der Stadt Ras-Malam eingesperrt, der Prinz des Winterreiches, von dem die Prophezeiung spricht, ist tot. Die Elfenkinder sind verschwunden, und die *Phenomena* ist weg.«

»Irgendeine Stimme sagt mir, dass nicht alles so ist, wie es sein soll«, antwortete Scherpa und ließ den Blick sinken. »Es gibt zu viele Unsicherheitsfaktoren in unserem Plan – und deshalb muss ich wenigstens einen Punkt in der Prophezeiung abändern, damit die Welt auf keinen Fall gerettet werden kann.«

»Und welches Detail willst du ändern?«, fragte Tarkan.

Scherpa schaute zu ihm hoch. »Ich werde am Volk der Elfen ansetzen!«

Tarkan runzelte die Stirn.

Scherpa lächelte. »Ich will, dass du dem Häuptling der Murtokks den Befehl erteilst, das Volk der Elfen zu töten!«

»Und wie, glaubst du, wird der Häuptling der Murtokks auf den Befehl reagieren, dass er alle seine Arbeitskräfte umbringen soll?«, fragte Tarkan skeptisch.

»Ich glaube nicht, dass du wissen willst, was ich von den Meinungen des Häuptlings zu politischen Angelegenheiten halte«, antwortete Scherpa. »Und ich habe auch nicht die geringste Lust, darüber mit dir zu verhandeln. Du sollst ihm einfach den Befehl erteilen – nicht mehr und nicht weniger –, der ganze Rest geht dich nichts an.«

»Und wenn du den Befehl gibst, dass alle Elfen …«, versuchte es Tarkan noch einmal.

»Dann meine ich alle Elfen: Männer, Frauen, Kinder …«, unterbrach ihn Scherpa gereizt. »Und jetzt ist es genug. Du sollst gehorchen, nicht nachfragen!« Mit einer schnellen Bewegung packte er Tarkan und starrte ihm direkt in die Augen.

»Alle Elfen sollen sterben, damit die Prophezeiung nicht in Erfüllung geht. Das ist mein letztes Wort«, zischte er.

»… also auch die Kinder!«, sagte Tarkan

ruhig. Seine Stimme war ein heiseres Flüstern.

»Auch die Kinder. Wie ich bereits gesagt habe«, nickte Scherpa und atmete schwer. »Kinder sind gefährlich, sie sind von allen Geschöpfen am gefährlichsten. Denk immer daran!«

»Wie du wünschst«, antwortete Tarkan und ging zur Tür. »Dein Wille ist mir Befehl!«

»Das will ich dir auch geraten haben!«, knurrte der große Zauberer zum Abschied.

Durch das Portal zurück

»Heute Abend reist ihr zurück«, sagte Sir Thomas, als er die Metalltür hinter sich schloss und einen vom Regen durchnässten Mantel auf einen Stuhl warf.

»Endlich!«, jubelte Ilke. »Habt Ihr herausfinden können, ob es Scha-Ra und Arul gut geht?«

Sir Thomas setzte sich zu den Zwillingen und Millian an den Tisch und seufzte. »Nun, ich habe in Erfahrung gebracht, dass sie in Ras-Malam im Gefängnis eingesperrt waren, aber nun in südwestlicher Richtung, dem Merwihl-Gebirge entlang, unterwegs sind«, sagte er ausweichend.

»Dann finden wir sie bestimmt, wenn wir nach Aldra zurückkommen«, sagte Ilke freudig.

Alak runzelte die Stirn und schaute Sir Thomas ernst an. »Das wird wohl nicht ganz so einfach, oder?«, fragte er.

Sir Thomas schüttelte mitfühlend den Kopf. »Nein, das wird es wohl nicht. Denn Scha-Ra hat das Buch *Phenomena* nicht *zufällig* verloren. Solange er sein Hüter war, war *Pheno-*

mena an ihn gebunden. Dass Scha-Ra es draußen in der Wüste verloren hat, kann nur eines bedeuten ... jemand anders hat sich zum Hüter der *Phenomena* erkoren.«

Ilke schaute Sir Thomas ungläubig an, dann drehte sie sich um und ging zu Alak.

»Was bedeutet das?«, fragte sie ihren Bruder wütend. »Warum kannst du mir nicht in die Augen schauen, Alak?«

Der Elfenjunge senkte den Blick und antwortete nicht. Ilke atmete heftig und spürte, wie ihr die Tränen kamen.

»Ich schau mal, ob es oben etwas für mich zu tun gibt«, sagte Millian und eilte die Treppe hinauf.

Und nun spürte es auch Alak: Es war, als ob alle Geräusche verschwanden und die Lampen an der Decke zu bleichen Raubtieren wurden, die die Schatten des Raumes schluckten. Die Wahrheit wollte sich ihnen offenbaren. Und sie war grausam.

»Habt deshalb Ihr das Buch und nicht Scha-Ra?«, fragte Ilke ruhig. Sie schien zu begreifen.

Sir Thomas nickte, stand auf und holte *Phenomena* an den Tisch. Ehrfurchtsvoll strich er mit der einen Hand über den Deckel. Virgos Auge blinzelte auf dem Umschlag und gab ein schwaches blaues Licht von sich.

Ilke staunte.

Alak wiederum ließ sich nicht so leicht blenden. Es war viel eindrucksvoller gewesen, als Scha-Ra das Buch geöffnet hatte und über Parados' Auge vorgelesen hatte – damals, im Lager der Mekks. Er erinnerte sich noch genau an den Abend. Sie hatten beisammengesessen, nur Scha-Ra und er, und der alte Zauberer hatte ihm versichert, dass er immer auf Ilke und ihn aufpassen würde und dass er, solange er die *Phenomena* bei sich hätte, wissen würde, dass es ihnen gut ginge. Es war derselbe Abend gewesen, an dem Alak Scha-Ra versprochen hatte, dass er in Zukunft auf seine innere Stimme hören würde. Immer, was immer auch geschehen würde.

»Es ist mein Fehler, nicht wahr?«, sagte Alak leise zu Sir Thomas. »Ich habe alles kaputt gemacht, als ich in Alam-Al-Mitz nicht auf die warnende Stimme in meinem Kopf hören wollte, habe ich recht?«

»Das Buch hatte dein Herz lange vorher schon gelesen und es wusste, dass du die Probe in Alam-Al-Mitz, dem Garten der Visionen und Illusionen, nicht bestehen würdest«, antwortete Sir Thomas.

»Scha-Ra hat mir gesagt, dass er immer wüsste, dass es uns gut geht, solange er die

Phenomena bei sich hätte«, sagte Alak so leise, dass sie es fast nicht hören konnten. »Bedeutet das nun, dass Scha-Ra nicht weiß, ob es uns gut geht?«

»Ich weiß nicht, was Scha-Ra weiß«, antwortete Sir Thomas ruhig. »Für ihn seid ihr verschwunden, als euch die Terraqus in den Sand hinuntergezogen haben.«

Alak sah Sir Thomas mit Tränen in den Augen an. »Glaubt er, dass wir tot sind?«

Sir Thomas antwortete nicht.

Ilke sah ihren Bruder mit großen Augen an. »Warum hast du nichts gesagt?«, fragte sie ihn ungläubig.

»Verstehst du denn gar nichts?«, sagte Alak verzweifelt. »Ich habe alles kaputt gemacht!«

»Was passiert mit Aldra und denen, die dort leben, wenn die Prophezeiungen nicht in Erfüllung gehen?«, fragte Ilke.

»Ohne die Auserwählten und das Schwert des Wissens wird es keine Schlacht bei Gredom geben. Und damit wird Tarkan das Land in Besitz nehmen können, ohne auf Widerstand zu stoßen«, antwortete Sir Thomas für Alak.

Ilke nickte ernst und wiegte sorgenvoll den Kopf. Nach einiger Zeit, die Alak wie eine halbe Ewigkeit vorkam, sah sie ihrem Zwillingsbruder in die Augen und sagte: »Dann kann man eben nichts machen – wir müssen ohne die *Phenomena* klarkommen. Wir gehen zurück, holen das Schwert aus dem Merwihl-Gebirge und treffen Tarkan trotzdem auf der Grasebene bei Gredom – innere Stimme hin oder her.«

Auf Sir Thomas' skeptischen Blick hin wandte sie schulterzuckend ein: »Wir können nicht dastehen und mit ansehen, dass Tarkan Aldra und alle, die wir lieb haben, zerstört. Und so verzweifelt ist unsere Lage nun auch wieder nicht: Denn solange es Leute gibt, die auch weiterhin glauben, dass wir die Auserwählten sind, haben wir die Chance, ein Heer zu sammeln und Tarkan aus Aldra zu vertreiben.«

Alak nickte und wandte sich an Sir Thomas. Dabei wischte er sich Tränen aus dem Gesicht. »*Wir* bestimmen die Zukunft und nicht die Sterne oder die Prophezeiungen aus dem Buch«, sagte der Elfenjunge mit zitternder Stimme. »Die Sterne können nichts anderes als leuchten – und damit helfen sie uns, unseren Weg durch das Dunkel besser zu finden. Übrigens gilt das, was für Sterne gilt, auch für Prophezeiungen: Sie sind nur Lichter im Dunkeln; sie können jedoch nichts verändern – sie können aus uns keine neuen Elfen machen und können uns nicht dazu überreden, unsere Pläne zu ändern und Dinge ganz anders zu machen, als wir sie geplant hatten. Denn wir wollen doch immer das tun, was richtig ist, auch wenn wir im Dunklen herumtappen.«

Sir Thomas und Ilke schauten ihn verwundert an.

»Das hat mir Scha-Ra einmal gesagt«, sagte Alak etwas leiser.

»Ihr habt einen unerschütterlichen Willen und unglaublichen Mut«, sagte Sir Thomas. »Beides kann ich nur bewundern. Denn, das spüre ich ganz genau: Zurückhalten kann ich euch nicht. Selbst dann nicht, wenn ihr wisst, dass ihr auf Kräfte treffen werdet, die jenseits eures Vorstellungsvermögens liegen und deren Reichweite ihr nicht verstehen werdet.«

»Hast du vergessen, dass wir Kinder sind?«, sagte Alak ruhig. »Wir haben ein unschuldiges Gemüt und reine Gedanken – Kräfte, die Tarkans bei Weitem übertreffen.«

»Das hat dir auch Scha-Ra erzählt, nicht wahr?«, sagte Sir Thomas.

»Scha-Ra zitierte die *Phenomena*«, antwortete Alak.

Sir Thomas war voller Bewunderung für die Elfenkinder; gleichzeitig verhehlte er seine Sorge jedoch nicht. »Ihr werdet auf Mächte und Zauberkräfte stoßen, die weit größer sind als diejenigen, die ihr bis jetzt erlebt habt …«

»Alak ist gegen Zauberkraft immun«, warf Ilke ein.

»Aber du nicht!«, sagte Sir Thomas ruhig.

»Nein!«, bestätigte Ilke, wurde jedoch gleich wieder zuversichtlich. »Aber wir haben ja Scha-Ra!«

»Seid ihr sicher, dass Scha-Ra euch bei diesem Entschluss unterstützen wird?«, fragte Sir Thomas.

»Für Scha-Ra gibt es keine Alternative«, sagte Alak. »Es gibt eine andere Prophezeiung …«

»Scherpas Prophezeiung«, flüsterte Ilke. Nun verstand sie, was Tarkan damals im Turm gemeint hatte.

Alak sah seine Schwester fragend an, fuhr jedoch fort: »Für Scha-Ra gibt es keine anderen Prophezeiungen als die in der *Phenomena*. Er will nicht einmal an die bloße *Möglichkeit* denken, dass Tarkan die Macht im südlichen Reich ergreifen könnte.«

Während der Elfenjunge das sagte, spürte er, dass auch er so dachte – und auf einmal fühlte er sich stark.

Sir Thomas seufzte. »Ihr habt eure Entscheidung offensichtlich bereits getroffen und lasst euch von nichts und niemandem mehr zurückhalten«, sagte er.

»Ihr könntet uns die *Phenomena* zurückgeben«, schlug Ilke eifrig vor. »Wahrscheinlich kommt dann auch die Stimme in Alaks Kopf wieder zurück!«

Sir Thomas warf den Kopf in den Nacken und lachte so laut, dass das Echo in dem kleinen Raum Ohrenschmerzen bereitete. Dann wurde er plötzlich wieder ernst.

»Es tut mir leid, dass ich gelacht habe – das war taktlos«, entschuldigte er sich. »Es ist aber so, dass ich an Versprechen gebunden bin, die ich gegeben habe, und an die Prophezeiungen, die ich in das Buch habe schreiben lassen. Wenn ich auch nur ein einziges davon breche, wird mich die Magie, mit der meine Versprechen besiegelt sind, zerstören. Sie wird mich töten.«

Alak nickte. »Wir haben verstanden«, sagte er leise. »Wenigstens ein bisschen. So ganz kann ich es nämlich nicht begreifen, was Ihr da sagt.«

»Ihr werdet es verstehen, wenn ihr älter seid.«

»Dann haben wir kein unschuldiges Gemüt und keine reine Gedanken mehr«, erwiderte Alak.

Sir Thomas stützte den Kopf in seine Hände. Der Junge hatte recht.

»Könnt Ihr keine Ausnahme machen? Für uns?« Ilke blickte Sir Thomas bittend an. »Es muss doch irgendeinen Schlupfwinkel geben, um das eine oder andere Versprechen zu umgehen. Für den Notfall sozusagen. Habt Ihr das noch nie gemacht? Geschummelt? Wenn es um jemanden ging, den Ihr liebt zum Beispiel?«

Sir Thomas sah das Elfenmädchen ruhig an. Dann zog er wortlos seinen grauen Umhang über den Kopf und knöpfte das weiße Unterhemd auf, das er darunter trug.

Was Alak und Ilke dann sahen, ließ sie vor Schreck zusammenzucken: Dort, wo das Herz sitzen sollte, war ein großes Loch in Sir Thomas' Brustkorb.

»Erinnert ihr euch, dass ich erzählt habe, wie ich mein Herz für einen kleinen, verängstigten Jungen hergegeben habe?«, fragte er und fügte leise hinzu: »Er war ungefähr in eurem Alter, denke ich.«

Alak und Ilke nickten.

»Ich war mir nicht sicher, ob Ihr es ernst gemeint habt, als Ihr sagtet, dass Scherpa sich Euer Herz genommen hat«, sagte Ilke.

Sir Thomas lächelte. »Ich habe jedes Wort,

das ich gesagt habe, ernst gemeint. Und auch das, was ich gleich sage, meine ich genau so, wie ich es sage. Der Junge war mein größtes Glück im Leben – und ich liebte ihn mehr als … mein eigenes Herz. Wenn ich ihn zwischen den Säulen meines Schlosses herumrennen sah, dachte ich, dass niemand Aldra einmal besser regieren könnte als er. So freundlich und fröhlich, so unbefangen und ehrlich, wie er war. Was ich damals nicht begriffen hatte, war, dass dieser Junge möglicherweise nicht so bleiben würde, wie ich ihn sah, denn das unschuldige Gemüt und die reinen Gedanken hat jedes Kind. Und tatsächlich veränderte er sich, nachdem ich ihm meinen Platz in Aldra überlassen hatte. Selbst auf das Schwert der Weisheit, das ich für ihn geschmiedet hatte, wollte er nicht hören.«

Alak senkte den Kopf. Er hatte Scha-Ra versprochen, immer auf seine innere Stimme zu hören – und trotzdem hatte er das Gleiche getan wie Tarkan.

Der Elfenjunge schämte sich so sehr, dass er am liebsten im Erdboden versunken wäre.

Sir Thomas' Worte unterbrachen Alaks trübe Gedanken. »Ich habe viel nachgedacht, während ich weg war. Immer und immer wieder habe ich mich gefragt, ob ich auch alles richtig mache in der Erziehung des Jungen. Aber es ist so schwierig, seinem Herzen zu folgen, wenn man keins mehr hat …« Er atmete schwer. »Und wenn ich mir im Rückblick ansehe, was aus Tarkan geworden ist, dann muss ich mich fragen, ob ich überhaupt etwas richtig gemacht habe.«

»Nichts von dem, was mit Tarkan geschah, kann etwas daran ändern, dass Ihr immer das Richtige getan habt«, sagte Ilke tröstend.

Sir Thomas lächelte und sah das Elfenmädchen dankbar an.

»Ich hätte es nicht über mich gebracht, mein Kind bei einem der schrecklichsten Zauberer, die es gibt, zurückzulassen, selbst wenn ich die schlechteste Mutter der Welt gewesen wäre«, sagte Ilke aufrichtig.

»Findest du, ich war ein schlechter Vater?«

Ilke stieg die Schamesröte ins Gesicht; sie fühlte, dass sie zu viel gesagt hatte.

»Nein, das hatte ich nicht gemeint. Ich …«, stotterte sie.

Alak schaute sie resigniert an und wandte sich dann an Sir Thomas.

»Vielleicht tröstet es Euch ja – aber wir haben auch Eltern, die nicht für uns da waren. Scha-Ra und Arul sind zwar bei uns – aber irgendwie ist das nicht dasselbe …«, sagte

Alak aufrichtig. Dann sah er betrübt zu Boden. »… auch wenn es meine Schuld ist, dass die Prophezeiung nicht in Erfüllung geht und Tarkan meinetwegen Aldra erobern können wird.«

Sir Thomas starrte in die Luft. »Wir machen alle Fehler. Einige sind größer als andere und einige können Folgen haben, über die wir uns vielleicht nicht im Klaren sind, bis es zu spät ist«, sagte er. Alak nickte ernst zu diesen Worten. Dann sah Sir Thomas Ilke an. »Wenn das, was ich damals tat, richtig war, weil ich meinem Herzen gefolgt bin, was soll ich dann aber jetzt tun, wo ich kein Herz mehr habe?«, fragte er verzagt.

»Hört einfach gut in Euch hinein«, sagte Ilke und kniff Mund und Augen zusammen, »dann fühlt Ihr gleich, dass es doch noch da ist.«

Sir Thomas lachte und fuhr sich durchs Haar. »Danke, Ilke!«, sagte er aufrichtig und sah ihr in die Augen. Dann griff er nach der *Phenomena,* legte das Buch in die lederne Umhängetasche und reichte sie Alak.

»Passt gut auf die *Phenomena* auf und bringt sie dem Zauberer Scha-Ra in meinem Namen«, sagte er feierlich.

»Seid Ihr nicht durch *Phenomenas* Prophezeiungen gebunden?«, fragte Alak, als er das kostbare Buch entgegennahm.

»Alles, was ihr gesagt habt, du und deine Schwester, und alles, was ihr mir nun gezeigt habt, hat bewirkt, dass ich – im Herzen, das ich nicht mehr habe – fühle, dass ihr den aufrichtigen Wunsch habt, die Prophezeiung zu erfüllen«, erklärte Sir Thomas. »Sollte sich nun jedoch herausstellen, dass ihr nicht länger die Auserwählten seid, dann werden die Versprechen, die ich gegeben habe, mich zerstören und töten. Doch ich bin bereit, mein Leben in eure Hände zu legen.«

»Wir versprechen, dass wir alles tun werden, um Aldra vor Tarkan zu retten. Und spätestens in der Schlacht bei Gredom werden wir ihm persönlich entgegentreten«, sagte Alak.

»Ich glaube dir, wenn du das sagst«, sagte Sir Thomas. »Es wäre traurig, wenn Aldra so wie diese Welt hier werden würde.«

Mit diesen Worten steckte er seine Hand in das Hemd unter dem Umhang und zog eine prächtige weiße Blume hervor. Sie sah aus, als ob sie gerade erst gepflückt worden wäre, und die leicht rosafarbenen Samenkapseln, um die herum Kronenblätter gefaltet lagen, glänzten vom Tau.

»Diese Blume habe ich gepflückt, als ich

Aldra zum ersten Mal verließ.« Sir Thomas reichte sie Ilke. »Pass gut auf sie auf, dann wird sie genauso frisch bleiben wie damals, als ich sie gepflückt habe«, sagte er mit einem Lächeln.

Ilke ergriff sie vorsichtig direkt unter den Kronenblättern, die zitterten, als sie sie berührte.

»Vielen Dank!«, sagte sie. »Ich …«

»Wenn ihr Scha-Ra trefft, zeigt ihm die Blume und sagt ihm von mir, dass jemand ohne Herz keine Träume hat und jemand, der keine Träume hat, keinen Glauben. Und derjenige, der keinen Glauben hat, kennt auch keinen Weg, auf den er gehen könnte. Dann wird er verstehen, warum ich euch das Buch wiedergegeben habe«, sagte Sir Thomas und lächelte.

»Jetzt hört Ihr Euch an wie Scha-Ra«, sagte Alak.

Sir Thomas lachte laut. »Das könnte sehr gut sein!«, sagte er. »Wie dem aber auch sei: Es ist sehr, sehr wichtig, dass du Scha-Ra diese Blume gibst. Pass also gut auf sie auf. Wenn er sie sieht, wird er alles verstehen.«

»*Was* wird er verstehen?«, erkundigte sich Alak.

»Alles, was ihm bislang Rätsel aufgegeben hat«, sagte Sir Thomas und sah nach oben zu

Millian, die stumm auf dem Treppenabsatz stand. Das Lächeln war aus seinem Gesicht verschwunden.

»Millian, es gibt etwas, über das ich mit dir sprechen muss«, sagte er ernst und bedeutete ihr hinunterzukommen. »Und mit euch auch«, wandte er sich an die Elfenzwillinge: »Ich wollte euch darum bitten, Millian mit zurückzunehmen«, sagte er ernst.

Millian schaute ihn verwundert an.

»Mit zurück in unsere Welt?«, stotterte Alak.

Sir Thomas nickte. »Es ist für sie hier zu gefährlich geworden. Ich beobachte Pater Torquemada nun schon lange und fürchte, dass er alles tun wird, um …« Er machte eine Pause. »Ich fürchte, ich kann nicht ausrichten, was ich soll, um Scherpa daran zu hindern, diese Welt zu erobern, wenn ich mir gleichzeitig um Millian Sorgen machen muss.«

Ilke lächelte von einem Ohr zum anderen. »Selbstverständlich kann sie mitkommen«, sagte sie strahlend.

Millian lächelte dem Elfenmädchen zu, doch dann traten ihr Tränen in die Augen. Sie stürzte auf Sir Thomas zu und warf sich in seine Arme.

»Ich habe immer davon geträumt, dass ich

dahin zurückreisen darf, wo ich herkomme«, schluchzte sie, »aber doch nicht allein – ohne dich!«

»Du bist nicht allein, du hast Alak und Ilke«, tröstete Sir Thomas sie. »Glaube mir, so ist es am besten für dich!«

»Ich werde dich nie vergessen, König Weha!«, flüsterte Millian.

Es war das erste Mal, dass die Elfenkinder sie seinen eigentlichen Namen sagen hörten. Für sie war er Sir Thomas, der Bibliothekar und Schriftsteller aus Millians Welt.

Millian wischte sich die Tränen mit dem Handrücken ab, bevor sie vor König Weha niederkniete, seine Hand nahm und sie küsste. Er strich ihr zärtlich über den Kopf.

»Hör auf Alak und Ilke, wenn ihr nach Aldra kommt«, bat er sie. »Es ist nicht sicher, dass wir Zeit für einen ordentlichen Abschied haben werden, wenn wir in der Kirche sind. Deshalb sage ich es dir jetzt. Bitte, Millian, denke immer daran: Sie sind in der anderen Welt aufgewachsen, sie kennen sie – im Zweifel besser als du. Tu also, was sie dir sagen, ja?«

»Ja«, antwortete Millian und erhob sich. Ihre Augen glänzten.

Alak ging zu Sir Thomas und verbeugte sich

tief. »Danke, dass Ihr uns das Buch zu Scha-Ra bringen lasst«, sagte er aufrichtig.

Ilke machte einen Knicks und lächelte unsicher. Offensichtlich wusste sie nicht, was sie sagen sollte.

Sir Thomas lächelte. »Wir müssen jetzt los.«

»Aber wie kommen wir nach Hause?«, fragte Alak.

»Wir gehen zum Nidaros-Dom. Ihr müsst durch ein Portal gehen, um in eure Welt zurückzukommen – nun ja, dieses Portal ist der Dom.«

Alak und Ilke sahen einander erstaunt an. Millian hatte ihnen viel vom Nidaros-Dom erzählt – lauter unheimliche Geschichten, bei denen es ihnen kalt den Rücken heruntergelaufen war.

»Wenn ihr zum Turm in San-Alabar kommt, gibt es etwas, das ihr zuerst, vor allem anderen, machen müsst«, sagte Sir Thomas, während er aufstand und sich zum Aufbruch bereit machte.

»Was ist mit Tarkan?«, fragte Ilke.

»Er ist nicht mehr dort. Ich habe es so eingerichtet, dass ihr sicher in eure Welt zurückkehren könnt«, lächelte Sir Thomas.

»Und was genau sollen wir machen, wenn wir da sind?«, hakte Alak nach.

»Die Zeit ist reif dafür, dass du das Schwert aus dem Merwihl-Gebirge holst«, sagte Sir Thomas. »Mach das als Allererstes, wenn du in deine Welt zurückkommst. Und lass dich von nichts und niemandem davon abhalten.«

»Bin ich nun endlich bereit, dass ich das tun darf?«, fragte Alak ungläubig und glücklich zugleich.

Sir Thomas wiegte die Schultern. »Ich weiß nicht«, sagte er dann. »Wie ich euren guten Freund Scha-Ra kenne, denkt er sicher, es sei noch zu früh und dass du noch weiterwachsen und Lebenserfahrung sammeln sollst, bevor du das Schwert an dich nimmst. Ich glaube aber, dass du so weit bist, um diese Verantwortung zu übernehmen. Du bist zwar noch sehr jung, aber ich glaube, du wirst mit dem Schwert reifen.«

Alak lächelte selig. Endlich war der Zeitpunkt, auf den er so gewartet hatte, gekommen. Und niemand anders als König Weha selbst hatte ihm den Auftrag gegeben, Kheiko an sich zu nehmen.

»Ich weiß, dass du Scha-Ra bei dir haben willst, wenn du Kheiko holst, aber es ist wichtig, dass du tust, was ich dir sage«, sagte Sir Thomas eindringlich zu Alak.

»Du willst also, dass ich nicht auf Scha-

Ra und Arul warte?«, fragte der Elfenjunge atemlos. Seitdem Scha-Ra ihm von der Stimme und dem Schwert Kheiko erzählt hatte, war er immer davon ausgegangen, dass sie es gemeinsam holen würden. Und nun sollte er diese Freude nicht mit ihnen teilen können?

Alak schaute zu Sir Thomas hoch. »Und wenn ich sie unterwegs finde?«, fragte er. »Darf ich sie dann mitnehmen?«

»Du *wirst* sie unterwegs nicht finden«, teilte ihm Sir Thomas mit.

»Warum nicht? Sind sie in Ras-Malam?«

»Nein«, antwortete Sir Thomas. »Sie sind unterwegs, auf einer Reise, die euch genau dann zusammenführen wird, wenn die Zeit reif ist. Vorher nicht.«

Alak betrachtete seine Schuhspitzen und hoffte von ganzem Herzen, dass Sir Thomas mehr sagte, etwas, was erklären würde, was er gemeint hatte. Doch der sagte nichts mehr.

»Und was ist, wenn ich das Schwert habe?«, fragte Alak nach einer Weile.

Sir Thomas lächelte freundlich. »Dann ist die Zeit reif. Denk nur daran, was ich dir gesagt habe, und folge deiner inneren Stimme, wenn ihr zum Merwihl-Gebirge kommt.«

»Meiner inneren Stimme? Du meinst, Kheiko wird in meinem Kopf wieder zu sprechen beginnen?«

»Nein«, antwortete Sir Thomas. »Ich habe kein Herz mehr, aber ich bin ihm dennoch gefolgt, als ich euch die *Phenomena* überließ, um sie in eure Welt mitzunehmen. Auf gleiche Weise sollst du deiner inneren Stimme gehorchen.«

Alak runzelte die Stirn. »Einer Stimme, die nicht da ist?«

»Genau!«, antwortete Sir Thomas. »Genau dieser Stimme sollst du gehorchen. So, und nun lasst uns gehen.«

Sie gingen die Mönchstraße hoch, die von matt leuchtenden Straßenlampen gesäumt wurde.

Die Luft war wärmer geworden, und es roch bereits nach Frühling. Sir Thomas führte sie zu einem imposanten Steingebäude, das weit in den Himmel hinaufragte.

Alak und Ilke standen mit gereckten Hälsen davor und konnten sich kaum satt sehen an der Pracht: Das Kupferdach glänzte grün, und überall an den Wänden und um die Türen und Fenster herum waren kleine Figuren aus dem Fassadenstein gehauen. Sie schienen neugierig in die Welt zu schauen.

»Das ist der Nidaros-Dom«, sagte Sir Thomas und ging den Kindern voraus Richtung Kirche. »Ich hätte euch gern mehr von der Stadt gezeigt, aber ich fürchte, die Zeit läuft uns allmählich davon.«

Alak und Ilke schauten mit großen Augen umher.

»Was ist das alles?«, fragte Alak und zeigte auf die verschiedenen Grabsteine.

»Das sind Gedenksteine für verstorbene Menschen«, erklärte Sir Thomas. »Sie sind hier begraben.«

»Merkwürdig«, murmelte Alak. »In Aldra verbrennen wir die Toten und streuen ihre Asche über dem Ort aus, an dem sie geboren wurden.«

»Hier ist vieles merkwürdig«, sagte Sir Thomas und ging zielstrebig zu der hölzernen Luke neben dem Olavs-Portal. Mit einer schnellen Bewegung knackte er das Vorhängeschloss und drückte gegen die Luke. Mit einem klagenden Quietschen, das den Herzschlag der Kinder beschleunigte, gab das Holz nach.

»Spürst du, ob jemand dort drinnen ist?«, fragte Sir Thomas leise die neben ihm stehende Millian.

Sie konzentrierte sich, konnte jedoch niemanden in der Kirche hören. »Dort drinnen ist keiner«, sagte sie schließlich entschieden.

Sir Thomas atmete erleichtert auf. »Gut, dann lasst uns hineingehen!«, sagte er und ging den Kindern mutig voraus.

Es wurde stockfinster, als Sir Thomas die Luke wieder hinter ihnen schloss und sie eine steile Treppe hinunterstiegen.

Sir Thomas wies ihnen mit leiser Stimme den Weg durch die Dunkelheit. Nach einem längeren Marsch und einem Aufstieg über eine steile Treppe kamen sie an der großen Orgel unter dem Rosenfenster heraus.

Mit klopfendem Herzen horchten die Elfenkinder auf das Geräusch ihrer Schritte auf dem glatten Fußboden, das unüberhörbar von den Wänden widerhallte. Zaghaft sahen sie nach oben und erstarrten angesichts der ungeheuren Höhe des Raums.

Sir Thomas ging unterdessen weiter den Säulengang entlang und am Olavs-Portal und dem Kreuzaltar der Gedächtniskapelle im nördlichen Querschiff der Kirche vorbei. Unter der bunten Glasmalerei war ein Altar mit einer weißen Spitzendecke bedeckt, auf der Glasvasen mit gelborangefarbenen Blumen standen. In der Mitte des Altars stand eine Statue, die einen gekreuzigten Mann darstellte.

»Was ist das?«, fragte Alak Millian.

Millian warf einen gleichgültigen Blick auf den Altar und zuckte mit den Schultern.

»Hier gab es einmal eine Schule«, sagte sie schließlich. »Die Lehrer haben uns geschlagen, wenn wir unsere Aufgaben nicht gemacht hatten.«

»Und der Mann auf dem Altar?«

»Das war irgendein Lehrer«, antwortete Millian.

Weiter kam sie jedoch nicht, denn die drei Kinder beobachteten fasziniert, wie Sir Thomas vor dem Altar auf die Knie ging und drei der vergoldeten Messingreliefs an den Seiten löste. Alak und Ilke beugten sich nach vorn, um besser sehen zu können. Und tatsächlich: Hinter den Reliefs fanden sie ein zierlich geschnitztes Muster aus Meilenschrift.

»Das hier ist das Portal zur wirklichen Welt«, flüsterte Sir Thomas und ließ die Finger über die Meilenzeichen gleiten.

Er drehte sich zu Alak. »Und nun nimm das Auge des Parados und halte es vor dich!«

Alak grub hektisch in seinem Jackenfutter und holte den glühenden Kristall hervor. Sofort begann die Wand hinter dem Holztisch zu leuchten.

»Sir Thomas!«, rief Millian plötzlich panisch. »Torquemada ist auf dem Weg hierher!«

»Wo?«, fragte Sir Thomas besorgt.

Millian deutete auf den Vorhang, hinter dem sich die große Tür neben der Kapelle verbarg.

»Er steht direkt dahinter«, flüsterte sie.

In diesem Moment hörten sie auch schon, wie sich eine Tür öffnete und der schwere Vorhang zur Seite gezogen wurde. In dem Lichtstreifen, der durch die Türöffnung fiel, kam eine kräftige Gestalt zum Vorschein.

»Fasst euch an den Händen«, raunte Sir Thomas den Kindern zu. »Und sobald ihr seht, wie sich die Wand öffnet, geht ihr durch!«

»Ich habe dich so furchtbar lieb!«, rief Millian und klammerte sich an Sir Thomas.

Der umarmte sie zärtlich. »Geh jetzt, mein Kind!«, flüsterte er mit rauer Stimme.

»Millian!«, hörten sie Pater Torquemada rufen. Das Echo wurde zwischen den Wänden hin und her geworfen. Er kam direkt auf sie zugeschritten, ohne Eile und mit einem Lächeln auf den Lippen. Als er jedoch die leuchtende Wand sah, die sich direkt unter der Glasmalerei öffnete, stürzte Torquemada nach vorn, um die Kinder aufzuhalten. Seine eisenbeschlagenen Absätze knallten mit jedem Schritt auf dem Boden.

»Die Tür ist offen!«, rief Sir Thomas den Kindern zu. »Springt!«

Der rote Kristall leuchtete in Alaks Händen. Pater Torquemada sprang mit einer blitzschnellen Bewegung auf den Elfenjungen zu und verpasste ihm einen Faustschlag direkt über dem Ohr.

Alak ging mit einer solchen Wucht zu Boden, dass ihm das Auge des Parados aus der Hand glitt.

Lächelnd beugte sich Pater Torquemada herab und hob den Kristall auf.

»Das Auge des Parados«, sagte er mit einem versonnenen Lächeln. »Ich hätte nicht geglaubt, dass es so einfach sein würde, dich zu bekommen.«

»Du ahnst nicht, was du gerade getan hast«, sagte Sir Thomas ruhig.

Torquemada lachte laut und schrill. »Ich weiß genau, was ich getan habe«, höhnte er. »Die Kräfte haben sich wieder einmal verschoben – und dieses Mal haben die bösen Mächte die besseren Karten.«

»Um deiner selbst willen rate ich dir, Parados' Auge wieder an Alak zurückzugeben«, warnte Sir Thomas.

»Warum in aller Welt glaubst du, dass ich mir von dir raten lassen würde?«, höhnte Torquemada und sah Sir Thomas überheblich an. »Wenn du glaubst, du kannst es mir wieder wegnehmen, dann versuch es ruhig.«

»Brennt es dir nicht in der Hand?«, fragte Sir Thomas.

Pater Torquemada begann zu lachen. »Was glaubst du, brennt der Kristall wohl gut?«

Das Lachen blieb Torquemada jedoch im Hals stecken, als das Auge des Parados zu vibrieren begann und es hinter einem Rauchstreifen versank.

Die Kinder hielten den Atem an, als sich der Geruch von verbranntem Fleisch in der Kirche ausbreitete. Pater Torquemada fiel auf die Knie und brüllte vor Schmerz. Alle seine Versuche, den Kristall fallen zu lassen, waren vergebens – es sah aus, als ob das Auge des Parados mit seiner Hand verwachsen wäre.

Als Torquemadas Schreie immer heftiger wurden, ging Sir Thomas zu ihm, griff nach dem Kristall und nahm ihn an sich.

Der Pater betrachtete entgeistert seine verbrannte Hand und schüttelte immer wieder den Kopf.

Ein Husten ließ alle zusammenfahren: Alak kam wieder zu sich. Sofort eilte Sir Thomas zu ihm und kniete sich neben ihn – Pater Torquemada immer im Blick.

»Ihr müsst jetzt los!«, sagte Sir Thomas, an

die Kinder gewandt. »Ich bin nämlich an Versprechen gebunden, die ich halten muss. Und auf keinen Fall darf ich Scherpa glauben lassen, dass ich versuche, die Ereignisse zu steuern.«

Er reichte Alak das Auge des Parados. Doch sosehr sich der Elfenjunge auch bemühte, den Kristall festzuhalten – er fiel ihm erneut aus der Hand.

Sir Thomas schaute ihn aufmerksam an, während er Alak leicht über die Schläfen strich. Dann drehte er sich zu Torquemada um, der immer noch vor Schmerz ächzte.

»Der Junge hat eine Schädelverletzung und innere Blutungen«, sagte er und näherte sich dem Pater mit erbostem Blick.

Torquemada kroch an der Wand in sich zusammen.

»Wenn die Kinder nicht hier wären, würde ich dich zerschmettern!«, zischte Sir Thomas. »Damit du für all das bezahlst, was du angerichtet hast. Doch mein Zorn ist nicht genug Strafe für dich, deine Zeit wird schon noch kommen!«

Torquemada schloss die Augen und versuchte, sich mit dem Armen über dem Kopf zu schützen. »Bist du König Weha?«, stotterte er unsicher.

Sir Thomas zitterte vor Wut und ballte die Fäuste. Dann atmete er tief ein und aus, bevor er zu Alak zurückging.

Sir Thomas hockte sich vor ihn hin und nahm den Kopf des verletzten Elfenjungen in beide Hände. Dann schloss er die Augen und konzentrierte sich, worauf Alaks Augen zu rollen begannen und er stöhnend die Zähne zusammenbiss.

Als Sir Thomas Alak losließ und sich erhob, blickte er in zwei Paar verschreckte Mädchenaugen.

»Ist alles in Ordnung mit Alak?«, fragte Millian vorsichtig.

Sir Thomas nickte. »Jetzt geht es ihm wieder gut. Als Nächstes werde ich deinen Onkel aufhalten, bis ihr sicher auf der anderen Seite seid.«

Ein Blick zu Pater Torquemada hinüber, der sich schwankend an der Wand hochzog, bestätigte ihm, dass Eile geboten war.

Ilke reagierte sofort. Schnell hängte sie sich Alaks Tasche über die Schulter und half ihrem Bruder auf die Beine. Er war immer noch benommen, und ihm war schwindlig.

Sir Thomas hielt das Auge des Parados in die Höhe, und schon wurde die Öffnung in der Wand wieder sichtbar.

Die Mädchen nickten ihm ein letztes Mal zu, nahmen Alak in ihre Mitte und verschwanden hinter der Öffnung in der Wand.

Sir Thomas seufzte, packte den Kristall in seine Tasche und drehte sich dann um. Torquemada war verschwunden.

Langsam ging Sir Thomas zu dem kleinen Tisch mit der Damastdecke.

»Ich hoffe, ich habe das Richtige getan«, sagte er zu sich selbst.

Eine Bedrohung

Pater Torquemada stand zitternd und außer Atem in seinem Turmzimmer. Die verletzte Hand hatte er notdürftig mit Stofffetzen umwickelt, gegen den Gestank von verbranntem Fleisch und den pochenden Schmerz wirkte der Verband jedoch nicht.

Nachdem er ihm eine Gedankennachricht geschickt hatte, wartete Pater Torquemada nun ungeduldig darauf, dass Scherpa Kontakt zu ihm aufnahm.

Unruhig blickte er auf die Tür, die er abgeschlossen und zusätzlich noch verbarrikadiert hatte. Viel Zeit würde ihm nicht bleiben: König Weha war so auf die Kinder konzentriert gewesen, dass er nicht bemerkt hatte, wie er verschwunden war. Doch lange würde es nicht dauern, bis er nach ihm suchen würde.

Endlich leuchteten die Meilenzeichen an der Wand auf. Torquemada atmete erleichtert auf: Scherpa meldete sich. Der große Zauberer würde ihm helfen.

Nach und nach schien sich die Wand aufzulösen, und Torquemada konnte in Scherpas Turmzimmer blicken.

»Du hast nach mir gerufen«, sagte Scherpa statt einer Begrüßung.

»Meister!«, sagte Pater Torquemada demütig und blickte zu Boden. »Ich habe unschöne Neuigkeiten: König Weha ist hier.«

»Ja?«, sagte Scherpa mit rostiger, erwartungsvoller Stimme.

Torquemada entfernte den Verband von seiner verletzten Hand und hielt sie Scherpa hin.

»Er hatte einen funkelnden roten Kristall – und mit diesem hat er drei Kinder durch ein leuchtendes Portal geschickt … Ich habe versucht, ihnen den Stein abzunehmen – aber der Kristall muss magische Kräfte haben – er hat mir die Hände verbrannt, als ich ihn zu fassen bekam.«

Scherpa schwieg einen Augenblick. »Sei froh, dass du noch am Leben bist«, sagte er dann.

In diesem Moment wurde die Türklinke von außen heruntergedrückt.

»Das ist er!«, rief Pater Torquemada panisch. »Das ist König Weha! Was soll ich tun?«

»Nichts«, sagte Scherpa trocken. »Du kannst nichts tun. Wenn er sich entschieden hat, dich zu töten, bist du quasi schon tot. Du kannst also nur hoffen, mehr bleibt dir nicht.«

Das Geräusch von splitterndem Holz und

sich verbiegendem Metall, das erklang, als König Weha die Tür einschlug, verlieh Scherpas Worten noch mehr Nachdruck.

Pater Torquemada wich zitternd zurück in Richtung Wand. König Weha warf ihm einen scharfen Blick zu, bevor er sich Scherpa zuwandte. Er lächelte den alten Zauberer matt an.

»Du bist also dabei, die drei Türme, die ich verschlossen habe, zu öffnen!«, sagte er.

Scherpas Lachen war kurz und trocken. »Das ist so lange her, Weha! Die Zeiten haben sich geändert!«

König Weha machte ein paar Schritte auf Scherpa zu.

»Stopp!«, warnte der alte Zauberer. »Muss ich dich daran erinnern, dass du an ein Gelöbnis gebunden bist? Damals hast du geschworen, dass du dich mir nie so weit näherst, dass du meine Gedanken lesen oder Hand an mich legen kannst? Du bist mir schon viel zu nahe gekommen!«

»Soso?«, fragte Weha ruhig. »War es nicht eher anders herum? *Ich* habe mein Gelöbnis gehalten, mich dir nicht zu nähern. Aber du hast die Grenze überschritten! Du hast mein Territorium betreten!«

Scherpa schwieg. Er dachte nach.

Schließlich lächelte er. »Brich dein Gelöbnis, und du wirst sehen, wer von uns beiden recht hat!«, bot er König Weha an.

Ein Silberkästchen, das in einem Bücherregal neben der Tür stand, begann zu vibrieren, und das leuchtende Bild eines Herzens materialisierte sich in Scherpas Händen. Siegessicher blickte er König Weha an – und war enttäuscht, dass der König offensichtlich keine Angst hatte. Im Gegenteil: Weha trat mutig noch einen Schritt auf den Zauberer zu.

Scherpa stieß einen Schrei aus und fiel über die Armlehne auf den Boden. Dort blieb er liegen und wimmerte.

»Denk dran, dass du an dein eigenes Gelöbnis gebunden bist, Scherpa!«, sagte Weha leise und wandte sich dann Pater Torquemada zu.

»Ich warne dich, Priester«, drohte er. »Wenn du noch einmal die Hand gegen einen der Meinen erhebst, komme ich und zerstöre dich!«

Pater Torquemada antwortete nicht, denn er kämpfte gegen ein ganz anderes Gefühl als das der Erleichterung, dass Weha ihn am Leben ließ: Er war wütend auf den König, der ihn vor Scherpa erniedrigt hatte. Und er sann auf Rache. Nur so konnte er mit der Furcht und der Erniedrigung leben.

»Er hat mein Leben geschont!«, sagte Torquemada zu Scherpa, als König Weha gegangen und seine Schritte im Kirchenschiff verhallt waren.

»Mit Glück hat das nicht viel zu tun!«, sagte Scherpa und atmete schwer. »Er hat uns alle beide erniedrigt – und wenigstens für mich ist das schlimmer als der Tod. Niemand, der mir so etwas antut, kommt mit dem Leben davon!«

Scherpa hielt einen Augenblick inne und schaute Torquemada in die Augen.

»Oh, und vergiss eines nicht: Wenn ich es für richtig befinde, dann töte ich auch die, die gesehen haben, wie ich erniedrigt worden bin«, krächzte er heiser.

Nach einer kurzen Pause sah der große Zauberer den Pater ernst an. »In der Welt, in der du gefangen bist, sagt man, dass Blut dicker ist als Wasser. War eines der drei Kinder, die König Weha durch das Portal schickte, deine Nichte Millian?«

Torquemada nickte grimmig.

»Mach dir um sie keine Sorgen mehr! Sie ist jetzt in meiner Welt, ich werde mich ihrer fürsorglich annehmen«, sagte Scherpa.

»Gut!«, sagte Pater Torquemada. »Danke.«

Der Zauberer Scherpa lachte, als er sich aus Torquemadas Welt verabschiedete. Die Wand begann zu flimmern, und das Turmzimmer verblasste langsam vor Torquemadas Augen.

Aldra

Wieder zurück

Die Kinder hielten sich noch immer an den Händen, als sie in San-Alabar in das Turmzimmer hineinstolperten. Kaum waren sie sicher gelandet, schloss sich das Portal hinter ihnen.

Millian und Ilke legten Alak vorsichtig auf den Boden. Er atmete ruhig und hatte wieder eine normale Gesichtsfarbe.

»Alak, hörst du mich?«, fragte Ilke und strich ihrem Bruder das Haar zur Seite, das ihm ins Gesicht gefallen war.

Er öffnete die Augen und lächelte Ilke matt an. »Was für eine frische, eisblaue Gesichtsfarbe du wieder hast«, sagte Alak mit einem kleinen Lächeln.

Ilke spürte, wie ihr Herz einen Sprung machte und ein warmes Gefühl ihren ganzen Körper durchströmte.

»König Weha hat dich gesund gemacht«, sagte Millian und ging neben Ilke auf die Knie.

»Ich darf nicht vergessen, ihm zu danken, wenn ich ihn wiedersehe«, murmelte Alak und ließ sich von Ilke und Millian beim Aufsetzen helfen.

»Hier ist jemand Amok gelaufen«, sagte Alak, als er sich umsah. Das Zimmer zeigte deutliche Spuren eines wilden Kampfes.

Ilke folgte seinem Blick. Sie war so um ihren Bruder besorgt gewesen, dass sie dem verwüsteten Turmzimmer bislang noch keine Beachtung geschenkt hatte.

»Ob König Weha das gemeint hat, als er sagte, dass wir uns um Tarkan keine Sorgen zu machen brauchen?«, fragte sie.

»Wo habe ich das Auge des Parados gelassen?«, murmelte Alak und begann fieberhaft in der Umhängetasche zu suchen, die Ilke auf dem Boden abgelegt hatte. Er fand jedoch nur das Teikhoskop und das Buch der Prophezeiungen.

Millian und Ilke schauten einander an.

»König Weha hatte es in der Hand, als wir dich durch das Portal geschleppt haben«, sagte Millian. »Er hat den Kristall für uns gehalten, weil wir beide Hände für dich brauchten.«

»Aber König Weha hat doch gesagt, dass wir nach Murem gehen und ihn der Mutter der Drachen geben sollen!«, sagte Alak verzweifelt.

»Wahrscheinlich geht König Weha jetzt eben selbst«, tröstete Ilke ihren Bruder.

Alak erhob sich und ging zur Tür.

Millian und Ilke hasteten ihm hinterher.

»Woher weißt du, dass wir auf diesem Weg hier herauskommen?«, fragte Ilke.

»König Weha hat mir gesagt, dass ich immer meiner inneren Stimme folgen soll«, erklärte Alak und ging unbeirrt weiter. »Außerdem kann man auch ganz leicht so draufkommen: In jedem Stockwerk sind es sicher zehn Meter bis zur Decke. Und wenn man keine Flügel hat, ist man vermutlich auf eine Tür am Fuß des Turms angewiesen.«

Ilke wurde rot – was Alak da sagte, war so offensichtlich, dass sie sich ziemlich dumm fühlte, weil sie nicht selbst darauf gekommen war.

»Ich finde, wir sollten nach Murem gehen, mit oder ohne dem Auge des Parados«, wechselte Alak das Thema. »Immerhin ändern sich Sitten und Gebräuche alle paar Tage … nicht aber die Herzen der Menschen.«

»Was meinst du damit?« Ilke schaute Alak verwundert an.

»Das steht in dem Buch, das ich von König Weha bekommen habe«, sagte Alak und nahm das Buch über König Artus aus der Tasche. Er musste nicht lange suchen, bis er die Textstelle gefunden hatte. »Das bedeutet, dass unsere Herzensregungen immer gleich bleiben – auch wenn sich die Zeiten und Umstände ändern«, erklärte er. »Und wenn König Weha sagt, dass wir nach Murem gehen sollen, um der Mutter der Drachen den Kristall zu geben, dann gilt das noch immer.«

Ilke sagte nichts. Sie wusste, dass es nichts nutzte, Alak zu widersprechen, wenn er so überzeugt von einer Sache war. Außerdem hatte er sicher recht: König Weha hatte diesen Satz über die Herzen der Menschen wohl nicht ohne Grund geschrieben.

Licht fiel durch eine offene Tür, als sie ins Erdgeschoss gelangten. Millian ging hinaus und stand staunend vor dem Turm, in dem sie gelandet waren. Er war so hoch, dass er in den Wolken verschwand.

»Dieser Turm ist so hoch, dass ich es gar nicht glauben kann!«, sagte sie, als Alak und Ilke zu ihr ins Freie traten.

»Letztes Mal bin ich von dort oben hineingelangt«, sagte Alak und zeigte nach oben.

Millian grinste.

»Durch das Dach?«, fragte sie ungläubig.

»Ja«, antwortete der Elfenjunge ernst. »Ein Adler hat mich hinaufgetragen.«

»Das ist ja wohl ein Scherz!«, sagte Millian.

Ilke schüttelte den Kopf. »Alak kann mit Tieren sprechen!«, sagte sie und versuchte, nicht zu zeigen, wie stolz sie auf den Bruder war.

Millian sagte nichts mehr, sondern starrte nur in den Himmel, wo der Turm in den Wolken verschwand.

Alak sah sich indessen um. Im Sand entdeckte er einige feuchte Flecken. Neugierig beugte sich der Elfenjunge hinab.

»Blut!«, sagte er schließlich.

»Blut? Von wem?«, fragte Ilke.

»Das weiß ich nicht, aber es sieht so aus, als hätte hier ein Kampf stattgefunden.«

»Glaubst du, das war König Weha?«, fragte Millian.

Alak schüttelte den Kopf. »Es sei denn, er hatte ein kleines Heer dabei«, sagte er nachdenklich.

»Und was machen wir jetzt?«, fragte Ilke, die so schnell wie möglich weg von diesem Ort wollte.

Alak schaute in den Himmel und überprüfte den Sonnenstand. »Es ist immer noch früh am Tag«, sagte er dann. »Ich schlage vor, wir gehen gen Norden, durch den Gebirgspass. Wenn mich nicht alles täuscht, führt er uns direkt zum Greschih-Pass.«

Schweigend nickten die Mädchen und folgten dem Elfenjungen.

Millian verschlang alles, was sie sah, mit den Augen. Es gab so vieles neu zu entdecken: Pflanzen, Farben. Allein das Gefühl, in einer anderen Welt zu sein, faszinierte sie und kribbelte im ganzen Körper. Nun wurde ihr auch klar, wie sich Alak und Ilke gefühlt haben mochten, als sie sich in ihrer Welt zurechtzufinden versucht hatten.

»Ich frage mich, wo Arul und Scha-Ra sind«, sagte Ilke nach einer Weile.

»Das wüsste ich auch gern«, sagte Alak.

»Kannst du das nicht mit dem Teikhoskop herausfinden?«, erkundigte sich Ilke.

Alak zuckte die Schultern. »Versuchen wir es«, murmelte er, zog es hervor und wischte den Staub ab. Dann hielt er es vor sich und dachte intensiv an Scha-Ra. Das blaue Licht des Teikhoskops bebte im kühlen Wind und formte sich schließlich zu einem Pfeil, der gen Norden zeigte.

Der Elfenjunge lächelte seine Schwester an. Vor sich sah er die letzten Tage, die sie zusammen mit Scha-Ra und Arul verbracht hatten, bevor sie zur Parsihn-Ebene und nach Ras-Malam gezogen waren. Dann veränderte der Pfeil seine Gestalt und wurde zu einer Gebirgskette.

Alak war verwirrt.

»Jetzt reagiert es so wie damals, als wir nach den Drachenrittern gesucht haben«, sagte er ratlos und starrte in das Glas.

»Woran hast du gerade gedacht?«, fragte Ilke.

»An Scha-Ra«, sagte er leise – und in diesem Moment veränderte sich das Licht erneut: Es begann zu blinken, und die Umrisse einer gebeugten Gestalt sowie von berittenen Soldaten zu Pferde und eines Ochsenkarrens tauchten auf.

»König Weha hat doch erzählt, dass Scha-Ra und Arul mit einem Ochsenkarren unterwegs seien. Erinnerst du dich?«, fragte Ilke eifrig und riss Alak das Teikhoskop aus der Hand.

Sie hielt es vor sich und dachte konzentriert an Scha-Ra und Arul, doch das Teikhoskop reagierte nicht. Auch die anderen Male, die Ilke es versuchte, passierte gar nichts. Mit versteinerter Miene und sichtlich beleidigt gab sie das Teikhoskop an ihren Bruder zurück.

»Typisch!«, murmelte sie.

»Was ist typisch?«, fragte Millian, die das Ganze neugierig beobachtet hatte.

»Typisch ist, dass es nie funktioniert, wenn ich auch einmal etwas Spannendes ausprobieren möchte!«, nörgelte Ilke.

»Vielleicht ist die Batterie leer?«, gab Millian zu bedenken.

»Die Batterie?«, fragten Alak und Ilke.

»Ach, vergesst es!«, sagte Millian. »Die Dinger benutzen wir in der anderen Welt – aber sie sind dauernd leer.«

»Leer?« Alak und Ilke verstanden nicht, wovon Millian redete, und schüttelten ratlos die Köpfe.

»Schau mal, ob du Melka finden kannst!«, wechselte Ilke schließlich das Thema und wandte sich eifrig an ihren Bruder.

»Ich muss doch zuerst das Schwert finden«, wandte Alak ein.

»Das Gute ist, dass Scha-Ra und Arul in dieselbe Richtung reisen wie wir«, sagte Ilke. »Vielleicht finden wir sie ja auf der Suche nach dem Schwert!«

Alak wurde still. »Das wäre schön. Ich spüre nämlich, dass es eine zu große Aufgabe für mich ist, die *Phenomena* allein zu hüten. Die Verantwortung ist für einen Jungen einfach zu groß.«

»Aber du bist ja gar nicht allein«, zwitscherte Millian.

»Selbst wenn wir alle unser Bestes geben, können wir das Buch nicht halb so gut hüten wie Scha-Ra«, sagte Alak resigniert.

Alak ging den Mädchen voraus. Er schritt beherzt aus, und als die Sonne unterging, konnten sie zum ersten Mal das Ende der Gebirgskette sehen.

Ein Seufzer der Erleichterung entfuhr ihnen. Das wogende Gras und die bunten Blumen zu ihren Füßen waren nach all dem Sand ein angenehmer Anblick. Fröhlich gingen sie weiter, und bald reichte ihnen das Gras bis zu den Hüften. Der hindurchstreifende Wind ließ es aussehen wie grüne Wellen.

Am begeistertsten war Millian, die sich an all den Farben um sie herum nicht satt sehen konnte. Immer wieder blieb sie stehen, um etwas vom Boden aufzuheben, und wenn sie keine Schätze sammelte, rannte sie ohne Vorwarnung in die wogenden Wiesen und warf sich jubelnd ins Gras.

Alak ließ das Teikhoskop während des gesamten Marsches nicht aus den Augen: Es musste doch einen Schlüssel geben, um es zu verstehen! Eines hatte er auf jeden Fall schon einmal verstanden: Er durfte nicht zu viele Fragen auf einmal stellen. Damit erschöpften sich seine Erkenntnisse jedoch: Sooft der Elfenjunge es auch drehte und wendete – er wurde einfach nicht klug daraus.

Alaks Grübeleien wurden jäh unterbrochen, als aus dem Gras eine unheimliche Gestalt auftauchte und sich ihnen aus heiterem Himmel entgegenwarf. Alak sah noch eine Reihe weißer, scharfer Zähne – dann bekam er einen gewaltigen Schlag gegen den Kopf. Das Teikhoskop glitt ihm bei dem Aufprall aus den Händen.

»Ein Nurqu!«, schrie Ilke panisch.

Millian blinzelte mit den Augen. »Ein was …?«

Doch für Erklärungen blieb keine Zeit: Der Nurqu fauchte die Mädchen an und entblößte dabei seine furchterregend scharfen Zähne.

Millian und Ilke reagierten fast gleichzeitig: Das Elfenmädchen schleuderte dem Nurqu Frost aus ihrer ausgestreckten Hand entgegen, während Millian sich nach vorn warf und den Nurqu mit dem Fuß direkt unter dem Flügelknochen traf. Es knirschte, und als die Frostwelle den Nurqu an der Seite traf, brachte sie ihn zu Fall.

Millian drehte sich zu Ilke um. Eine dünne Schicht Reif bedeckte Gesicht und Oberkörper, und in ihren Haaren hingen Eiszapfen, die in der Sonne glitzerten.

»Irre!«, sagte Millian und schnappte nach Luft. Ihr Blick war glasig.

Ilke war immer noch erschrocken. Sie hatte

so schnell reagieren müssen, um gegen den Nurqu eine Chance zu haben, dass sie nicht gesehen hatte, wie Millian sich nach vorn geworfen hatte und zwischen sie und den Nurqu gekommen war.

Was nun allerdings passierte, war noch viel schlimmer als die Frostwelle, die Millian getroffen hatte: Der verletzte Nurqu erhob sich hinter Millian und machte sich zum Angriff bereit. Es gelang Millian gerade noch, sich zur Seite zu werfen. Damit entging sie den messerscharfen Zähnen um Haaresbreite – den Stoß, der sie in die Seite traf, konnte Millian jedoch nicht abfangen: Sie wurde hochgeschleudert und segelte in hohem Bogen durch die Luft, bevor sie auf den Boden aufprallte und auf dem Rücken liegen blieb.

Das Letzte, was Millian wahrnahm, war das Geräusch von durch die Luft sausenden Pfeilen, lauten Rufen und Schwerterklirren. Dann wurde es ihr schwarz vor Augen.

Ilke fuhr zusammen, als eine bekannte Stimme nach ihr rief. Sie drehte sich um und sah, wie Melka auf sie zurannte und der Nurqu neben ihrem Freund gleichzeitig zu Boden fiel.

Der Junge hob Ilke begeistert hoch und wirbelte sie durch die Luft.

Mit Freudentränen in den Augen sah Ilke, wie sich Ponjak elegant vom Rücken eines riesigen Wolfes herunterschwang. Er zog Ilke freundlich an den Haaren, nachdem Melka sie abgesetzt hatte.

»Scha-Ra hat uns erzählt, dass ihr verschwunden wärt«, sagte Ponjak.

Ilke konnte vor lauter Weinen nicht antworten.

»Ist Alak bei dir?«, fragte Melka vorsichtig.

Ponjak nickte in Richtung einiger Wolfsritter, die Alak gerade vom Boden aufhoben. Er hing bewusstlos in ihren Armen. Sie legten ihn vorsichtig über den Rücken eines Wolfes.

Ponjak hob Ilke hoch. »Kommt, Mädchen, lasst uns von hier verschwinden!«, sagte er. »Und bevor ihr uns alles erzählt, was ihr erlebt habt, ruht ihr euch erst ein wenig aus.«

Nachdem das Wolfsrudel mit seinen Reitern durch das hohe Gras verschwunden war, zeugte nur noch der sterbende Nurqu von dem Kampf, der hier gerade stattgefunden hatte. Wer aber gekämpft hatte, verriet das Teikhoskop, das vergessen in der Wiese lag und im Sonnenschein glitzerte.

Die Wolfsritter

Alak erwachte von seinem eigenen Schrei, setzte sich auf und schaute verwirrt um sich. Die Schatten, die auf dem groben Stoff herumtanzten, sagten ihm, dass er in einem Zelt lag.

Eine fremde Frau saß neben ihm. Sie strich dem Jungen vorsichtig über die Stirn, bat ihn, sich wieder hinzulegen, und deckte Alak dann vorsichtig zu.

Dieser blinzelte teilnahmslos um sich und versuchte sich daran zu erinnern, was genau geschehen war. Allerdings verwirrte ihn seine Erinnerung mehr, als dass sie ihm half, sich zurechtzufinden.

»Wo bin ich?«, flüsterte er.

»Du bist in guten Händen!«, antwortete die Frau und legte ihm einen kalten Lappen auf die Stirn.

Nun wurde auch die Zeltleinwand zu Alaks Rechten zur Seite gezogen – Ilke und Millian guckten neugierig zu ihm herein.

»Bist du endlich wach?«, fragte Ilke fröhlich.

Alak lächelte angestrengt. Seine Schwester hatte gute Laune.

Die Frau erhob sich. »Dann kommt eben

herein!«, sagte sie und griff nach ihren Umhängen. »Aber ihr dürft Alak noch nicht zu sehr anstrengen! Er braucht Ruhe!«

Dann lächelte sie den Elfenjungen an und ging hinaus.

Ilke und Millian setzten sich links und rechts neben Alak und sahen ihn gleichzeitig erwartungsvoll und glücklich an.

»Der Nurqu hat dich schwer verletzt«, begann Millian ihren Bericht. »Zuerst sah es ja noch gar nicht so schlimm aus, aber dann …«

Ilke knuffte Alak vorsichtig in die Seite.

»Wir haben schon Schlimmeres durchgemacht«, sagte sie optimistisch. »Komm schon, fang gar nicht erst an zu jammern. Morgen früh bist du wieder wie neu.«

»Was ist passiert? Wo sind wir?«, fragte Alak.

»Wir sind von einem verletzten Nurqu angefallen worden«, erzählte Ilke. »Aber Melka und Ponjak haben uns gerettet!«

»Melka und Ponjak?«, fragte Alak überrascht.

Seine Schwester nickte. »Ja, wir sind jetzt bei den Wolfsrittern, in einem Dorf namens Chanihsa.«

»Oh, und hier ist alles unglaublich spannend!«, berichtete Millian begeistert. »Hier reitet man auf Wölfen, die genauso groß sind wie … Pferde.«

»Na ja, du übertreibst ein bisschen!«, tadelte Ilke und grinste ihre Freundin fröhlich an.

»Auf jeden Fall reitet man hier auf Wölfen«, sagte Millian zufrieden.

»Du findest doch immer, dass ich nicht still sitzen kann, oder?«, sagte Ilke zu Alak. »Aber dann solltest du erst mal sehen, wie Millian hier herumrennt!«

Alak versuchte zu lachen, brachte aber nur eine merkwürdige Grimasse zustande.

»Melka und Ponjak haben Scha-Ra getroffen«, berichtete Ilke ihm weiter.

Mit einem Schlag war Alak hellwach. »Wie schön!«, rief er. »Aber jetzt sag schon: Geht es ihnen gut? Wo sind sie?«

»Na ja, eigentlich weiß ich nicht viel mehr als das, was ich dir gerade erzählt habe. Irgendwie sind sie mir alle ausgewichen, als ich näher nachgefragt habe«, sagte Ilke nachdenklich. »Auf jeden Fall begleiten uns Melka und Ponjak morgen; sie wollen uns helfen, die beiden zu finden.«

»Das können wir nicht machen!«, sagte Alak leise.

»Was meinst du? Wollen wir Scha-Ra und Arul nicht folgen?«

»Nein!«, sagte Alak und schüttelte bestimmt den Kopf. »König Weha hat gesagt, dass ich zuerst das Schwert finden soll, bevor ich irgendetwas anderes mache. Außerdem werden wir Scha-Ra und Arul nicht treffen, bevor die Zeit nicht reif dazu ist. Nicht, bevor ich das Schwert gefunden habe!«

Ilke runzelte die Stirn und schaute ihren Bruder gereizt an. »Für mich wäre es durchaus in Ordnung, sie zu finden, bevor du dein Schwert hast«, sagte sie spitz.

»War Azur bei ihnen?«, fragte Alak.

»Davon haben sie nichts gesagt«, seufzte Ilke niedergeschlagen.

Alak wollte noch mehr fragen, doch er spürte, wie er langsam immer müder wurde. Sosehr er auch mit den Augen blinzelte – er tauchte unweigerlich zurück in die Ohnmacht und in einen weichen und warmen Traum. In diesem Traum war er bei Scha-Ra und Arul; und gemeinsam mit Scha-Ra ging er das Schwert holen, das tief im Inneren des Merwihl-Gebirges lag und auf ihn wartete.

Am nächsten Morgen erwachte Alak von den ersten Sonnenstrahlen und dem angenehm kühlen Wind, der durch den Zelteingang hereingeweht kam. Er setzte sich auf und versuchte, sich zu orientieren. Eine wohlbekannte Stimme ließ ihn aufblicken.

»Guten Morgen!«, sagte Melka und schaute herein.

»Melka!«, rief Alak und rappelte sich, so schnell er konnte, auf. Dann stürzte er hinaus und warf sich Melka begeistert um den Hals.

Der Wolfsritter lachte und hob ihn hoch.

»Lass dich anschauen!«, sagte er dann und setzte Alak ab, um ihn kritisch zu mustern. »Du siehst besser aus als gestern«, sagte Melka nach einer eingehenden Betrachtung erleichtert.

Alak spürte eine Hand auf der Schulter und drehte sich um.

»Ponjak!«

»Gut, dass du dich an mich erinnerst!«, sagte Ponjak und drückte den Elfenjungen an sich. »Sonst hätte ich dich den Wölfen zum Fraß vorwerfen müssen!«

Alle begannen zu lachen, wovon Ilke und Millian im Nachbarzelt erwachten und neugierig aus der Zeltöffnung blinzelten.

»Seid ihr bereit, Scha-Ras Spur zu folgen?«, fragte Melka, als sie angelaufen kamen.

Die Mädchen gähnten und nickten gleichzeitig.

»Das geht nicht«, wich Alak aus.

Ponjak und Melka schauten einander verständnislos an.

»Ich verstehe nicht ganz, was du meinst, Alak!«, sagte Melka schließlich.

»Er meint gar nichts«, antwortete Ilke kurz angebunden.

»Hat es etwas mit der Prophezeiung zu tun, von der Scha-Ra gesprochen hat?«, fragte Ponjak.

»Ja!«, antwortete Alak. »Ich soll zuallererst ein sprechendes Schwert finden, das im Merwihl-Gebirge begraben ist.«

»Als ich klein war, habe ich die Geschichten über Gurim gehört, den steinernen Riesen, der das Schwert bewacht, das König Weha damals ins Merwihl-Gebirge gebracht hat.«

»Das ist das Schwert!«, nickte Alak.

Ponjaks Augen wurden dunkel.

»Was ist?«, fragte Melka.

»Ach, es sind nur alte Geschichten!«, murmelte Ponjak.

Als Alak fertig angezogen aus dem Zelt kam, stand ihm die Verzweiflung ins Gesicht geschrieben.

»Das Teikhoskop ist weg!«, sagte er. »Ich kann es nirgends finden!«

»Bist du sicher, dass es nicht einfach nur

aus der Tasche gefallen ist und irgendwo im Zelt liegt?«, fragte Millian.

Der Elfenjunge schüttelte den Kopf. »Nein, ich habe das ganze Zelt umgekrempelt. Es ist einfach nicht mehr da.«

»Du hattest es noch, als uns der Nurqu angegriffen hat«, sagte Ilke. »Du musst es verloren haben, als er dich verwundet hat.«

»Ich muss es finden! Ich habe Climacüss versprochen, dass ich gut darauf aufpasse, bis er zurückkommt.«

»Melka und Ponjak helfen uns beim Suchen«, beruhigte Ilke ihn. »Sie kommen bald.«

»Wenn es nur nicht weg oder zerbrochen ist«, sagte Alak leise. Dabei hätte alles so schön sein können: Die Sonne färbte das Gebirge um sie herum in allen Schattierungen von Weiß bis Orange, von den weiß gekalkten Steinhäusern flatterten fröhlich Wimpel mit verschiedenen Wolfsmotiven im Wind, und die Luft roch nach Gewürzen und Erde.

»Ich habe Hunger«, sagte Millian.

»Ponjak und Melka haben sicher etwas für uns«, erwiderte Ilke und wischte sich mit dem Handrücken den Schlaf aus den Augen.

Langsam erwachte die Siedlung zum Leben: Fensterläden wurden geöffnet, und die ersten Frühaufsteher traten auf die Straße hinaus, um Wäsche aufzuhängen oder ihren kleinen Laden zu öffnen. Auf einer Rasenebene in der Nähe trafen sich ein paar Kinder, um Fußball zu spielen.

»Wollen wir zu den anderen spielen gehen?«, fragte Millian und zeigte auf die Kinder.

»Ponjak hat gesagt, dass wir hier warten sollen«, sagte Ilke und gähnte.

»Glaubst du, wir finden Scha-Ra und Arul heute?«, fragte Alak.

Ilke zuckte die Schultern. »Die beiden haben ungefähr einen Tag Vorsprung, aber so sehr weit können sie nicht gekommen sein«, sagte sie.

Endlich kamen Melka und Ponjak zurück. Sie führten fünf schwarze Wölfe an der Leine.

Alak lief ihnen entgegen.

»Ich habe mein Teikhoskop verloren«, rief er aufgeregt. »Wahrscheinlich dort, wo uns der Nurqu gestern angegriffen hat!«

»Dein was?«, fragte Melka.

Alak versuchte zu erklären, was ein Teikhoskop war und wie es genau aussah, doch es schien nicht so, dass Melka und Ponjak verstanden, wovon er sprach.

»Und du sagst, dass dieses Ding einem Drachenritter gehört?«, sagte Ponjak.

»Ja«, nickte Alak. »Einem Drachenritter namens Climacüss.«

»Dann gehen wir zurück und suchen es«, beschloss Ponjak. »Aber ich fürchte, wir haben nicht viel Zeit. Wir sollten aus dem Greschih-Pass heraus sein, bevor die Sonne zu hoch am Himmel steht. Für die Wölfe wird es schnell zu warm in der Wüste.«

»Sollen wir sie reiten?«, wunderte sich Alak.

»O ja«, jubelte Millian. »Wir haben es gestern Abend schon ausprobiert, und es war unglaublich toll. Die Tiere sind einfach faszinierend! Aber sie können auch ziemlich gefährlich sein. Es sind Raubtiere, und du musst ihnen zeigen, wer das Sagen hat, habe ich gelernt.«

»Millian hat das ziemlich gut hingekriegt«, erzählte Ilke ihrem Bruder.

»Besser als du?«, lächelte Alak.

»Fast«, antwortete sie und grinste breit zurück.

Melka und Ponjak reichten ihnen die Zügel.

»Ihr erinnert euch daran, was ihr gestern gelernt habt, Mädels?«, fragte Melka zur Sicherheit noch einmal, als die Mädchen auf die Rücken der Wölfe kletterten. Als diese einträchtig nickten, wandte er sich an Alak.

»Es ist nicht schwer, sie zu reiten«, erklärte er dem Elfenjungen. »Solange du der Chef bist, gehorchen sie dir. Du darfst ihnen bloß nicht in die Augen starren, sonst werden sie unsicher.«

Der Wolf zuckte zusammen, als Alak die Zügel ergriff. Skeptisch beobachtete er Alak mit seinen gelben, funkelnden Augen und fletschte die Zähne.

Als Alak ihn besteigen wollte, sprang das Tier mit einem Satz zur Seite und schnappte nach ihm. Ponjak rannte hin und schlug ihm mit der Hand auf die Schnauze.

»Du musst ihnen zeigen, wer das Sagen hat, Alak!«, sagte er eindringlich. »Und wer sollte das besser können als du? Ich erinnere mich noch ganz genau, dass du ein besonderes Händchen für Tiere hast, deshalb habe ich dir den wildesten aus dem Rudel gegeben. Also komm, versuch's noch einmal!«

Alak nickte und schaute dem Wolf dann direkt in die Augen. Sofort begann das Tier zu knurren.

»Was machst du da, Alak?«, fragte Ponjak unruhig. »Ich habe doch gesagt, dass du einem Wolf nie in die Augen starren darfst.«

»Ich weiß schon, was ich tue«, sagte Alak leise.

Der Wolf und der Elfenjunge starrten sich eine ganze Weile lang in die Augen, bevor das Raubtier dann den Kopf senkte und sich zu Alaks Füßen auf den Rücken legte.

Alak lächelte, ging in die Hocke und drückte sein Gesicht in das weiche schwarze Fell, während er dem Wolf liebevoll über den Bauch streichelte.

»Was soll man dazu sagen?«, raunte Ponjak den Mädchen zu. »Ich habe noch nie in meinem Leben jemanden mit einem ausgewachsenen Wolf kuscheln gesehen.«

»Das habe ich dir gestern doch schon gesagt«, triumphierte Ilke, »Alak versteht die Sprache der Tiere. Aber du hast mich ja nur ausgelacht.«

Ponjak warf Alak einen kurzen Blick zu. »Ich habe wirklich nicht geglaubt, dass du das genau *so* gemeint hast – wortwörtlich.«

»Diese Gabe war ein Geschenk der Luftpropheten aus dem Akéres-Tal«, sagte Alak.

»Unglaublich!«, rief Millian begeistert. »Also, das muss man sich mal auf der Zunge zergehen lassen: Du verstehst tatsächlich alles, was er sagt! Ich fasse es wirklich nicht!«

»Darum habe ich auch die Sprache in deiner Welt verstanden«, fügte Alak hinzu.

»Ich habe dir ja gesagt, dass er ein seltsamer

Junge ist«, raunte Melka Ponjak zu und lachte leise.

»Du hast nur nicht gesagt, *wie* seltsam«, erwiderte Ponjak grinsend und schwang sich auf den Rücken seines Wolfes. »Was ist? Wollen wir los?«

Als alle nickten, machten sie sich auf den Weg. Schnell verloren sich die Stimmen der spielenden Kinder und die Rufe der Händler im flüsternden Wind der Grasebene.

»Darf ich fragen, worüber du mit dem Wolf gesprochen hast?«, fragte Ponjak, als Alak an seine Seite geritten kam.

»Ich habe mich bei ihm für dich entschuldigt – dafür, dass du ihm auf die Schnauze gehauen hast.«

Ponjak sah beschämt auf das schwarze, wogende Fell des Wolfes, auf dem er saß. »Und was hat er geantwortet?«

Alak zuckte die Schultern. »Er hat gesagt, dass er mich verletzt hätte, wenn du es nicht getan hättest«, sagte der Elfenjunge leichthin.

Ponjak starrte ihn verwundert an. »Und jetzt?«

»Jetzt habe ich einen Pakt mit ihm geschlossen«, sagte Alak. »Ich habe ihm die Freiheit gegeben – im Tausch dafür, dass er mir gehorcht.«

Ponjak räusperte sich und kratzte sich am Kopf. »Aha«, sagte er und zögerte einen Augenblick, bevor er fortfuhr: »Dann ist er wohl jetzt dein Wolf. Ein Versprechen ist schließlich ein Versprechen!«

»Danke!«, sagte Alak und lächelte. »Ich hatte gehofft, dass du das verstehst.«

Ponjak zog den Elfenjungen an sich und schüttelte ihn freundschaftlich. »Ich will nicht zwischen dir und dem Wolf stehen«, sagte er und grinste. »Außerdem will ich das Risiko nicht eingehen, dass du enttäuscht wirst oder dass der Wolf plötzlich draufkommt, mich auffressen zu wollen, weil ich dich daran gehindert habe, dein Versprechen zu halten.«

»Danke!«, sagte Alak wieder, kam jedoch nicht weiter, denn hinter ihnen erklang lautes Gejohle und Gekichere. Ehe sie sich's versahen, preschten Millian und Ilke an ihnen vorbei.

»Sie machen ein Wettrennen«, sagte Melka, der den Mädchen in gemächlichem Tempo folgte und bei Alak und Ponjak haltmachte.

Alak musste lachen, als er sah, wie ausgelassen Ilke und Millian tobten.

»Deine Schwester und Millian sind hin und weg von den Tieren«, sagte Melka und lächelte. »Und sie reiten, als hätten sie nie etwas Anderes gemacht.«

»Wir sollten uns auch beeilen!«, sagte Ponjak und trieb seinen Wolf an. »Kommt!«

Melka und Alak taten es ihm gleich, und schon preschten die Tiere mit atemberaubender Geschwindigkeit los und verschwanden mit ihren Reitern im hohen Gras.

Melka war der Erste, der den toten Nurqu entdeckte. Aasgeier saßen um den Kadaver herum und rissen Fleischstücke aus seinem Körper, die sie gierig verschlangen. Als die kleine Gruppe angeritten kam, flohen sie kreischend und drehten über dem Nurqu ihre Kreise.

Alak sprang von seinem Wolf und begann sofort fieberhaft zu suchen.

Die anderen gingen systematischer vor und durchstöberten die Gegend nach Melkas Anweisungen.

Doch das Teikhoskop blieb verschwunden.

»Und wie sollen wir jetzt herausfinden, wie es Scha-Ra und Arul geht?«, fragte Alak verzweifelt. Ihm standen die Tränen in den Augen.

Melka und Ponjak sahen einander an.

»Wisst ihr mehr?«, rief der Elfenjunge, der

den Blickwechsel bemerkt hatte. »Kommt, sagt schon, was ist mit den beiden?«

Melka schaute nervös zu Ponjak.

»Sind Scha-Ra und Arul tot?«, mischte sich nun auch Ilke ein.

»Aber nein!«, rief Ponjak sofort. »Wie kommt ihr denn auf so etwas?«

»Ihr habt mir ja keine richtige Antwort gegeben, als ich euch gestern Abend nach Scha-Ra und Arul gefragt habe.«

Melka und Ponjak wanden sich und rangen um eine möglichst unverfängliche Erklärung.

»Wenn Scha-Ra und Arul etwas geschehen ist, wollen wir das wissen«, hakte Alak noch einmal nach. »Wir sollten es als Erste erfahren.«

Ponjak runzelte die Stirn. »Lass es uns ihnen sagen!«, raunte er Melka zu. »Früher oder später erfahren sie es ja doch.«

Melka schüttelte den Kopf. »Ich bin für später.«

»Was ist geschehen?«, fragte Alak ungeduldig. Ihm schwante Böses. An das Teikhoskop verschwendete er keinen Gedanken mehr.

»Nun ja, wir dachten, dass es irgendwie besser … also, wie soll ich sagen … besser für euch gewesen wäre … wenn Scha-Ra es euch selbst erzählt hätte«, setzte Ponjak an und sah Hilfe suchend zu Melka.

»Was ist denn nun?«, rief Ilke ungeduldig. »Heraus mit der Sprache, ihr beiden!«

»Arul ist tot …« Der Satz hing in der Luft wie ein Schwert, das gleich herabsausen würde.

Ilke begriff als Erste, was Melka da gerade gesagt hatte. Die Beine gaben unter ihr nach, und sie fiel auf die Knie.

»Tot?«, schrie sie, und ihre Stimme überschlug sich. »Er kann doch aber nicht einfach so sterben …«

»Und wie ist er gestorben?«, fragte Alak leise.

»Er wurde in Ras-Malam tödlich verwundet, mehr wissen wir auch nicht«, erwiderte Melka. »Wir haben uns nicht getraut zu fragen.«

Mit Tränen in den Augen stolperte Alak zu Ilke und legte zärtlich seine Arme um sie. Weinend klammerte sich das Elfenmädchen an ihren Bruder und schrie herzzerreißend nach Arul.

Millian wusste nicht, was sie sagen sollte oder ob sie etwas tun konnte, deshalb blieb sie auf ihrem Wolf sitzen und wartete stumm ab, was weiter geschah. Die Erinnerung, wie sie ihre Mutter im Wald verloren hatte, kam wieder hoch. Als König Weha sie retten kam, wäre sie viel lieber bei ihrer Mutter liegen geblieben und gestorben, statt mit ihrem Retter zu gehen.

Alak war wie gelähmt. Er fühlte nichts; es kamen auch keine Tränen mehr, und die wirren Gedanken in seinem Kopf verursachten ein einziges großes Chaos. Die Wirklichkeit kam ihm nicht länger wirklich vor; sie fühlte sich eher an wie ein Buch, das er gelesen, oder eine Geschichte, die er gehört hatte. Es war, als stünde er neben sich und als würde er gleich vom Boden abheben und in den Wolken verschwinden, wenn er sich nicht an Ilke festhielt. Sie war die Einzige, die ihm Halt bot.

»Wir schaffen das schon!«, hörte er sich selbst sagen. »Vor allem wissen wir nun auch, wohin Scha-Ra unterwegs ist. Er reist nach Altfjerd, um Arul dort zu bestatten … den Körper des letzten Winterprinzen.«

»Es tut mir leid!«, sagte Ponjak vorsichtig. »Aber wir müssen unbedingt weiter. Es sieht nicht so aus, als ob wir dieses Gerät finden, das du verloren hast.«

»Das macht jetzt auch nichts mehr!«, sagte

Alak matt und tröstete Ilke, die wieder zu weinen begonnen hatte.

»Alles wird gut!«, sagte er tröstend – und glaubte es fast selbst. »Und damit wissen wir auch, wohin wir als Nächstes reisen müssen: Scha-Ra braucht uns jetzt. Lass uns mit ihm nach Altfjerd gehen, damit wir alle gemeinsam von Arul Abschied nehmen können.«

Wortlos kletterten alle wieder auf ihre Wölfe und ritten stumm und traurig los. Sobald sie außer Sichtweite waren, stürzte der Geierschwarm wieder zu dem Nurqu hinab, und die Vögel setzten ihre Mahlzeit fort.

Das Labyrinth

Sie ritten entlang dem mächtigen Merwihl-Gebirge, um möglichst viel Schatten zu bekommen. Mittlerweile hing die Sonne tiefer am Himmel und tauchte die steinige Landschaft in ein grelles Licht, das sich in den blassgelben Sanddünen, die sich durch die Wüste gen Nordosten zogen, zu verlieren schien. Die Schatten wurden immer kürzer, und bald würde das Gebirge keinen Schutz mehr bieten können. Die Luft zitterte in der intensiven Hitze, und die Wölfe keuchten schwer beim Gehen.

»Seht mal, dort!«, sagte Millian und deutete vor sich. »Es brennt!«

In der Ferne konnte man tatsächlich Flammen ausmachen, die gen Himmel schlugen.

»Das ist Meka, der brennende Fluss«, erklärte Ponjak. »Deshalb ist es in diesem Teil der Wüste auch so heiß.«

Millian nickte. Sie spürte deutlich, dass der Wind nicht kühlte, sondern brannte, wenn er ihr über das Gesicht strich. Neugierig folgte sie dem Fluss mit den Augen: So etwas hatte sie noch nie gesehen! Mochten die Temperaturen hier auch unangenehm sein – die neue Welt, in die sie geraten war, gefiel Millian ausnehmend gut, und sie konnte nicht genug bekommen von all den neuen Eindrücken. Eigentlich hätte sie den brennenden Fluss gern näher in Augenschein genommen, aber es war weder die Zeit noch der Ort, um sich von Neugier übermannen zu lassen. Ein Blick zu Alak und Ilke stimmte sie nämlich sorgenvoll: Es schien, als ob die beiden nichts von dem, was um sie herum geschah, wahrnehmen würden – so tief waren sie in ihre Trauer über Aruls Tod versunken. Millian spürte einen kleinen Stich in ihrem Herzen und konnte nicht anders: Sie lotste ihren Wolf zu Ilkes und strich ihrer Freundin sanft über den Kopf. Die Kälte, die Ilke ausströmte, war angenehm und tat gut in der großen Hitze.

Das Elfenmädchen drehte sich um und lächelte mit Tränen in den Augen.

Millian erwiderte ihr Lächeln vorsichtig. Sie fühlte sich ermutigt dadurch, dass sie trösten konnte, ohne dass sie etwas sagen musste.

»Wir schlagen dort in der Schlucht unser Lager auf!«, sagte Melka plötzlich und zeigte nach vorn, wo sich das mächtige Gebirge teilte.

»Lass uns weiterreiten. Es ist nicht klug, das Lager dort aufzuschlagen«, sagte Ponjak und schüttelte den Kopf. »Über dem Ort hängt ein Fluch.«

»Dauert es noch lange, bis wir aus der Wüste raus sind?«, fragte Millian.

»Ich hatte gehofft, um das Merwihl-Gebirge herum zu sein und die Jelda sehen zu können, bevor die Sonne so hoch am Himmel steht. Aber wir haben so viel Zeit verloren, dass wir wohl nicht vor dem Abend ankommen«, sagte Melka. »Außerdem müssen die Wölfe sich ausruhen. Es sieht aus, als könnten sie jeden Augenblick zusammenbrechen.«

Ponjak nickte und strich seinem Wolf über die dicke Mähne. »Du hast ja recht. Aber lass uns nicht dort haltmachen. Ich sage es noch einmal: Über dem Ort hängt ein Fluch«, warnte Ponjak mit Nachdruck.

»Willst du allen Ernstes behaupten, dass dein Fluch schlimmer ist als die Sonne?«, fragte Melka spöttisch. »Ich kann mir nichts Furchtbareres vorstellen, als ohne Schatten durch diese Wüste zu ziehen. Abgesehen davon: Du hast doch auch gesehen, wie die Kinder den Regen der Efraïber-Quelle zum Versiegen gebracht haben. Sie sind die Auserwählten der Prophezeiung, Ponjak! Wenn wir mit ihnen zusammen sind, brauchen wir keinen Fluch zu fürchten!«

Ponjak wand sich voller Unbehagen auf dem Wolfsrücken. »Du glaubst, das Ganze ist eine Spinnerei von mir, nicht wahr?«

»Nein, aber ich glaube, dass diese beiden Kinder mächtig genug sind, um die Geschichte zu verändern.«

In der engen Schlucht war es düster und windig. Der Wüstenwind brachte jedoch keine Kühlung – er wehte nur trockene und heiße Luft vor sich her.

Ponjak bürstete den Wölfen das Fell und gab ihnen Wasser, während die Kinder Melka halfen, eine Zeltplane über ein paar Stöcke zu ziehen. So hofften sie, vor dem Wind geschützt zu bleiben.

Als alle Vorbereitungen zur Rast erledigt waren, setzten sie sich zusammen unter die Plane, um gemeinsam zu essen.

»Hier ist es fast genauso heiß wie unter freiem Himmel«, schnaufte Ponjak und schloss vor Erschöpfung die Augen. Als er eine kalte Hand an seinem Kopf spürte, fuhr er vor Schreck zusammen und wandte sich um.

»Ich dachte, ihr braucht etwas Kühlung«, sagte Ilke lächelnd.

Ponjak lächelte und schloss die Augen. Die Kälte, die Ilke ausströmte, entspannte ihn. »Danke!«, sagte er und nickte seiner Wohltäterin zu, die ihre kühlenden Hände bereits auf Millians Kopf gelegt hatte.

»Das ist ganz schön hoch«, staunte Melka und schaute die Felswände hinauf, die über ihnen in die Höhe ragten.

»In der Regenzeit bildet sich im Pass so viel Wasserdampf, dass man den Gipfel nicht mehr sehen kann«, sagte Ponjak.

»Wasserdampf?« Alak schaute verwundert von seinem Buch auf, in dem er gelesen hatte.

»Wenn es auf den Meka regnet, den brennenden Fluss, bildet sich eine Menge Wasserdampf. Der Wind weht ihn dann in die Schlucht, wo der Dampf sich dann allerdings festsetzt, weil er nicht mehr entweichen kann.«

Melka wechselte das Thema. »Wie wolltest du das Schwert eigentlich genau finden?«, erkundigte er sich bei Alak.

»Keine Ahnung!«, antwortete der Elfenjunge ehrlich.

»Er wartet darauf, dass ihm seine innere Stimme sagt, wo es liegt«, sagte Ilke.

»Meinst du dieselbe Stimme, die du gehört

hast, als wir aus Emblaz wegsegelten? Die Stimme des Schwertes Kheiko?«, fragte Melka.

Alak zuckte die Schultern. »Ehrlich gesagt: Ich weiß es nicht!«

»Wenn das Schwert im Merwihl-Gebirge liegt, dann ist das hier ein guter Ort, um mit der Suche anzufangen«, sagte Melka, der sich nicht davon beirren ließ, dass Alak seine Frage nicht beantwortet hatte. »Dieser Weg führt doch weiter ins Gebirge hinein, nicht wahr, Ponjak?«

»Kennst du dich hier gut aus?«, fragte Ilke Ponjak.

Dieser nickte. »Ich bin auf einem Bauernhof nördlich des Chur-Sees aufgewachsen. Mein Vater war Fährtensucher und nahm mich immer mit in diese Gegend hier. Deshalb kenne ich mich so gut aus.«

Millian sah ihn fragend an.

Ponjak räusperte sich, nahm ein Stöckchen und zeichnete eine Karte in den Sand.

»Hier sind wir jetzt«, sagte er und markierte ihren Standort mit einem Kreuz. »Wenn wir um die Gebirgskette herum sind, sehen wir den Fluss Jelda, der aus dem Chur-See – hier oben – entspringt. Kannst du mir folgen?«

Millian nickte eifrig: »Die Jelda – das ist der

Fluss, von dem du heute schon mal erzählt hast, nicht wahr?«

Ponjak nickte.

»Ich bin noch nie in einer Wüste gewesen«, sagte Millian.

»Eigentlich hättest du auch nichts verpasst, wenn du nicht hier gewesen wärst. Es gibt viele Gründe, warum man sie meiden sollte«, sagte Melka ironisch.

»Melka kommt aus der Küstenstadt El-Elem«, erklärte Ponjak und warf seinem Freund einen neckischen Blick zu. »Die Wüste kann jemandem, der nicht an die Hitze gewöhnt ist, schnell zu viel werden – wie ihr an Melka seht.«

Dieser lachte laut. »Das sagt jemand, der schon seekrank wird, wenn er nur ein Glas Wasser trinkt!«

Alle lachten – Alak jedoch nicht ganz so vergnügt wie die anderen. Der Klumpen in seinem Bauch wurde größer, als er sah, wie fröhlich die anderen waren und wie traurig er war. Als die anderen angesichts seiner bitteren Miene jedoch schlagartig aufhörten zu lachen und verlegen vor sich hin starrten, erkannte der Elfenjunge, dass er Melka, Ponjak und Millian unrecht tat. »Das Leben hört nicht auf, schön zu sein, selbst wenn jemand stirbt«, sagte er deshalb, als Millian zu einer Entschuldigung ansetzte. »Genauso wenig hört es auf, ernst zu sein, wenn jemand lacht … Es ist nur so schwer zu verstehen, dass Arul fort ist.«

Melka erhob sich und strich Alak sanft über den Rücken. »Ich habe den Winterbären nicht so gekannt, aber ich verstehe, dass ihr ein besonderes Verhältnis zu ihm hattet …«

»Das Leben ist wie eine schöne Melodie, nur der Text ist durcheinander«, sagte Millian leise. »Das hat Mama immer gesagt … Sie ist auch … tot.«

Erst das Geräusch von kleinen Steinen, die den Berg herabrutschten, ließ sie alle aufschauen und ihre Traurigkeit für einen Moment vergessen.

»Was ist das?«, fragte Millian leise, so als ob sie Angst hätte, dass jemand sie hören könnte.

Ponjak erhob sich und ging beherzt in die Richtung, aus der das Geräusch gekommen war.

»Siehst du etwas?«, fragte Melka leise und angespannt.

Ponjak schüttelte den Kopf.

»Vielleicht war es ja nur ein Tier!«, sagte Millian.

Ponjak spähte die steile Gebirgswand hinauf; dann drehte er sich zu den anderen um.

»Ich bekomme an diesem Ort Gänsehaut!«, sagte er dann und schüttelte sich.

»Obwohl es so warm ist?«, lachte Melka. »Jetzt komm schon, Ponjak – das sind doch alles alte Geschichten! Millian hat sicher recht: Das eben war nur eine Bergziege oder so etwas Ähnliches.«

»Dann muss die Bergziege Flügel gehabt haben«, sagte Ponjak mürrisch und setzte sich wieder. »Wir bleiben, bis die Sonne nicht mehr so brennt – und keinen Augenblick länger!«

»In Ordnung!«, grinste Melka, noch immer amüsiert über Ponjaks Aberglauben.

»Was für Geschichten sind das denn, die dir solche Angst machen?«, fragte Millian. »Haben sie etwas mit dem zu tun, was du gerade oben auf dem Berg vermutet hast?«

Ponjak grunzte unzufrieden. »Als ich klein war, habe ich eine Geschichte von einem steinernen Riesen gehört, der im Gebirge leben soll«, sagte er dann.

Nun zeigte auch Alak Interesse für Ponjaks Erzählung. »Erzähl!«, forderte der Elfenjunge und schaute Ponjak bittend an.

»Es gibt nicht so viel zu erzählen«, wich dieser Alak wieder aus. »Außerdem erinnere ich mich an fast nichts mehr von dem, was ich damals gehört habe.«

»Dann erzähle eben, woran du dich noch erinnerst!«, bat Alak.

Drei Augenpaare sahen den Wolfsritter neugierig und erwartungsvoll an.

Ponjak räusperte sich, bevor er tatsächlich zu einer längeren Rede ansetzte: »Als ich klein war, erzählte mein Vater mir immer von dem steinernen Riesen Gurim. Der Riese lockte Reisende zu sich, die … hier, in dieser Schlucht ihr Lager aufgeschlagen hatten.«

»Hier«, flüsterte Millian gespannt und sah sich kurz um, »in dieser Schlucht?«

Ponjak starrte sie verschreckt an und nickte. Dann fuhr er fort: »Gurim lockte sie weiter ins Gebirge hinein, in ein endloses und schreckliches Labyrinth: Edalüs. Ich kann euch hinführen, wenn ihr wollt … Nur eines müsst ihr wissen: Wen Gurim erst einmal dort hineingelockt hat, der findet nie wieder hinaus.« Ponjak sah die erschrockenen Blicke der Kinder, bevor er mit leiser und intensiver Stimme fortfuhr. »Ich habe Leute vor Entsetzen schreien hören, während sie versuchten, den Weg aus dem Labyrinth zu finden. Doch niemandem gelingt das …«

»Und was passiert mit denjenigen, die sich in Edalüs verlaufen?«, fragte Millian mit großen Augen.

»Wenn sie nicht verhungern oder verdursten, dann sterben sie vor Angst«, flüsterte Ponjak.

Melka fühlte sich sichtlich unbehaglich angesichts der Angst, die Alak, Ilke und Millian ins Gesicht geschrieben stand. »Aber wie Ponjak sagte: Das sind nur alte Kamellen!«, warf er deshalb mit breitem Grinsen ein und schüttelte demonstrativ den Kopf.

»Als ich klein war, habe ich gehört, wie Leute im Edalüs-Labyrinth vor Entsetzen geschrien haben«, wiederholte Ponjak gereizt.

»Ach, das war bestimmt nur der Wind!«, sagte Melka leichthin. »Wenn man klein ist, können einen solche Geschichten ganz besonders erschrecken. Und dann hört man auch die seltsamsten Dinge …«

»Aber ihr lebt doch in einer Märchenwelt, oder?«, fragte Millian. »Ist es da nicht immer schön und nie so richtig gefährlich?«

Melka und Ponjak lachten aus vollem Halse und schlugen sich auf die Schenkel.

»Mädel, wo hast du denn das gehört?«, fragte Ponjak und kicherte. »Wenn ich in einem Märchen lebte, würde ich es mir jetzt aber so richtig gut gehen lassen!«

Alak runzelte die Stirn. »Wenn wir tatsächlich in einem Märchen leben«, sagte er,

»dann ist das hier ein ziemlich gefährliches!«

»Ich habe die ganze Zeit gedacht, dass das alles, was wir erleben, spannend ist«, sagte Millian, »aber vielleicht ist es gar nicht so richtig spannend, wenn man mittendrin ist … die ganze Zeit.«

»Rede ruhig weiter!«, sagte Melka, und seine Stimme klang, als wollte er noch hinzufügen: »Dann jagst du den Kindern noch mehr Angst ein.«

»Da gibt es nicht mehr zu erzählen«, sagte Ponjak. »Ich durfte mich diesem Ort hier nie wieder nähern. Und wenn wir das Lager aufschlugen, dann eher draußen in der brennenden Wüste als hier im Schatten.«

»Sollten wir nicht vielleicht doch aufbrechen und weiterziehen?«, fragte Millian zaghaft.

Ponjak schaute skeptisch zum Himmel. »Wir brechen in ein paar Stunden auf«, entschied er dann. »Die Geschichte von Gurim ist zwar sicher nur ein Märchen, aber ich will hier trotzdem nicht länger bleiben als notwendig.«

»Ich muss mich auf jeden Fall etwas ausruhen«, sagte Melka und machte es sich mit einer weichen Decke unter dem Kopf bequem.

»Kannst du nach der fürchterlichen Geschichte wirklich schlafen?«, fragte Millian ungläubig.

Melka lächelte von einem Ohr zum anderen und streckte sich. »Ich kann sogar bei einem Orkan schlafen, wenn die Wellen über das Boot schlagen«, sagte er stolz.

Ilke lehnte sich an Alak und gähnte.

»Legt euch nur auch schlafen!«, schnaubte Ponjak. »Ich halte beide Augen offen, für den Fall, dass wir uns hier tatsächlich in einem gefährlichen Märchen befinden.«

Es war friedlich und ruhig in dem kleinen Lager: Millian hatte sich zu Melkas Füßen zusammengerollt, Ilke hatte sich an Alak gekuschelt, die Wölfe lagen mit den Schnauzen zwischen den Pfoten im Sand und ließen die Zungen erschöpft aus ihren Mäulern hängen.

»Glaubst du, wir finden Scha-Ra?«, flüsterte Ilke ihrem Bruder zu.

»Ja!«, sagte Alak bestimmt und strich ihr über den Kopf.

»Ich fühle mich so allein ohne ihn und ...«, begann Ilke.

»Arul?« Alak sprach den Satz für sie zu Ende.

Ilke nickte und biss sich auf die Unterlippe.

»Ich weiß genau, wie du dich fühlst!«, sagte er und legte seinen Kopf auf Ilkes weichen, kühlen Schopf. Weiter kam er nicht, denn ein Schrei durchschnitt die friedliche Stille.

»Da!«, brüllte Ponjak und zeigte auf den Berg vor sich.

Sofort sprang Melka auf, griff nach seiner Waffe und legte einen Pfeil in die Bogensehne.

Alak, Ilke und Millian folgten Ponjaks Finger den Berghang hinauf, und sie entdeckten tatsächlich eine kleine Gestalt, die sich bewegte. Die Kinder konnten erkennen, dass sie eine große Kralle hatte, mit der sie sich an die steile Bergwand klammerte, und einen kleinen Schwanz, um das Gleichgewicht zu halten.

»Eine Troké!«, sagte Ponjak leise.

»Und sie ist nicht allein«, ergänzte Melka.

Die Kinder drehten sich um und entdeckten mehrere derselben Geschöpfe, die elegant auf den Bergwänden herumkletterten.

»Hinter uns sind noch mehr!«, sagte Millian aufgeregt und zupfte Ilke am Ärmel.

»Dort auch«, bemerkte Alak und zeigte in die entgegengesetzte Richtung.

Mit Unbehagen sahen sich die Kinder um und mussten schließlich feststellen, dass die seltsamen Geschöpfe sie eingekreist hatten.

»Was wollen sie von uns?«, fragte Ilke.

»Sie sind sicher nur neugierig.« Melka senkte den Bogen.

»Sei dir da mal nicht so sicher!«, raunte Ponjak misstrauisch. »Immerhin sind sie Gurims Geschöpfe.«

»Hör auf, die Kinder mit deinen Geschichten über Gurim zu erschrecken. Schau sie dir doch nur an: Sie sind so klein, dass ich fünf von ihnen unter dem Arm tragen könnte«, sagte Melka. »Und was können sie uns antun, wenn sie so weit oben sitzen? Steine auf uns werfen?«

»Ich finde, wir sollten jetzt endgültig aufbrechen und weiterziehen!«, sagte Ponjak und begann, seine Sachen zu packen.

»Die Sonne ist am Untergehen; deshalb widerspreche ich dir in diesem Fall einmal nicht«, sagte Melka und ging die Wölfe holen. Die Tiere begannen zu knurren, als einer der Trokés einen langen, klagenden Laut ausstieß. Er war so durchdringend, dass es allen kalt den Rücken herunterlief.

»Was jetzt?«, fragte Millian.

»Ich habe keine Lust, hierzubleiben und es herauszufinden!«, sagte Ponjak und rannte zu Melka, der versuchte, die Wölfe zu beruhigen.

Die anderen Trokés schlossen sich dem ersten an, und unversehens schwoll der einförmige Klageton zu einem mächtigen Chor an.

Die Wölfe begannen zu bellen und rissen an ihren Leinen, mit denen sie festgebunden waren. Melka und Ponjak gelang es nur unter Aufbietung all ihrer Kräfte, die Wölfe loszumachen. Die Tiere jaulten voller Panik.

»Lasst unsere Sachen einfach liegen!«, rief Ponjak. »Wir müssen los, bevor sich die Wölfe losreißen!«

Ponjak und Melka halfen Alak, Ilke und Millian auf die Rücken der Wölfe. Die Tiere knurrten und schnappten nach ihnen, als sich die Kinder auf sie setzten, und wollten sie abwerfen. Die Troké-Rufe waren so intensiv, dass sie sich in den Ohren aller festsetzten und es ihnen schwer machten, klar zu denken. Alles, was sie taten, selbst die geringste Bewegung, bewirkte, dass ihnen schlecht wurde und sie sich unwohl fühlten.

»Lasst die Zügel los! Lasst die Wölfe frei laufen!«, rief Melka und konzentrierte sich gewaltig, um nicht das Gleichgewicht zu verlieren und von seinem Reittier herunterzufallen.

Alak, Ilke und Millian klammerten sich verzweifelt an die Wolfsmähnen, als die Wölfe schließlich losrannten.

Der Sand lag wie eine dicke Decke über dem Boden, und die aufgewirbelten Sandkörner bissen ihnen in den Augen. Es schien, als ritten sie eine Ewigkeit auf den zu Tode erschrockenen Tieren. Der monotone, eindringliche Gesang der Trokés löschte die Zeit aus und führte ihre Gedanken in einen langen und schrecklichen Traum.

Trokés

Alak kam zu sich: Er lag auf dem harten Boden, als der Wolf ihn mit seiner weichen Schnauze an die Wange stupste. Er hob den Kopf und sah Ilke neben einem großen Stein liegen, der wie ein Denkmal neben den Felsen stand. Schwankend erhob sich Alak und taumelte zu seiner Schwester, hockte sich neben sie und hielt seine Hand über ihr Gesicht.

Sie atmete.

Erleichtert schaute Alak sich um. Millian hing einige Schritte entfernt schlapp über dem Rücken ihres Wolfes; Ponjak und Melka konnte er nicht entdecken. Das Letzte, woran Alak sich erinnerte, war, dass die beiden ihnen auf die Wölfe geholfen und sie losgeschickt hatten. Wenn ihnen nur nichts passiert war!

Alak griff nach der Wasserflasche und beträufelte Ilkes Gesicht, um sie wieder zu Bewusstsein zu bringen. Es klappte: Sie hustete und griff nach seiner Hand.

»Wie fühlst du dich?«, fragte der Elfenjunge.

Ilke schaute zu ihm hoch. »Mir geht es gut. Wo sind die anderen?«, antwortete sie.

Alak half ihr auf die Beine. »Ich weiß nicht, wo Ponjak und Melka hin sind«, sagte er und ging zu Millian, um auch sie aus ihrer Ohnmacht zu wecken.

»Wo sind wir?«, war ihre erste Frage, als sie in Alaks Gesicht sah und mit den Augen dem schmalen Pfad folgte, der ins Gebirge hineinführte.

Alak zuckte mit den Schultern. »Weiß ich nicht«, antwortete er. »Wir sind nicht mehr in der Wüste, und der andere Weg führt … ins Gebirge hinein. Ich glaube, wir sind im Labyrinth gefangen.«

»In dem Labyrinth, von dem Ponjak erzählt hat?«, fragte Millian erschrocken. »Und was machen wir jetzt?«

»Wir müssen entscheiden, welchen Weg wir nehmen«, sagte Alak.

»Ponjak hat gesagt, dass noch niemand den Weg hier herausgefunden hätte«, sagte Ilke.

»Irgendjemand muss ja den Anfang machen!«, sagte Alak.

»Ich könnte die Felswände hochklettern. Wenn ich sehe, in welcher Richtung sich die Wüste befindet, wissen wir auf jeden Fall eher, welchen Weg wir nehmen müssen«, schlug Millian vor.

Alak und Ilke lächelten und schauten sich an. Sie hatten fast vergessen, dass sie nicht die Einzigen waren, die ungewöhnliche Fähigkeiten besaßen.

Millian wartete die Antwort der Elfenzwillinge nicht ab, sondern zog eifrig ihre Schuhe aus. Vorsichtig setzte sie einen Fuß gegen die Wand, nickte zufrieden, stieß sich ab und kletterte mühelos nach oben.

Millian liebte das Gefühl der Freiheit, wenn sie im Gebirge herumkletterte. Dann gab es nur sie und die Natur.

Alak und Ilke schauten Millian nach, bis ihre Nacken steif waren. Sie wurde immer kleiner – so klein, dass sie auf der grauen Gebirgswand schließlich nur noch ihre groben Umrisse erkennen konnten. Dann verschwand sie hinter einem Felsüberhang, bevor sie sie wieder auf dem Gipfel ausmachen konnten.

»Sie kann unheimlich gut klettern!«, sagte Alak bewundernd.

»Magst du Millian?«, fragte Ilke.

»Was meinst du damit?« Alak blickte seine Schwester argwöhnisch an.

»Ich meine: Magst du sie genauso gern wie Mijam?«

Alak wurde heiß. Ilkes Vorwitzigkeit passte

ihm ganz und gar nicht. »Ich verstehe nicht, was du meinst«, schnaubte er verärgert und ein wenig heftiger als nötig.

»Das weißt du sehr gut«, sagte Ilke.

Alak antwortete nicht.

»Hast du immer noch Mijams Ring?«, fragte Ilke und griff nach seiner Hand.

Alak zog sie schnell weg und verschränkte die Arme vor der Brust.

»Ich habe gesehen, dass du ihn hast«, kicherte sie. »Was Millian dir wohl schenken wird?«

»Hör auf mit dem Quatsch!«, nörgelte Alak. »Ich will …«

Genau in dem Moment winkte Millian zu ihnen hinunter.

»Siehst du etwas?«, rief Ilke eifrig zu ihr hinauf.

Alak legte blitzschnell seine Hand auf ihren Mund. »Es ist nicht sicher, dass wir allein hier sind!«, flüsterte er verzweifelt. »Du musst vorsichtig sein – wer weiß, was uns sonst passieren kann …«

Ilke erschrak, und in ihren Augenwinkeln sammelten sich Tränen. »Entschuldigung«, murmelte sie. »Das wollte ich nicht. Ich bin so dumm …«

Als er sie so unglücklich sah, vergaß Alak

allen Ärger. Zärtlich legte er die Arme um seine Schwester und drückte sie fest an sich.

»Alles wird gut, Ilke! … Alles wird gut! Das verspreche ich dir!«, flüsterte er in ihr weiches Haar, während er beobachtete, wie Millian geschmeidig nach unten geklettert kam – kopfunter und auf allen vieren. Ihm wurde schon vom Zuschauen schwindlig.

»Ich konnte keinen Horizont erkennen. Nur Berggipfel«, sagte Millian und landete mit einem gewagten Sprung neben den Zwillingen auf dem Boden.

»Toll!«, sagte Alak gereizt. »Das hat uns gerade noch gefehlt!«

»Was ist mit dieser inneren Stimme, von der König Weha erzählt hat? Vielleicht kann sie uns ja helfen …«, sagte Millian.

»Ich höre keine Stimme«, erwiderte Alak.

»Auch nicht, wenn du dich konzentrierst?«, fragte Ilke vorsichtig.

Alak schüttelte den Kopf. »Ich schlage vor, dass wir einfach auf gut Glück losgehen«, schlug er nach einer kleinen Bedenkzeit vor. »Wenn wir nur hier herumstehen, finden wir den Weg nach draußen niemals.«

»Sollten wir nicht zuerst nach dem Schwert

suchen statt nach dem Weg nach draußen?«, fragte Millian.

»Ich weiß nicht! Ohne die innere Stimme finde ich das Schwert nicht«, sagte Alak ratlos.

»Und ohne das Schwert sehen wir Scha-Ra niemals wieder«, murrte Ilke.

Alaks Wolf, der den Elfenjungen mit der nassen Schnauze anstupste und ihm offenbar etwas sagen wollte, unterbrach das Gespräch. Alak beugte sich zu dem Tier hinunter und streichelte es zärtlich; der Wolf winselte etwas, bevor er sich hinlegte, damit Alak sich auf seinen Rücken setzen konnte.

»Wir nehmen den Pfad«, entschied Alak, ohne auf die Bedenken der Mädchen zu reagieren, und pfiff nach den beiden anderen Wölfen.

Millian und Ilke kletterten auf ihre Reittiere und folgten ihm.

»Hat dein Wolf dir etwas gesagt?«, fragte Ilke, als sie zu ihrem Bruder aufschloss.

Alak nickte. »Er spürt den schwachen Geruch von etwas Lebendigem.«

»Ponjak und Melka vielleicht?«, fragte Ilke aufgeregt.

»Er konnte es nicht genau sagen«, antwortete Alak. »Der Geruch war zu schwach.«

Sie waren eine Weile geritten, als die Wölfe unruhig wurden. Ihre Schwänze schlugen heftig, und sie rannten schneller und schneller. Alak, Ilke und Millian hatten Mühe, nicht abgeworfen zu werden, und klammerten sich an den Mähnen ihrer Reittiere fest.

Plötzlich erweiterte sich der Pfad vor ihnen, und die Kinder erblickten einen Haufen großer behauener Steine. Sie sahen aus, als wäre ein riesiges Gebäude umgekippt.

Alak zog an den Zügeln, um seinen Wolf zum Stehen zu bringen, sprang ab und ging zu den Steinen, um sie näher zu betrachten.

Die Mädchen beobachteten ihn interessiert.

»Und?«, fragte Ilke gespannt.

»Meilenzeichen!«, sagte der Elfenjunge nach eingehender Untersuchung der Steine. »Und Verse.«

»Meilenzeichen?« Ilke schaute ihn fragend an. »Was für Meilenzeichen denn?«

»Meilenzeichen für Portal, Zeit und Kreis. Es sieht fast so aus, als ob wir den Eingang zu irgendeinem Kreis gefunden haben, aus dem niemand wieder herausgelangt.«

»Oder wir kommen bald zu einer Tür, die uns aus diesem Labyrinth hinausführt«, sagte Ilke.

»Daran zweifle ich, denn unter den Meilenzeichen steht: ›Hier ruht die Hoffnung aller Toten, denn wenn das Leben selbst zum Zweifel wird, ist der Weg zur Ruhe von zahllosen Seelen gesäumt.‹«

»Das hört sich nicht sehr optimistisch an«, sagte Millian.

»Nein«, sagte Alak und zeigte auf Knochen, die vor ihnen aus einem Haufen kleiner Steine und Sand hervorschauten.

Ilke beugte sich nach vorn. Sie zuckte zusammen, als sie begriff, dass das Überreste von jemandem waren, der sich hierher verirrt hatte. Zaghaft schaute sie sich weiter um – und was sie sah, ließ ihr das Blut in den Adern gefrieren: Überall lagen Knochenreste, die teilweise durch Sand, Kies und die großen Steine verdeckt waren.

»Was für ein fürchterlicher Ort!«, flüsterte Ilke.

Alak nickte. »Wir reiten weiter!«, sagte er entschieden. »Die Wölfe riechen jemanden, der vor uns ist. Wir haben keine andere Wahl.«

»Die haben wir wohl nicht! Aber wenn Gurim oder die anderen Geschöpfe nahe genug an uns herankommen, kann ich meine Kräfte einsetzen«, sagte Ilke leise und blickte ein letztes Mal auf die Überreste der Toten um sie herum.

Alak lächelte und versuchte Mut zu zeigen, damit sich Ilke sicher fühlte. Er wusste, dass er selbst, im Gegensatz zu Ilke, nichts vorzuweisen hatte, mit dem er sie verteidigen konnte, wenn sie angegriffen werden würden.

Die Kinder ritten weiter und ließen den Wölfen freie Hand bei der Wahl des Weges. Die Tiere folgten eifrig dem Geruch, der immer stärker wurde.

Hier standen die Meilensteine unversehrt zu beiden Seiten des Pfades – als steinerne Allee. Dazwischen lagen verwitterte Skelettreste. Einige hatten sogar noch Kleiderfetzen auf den Knochen.

Plötzlich teilte sich der Pfad vor ihnen.

»Welchen Weg nehmen wir?«, flüsterte Ilke ihrem Bruder zu und schaute sich nervös um.

Alak ritt zu den Meilensteinen, die den rechten Weg säumten, las den eingravierten Vers in der zierlichen Meilenschrift, schüttelte den Kopf und las dann die Texte auf den Steinen, die den linken Weg säumten. Auch bei der zweiten Botschaft schien er ratlos.

»Und? Gibt es irgendeinen brauchbaren Hinweis, was wir tun sollen?«, fragte Ilke.

»Nein«, seufzte Alak. »Auf allen steht mehr

oder weniger dasselbe: ›Diejenigen, die auch nur die geringste Hoffnung haben, den Weg hier herauszufinden, werden den Mut verlieren und aufgeben, wenn sie lesen, was hier geschrieben steht.‹ Ich schlage vor, dass wir die Führung weiter den Wölfen überlassen.«

»›Die Trokés versammeln sich. Sie jagen nach Nahrung. Eine Stimme wird zu vielen. Du schließt deine Augen, wirst eins mit den Toten, dein Lebensfaden reißt, deine Stimme wird zum Widerhall‹«, las Millian laut von dem direkt vor ihr stehenden Meilenstein vor.

»Hör auf zu lesen! Mir läuft es davon kalt den Rücken runter«, rief Ilke und schüttelte sich.

Alak legte währenddessen seinen Kopf an den seines Wolfs und flüsterte ihm etwas in der Wolfssprache zu, was für die Ohren der Mädchen wie ein Winseln klang. Darauf wedelte der Wolf mit dem Schwanz und bellte aufgeregt und nahm erneut die Fährte auf.

»Was hast du ihm gesagt?«, fragte Millian beeindruckt.

»Dass wir dem Pfad folgen wollen, aus dessen Richtung der Geruch kommt«, sagte Alak.

Sein Wolf schnupperte und schnupperte – und ging schließlich nach rechts.

»Schaut mal, dort!«, rief Millian plötzlich

erschrocken und zeigte auf ein paar Trokés, die sich am Felsen festgekrallt hatten.

»Was machen wir, wenn sie wieder zu singen anfangen?«, fragte Ilke ängstlich.

»Wir dürfen auf keinen Fall in Panik geraten«, sagte Alak. »Ich will nicht als bleiches Skelett enden.«

»Da kommen noch mehr!«, flüsterte Millian und zeigte in Richtung Gebirge.

»Kommt! Wir folgen dem rechten Pfad!«, sagte Alak eindringlich.

Doch Ilke reagierte nicht, sie saß da und schaute geistesabwesend in die Luft.

»Ilke!«, rief Alak und schüttelte sie.

Langsam drehte sie sich um, sah ihren Bruder ernst an und hielt sich den Zeigefinger vor den Mund. »Pst! Seht ihr sie nicht?«, flüsterte sie.

»Was sollen wir sehen?«, fragte Millian und lehnte sich nach vorn.

»Da!«, sagte Ilke und starrte wieder auf einen Punkt direkt vor sich.

Nun sahen sie auch Alak und Millian: Eine leuchtende Fliege, die sich auf den ersten Blick still in der Luft zu halten schien, deren Flügel aber in Wahrheit so schnell schlugen, dass sie nahezu unsichtbar wurden.

»Das ist doch nur eine Fliege!«, sagte Alak.

»Pst!«, sagte Ilke und hielt sich wieder den Finger vor den Mund. »Hört doch!«

Alak und Millian lauschten mit angehaltenem Atem. Doch sosehr sie sich auch konzentrierten – sie konnten nur den Hauch eines Tons hören.

Ilke lächelte und schaute sie an. »Das ist die Stimme, von der König Weha gesprochen hat«, sagte sie leise.

Millian und Alak schauten sie verwundert an.

»Bist du dir ganz sicher?«, fragte Millian.

»Welche Stimme? Wovon redest du, Ilke?«, bohrte Alak nach und spürte, wie ihm die Angst den Rücken hinaufkroch. Sie wurde noch stärker, als er sah, wie ruhig die beiden Mädchen dasaßen und die kleine Fliege anstarrten.

»Bist du so auf die Stimme fixiert, dass du darüber vergisst, was König Weha dir in das Buch geschrieben hat?«, fragte Ilke und starrte ihn mit ihren eisblauen Augen an.

Alak verstand erst nicht, was sie meinte, und als er es endlich begriff, traf es ihn wie ein Faustschlag.

»Selbstverständlich!«, lächelte er. »Es war keine Stimme, die wie Kheiko in meinem Kopf auftauchen sollte«, fuhr Alak fort und nahm das Buch, das er von König Weha bekommen hatte, aus der Tasche. »Hier steht alles drin: ›Und wenn der Abend kommt, entzünde ich ein Licht in der Stube und wir summen leise unsere Lieder – ich und die Fliege‹«, las er laut vor.

»Was soll das bedeuten?«, fragte Millian skeptisch. »Dass die Fliege uns den Weg zeigt? Und das auch noch bei Nacht?«

»Ja, deshalb hat er mir ganz offensichtlich dieses Buch gegeben«, rief Alak eifrig. »Als ich es bekommen habe, hat er zu mir gesagt, dass man lesend und schreibend viel mehr und vor allem größere Dinge ausrichten kann. Und dass alles, was wir lesen, zu einer Art unsichtbarer Stimme wird. Das war es, was König Weha gemeint hat, als er sagte, dass ich auf meine innere Stimme hören soll! Es ist genau wie damals, als du die Musik bei der Efraïber-Quelle gemacht hast, Ilke! Scha-Ra hat gesagt, dass du das Lied in dir hattest, und zwar schon die ganze Zeit. Du wusstest es nur nicht …«

»Ich habe das jetzt schon seit einer Weile begriffen!«, sagte Ilke trocken.

Eines der Geschöpfe begann zu singen. Ein leiser, intensiver Ton zitterte in der Luft.

»Wir sollten weiter!«, drängelte Millian.

Alak nickte. »Zeig uns den Weg!«, bat er die leuchtende Fliege.

Die verschwand an der Weggabelung nach links. Ohne zu zögern, lenkte Alak seinen Wolf hinterher und ignorierte das verzweifelte Geheul, als sie die Geruchsspur verließen, der das Tier gefolgt war.

Die Mädchen folgten ihm und versuchten verzweifelt, den anschwellenden Chor der Trokés hinter sich nicht zu beachten. Der Sand um die Wolfspfoten herum wurde aufgewirbelt und legte sich wie eine Decke über die Luft vor ihnen.

»Schneller!«, rief Alak seinem Wolf zu, während er sich auf das leuchtende Insekt konzentrierte. Plötzlich teilte sich der Pfad erneut und verlief nun sogar in drei Richtungen. Die Fliege leuchtete ihnen den Weg auf dem mittleren Pfad, und mit Erleichterung stellten die Kinder fest, dass die Stimmen der Trokés langsam schwächer wurden und nach einer Weile sogar ganz verklangen. Nun hörte man nur die Wolfspfoten, die mit jedem Satz auf den Boden schlugen. Der Pfad verzweigte sich noch mehrmals, und jedes Mal wies die glühende Fliege den Elfenzwillingen und Millian den Weg.

Nach kurzer Zeit brannten Alak die Augen,

und Tränen der Erschöpfung liefen ihm übers Gesicht, während er versuchte, das Insekt im Auge zu behalten, das im rasenden Tempo vor ihnen herflog.

Er rieb sich mit dem Ärmel die Augen und zwinkerte ein paarmal kräftig, um die Fliege nicht aus den Augen zu verlieren.

»Alak!«, rief Ilke hinter ihm, als er seinen Wolf scharf nach rechts lotste.

Sofort bremste Alak das Tempo, drehte sich kurz um und sah, dass die Mädchen Probleme hatten, sein Tempo zu halten. Ihre Wölfe rutschten in dem losen Kies.

»Du musst aufpassen! Dieses Tempo ist zu gefährlich! Außerdem können wir dir kaum folgen.«

Ihre Warnung kam jedoch zu spät: Alaks Wolf rutschte auf dem Kies aus und prallte mit voller Wucht gegen einen der Meilensteine. Alak wurde abgeworfen und schlug hart mit dem Kopf gegen den Stein. Als der Elfenjunge sich verwirrt aufsetzte und sich an den schmerzenden Kopf fasste, waren seine Hände rot von Blut. Auch der Wolf hatte eine Wunde auf dem Rücken davongetragen.

»Wo ist sie?«, rief Alak und sah sich panisch um. »Wo ist die leuchtende Fliege?«

Ilke legte ihre kühlende Hand auf die Wunde an seinem Kopf.

»Aua!«, schrie Alak und drehte sich weg.

»Halt still!«, befahl Ilke entschieden. »Ich versuche doch nur, die Wunde zu kühlen, damit sie nicht mehr so stark blutet. Dich hat es ganz schön erwischt!«

Alak stöhnte und gab nach. Die Kälte aus Ilkes Hand brannte an seinem Kopf; doch gerade als er sie bitten wollte aufzuhören, verschwand der Schmerz.

»Ich sehe sie nicht mehr«, sagte Millian und sah sich suchend um. »Vielleicht hätten wir doch der Spur folgen sollen, die die Wölfe gefunden haben.«

»Wenn wir die Fliege bloß nicht verloren haben!«, jammerte Alak.

Ilke ging zu seinem Wolf und kühlte die rechte Seite seines Rückens, wo er verletzt war.

»König Weha lässt sie nicht einfach so verschwinden!«, tröstete sie ihren Bruder. »Kommt, lasst uns einfach weiterreiten, dann finden wir sie schon wieder!«

»Ich hoffe nur, dass die Fliege nicht eine Falle ist!«, sagte Millian, und auf Alaks fragenden Blick hin fügte sie hinzu: »Na ja, ein Geschöpf, das Gurim benutzt, um die Leute hier drinnen in die Irre zu führen.«

»Was meinst du damit?«, fragte Alak.

»Du hast doch gehört, was ich gesagt habe«, nörgelte Millian. »Und wo du die Fliege ohnehin aus den Augen verloren hast, können wir genauso gut umkehren und der anderen Spur folgen!«

Alak schaute Millian direkt in die Augen und sprach gefährlich leise. »Das hier ist *unsere* Welt, nicht deine! Hier laufen die Dinge anders, als du denkst!«, sagte er scharf.

Ilke trat zwischen sie. »Wenn ihr jetzt allen Ernstes anfangt zu streiten, friere ich euch beide ein.«

»Dann fang am besten mit ihr an!«, schimpfte Alak und drehte den Mädchen gereizt den Rücken zu. Dann pfiff er nach seinem Wolf und stapfte beleidigt weiter in Richtung Gebirge.

»So etwas zu sagen war dumm!«, sagte Ilke zu Millian.

»Dumm? Was ist dümmer, als einer kleinen Fliege zu folgen, wenn wir von einem ganzen Haufen Schreihälse verfolgt werden, die nichts anderes tun, als so monoton zu singen, dass die Leute hier drinnen wie die Fliegen sterben? Und zwischen Skeletten und idiotischen Steintafeln mit noch idiotischeren Gedichten drauf herumzutrampeln?«, rief Millian Alak hinterher.

Ilke schaute sie böse an. »Jetzt halt mal die Luft an!«, sagte sie gereizt, bevor sie ihrem Wolf die Sporen gab und Alak hinterherritt.

Millian schaute Alak und Ilke hinterher und ärgerte sich. Sie war zu stolz, um ihnen nachzulaufen und um Entschuldigung zu bitten.

»So was Idiotisches!«, murmelte sie. »Da bin ich eigentlich von hier, und dann doch wieder nicht. Und hören muss ich auch noch auf die beiden, weil ich es König Weha versprochen habe.«

Ihr Wolf begann zu knurren. Alarmiert drehte Millian sich um und sah aus dem Augenwinkel, wie einer der Trokés den Felsen herunter- und auf sie zugeklettert kam. Der Wolf wich zurück, als das seltsame Geschöpf mit den großen, hellen Augen sich ihnen langsam näherte. Sein Körper war mit schwarzen Borsten bedeckt, und an jeder Vorderpfote hatte es eine große Kralle. Jetzt legte es den Kopf auf die Seite und schaute Millian aufmerksam und irgendwie treuherzig an. Für einen Moment vergaß sie beinahe, wie gefährlich ein Troké sein konnte, hockte sich auf den Boden und streckte die Hand aus, um ihn näher zu locken.

Der Wolf knurrte und zeigte die Zähne.

»Ruhe jetzt!«, befahl ihm Millian. »Siehst du nicht, dass der Kleine ganz allein ist? Vielleicht hat er ja die anderen verloren?«

Das Tier machte einen Schritt nach vorn und studierte neugierig Millians ausgestreckte Hand.

»Na, komm schon!«, lockte Millian den Troké zärtlich und bewegte langsam ihre Finger. »Ich bin nicht gefährlich!«

Das Tier wedelte mit dem Schwanz, sodass jede Menge Sand vom Boden aufgewirbelt wurde, und machte noch einen Schritt auf sie zu.

»Du bist aber süß!«, schwärmte Millian begeistert. »Du wedelst mit dem Schwanz wie ein kleiner Hundewelpe.«

Nun öffnete das Tier sein Maul, ließ seine kleine rote Zunge heraushängen und hechelte tatsächlich wie ein Hund. Es legte den Kopf auf die Seite und schaute Millian wieder an.

»Du siehst ja überhaupt nicht gefährlich aus«, lachte das Mädchen leise.

Der Troké kam noch näher und schnüffelte in der Luft, während er kurz und schwach bellte.

Der Wolf bellte zurück und schnappte nach ihm.

Millian drehte sich zu ihrem Reittier um

und sah den Wolf streng an. »Jetzt bist du aber endgültig ruhig!«, befahl sie ihm barsch. »Du erschreckst das arme kleine Ding doch zu Tode!«

Mit eingezogenem Schwanz trottete der Wolf davon. Millian sah ihm zufrieden nach und wandte sich dann zu dem kleinen Troké um.

»Wie heißt du denn, mein kleiner Freund? Komm, sag es mir!«, lockte Millian.

Das Tier schaute sie mit großen Augen an und öffnete dann das Maul.

»Troké!«, sagte es mit einer tiefen, heiseren Stimme. »Troooooké …«

Die großen Augen verengten sich, und die Borsten auf seinem Körper richteten sich auf. Langsam kam das Tier auf Millian zu, während es mit tiefer Stimme sang: »Troooooké … Troooooké …«

Millian stolperte nach hinten, fiel hin und blieb einen Moment auf dem Rücken liegen. Als sie sich wieder aufrappeln wollte, entdeckte sie jedoch, dass die Felswände mittlerweile nur so von den kleinen Geschöpfen wimmelten.

Panisch wollte sie fliehen, doch der Troké warf sich auf sie und bohrte seine langen, scharfen Klauen in ihre Schulter.

Millian stöhnte vor Schmerz und wollte sich gerade in ihr Schicksal fügen, als sie hinter sich Fußgetrappel hörte: Alak und Ilke kamen mit besorgten Mienen auf sie zugerannt. Schneekristalle knisterten, als Ilke eine Frostwelle durch die Luft warf. Der Troké schrie vor Schmerz, als er von der Kälte getroffen wurde, ließ Millian jedoch nicht los. Geistesgegenwärtig warf Alak seine Jacke über das Tier, um keine Frostschäden abzubekommen, und zog vorsichtig die Klauen aus Millians Schulter. Dann packte er den Troké und schmetterte ihn mit aller Gewalt gegen die Felswand. Mit einem Klatschen landete das Tier auf dem Boden, wo es regungslos liegen blieb. Als die anderen Trokés das sahen, sangen sie nur noch lauter: »Trooooooké, Trooooooké!«

»Die Trokés rotten sich zusammen, und dann jagen sie nach Nahrung. Eine Stimme wird zu vielen. Du schließt deine Augen, wirst eins mit den Toten …«, sagte Alak ruhig und behielt die Tiere im Blick, während er Millian aufhalf.

»Wir müssen weg von hier, bevor sie wieder zu singen anfangen!«, flüsterte Ilke.

»Kannst du dich auf deinem Wolf halten?«, fragte Alak Millian.

Sie nickte tapfer und ließ sich von Alak und Ilke hoch auf seinen Rücken helfen.

Und dann ging alles ganz schnell: Schnurstracks jagten die Elfenkinder davon, Millian zwischen sich, und nach und nach verebbten die Klagegesänge der Trokés hinter ihnen.

Freiheit und Leben

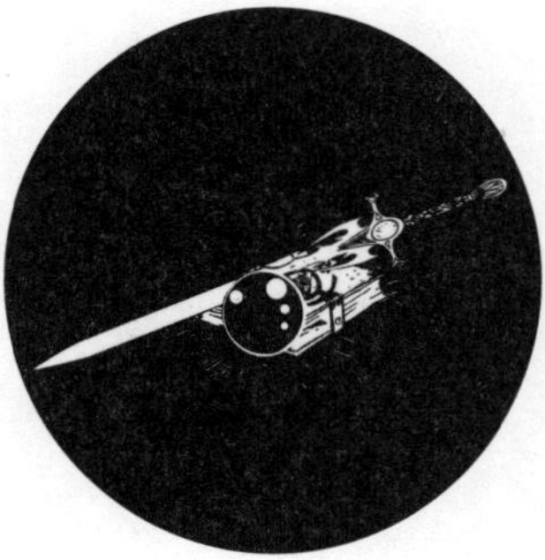

Gurim

Millian krallte sich, so fest sie konnte, ins Wolfsfell und keuchte vor Anstrengung.

»Ich bin so blöd!«, rief sie Ilke und Alak zu. »Und ihr habt recht: das hier ist nicht meine Welt. In meiner Welt war ich magisch und anders als die anderen; in dieser Welt bin ich nur eine von vielen. Es war falsch, nicht auf euch zu hören.«

»Ist schon in Ordnung!«, tröstete sie Alak.

»Was ich eigentlich zu sagen versuche, ist: … Entschuldigung! Und: Danke, dass ihr mich gerettet habt!«

»Nichts zu danken!«, erwiderte Ilke und lachte. »Was würde ich bloß ohne dich anfangen? Da wäre ja immer ich schuld, wenn wieder was Dummes passiert.«

»Hörst du eigentlich etwas?«, raunte Alak seiner Schwester zu.

Ilke konzentrierte sich, schüttelte dann jedoch den Kopf. »Nein!«, antwortete sie.

»Das macht mir Sorgen!«, sagte Alak und blickte um sich. Und tatsächlich: Plötzlich ertönte klar und deutlich das Geräusch von scharfen Klauen, die sich an der Felswand rieben. Im nächsten Moment wimmelte es nur so von Trokés.

»Dieses Mal entkommen wir ihnen nicht!«, prophezeite Alak düster. »Sie scheinen wütend zu sein.«

Ilke warf einen kurzen Blick über die Schulter. »Und was machen wir jetzt?«

»Wir reiten weiter!«

»Warum greifen sie uns nicht einfach an?«, fragte Millian. »Sie könnten uns einholen, wann immer sie wollen – stattdessen folgen sie uns aber nur.«

Die Kinder hielten an, weil sich der Weg erneut teilte.

»Vielleicht spielen sie nur mit uns!«, sagte Ilke und deutete mit dem Kopf auf die Trokés, die sich um die Kinder zu scharen begannen und sie mit großen Augen anstarrten. Sie schienen neugierig zu sein, welchen Pfad die drei wählen würden.

Wir dürfen auf keinen Fall Unsicherheit zeigen, dachte Alak. Vielleicht warten sie genau darauf, damit sie dann zuschlagen können.

Und tatsächlich schienen die Tiere nach einem Blick, einer Bewegung oder einem Zucken in ihrem Gesicht zu suchen, die ihre Angst aufdecken würden. Die Angst, niemals den Weg hier herauszufinden.

Alak schloss die Augen und überließ die Wahl des Weges seinem Wolf.

»Alak!«, hörte er eine schwache Stimme in seinem Inneren sagen.

Erschrocken öffnete der Elfenjunge die Augen und sah sich um. Wer sprach da mit ihm?

»Alak, bist du das?«, hörte er die Stimme wieder sagen, dieses Mal noch deutlicher und klarer.

»Ja«, antwortete er im Stillen, ohne das Wort laut auszusprechen.

»Erkennst du mich nicht mehr? Ist es schon so lange her?«

»Wer bist du?«, fragte Alak.

»Schließ die Augen! Ich werde es dir zeigen!«, sagte die Stimme.

Gehorsam schloss Alak die Augen, und was sah er da? Eine kleine, glühende Fliege, die vor ihm ihre Kreise zog. Sie stand mit vibrierenden Flügeln einen Moment in der Luft, bevor sie den rechten Pfad entlangflog und verschwand.

Alak riss die Augen auf und winkte den Mädchen. »Wir gehen rechts!«, rief er und trieb seinen Wolf zur Eile an. »Ich habe die Fliege gesehen! Sie ist da entlanggeflogen.« Er wies mit dem Finger den Weg.

»Und wo genau hast du sie gesehen?«, fragte Ilke skeptisch. »Mir ist nichts aufgefallen!«

»Ich habe die Augen geschlossen und sie vor mir gesehen«, erklärte Alak.

Die Mädchen sahen sich skeptisch an, folgten ihm aber. Sie ritten im Schritttempo und unter Alaks Führung – die Trokés dicht auf ihren Fersen. Die Tiere amüsierten sich sichtlich über die drohend gesenkten Köpfe und die gefletschten Zähne der Wölfe: Sie schnatterten vergnügt und sprangen grazil von einem Meilenstein zum anderen.

»Ganz ruhig!«, sagte Alak und strich dem Wolf über den Kopf. »Lass sie nicht mit dir rumspielen! Wenn wir sterben sollen, dann ehrenvoll und nicht als willige Spielzeuge.«

Der Wolf winselte und leckte Alaks Hand.

Mit Staunen bemerkten die Kinder, dass der Pfad sich nun zu einem großen, offenen Platz erweiterte, in dessen Mitte fünf riesige Steine kreisförmig angeordnet waren. Die Abstände zwischen den Steinen waren so groß, dass drei Ritter nebeneinander durch eine der Lücken hätten hindurchreiten können – und dies auch noch wettergeschützt, denn das Steinrund war mit flachen steinernen Platten überdacht.

Die Trokés folgten Alak, Ilke und Millian immer noch, doch es schien, als ob sie sich nicht trauten, den Platz zu betreten.

»Etwas an diesem Ort macht mir Gänsehaut«, flüsterte Ilke den beiden anderen unruhig zu.

Alak war beherzter als seine Schwester. Mutig ritt er bis zu den Meilensteinen, beugte sich vor und lugte durch eine der Lücken, um zu sehen, was innerhalb des Kreises verborgen war.

»Das Schwert!«, flüsterte er ehrfürchtig.

Ein goldenes Schwert funkelte im Sonnenlicht. Hinter ihm lag ein großer Felsbrocken, um den gelbliche Skelette, rostige Schwerter und morsche Schutzschilde vor sich hin moderten. Als Alak genauer hinsah, erkannte er, dass in dem Stein ein rostiges Schwert steckte.

Der Blick des Elfenjungen glitt zurück zu der glänzenden Waffe, die in der Luft zu schweben schien. »Ich hätte nie gedacht, dass das Schwert Kheiko so schön ist«, flüsterte Alak und schnappte aufgeregt nach Luft.

»Etwas stimmt hier nicht«, warnte ihn Ilke in einem scharfen Ton.

»Was meinst du?« Alak konnte den Blick nicht von dem Schwert losreißen.

»Es ist nur so ein Gefühl!«, sagte sie und schaute zu den Trokés, die das Ganze eifrig beobachteten.

Das Sonnenlicht lag auf dem Schwert, dessen Griff mit gesponnenen Goldfäden verziert war; das Schwertblatt glänzte und funkelte Alak entgegen.

Alak ging nach vorn, zuerst zögernd, dann jedoch mit jedem Schritt mutiger und ohne auf die Sonnenstrahlen zu achten, die im Schwertblatt reflektiert wurden und ihn blendeten. Alak beschattete seine Augen mit der Hand, ging mutig weiter und starrte dabei die ganze Zeit das Schwert gebannt an.

Die Trokés hatten sich in Haufen auf den Meilensteinen versammelt, die rund um den Platz standen. Sie schaukelten rhythmisch hin und her und sangen: »Gurim, Gurim, Gurim …«

Der monotone Singsang der Trokés blendete alle anderen Geräusche um Alak herum aus. Der Elfenjunge blinzelte unsicher ins Sonnenlicht und versuchte vergeblich, sich auf etwas anderes zu konzentrieren, um dem Reiz der seltsamen Geschöpfe widerstehen zu können.

Ilke, die erkannte, dass ihr Bruder in großer Gefahr schwebte, sprang auf Alak zu, packte ihn und zog ihn unsanft aus dem Kreis der Meilensteine – so grob, dass er hinfiel.

»Was soll das?«, rief Alak ärgerlich und versuchte Ilke wegzustoßen, die sich auf ihn gesetzt hatte, damit er nicht entkommen konnte.

»Das könnte ich dich fragen!«, entgegnete Ilke und schüttelte ihren Bruder an der Schulter. »Bist du jetzt vollkommen blind geworden für die Gefahren, die hier auf uns lauern?«

Alak wand sich unter Ilkes Gewicht, doch als er sah, wie die Meilensteine um das Schwert herum in der Luft zu vibrieren begannen, erstarrte er vor Schreck. Doch damit nicht genug: Plötzlich wurde in jedem der Steine ein Wesen mit Fledermausschwingen, Löwenkörper und verunstaltetem Männergesicht sichtbar. Was Alak jedoch am allermeisten erschreckte, waren die lebendigen Augen der Figuren, die Alak und die Mädchen anstarrten und jeder Bewegung, die sie machten, folgten.

Trotz seiner Furcht war Alak geistesgegenwärtig genug, um aus seiner Jackentasche die Brille herauszuholen, die er von Ilke bekommen hatte. Mit einer schnellen Bewegung setzte er sie sich auf die Nase und schaute zum Schwert hin, das im Sonnenlicht funkelte. Doch ehe er den Mädchen mitteilen konnte, was er sah, dröhnte lautes Gelächter durch das Gebirge. Der Singsang der Trokés verstummte abrupt, und eine drückende Stille legte sich über den Ort.

Alak, Ilke und Millian schauten nervös umher, doch niemand war zu sehen. Es schien sogar, als ob weder die Sonne noch der Wind sich angesichts dieses grausigen Spuks zu rühren wagten.

Millian spornte ihren Wolf an und ritt zu Alak und Ilke.

»Was machen wir jetzt?«, flüsterte Millian.

»Wir bleiben!«, sagte Alak entschlossen. »Das hat mir auch die Stimme gesagt.«

»Welche Stimme?«, fragte Ilke. »Ich habe nichts gehört.«

»Ich glaube, es war Kheiko«, sagte Alak unruhig und sah sich ungeduldig um.

Die Mädchen spürten seine gespannte Nervosität und ließen sich anstecken. Der Eisfrost lag wie schwacher Dampf um Ilke.

Alak spürte sie zuerst: eine schwache Erschütterung des Bodens, die immer stärker wurde.

»Da ist etwas unter uns!«, rief er entsetzt.

Sandkörnchen begannen über dem Boden zu tanzen, und es schien, als würde sich der gesamte Platz drehen.

Die Wölfe winselten und tappten nervös im Kreis.

Die Trokés saßen ganz still – wie Zuschauer in einer Arena – und beobachteten das Geschehen interessiert. Alak war sich sicher, dass sie das hier alles schon einmal gesehen hatten und dass sie ganz genau wussten, was als Nächstes kommen würde. Nur er, Ilke und Millian hatten keine Ahnung, und wenn sie am eigenen Leib erfahren würden, was es mit dem Beben auf sich hatte, könnte es vielleicht schon zu spät sein.

Die Bodenerschütterungen konzentrierten sich schließlich auf eine Stelle zwischen ihnen und dem Pfad, der zurück ins Labyrinth führte. Die Kinder wichen immer weiter zurück, bis sie mit dem Rücken gegen die Meilensteine stießen, die um das Schwert herum standen.

Alak schaute über die Schulter: Die in den Steinen eingeschlossenen Wesen ließen ihre Schwingen vibrieren und machten sich offenbar bereit, sich aus ihrem Gefängnis zu befreien. Sie fixierten die Kinder mit starren Blicken und schienen begierig darauf zu warten, dass Alak, Ilke und Millian in ihre Reichweite gelangten.

Felsblöcke und Steine wurden krachend aus dem Boden gepresst, sodass Kies- und Sandböen aufwirbelten. Das Geräusch von Stein, der sich mit großen Druck an Stein rieb, schmerzte in den Ohren. Nach und nach konnten die

Kinder auch erkennen, worum es sich bei dieser Erscheinung handelte: Ein gewaltiger steinerner Riese schälte sich da vor ihren Augen aus dem Boden. Als er seine mächtigen Hände auf den Boden stemmte, um den Rest seines Körpers an die Oberfläche zu drücken, begannen die Wölfe zu bellen.

Der erste Schreck der Kinder wandelte sich in Panik, und das Bellen der Wölfe verstärkte ihre Angst noch zusätzlich.

»Was sollen wir jetzt tun?«, schrie Ilke und legte den Kopf in den Nacken, um in das Gesicht des Riesen sehen zu können, der mittlerweile die brennende Sonne vollkommen verdeckte: Der Schatten des Kolosses fiel jetzt über den gesamten Platz und verdunkelte ihn.

Die Wölfe bellten weiter aus vollem Hals, und Millian schrie vor Angst.

Für einen Moment verstummte das knirschende Geräusch von aneinanderreibenden Steinen, und die Stimme des Kolosses dröhnte über den Platz.

»Ruhe!«, brüllte der steinerne Riese.

Augenblicklich wurde es so still, dass man hätte meinen können, der Riese hätte alle Geräusche der Welt zum Schweigen gebracht.

Alak wagte kaum zu atmen. Millian stand wie vom Donner gerührt neben ihm. Nur Ilke schien halbwegs gefasst. Mutig trat sie einen Schritt vor.

»Wer bist du?«, rief sie zu dem Koloss hinauf.

Der Riese lachte dröhnend, sodass die Berge um ihn herum erbebten.

»Ich bin Gurim«, sagte er, und seine Worte klangen wie Donner. Er beugte sich zu ihnen herab und lächelte schadenfroh. »Ich bin derjenige, der die Trokés mit euren Leichen füttern wird. Seht nur, sie warten schon ganz ungeduldig, dass ich euch zu ihnen werfe.«

Ängstlich schielten die Kinder auf die seltsamen Geschöpfe um sie herum. Die Trokés saßen mit auf die Seite gelegten Köpfen da und verfolgten das Geschehen gespannt; irgendwie sahen sie aus wie kleine, hungrige Kuscheltiere, fand Ilke.

Alak warf einen raschen Blick auf das in der Luft hängende Schwert, das im Sonnenlicht funkelte. Das hier musste Kheiko sein, das Schwert der Weisheit und Gerechtigkeit. Sein Blick wanderte weiter zu dem verrosteten und schäbig aussehenden anderen Schwert, das in einem Felsbrocken steckte. Er konnte Gurim unmöglich mit diesem schäbigen Ding bekämpfen, das aussah, als würde es sich auflösen, sobald man es berührte.

»Na, glänzt es nicht schön?«, fragte Gurim, und der Schall seiner tiefen Stimme ließ den Kies auf der Erde erzittern.

Alak hielt seinem Blick stand und stellte sich sogar noch ein wenig gerader.

»In dir steckt viel Leben«, sagte Gurim und runzelte die Steinplatten, die seine Stirn bildeten. »Vielleicht etwas zu viel!«

Statt einer Antwort dachte Alak intensiv an Kheiko und hoffte, dass das Schwert ihm antworten würde.

Und tatsächlich: Die Stimme in seinem Kopf meldete sich erneut zu Wort. »Endlich hast du mich wiedererkannt«, sagte sie. »Ich hatte schon Angst, dass du so viel erlebt hast, dass du ganz vergessen hast, wie ich mich anhöre. Hat dich König Weha hierhergeschickt?«

»Ja!«, antwortete Alak.

»Das habe ich mir gedacht. Wie geht es ihm?«

»Ich brauche Hilfe!«, sagte der Elfenjunge panisch. Jetzt war nicht die Zeit für Plaudereien. Das erkannte auch die Stimme.

»In Ordnung!«, antwortete sie. »Ihr sollt Hilfe bekommen!«

»Na, weckt das Schwert Begehrlichkeiten bei dir?«, lachte Gurim. »Komm schon, greif zu! Du musst es nur an dich nehmen, dann ist es dein … Aber du traust dich nicht, oder?«

»Warum sollte ich mich nicht trauen?«, fragte Alak.

»Viele haben es schon versucht!« Gurim erhob seine grauen Granithände und brüllte über das Gebirge hinweg so laut, dass das Echo die Kinder zum Stolpern brachte und sie zu Boden stürzten. Die Wölfe rollten sich winselnd und mit geschlossenen Augen zusammen und legten die Ohren flach.

Ohne Vorankündigung fegte jetzt ein starker Wind über das Gebirge und wirbelte den Sand um den Meilensteinkreis so lange auf, bis er die darunter begrabenen Toten aufgedeckt hatte.

Millian und Ilke schrien, als der Wind die Überreste der Leichen in der Luft so heftig zum Tanzen brachte, dass ihre bleichen Knochen aneinanderstießen. Erst als Gurim mit den Armen ausschlug und die Skelette unsanft aus ihrer Windbahn geschleudert wurden, landeten sie wieder auf dem Boden und blieben über den Platz verstreut liegen.

»Alle diese mutigen Männer haben es bereits versucht«, lachte Gurim und deutete auf die Skelette. »Hast du immer noch Lust, es zu probieren?«

Alak konzentrierte sich auf das goldene Schwert. Wenn er es zu fassen bekäme, würde alles gut werden. Mit Kheiko in der Hand würde er vor nichts mehr Angst zu haben brauchen.

»Hilfst du mir?«, dachte Alak eindringlich.

»Selbstverständlich!«, antwortete die Stimme in seinem Kopf. »Das Einzige, was du tun musst, ist, deinem Herzen zu folgen!«

Gurims dröhnende Stimme übertönte Kheiko. »Na, kleiner Junge, bist du bereit für den Sprung deines Lebens?«, lachte der Riese. »Du musst dich bloß vor den Wächtern des Schwertes in Acht nehmen. Sie sind von König Weha vor unendlichen Zeiten hier eingesetzt worden. Nur der Auserwählte darf das Merwihl-Gebirge mit Kheiko verlassen – diese Prophezeiung hast du vermutlich nicht gelesen, oder?«

Alak stellte sich vor Gurim und versuchte ihm in die Augen zu sehen.

»Verehrter Gurim!«, rief er und legte den Kopf in den Nacken, um dem Riesen ins Gesicht sehen zu können. »Ob du es glaubst oder nicht – aber die Auserwählten stehen direkt vor dir. Und ja, wir werden Kheiko an uns nehmen und das Merwihl-Gebirge ungehindert verlassen!«

Gurim betrachtete den kleinen Jungen, der da so furchtlos vor ihm stand und ihm gerade in die Augen blickte, misstrauisch.

»Dann beweise mir, dass du der Auserwählte bist!«, donnerte Gurim.

»Eigentlich hast du ein gutes Herz – ganz tief drinnen in dir –, obwohl du aus Stein bist!«, sagte Alak ernst.

»Du siehst, was andere nicht sehen können!«, entgegnete Gurim ruhig. »Das ist eine ungewöhnliche Eigenschaft, solltest du sie tatsächlich besitzen. Aber ich habe ein Herz aus Stein und bin genauso hart wie der Stein, aus dem ich gemacht bin – nicht mehr und nicht weniger. Deine Worte tun aber trotzdem gut. Zum Dank begrabe ich dich später, wenn du tot bist, im Gebirge, statt dich den Trokés vorzuwerfen.«

»Danke!«, antwortete Alak und verbeugte sich. »Das ist sehr liebenswürdig, aber ich glaube nicht, dass das nötig sein wird.«

»Deinen Freunden lasse ich aber nicht diese Ehre widerfahren!«, polterte Gurim und grinste unheilvoll.

Ilke und Millian lächelten tapfer.

»Ich bin auch eine der Auserwählten!«, sagte Ilke munter und zog die Mundwinkel noch ein Stückchen weiter auseinander.

Gurim lachte so laut, dass seine Stimme Felsbrocken löste, die donnernd in die Tiefe rollten.

»Ha, ha – das muss man gesehen haben! Hier wimmelt es offenbar nur so von Auserwählten!«, brüllte er und schlug sich auf die Knie.

Ilke ging zu ihrem Bruder und legte ihre Arme um ihn.

»Ich habe dich furchtbar lieb!«, raunte sie ihm zärtlich zu. »Und ich weiß, dass du gleich dein Bestes gibst, um uns hier heil herauszubekommen. Aber falls das nicht ausreicht und wir gleich alle tot sind, sollst du wissen, dass du für mich immer der beste und liebste Elf gewesen bist.«

Alak lächelte und spürte einen Klumpen im Hals. Er drückte Ilke so fest an sich, dass ihr kurz die Luft wegblieb.

»Ich habe dich auch furchtbar lieb!«, sagte er leise. »Und sollte ich es wirklich nicht schaffen, euch von hier wegzubringen, dann müsst ihr beide, du und Millian, es selbst versuchen. Die Spur, der die Wölfe gefolgt sind, ist vielleicht der richtige Weg, um hier herauszukommen.«

»Ich gehe niemals ohne dich!«, rief Ilke erschrocken. Ihre Stimme zitterte.

»Und ich werde immer bei dir sein, egal, was geschieht! Denk daran, Ilke: Ich werde dich nie verlassen!« Mit diesen Worten schob Alak seine Schwester von sich weg und sah ihr in die Augen. »Denk bitte immer daran!«

Ilke nickte und wischte sich mit dem Ärmel die Tränen ab.

»So, und jetzt werde ich tun, was die Prophezeiung mir vorschreibt!«, sagte Alak entschlossen und drehte sich zu dem Meilensteinkreis um.

Ilke strich Alak vorsichtig mit der Hand über den Rücken, dann ging sie rückwärts zu Millian – sie konnte den Blick nicht von ihrem Bruder wenden, der wild entschlossen das Schwert anstarrte.

Millian legte ihren Arm um Ilkes Schultern und drückte sie kurz an sich.

»Du darfst mich niemals verlassen!«, flüsterte Ilke beschwörend und lächelte ihrem Bruder mit Tränen in den Augen zu.

Kheiko, das Schwert der Weisheit und Gerechtigkeit

Das Schwert glitzerte und funkelte trotz der Dunkelheit. Alak konnte beinahe fühlen, wie es in der Hand liegen würde. Aber weshalb bezweifelte Gurim, dass er es an sich nehmen konnte? Plötzlich keimte Zweifel in ihm auf.

Die in den Meilensteinen eingesperrten Wesen zitterten vor Spannung, als sie an Alaks ungelenken Bewegungen und dem Glänzen seiner Augen bemerkten, dass er sich bereit machte, das Schwert zu ergreifen. Gleich würde er nahe genug an sie herangetreten sein, dass sie sich losreißen und angreifen konnten.

Alak hörte, wie sie sich leise unterhielten – in einer alten Sprache mit scharf gezischten Konsonanten. Er versuchte, sie zu verstehen, doch es war, als ob die Wesen das gemerkt hätten, und deshalb schwiegen sie. Er schluckte schwer und starrte weiter auf das Schwert. Langsam legte sich eine bleierne Müdigkeit über seine Sinne – und alles um ihn herum schien sich aufzulösen und ineinander zu verschwimmen. War das ein gutes Gefühl? Alak konnte sich nicht entscheiden. Er wusste nur eines: Bevor ihm die Augen zufielen und er den Trokés und Gurim hilflos ausgeliefert wäre, musste er handeln.

Entschlossen hechtete er nach vorn, ergriff das goldene Schwert mit beiden Händen und schwang sich zu Ilke und Millian herum. In diesem Augenblick stürzten die in die Meilensteine eingeschlossenen Wesen aus ihren Gefängnissen hervor und flogen direkt und bedrohlich schnell auf Alak zu. Der Elfenjunge versuchte, in ihren Augen zu lesen, was sie genau vorhatten, doch ihre Blicke brannten so sehr, dass er zu Boden sehen musste. Schützend hielt er das Schwert vor sich, als er sah, wie ihre Schatten sich näherten.

»Du musst mir helfen, Kheiko!«, bat er im Stillen. »Ich kann ihnen nicht in die Augen sehen.«

»Hab keine Angst! Du musst nur mit dem Herzen sehen, nicht mit den Augen!«, antwortete Kheiko.

Gehorsam schloss Alak die Augen: Alles wurde schwarz – doch da war noch etwas: Ein sich leise in seinem Innersten regendes Gefühl, dass er etwas wusste, ohne es zu begreifen. Er machte ein paar zögernde Schritte nach hinten, bis er gegen einen der Meilensteine stieß. Erschrocken öffnete Alak die Augen und schaute hinter sich: Die Trokés kamen von allen Seiten auf ihn zu und kesselten ihn unerbittlich ein.

Das Schwert, das Alak in Händen hielt, funkelte im Sonnenlicht. Da begriff er: Gurim hatte gesagt, dass er das sehen könne, was andere nicht sahen – und Kheiko hatte ihm geraten, dass er mit dem Herzen und nicht mit den Augen schauen sollte. Das war ja genau wie in dem Buch … über Artus und das magische Schwert Excalibur, das ihm König Weha gegeben hatte. Das Schwert, das im Stein steckte!

Erleichtert warf Alak das goldene Schwert weg und sprang auf den Felsbrocken, direkt zu der rostigen Waffe. Er stand einen Augenblick da und betrachtete das goldene Schwert – dann packte er beherzt den rostigen Schwertgriff und zog die Klinge mühelos aus dem Stein. Sofort zerbröselte die rostige Klinge vor seinen Augen. Der Wind verwehte die kleinen Rostflocken. Hatte er sich doch geirrt?

»Sieh mit dem Herzen!«, meldete sich Kheiko wieder zu Wort. »Mit dem Herzen!«

Alak konzentrierte sich kurz, dann hob er den Schwertgriff und schwang ihn über den Kopf. Sein Gespür trog ihn nicht: Wie aus dem Nichts tauchte eine flammende Klinge am Griff des rostigen Schwerte auf und zischte bedrohlich durch die Luft.

Ihm wurde warm vor Erleichterung, und Alak lachte laut. Ein Chor von Stimmen dröhnte in seinen Ohren: »Ihr seid die Auserwählten!«, sangen die Stimmen. »Du bist der Träger Kheikos, des Schwertes der Weisheit und Gerechtigkeit. Himmel und Erde, grüßt den Fürsten der Weisheit und die Tochter des Frosts!«

Ein gewaltiger Wind umwehte den Steinkreis, und auf einmal war der Platz taghell erleuchtet. Den fassungslos um sich starrenden Kindern schien es, als wäre die Sonne in wenigen Sekunden über den Horizont gestiegen und hätte all ihr Licht über das Gebirge zu ihnen geschickt. Die Meilensteine begannen in einem orangeweißen Licht zu brennen.

Alak schaute auf das Schwert in seinen Händen und hielt den Atem an: Die aus dem Nichts aufgetauchte Klinge schlängelte sich wie ein Strauß weißer, funkelnder Flammen aus dem rostigen Griff.

»Danke!«, sagte Alak in Gedanken.

»Ich habe zu danken!«, antwortete das Schwert. »Mich hat noch nie jemand Würdigeres als du getragen, seit König Weha meine Klinge im Stein versenkt hat. Du hast ein gutes

Herz und wirst ein wunderbarer König werden, der Aldras würdig ist.«

»Ich – ein König?«, fragte Alak erstaunt.

»Du bist nicht nur einer der Auserwählten«, antwortete das Schwert feierlich, »du wirst Gratia Cardia, der weiße Fürst, sein!«

Alak fühlte sich auf einmal vollkommen erschöpft. Seine Beine drohten unter ihm nachzugeben, und ihm war schwindlig.

»Ich bin doch nur Alak, der kleine Elfenjunge, der so gerne einmal wieder mit seinen Freunden spielen würde, ohne sich um all die Verantwortung Sorgen machen zu müssen, die auf einem Auserwählten lastet«, schluchzte er und ließ seinen Tränen freien Lauf. Sie strömten wie ein Sturzbach, und seine Brust schmerzte.

»Ihr seid auserwählt worden, damit Kinder, die nach euch kommen, unbekümmert spielen können«, sagte die Stimme in seinem Kopf. »Die Prophezeiung hat dich und deine Schwester auserwählt, euer Volk, das unter dem Joch der Murtokks leidet, zu befreien.«

»Ich finde, das ist ein ziemlich schweres Los für einen Jungen von zwölf Wintern«, sagte er leise.

»Verglichen mit wem?«, fragte die Stimme ernst.

Alak beugte den Kopf. Er dachte an die Elfenkinder, die oben im Santor-Gebirge lebten.

»Steh auf, Alak, und tu das, was dir dein Herz befiehlt! Du kannst selbst entscheiden, wer du bist und was du willst. Aber folge immer deinem Herzen! Deine Augen können dich auf vielerlei Art täuschen, doch dein Herz ist rein. Es wird dich führen! Steh auf, Alak, und geh zu deiner Schwester und zu Millian! Geh! … Und ich verspreche dir: Ich werde immer bei dir sein und dich anleiten, ein Wunder zu vollbringen!«

Als Alak mit dem Schwert in der Hand aus dem Kreis trat, fiel Gurim vor ihm auf die Knie. Auch die Wesen aus den Meilensteinen warfen sich zu Boden und neigten ihre Köpfe vor ihm. Nur die Trokés erwiesen Alak nicht die Ehre einer Verneigung: Sie versteckten sich hinter den Riesensteinen.

»Du bist der Auserwählte!«, rief Gurim aus. »Vergib mir, aber ich wusste es nicht besser!«

»Ich hatte es dir ja gesagt!«, rief Ilke freudig aus und konnte vor Begeisterung kaum stillstehen.

Millian stand einfach nur da und starrte Alak verwundert und fasziniert an.

Das brennende Licht, das die Meilensteine

umgeben hatte, zerfiel in glitzernde Funken, die zum Himmel stiegen. Und das Schwert, das Alak noch immer mit beiden Händen festhielt, wurde ihm von unsichtbaren Kräften entrissen. Pfeilschnell schoss es gen Himmel zu den Wolken hinauf. Dort teilte es sich und wurde zu zwei weißen Adlern.

Nun änderte sich auch die Farbe des Himmels: Er wurde genauso weiß wie die Wolken, die ihn bedeckten, und ein gewaltiger Chor von Stimmen erfüllte die Luft.

Das Schwert glitt wieder zurück zur Erde und landete sanft in Alaks Hand.

»Der fürstliche König wird über die Ebenen rufen, und das Schwert wird ihm antworten. Sie werden einander zurufen, der eine mit seinem Herzen, der andere mit seinem Wissen«, sang der Chor, bevor die Sonne den Himmel wieder in Abendrot tauchte.

Die weißen Adler flogen in einem großen Kreis zur Erde und setzten sich vor Alak nieder.

»Die weißen Adler werden euch den Weg aus dem Labyrinth zeigen«, sagte Kheiko.

»Ich wusste, dass du es schaffen würdest! Ich wusste es!«, rief Ilke begeistert und warf sich Alak lachend um den Hals.

»Dann wusstest du mehr als ich!«, sagte Alak und lächelte.

»Du bist … so unglaublich … toll«, flüsterte Millian ihm zu, als sie ihn umarmte, und wurde rot.

»Jetzt müssen wir nur noch Melka und Ponjak finden, dann können wir weiter nach Scha-Ra suchen«, sagte Alak zu Gurim. »Aber bevor wir weiterreiten, möchte ich dir etwas geben.« Sanft legte er seine Hand auf den Knöchel des steinernen Riesen, der immer noch auf den Knien saß, den Kopf zu Boden geneigt.

Gurim blickte hoch.

»Steh auf!«, sagte Alak.

Gurim tat, wie ihm geheißen wurde. Eine kleine Sandlawine rieselte auf den Boden, als sich der gewaltige Koloss erhob.

»Du sollst haben, worum du gebeten hast!«, sagte Alak und öffnete die Hand, aus der eine leuchtende Fliege hervorflog. Auf ihrem Flug zu Gurim zog sie eine brennende Spur hinter sich her. Sie flog direkt in Gurims vor Staunen geöffneten Mund hinein und verschwand in seinem Inneren.

Ein mächtiges Zittern lief durch den schweren steinernen Körper. Der Koloss fiel erneut auf die Knie und musste sich abstützen, um nicht gänzlich umzufallen. Er hustete und räusperte sich, während ihm kleine Gebirgsbäche über das Gesicht liefen.

»Was hast du nur mit mir gemacht?«, röchelte Gurim und schlug sich hilflos auf die Brust. »In mir brennt es wie fließende Lava.«

»Du hast ein Herz bekommen!«, antwortete Alak mit freundlichem Lächeln. »Das wird dich stärker machen – aber gleichzeitig auch deine Schwachstelle sein. Pass gut darauf auf, denn ab heute ist dein ganzes Leben mit ihm verwoben!«

Gurim kämpfte tapfer um ein Lächeln. »Wie soll ich dir nur danken?«, fragte er schüchtern.

»Danke nicht mir!«, antwortete Alak. »Das ist ein Geschenk von Kheiko, ein Abschiedsgeschenk! Ihr habt eine lange Zeit miteinander verbracht.«

Nach mehreren Versuchen bekam Gurim endlich etwas zustande, das einem herzlichen Lächeln ähnelte.

»Viele Tausend Jahre sind in der Tat eine lange Zeit!«, polterte er und lachte dröhnend.

Alak lächelte und setzte sich auf seinen Wolf. »Nun müssen wir los!«, sagte er.

Gurim sah den Elfenjungen ernst an. »Sag mal«, fragte er dann leise, »jemanden zu vermissen – ist das ein Gefühl?«

»Ja!«, antwortete Alak.

Gurim blieb auf den Knien hocken und dachte eine Weile nach. »Das ist ein trauriges Gefühl«, sagte er schließlich. »Ein furchtbar trauriges sogar. Ich werde euch vermissen!«

Ilke war so überwältigt, dass sie zu dem steinernen Riesen rannte und seine Hand umarmte, auf die er sich stützte. »Ich werde dich auch vermissen!«, sagte sie aufrichtig. »Obwohl du vorhattest, die Trokés mit uns zu füttern!«

Gurim lachte laut und strich Ilke mit dem Zeigefinger, der so groß wie ein Deckenbalken war, vorsichtig über den Kopf.

»Du kleine, süße Auserwählte, du machst Dinge mit meinem neuen Herzen, die es fast zum Platzen bringen!«, brummte er zärtlich.

Ilke schaute mit großen, glänzenden Augen zu Gurim hoch, lächelte und schwang sich dann auf ihren Wolf. »Viel Glück mit deinem neuen Herzen!«, sagte sie.

»Danke!«, erwiderte der Riese und schaute zum Himmel hoch. »Die Trokés lassen sich übrigens von niemandem lenken«, sagte er dann freundlich zu den Kindern. »Ihr müsst ihnen verzeihen, sie sind nicht böse – nur kleine Raubtiere. Heute Abend reitet ihr unter meinem Schutz, doch wenn die Nacht anbricht, kann ich sie nicht länger bändigen.«

»Ich dachte, es wären deine Geschöpfe!«, sagte Alak verwundert. »Das hat man uns zumindest erzählt.«

»Wenn es doch nur so wäre!«, sagte Gurim traurig. »Ich bin ein einsames Geschöpf, wisst ihr. Einsam und auf sich allein gestellt. Einsamkeit ist übrigens auch ein trauriges Gefühl, merke ich.«

»Dann komm doch mit uns!«, schlug Millian vor.

Alak und Ilke drehten sich überrascht zu ihr um. Millian errötete leicht – vielleicht war sie zu vorwitzig gewesen?

Gurim strahlte. »Danke!«, antwortete er. »Aber ich spüre, dass die Einsamkeit die Seele des Gebirges ist. Und weil ich ein Teil dieses Gebirges bin, getraue ich mich nicht, das Gefühl ganz loszulassen. Vielleicht wird es nach und nach ja sogar zu einem guten Gefühl.«

»Kheiko möchte dir etwas sagen«, sagte Alak und schlug die brennende Schwertklinge zu Boden.

Der Klang gegen den steinernen Boden wurde zu einer lauten und schönen Stimme, die sich samtweich zwischen den Gebirgswänden bewegte: »In der Einsamkeit wird

Neues geschaffen, Gurim! Es wird der Tag kommen, an dem die Leute ihre Blicke auf das Merwihl-Gebirge werfen und ausrufen: ›Woher kommt meine Hilfe? Meine Hilfe kommt von dem, der den Starken schwach und den Schwachen stark macht.‹ In deiner Einsamkeit wirst du dein Herz verstehen lernen, Gurim – das verspreche ich dir. Du wirst verstehen lernen, dass Macht sowohl Pflicht als auch Freiheit und Verantwortung bedeutet.«

»Ist das Kheiko?«, flüsterte Ilke ihrem Bruder zu. Ihre Stimme klang ehrfürchtig.

Alak blickte auf sein Schwert. Die Klinge war erloschen – er hielt nur noch einen alten, rostigen Schwertgriff in der Hand. »Ich glaube schon«, flüsterte er zurück.

»Ihr müsst unbedingt fort von hier, bevor es Nacht wird«, mahnte Gurim. »Und wenn die Zeit reif ist, dann werde ich kommen.«

»Dessen bin ich mir sicher«, lächelte Alak und winkte zum Abschied. Dann befahl er seinem Wolf loszugehen und ritt gemeinsam mit Ilke und Millian fort.

Die Adler, die auf den Meilensteinen saßen, schlugen kräftig mit den Schwingen und erhoben sich in die Luft. Die Kinder schauten lächelnd hoch, als die großen Vögel dicht über ihren Köpfen hinwegflogen und sie dabei zärtlich mit ihren Flügelspitzen berührten.

Gurim blieb allein zurück. Tränen standen in seinen Augen, und zum ersten Mal in seinem ganzen Leben fühlte er, dass er wirklich lebte.

Die Flucht

Sie ritten den Adlern in scharfem Tempo hinterher. Die Wölfe warfen wachsame Blicke auf die Felswände und die Schatten dazwischen, doch es waren keine Trokés zu sehen – genau wie Gurim versprochen hatte. Bis zum Einbruch der Dunkelheit waren sie geschützt.

Die Luft wurde kühler, und die Kinder vergruben ihre Hände tief im Wolfsfell.

Wir müssen Melka und Ponjak finden!, dachte Alak und konzentrierte sich weiter auf die weißen Adler.

»Ich weiß nicht, wer sie sind und wo sie sind«, sagte die Stimme in seinem Kopf. »Vielleicht warten sie am Fuß des Merwihl-Gebirges auf euch?«

»Vielleicht!«, dachte Alak.

Die Wölfe bellten kurz, als sie sich wieder an der Stelle befanden, wo Alak die leuchtende Fliege entdeckt hatte.

Der Elfenjunge zog an den Riemen, um seinen Wolf zum Stehen zu bringen, und pfiff scharf nach den weißen Adlern.

»Was jetzt?«, fragte Millian.

»Ich kann nicht einfach von hier wegreiten,

ohne dass ich mir die Spur näher angeschaut habe, die die Wölfe heute entdeckt haben.«

»Was ist mit den Trokés?«, fragte Ilke und schaute besorgt in den veilchenfarbenen Abendhimmel. »Es wird bald Nacht!«

Alak seufzte. Sie hatte ja recht. Wenn die Wölfe nun aber Melkas und Ponjaks Fährte aufgenommen hatten?

»Aber du hast doch gesagt, sie seien sich nicht sicher«, antwortete Ilke auf seinen Einwand hin.

Alak nickte.

»Die Wölfe haben einen stark entwickelten Geruchssinn; wenn es Melka und Ponjak gewesen wären, hätten sie sie sicher wiedererkannt!«, gab Millian zu bedenken.

»Sollen wir wirklich weiterreiten, ohne uns die Spur näher anzusehen? Ich werde mir den Rest meines Lebens Vorwürfe machen, wenn wir uns nicht die Zeit nehmen, um nachzusehen, was da ist«, sagte Alak und schaute die Mädchen an.

»Ich kann gut damit leben, dass ich nicht weiß, was es damit auf sich hat!«, sagte Millian. »Hauptsache, wir überleben dieses Labyrinth!«

Ilke warf ihr einen strafenden Blick zu.

»In Ordnung, ich gebe auf!«, gab Millian

sich geschlagen. »Wir folgen der Spur. Ich hoffe nur, dass wir den Weg hier rausfinden, bevor es dunkel wird.«

Alak schaute zu seiner Schwester: Sie lächelte und nickte.

Alak befahl seinem Wolf, dass er der Fährte folgen sollte, die er heute entdeckt hatte.

Das Tier gab ein paar zufriedene Laute von sich und trottete mit der Schnauze über dem Boden schwanzwedelnd den Pfad entlang.

Nachdem sie dem Wolf ein gutes Stück gefolgt waren, blieb der unvermittelt stehen und begann zu winseln. Die anderen Wölfe, die sich hinter ihm gehalten hatten, kamen zu ihm getrottet. Die Tiere rieben ihre Schnauzen aneinander, während sie bellten und winselten. Dann jaulten sie zum dunklen Himmel empor.

Es dauerte nicht lange, bevor sie Antwort bekamen. Hinter dem Gebirge konnte man deutlich das Heulen und Bellen von anderen Wölfen vernehmen.

Ilke drehte sich freudig zu Alak um. »Das sind Melkas und Ponjaks Wölfe, nicht wahr?«, fragte sie strahlend.

Der Wolf rieb seine Schnauze an Alaks Hand und bellte laut.

»Das sind tatsächlich Melka und Ponjak«, sagte Alak. »Doch der Wolf sagt, dass es ihnen nicht besonders gut gehe. Wir sollten uns beeilen!«

Er trat seinem Wolf in die Seiten und ritt rasch weiter, dicht gefolgt von Ilke und Millian.

Die Adler hatten offenbar verstanden, worüber die Kinder gesprochen hatten, und flogen wie weiße Pfeile vorweg, um Ausschau nach Melka und Ponjak zu halten. Es dauerte nicht lange, bis sie die Vögel schreien hörten.

Neben ein paar umgestürzten Meilensteinen, halb unter dem losen Kies begraben, lagen Melka und Ponjak.

Ihre Wölfe bellten aus voller Kehle, als die Kinder auftauchten.

Millian schrie vor Schreck auf, als sie sah, was mit ihren Freunden geschehen war.

Sofort sprangen die drei von den Wölfen und machten sich daran, die beiden Verletzten auszugraben.

»Melka hat kaum noch einen Puls!«, sagte Ilke besorgt, nachdem sie ihn untersucht hatte.

Ponjak erwachte aus seiner Ohnmacht, schrie laut auf und fuchtelte mit den Armen wild um sich. Millian konnte gerade noch rechtzeitig ausweichen, um keinen Schlag abzubekommen.

Alak kam ihr zu Hilfe, nahm Ponjaks Hände

in die seinen und versuchte, ihn zu beruhigen: »Wir sind es, Ponjak!«, sagte er mit ruhiger Stimme, »Alak, Ilke und Millian. Alles wird gut!«

Langsam beruhigte sich der Wolfsritter und betrachtete den Elfenjungen mit großen, blutunterlaufenen Augen. Sein Blick glitt weiter zu den Mädchen und zurück zu Alak. Ächzend hob er seine Hand und legte sie auf Alaks Arm, dann auf Millian und Ilke, um sicher zu sein, dass er nicht halluzinierte.

»Sie haben uns angegriffen«, zischte er dann. »Die Trokés haben uns angegriffen. Und als sie dachten, wir seien tot, haben sie uns zusammen mit dem Rest ihrer Vorräte hier begraben.«

»Melka hat eine große Wunde an der Seite«, sagte Ilke, und in ihrer Stimme schwang Angst mit.

»Ich konnte ihm nicht helfen«, seufzte Ponjak. »Sie haben tatsächlich angefangen, ihn aufzufressen. Wahrscheinlich hat Melka nicht mehr lange zu leben.«

Alak schaute zu Ilke, die neben Melka hockte und ihn untersuchte.

Das Elfenmädchen nickte traurig. »Ponjak hat leider recht«, flüsterte sie tonlos. »Melka hat zu viel Blut verloren.«

»Wir sollten jetzt los!«, sagte Millian mit zusammengebissenen Zähnen. »Sie sind schon hier …«

Die Elfenzwillinge sahen sich unruhig um. Und tatsächlich: Wenige Schritte von ihnen entfernt saßen ein paar neugierige Trokés, den Kopf zur Seite geneigt, und schauten sie mit großen, staunenden Augen an.

Millian warf einen großen Stein nach ihnen, doch sie duckten sich nur und ließen sich nicht weiter einschüchtern.

»Ihr müsst mir mit Melka helfen!«, keuchte Ilke und versuchte, ihn auf den Rücken eines Wolfes zu heben.

»Er ist doch so gut wie tot«, sagte Millian. »Er wird uns nur unnötig aufhalten.«

»Wir lassen niemanden zurück!«, sagte Alak entschlossen und schüttelte den Kopf.

Millian blickte beschämt zu Boden. »Entschuldigung! Ich weiß nicht, was ich mir dabei gedacht habe«, murmelte sie. Zarte Röte färbte ihre Wangen, als sie Ilke und Alak half, den verletzten Wolfsritter auf den Rücken seines Tieres zu laden.

»Wie sieht es mit dir aus, Ponjak? Brauchst du Hilfe?«, fragte Alak.

»Ich komm klar!«, antwortete dieser und wälzte sich ächzend auf den Wolfsrücken.

»Dann sind wir so weit. Los geht's!«, sagte Alak und trieb seinen Wolf zur Eile an. Sie ritten, so schnell es eben ging, ohne dass Melka vom Rücken des Wolfes herunterglitt. Leider war es jedoch nicht schnell genug: Das Geräusch von scharfen Krallen, die sich am Fels rieben, wurde immer lauter: Aus den wenigen Trokés wurden mehr und mehr. Und alle folgten sie ihnen.

Mittlerweile war es so dunkel, dass sie nur noch mit Mühe die Umrisse des Gebirges und des Pfades ausmachen konnten, der sich vor ihnen hinschlängelte. Es roch nach nassen, kalten Steinen.

Die weißen Adler über ihnen waren wie weiße Lichter, die sie davor schützten, Abhänge hinabzustürzen oder gegen Felsbrocken zu reiten. Und sie waren die besten Wegweiser, die sich die kleine Schar von Wolfsreitern nur wünschen konnte – denn sie zeigten ihnen den Weg nach draußen.

»Nun geht die Sonne unter, und der Tag wird zur Nacht«, sagte die Stimme in Alak ruhig.

»Schon?«, antwortete Alak. »Schaffen wir es bis zum Ausgang, bevor die Trokés angreifen?«

»Nein!«, antwortete die Stimme genauso ruhig. »Sie warten nicht.«

»Was machen wir dann?«

»Nehmt etwas von dem feinen Sand auf dem Boden und spuckt darauf. Damit verstopft ihr euch dann die Ohren, damit ihr die Trokés nicht hören könnt, wenn sie zu singen anfangen«, antwortete die Stimme.

Alak brachte seinen Wolf zum Stehen und stieg ab. Er erklärte den anderen, was Kheiko ihm gesagt hatte.

»Sollen wir den Wölfen auch Sand-Ohrstöpsel geben?«, fragte Ilke.

Ponjak nickte und schmierte die weiche Masse in die Ohren seines Wolfes. »Unbedingt«, sagte er. »Sie hören nämlich noch besser als wir.«

Die anderen Tiere waren nicht so geduldig wie Ponjaks Wolf – sie versuchten sich wegzudrehen und schüttelten unwillig die Köpfe, sobald einer der anderen Reiter sich ihnen mit den feuchten Sandklumpen näherte. Erst als Alak jeden von ihnen umarmte und ihm geduldig erklärte, was passieren würde, standen sie still und ließen es zu.

Ponjak nahm etwas von dem feuchten Lehm und schmierte ihn sorgsam in Melkas Ohren. »Ich weiß, dass er nicht bei Bewusstsein ist«, sagte er entschuldigend, »aber selbst die Tauben haben Ohren … oder etwa nicht?«

Die Kinder lächelten über Ponjaks Fürsorge

für Melka. Die Zeit, die er bei den Wolfsrittern verbracht hatte, hatte die beiden unzertrennlich gemacht.

Die Stille um sie herum war unheimlich, doch tapfer ritt die kleine Gruppe den Adlern hinterher. Zwischendurch entdeckten sie immer wieder Trokés, deren Augen bedrohlich in der Dunkelheit leuchteten.

Ein plötzliches Zittern in der Luft ließ es ihnen allen kalt den Rücken hinunterlaufen. Obwohl sie nichts hörten, spürten sie doch die Vibration der Töne: Die Trokés hatten zu singen begonnen. Der Sand um sie herum kam in Bewegung, und die Sandkörner peitschten ihnen ins Gesicht.

»Lass die anderen weiterreiten!«, befahl Alaks innere Stimme plötzlich. »Du und Ilke, ihr bleibt hier!«

»Was meinst du damit?« Alak schaute verzweifelt auf die Troké-Schatten, die immer näher kamen. Er wusste, dass die Tiere nur darauf warteten, sie endlich in Stücke reißen zu können.

»Tu, was ich dir sage!«, wiederholte Kheiko seine Anweisung und versprach: »Ich werde euch helfen, so gut ich es vermag.«

Alak holte tief Luft, dann bedeutete er Ilke anzuhalten und winkte die anderen vorbei.

Millian weigerte sich zunächst, die Elfenzwillinge in dieser unheimlichen Gegend zurückzulassen, und machte keinerlei Anstalten weiterzureiten. Erst als Alak böse schaute und ihr unwirsch das Zeichen zum Weiterreiten gab, nickte sie traurig.

Als Ponjak an den beiden Elfenkindern vorbeiritt, beugte er sich auf seinem Wolf nach vorn und ergriff Alaks Hand. Er drückte sie hart, bevor er und Millian weiter den weißen Adlern folgten, die ihnen den Weg wiesen.

Ilke nickte tapfer, als ihre Freunde außer Sichtweite waren, und presste Eis aus ihrer Hand, um ihrem Bruder zu zeigen, dass sie bereit war – wofür auch immer.

Alak lächelte sie aufmunternd an und nahm ihre Hand. Dann führte er Ilke in den Windschatten ihres Wolfes, wies sie an, sich hinzusetzen und ging selbst hinter seinem Reittier in Deckung.

Einen Augenblick waren die Trokés verwirrt, dass die Kinder sich trennten, was die Elfenzwillinge daran erkannten, dass der Sandsturm sich kurz legte. Einige der Tiere folgten Ponjak und Millian, doch kurz darauf waren sie wieder zurück bei der Meute.

»Warum kommen sie zurück?«, fragte Alak seine innere Stimme.

»Sie sind Herdentiere«, antwortete diese ruhig.

»Und was sollen wir jetzt tun?«, fragte Alak und verbarg das Gesicht unter der Jacke, als der Wind wieder Sandkörner vor sich herzuwehen begann.

»Ihr wartet!«, befahl die Stimme. »Genau so lange, bis die Trokés aufhören zu singen. Das merkt ihr übrigens daran, dass sich der Wind legt.«

Alak spürte, wie sich die Angst durch seinen Körper fraß und ihn lähmte.

»Werden wir diese Nacht überleben?«, fragte er bange.

»Vertraust du mir?«, fragte die Stimme in seinem Kopf, statt direkt auf seine Frage zu antworten.

Alak verzog das Gesicht.

»Eigentlich wollte ich dich erst besser kennenlernen, bevor ich dir zeige, über welche Kräfte ich verfüge – doch angesichts dieser gefährlichen Situation können wir damit nicht länger warten.«

Alak lachte laut und ein wenig irre – so lange, bis er spürte, wie das Lachen in seinem Bauch zu einem schweren Klumpen wurde. Er konnte sich nicht erklären, was da gerade über ihn gekommen war, denn eigentlich war ihm viel eher nach weinen zumute. Alak wurde all der Gefühle nicht mehr Herr, die da auf ihn einströmten. Seine Füße und Hände begannen zu zittern.

Erst als er spürte, dass Ilke Schutz bei ihm suchte und ihn mehr brauchte als alles andere auf der Welt, wurde er ruhiger.

»Ist es jetzt besser?«, fragte die Stimme.

Alak nickte.

»Du musst dich entspannen«, sagte sie eindringlich. »Ich brauche Bewegungsfreiheit. Halte mich einfach gut fest am Griff und lass mich nicht fallen, dann kann nichts passieren. Aber denk daran: Ohne dich bin ich nur ein gewöhnliches Schwert!«

»Ohne dich bin ich nur ein gewöhnlicher kleiner Elfenjunge«, lächelte Alak, wurde jedoch sofort wieder ernst. »Aber warum Ilke?«, fragte er Kheiko. »Warum wolltest du, dass sie mit mir zurückbleibt?«

»Irgendjemand muss dir doch Deckung geben!«, sagte das Schwert mit warmer Stimme.

Der Sand kroch den Elfenzwillingen unter die Kleider und legte sich wie eine körnige Decke auf ihre Kopfhaut. Alak juckte es überall, und seine Augen tränten.

»Halt durch!«, beruhigte ihn seine innere Stimme mehrmals. »Halt durch!«

Nach einer halben Ewigkeit legte sich der Wind so plötzlich, wie er gekommen war.

Alak und Ilke erhoben sich schwankend und blinzelten.

»Es beginnt«, flüsterte die Stimme und befahl Alak: »Halt mich vor dich, dann werde ich dich leiten!«

Gehorsam erhob der Elfenjunge Kheiko und wartete auf die nächste Anweisung – da stolperte Ilke und prallte gegen seinen Rücken. Als das Feuer des Schwertes auf die Eiskristalle traf, die ihrer Hand entströmten, erzeugten sie gleißende Helligkeit.

Alak schrie Ilke etwas zu, doch nur er hörte es wie einen Ton in seinem Inneren. Er kratzte sich verzweifelt in den Ohren, um den Lehm, den sie hineingeschmiert hatten, zu entfernen.

»Konzentrier dich!«, rief die Stimme – und kaum einen Atemzug später zuckte Alaks Arm, als das Schwert durch die Luft flog.

»Ich höre nichts!«, rief er verzweifelt.

»Doch, du hörst mich!«, antwortete die Stimme. »Das reicht auch im Moment.«

Alak spürte, wie etwas Scharfes in sein Bein hieb. Ein stechender Schmerz durchfuhr ihn, dann rann es weich und warm sein Bein hinab in den Stiefel. Er zuckte zusammen und begann panisch, mit dem Schwert um sich zu schlagen.

»Konzentrier dich!«, mahnte Kheiko ernst. »Und gib mir Bewegungsfreiheit!«

Kaum hatte Alak seine Kräfte zurückgenommen, spürte er, wie das Schwert sich kraftvoll in die Lüfte hob. So kraftvoll, dass er den Halt um den Griff verlor. Verzweifelt hechtete der Junge nach vorn, packte Kheiko und schloss auch seine andere Hand darum.

»Du hättest mich beinahe fallen gelassen!«, sagte die Stimme vorwurfsvoll. »So geht das nicht. Ich musste den Angriff abbrechen, sonst wäre ich direkt in die Felswand eingeschlagen.«

»Entschuldige!«, stotterte Alak. »Es kam nur alles so plötzlich. Außerdem bin ich nicht daran gewöhnt, so zu kämpfen.«

»Du hast nicht viel Zeit, es zu lernen. Ich bin keine Verlängerung deines Armes – so wie ein gewöhnliches Schwert. Wir müssen eine Einheit sein – du und ich, ich und du.«

Alak nickte verzweifelt und konzentrierte sich.

»Jetzt dreh dich um!«, rief die Stimme. »Schnell! Sie greifen Ilke an!«

Ilke stolperte und stürzte auf ihn zu. Geistesgegenwärtig breitete Alak die Arme aus und fing seine Schwester auf. Dann lockerte er den Arm, in dem er Kheiko hielt. Und so gelang es ihm, den Angriff der Trokés fast blind abzuwehren, mit einem einzigen Schwerthieb, über den er selbst keine Kontrolle hatte. Er ließ alles einfach nur geschehen und vertraute auf Kheiko.

Ein starker Schmerz fuhr ihm in den Arm, in dem er Ilke hielt. Dass Troké-Bisse so schmerzhaft waren, hatte Alak sich nicht träumen lassen, und dass ihm davon übel und schwindlig würde, noch viel weniger.

Ilke reagierte zum Glück schnell: Sie packte den angreifenden Troké und ließ ihre Kälte in ihn hineinströmen. Sie traf das Tier wie ein Schwerthieb; es stieß einen Schrei aus, riss sich los und floh in die nächtliche Dunkelheit hinaus.

Erleichtert atmeten die Zwillinge auf und sahen sich dann suchend um. Doch die Trokés zögerten mit einem erneuten Angriff. Sie schienen verwirrt, weil es ihnen offensichtlich nicht gelang, die Kinder durch ihren Gesang in den Wahnsinn zu treiben. Sie trippelten auf der Stelle, aufgeregt und fast ängstlich.

Mittlerweile hatte auch Ilke den Sand aus ihren Augen gerieben und den Lehm aus den Ohren entfernt. Sie wollte lieber mit allen

Sinnen kämpfen. Die Kältewellen, die sie ausstrahlte, brachten die Luft zum Erzittern und funkelten durch die Dunkelheit. Ilke strahlte vor Selbstsicherheit und eiskalter Gelassenheit.

»Du gibst mir von hinten Deckung, ja?«, raunte Alak ihr zu und ließ sich von Kheiko führen. Einen Augenblick später schoss die brennende Schwertklinge durch die Luft. Die Trokés stoben zur Seite und zischten ihm wütend entgegen.

Ilke wich ein paar Schritte zurück, um besser angreifen zu können, sollte es nötig werden. Die kleinen Geschöpfe, die mit ihren langen Krallen hitzig auf dem Boden schabten, ließ sie dabei nicht aus den Augen. Sie genoss das wohlige Gefühl, wie die Kälte durch ihren ganzen Körper kribbelte: vom Rückgrat bis in die Arme und in die Finger hinein. Mit einer lässigen Handbewegung schoss sie den Frost in Richtung der Trokés. Die Kältewelle explodierte mitten in der Herde. Sieben der Tiere fielen zitternd auf den von Frost überzogenen Boden und hauchten dort ihr Leben aus.

Die anderen Trokés schrien und traten sich in ihrer Panik gegenseitig um.

Ilke richtete ihren Blick kurz nach oben und erschrak: Die Schar gelber Augen auf der Felswand wurde ständig größer. Vorsichtig stieß sie Alak an und zeigte ihm mit dem Finger, was sie eben entdeckt hatte. »Es sieht so aus, als ob sie sich zusammenrotten, um uns gesammelt anzugreifen«, flüsterte sie.

Alak nickte nur. Er war so angespannt, dass er in kleinen, kurzen Stößen atmete. Die Nackenhaare der Wölfe standen hoch wie steife Borsten, und die Tiere knurrten leise.

»Spürst du, dass jemand dich liebt, Alak?«, fragte die Stimme unvermittelt.

Der Elfenjunge verlor kurz die Fassung. Was sollte denn diese Frage – jetzt, in dieser Situation? Trotzdem antwortete er. »Ja«, sagte er und nickte.

»Wovor hast du dann Angst?«, fragte Kheiko. »Wenn du geliebt wirst, gibt dir das Stärke, und wenn du selbst liebst, macht dir das Mut … Zeig mir deinen Mut, Alak!«

Augenblicklich durchströmte den Elfenjungen eine Welle warmer Gefühle, die von all denen herrührten, die ihn liebten – für das, was, und dafür, wer er war.

»Wagst du es, dich von mir leiten zu lassen?«, fragte die Stimme leise, und Alak spürte, wie das Schwert seinen Arm zum Zucken brachte.

Ilke zuckte zusammen, als er sich mit einem

gewaltigen Kampfschrei den Trokés entgegenwarf. Sie blieb einen Augenblick wie gelähmt stehen, bevor sie ihrem Bruder mit angehaltenem Atem hinterherlief.

Alak schwang das Schwert wie ein Besessener – Ilke erkannte ihn kaum wieder; das war etwas anderes, als sie von dem Bruder gewohnt war.

Die Trokés wurden von dem plötzlichen Angriff so überrascht, dass Panik in ihren Reihen ausbrach, als die flammende Schwertklinge auf sie herunterraste: Sie trampelten sich auf der Flucht vor dem Schwert gegenseitig zu Boden und liefen dabei den Wölfen direkt vor die Lefzen. Die beiden Reittiere der Elfenzwillinge nahmen die scharfen Krallen und die Bisse der kleinen Monster in ihrem Blutrausch nicht einmal wahr und rissen sie in Stücke.

»Pass auf!«, rief Ilke.

Im nächsten Augenblick schoss eine Kältewelle direkt über Alaks Kopf hinweg. Er konnte sich gerade noch zur Seite werfen, dann explodierte der Frost mitten in einer Meute angreifender Trokés. Die Tiere schrien vor Schmerz und wälzten sich dann von der Felswand herunter. Es sah aus, als ob sich der Fels bewegte.

Als die Dunkelheit langsam der Sonne Platz machte, war die Schar der Trokés kleiner geworden. Sie griffen die Kinder nur noch halbherzig an, weil ihnen offenbar die Ideen ausgingen, wie sie Alak und Ilke überwältigen könnten.

Alak spürte ein gewaltiges Herzklopfen und hatte vor lauter Erschöpfung Mühe, den blutigen Schwertgriff festzuhalten, und auch Ilke fühlte, dass der Kältestrom nicht mehr mühelos durch sie hindurchfloss, sondern nur noch matt flackerte wie ein ausgehendes Feuer. Erschöpft sah sie sich um und wurde angesichts der zahllosen Troké-Leichen tieftraurig. Auf einen Schlag fühlte sie sich nicht länger stark und voller Leben; es schien ihr vielmehr, als würde der Tod auf sie lauern und sie schwächen.

Alak ging es nicht viel besser: Sein rechter Arm, der Kheiko getragen hatte, verweigerte ihm von einem Moment zum nächsten die Kontrolle. Ein furchtsamer Blick in alle vier Himmelsrichtungen brachte jedoch Erleichterung: Die Trokés hatten sich unbemerkt zurückgezogen, waren die Felswände hochgeklettert und im Gestrüpp verschwunden.

Dankbar fiel Ilke auf die Knie und sog die Wärme der Sonne gierig in sich auf. Nach und nach schmolz der Frost um sie herum und wurde zu Wasser, das ihr über Gesicht und Kleider lief.

Angesichts der gebannten Gefahr ließ Alak den Schwertgriff los, wobei die weiße Flamme augenblicklich erlosch. Seufzend stand der Elfenjunge auf, ging zu Ilke und setzte sich neben seine Schwester. »Wie geht es dir?«, fragte er atemlos.

»Ich weiß nicht«, antwortete sie und verbarg ihr Gesicht in den Händen. »Ich fühle mich wie tot. Es ist geradeso, als ob das Leben nur eine kurze Pause gewesen wäre.«

Alak legte seine Arme um Ilke und schaute sich um. Auch ihn berührten die vielen toten Tiere.

»Mir geht es genauso«, flüsterte er. »Für mich fühlt es sich nicht an, als ob wir gerade den Kampf gegen unsere Angreifer gewonnen hätten, sondern wie eine Schlacht, die wir schlecht geschlagen und deshalb verloren haben.«

Er vergrub sein Gesicht in Ilkes Haar und seufzte. Ilke begann leise zu weinen.

Erst als das Geräusch von Vogelschwingen die Stille durchbrach, schauten die Geschwister wieder auf. Die weißen Adler landeten ein Stück entfernt von ihnen, falteten ihre

Schwingen und begannen in Seelenruhe, das Fleisch der toten Trokés zu fressen.

Alak erhob sich und wollte sie wegjagen, doch Ilke hielt ihn zurück.

»Sie fressen nur das, was wir getötet haben. Du kannst es ihnen nicht anlasten. So geht es zu in der Natur«, sagte sie leise.

Alak atmete schwer, als er über Ilkes Worte nachdachte. Sie hatte recht. Zum Weitergrübeln hatte er jedoch keine Zeit, denn eine nasse Schnauze rieb sich zärtlich an seiner Hand und zwei große, braune Augen sahen ihn bittend an. Das Fell seines Wolfs war blutig, doch es sah nicht so aus, als sei er schwer verletzt worden.

»Ich glaube, die Wölfe wollen weg von hier«, sagte Ilke und erhob sich.

Alak nickte. »Das kann ich gut verstehen.«

Als sich die Elfenzwillinge auf die Wolfrücken setzten und langsam loszureiten begannen, ließen die Adler von den Troké-Kadavern ab und schwangen sich in die Luft. Wie weiße Wolken glitten sie graziös über den wolkenlosen Himmel und wiesen den beiden den Weg aus dem Labyrinth.

Wieder vereint

Eben war die Sonne über dem Hebal-Gebirge aufgegangen. Scha-Ra und seine Reisegefährten hatten am Abend zuvor den Chur-Fluss überquert, der in den Chur-See mündete, bevor er weiter zum Meer floss. Am Waldrand hatten sie ihr Lager aufgeschlagen und waren bald zu Bett gegangen, denn heute hatten sie einen anstrengenden Tag vor sich: Sie wollten ins Akéres-Tal reisen, und es lag ein weiter und beschwerlicher Weg vor ihnen. Um die Chur-Stadt Ahuya zu umgehen, hatte Scha-Ra die Route in Richtung Westen gewählt. Sie führte über das Hebal-Gebirge und durch den Zheher-Wald, der besonders dunkel und undurchdringlich sein sollte. Die Stämme der groben Morath-Bäume sollten fast drei Meter dick sein, hatte Scha-Ra gelesen.

Im Akéres-Tal wollte Scha-Ra die vier Himmelsfürsten im Himmelsmonolithen treffen. Ein wenig graute ihm bei dieser Vorstellung, denn außer Azhel, dem ersten Zauberer, der den Auftrag bekommen hatte, das Buch der Prophezeiungen weiterzuführen, hatte sich niemand mehr zu ihnen gewagt. Azhel hatte die Himmelsfürsten damals um Hilfe gebeten, als der erste große Krieg gegen Tarkan bevorstand; nun wollte Scha-Ra um das Gleiche bitten.

Der alte Zauberer fühlte, dass der Kampf gegen Tarkan eine noch größere Gefahr darstellte, seit er das Buch der Prophezeiungen nicht länger bei sich hatte und es ihm nicht gelungen war, die Auserwählten zu beschützen. Und das, was er in Scherpas Prophezeiung gelesen hatte, machte ihn zusätzlich unruhig: Dem Buch zufolge, das er aus dem Turm in San-Alabar mitgenommen hatte, war Scherpa bereits als kleiner Junge von seinen Träumen gezwungen worden, das niederzuschreiben, was sie ihm allnächtlich vorspiegelten. Ein immer wiederkehrender Traum Scherpas war die Zerstörung des Himmelsmonolithen und die Ausrottung des Elfenvolkes.

Der Zauberer erhob sich von seinem Bett und blickte auf Azurs Lager. Der Terraqu war allerdings schon aufgestanden und tummelte sich höchstwahrscheinlich bei den Soldaten von Hauptmann Rathü. Seit den Ereignissen in San-Alabar genoss er großen Respekt unter ihnen, und sie nahmen sich seiner an. Azur wiederum hatte in jüngster Zeit großes Interesse für das Soldatenleben gezeigt und sich als würdiger Schüler erwiesen: Die Soldaten hatten ihm das Reiten beigebracht und ihn im Schwertkampf unterrichtet.

Scha-Ra warf sich einen langen schwarzen Umhang um, bevor er die Zeltplane beiseiteschob und ins Freie trat.

Hauptmann Rathü und seine Soldaten waren bereits dabei, die Zelte abzubauen und zusammenzupacken – doch so aufmerksam Scha-Ra auch suchte, er konnte Azur nicht bei ihnen entdecken.

Einer der Soldaten kam mit einer Schale warmen Honigweins angelaufen, als er den Zauberer vor seinem Zelt stehen sah. »Wir sind gleich zum Aufbruch bereit!«, sagte er und verbeugte sich tief.

»Und Azur?«, fragte Scha-Ra.

»Azur ist mit den Mekk-Soldaten kundschaften gegangen. Hauptmann Rathü hat sie heute früh ausgeschickt, um sicherzugehen, dass uns keine Überraschungen erwarten, wenn wir in Richtung Zheher weiterreiten.«

Scha-Ra nickte ernst. Die Soldaten, die Hauptmann Rathü Häuptling Emantucel mitgegeben hatte, waren gestern am Chur-Fluss wieder zu den anderen gestoßen. Emantucel hatte die Ahmele mit ihren Sachen und vierzig seiner besten Mekk-Krieger, gut bewaffnet, mitgeschickt. Azur war also in guten Händen – und der alte Zauberer sehr erleichtert.

»Hat er Angst wegen der Sage von den Skelettrittern, die sich in den Höhlen des Zheher-Waldes aufhalten?«, erkundigte sich Scha-Ra.

»Er will kein Risiko eingehen«, antwortete der Soldat ausweichend.

»Ihr habt einen vernünftigen Hauptmann!«, sagte Scha-Ra und nippte an dem heißen Honigwein. »Ich pack schnell zusammen, dann bin ich zur Abreise bereit. Danke für den Honigwein!«

Wieder verneigte sich der Soldat, und Scha-Ra verschwand in seinem Zelt, in Gedanken versunken. Vor unzähligen Jahren, als er als junger Mann vom Winterland weggesegelt war und in Aldra umherwanderte, war Scha-Ra auf eine Meute Skelettritter gestoßen. Er hatte sie zwar nur aus weiter Entfernung gesehen, doch seit diesem Tag wusste er, dass die Sage von den bleichgelben Rittern mehr als nur eine Spukgeschichte war. Sosehr dem alten Zauberer auch graute bei der Vorstellung, ihnen nun Auge in Auge zu begegnen – er fürchtete den Chur-Fürsten mehr als die Skelettritter. Deshalb hatte er auch die Route am Zheher-Wald vorbei ins Akéres-Tal gewählt, statt Ahuya zu passieren, die Stadt der Schurtokks.

Scha-Ra runzelte die Stirn, stellte die Schale ab und begann zu packen. Dabei stieß er auch auf den Umhang aus zartem Flor, den Ilke von den Luftpropheten bekommen hatte. Seufzend vergrub er seinen Kopf darin und spürte den Geruch der beiden Elfenkinder. Es war, als stünden sie direkt vor ihm. Unwillkürlich füllten sich seine Augen mit Tränen. Schnell faltete er den Umhang zusammen und legte ihn in einen braunen Ledersack, der knirschte, wenn man ihn zusammendrückte.

Alaks Wanderstock stand gegen die mittlere Zeltstange gelehnt, die das Zelt abstützte. Scha-Ra zog ihn langsam aus der Lederscheide, die Alak bekommen hatte, als sie El-Elem verließen. Auch vor dem Stock verweilte der Zauberer lange. Traurig betrachtete er die Muster, mit denen Alman ihn verziert hatte, und wünschte sich nichts mehr, als dass Alak und Ilke jetzt durch den Zelteingang kämen. Er vermisste die beiden mehr, als er sagen konnte. Seit die beiden Kinder verschwunden waren und Arul nicht mehr lebte, erschien ihm sein Leben sinnlos.

Scha-Ra begann, seine Kleider zu falten und zu verpacken. Der Verlust Aruls war fast einfacher zu tragen, ging ihm durch den Kopf: Der Winterbär war tot, das war schrecklich, aber eine Gewissheit. Die Ungewissheit, was aus den Elfenkindern geworden war, war unendlich viel schwerer zu ertragen. Jeden Abend, wenn er die Augen schloss, hatte er denselben Albtraum: dass Alak und Ilke etwas Schlimmes zugestoßen war.

Azur gelang es ganz gut, ihn zu trösten, indem er Scha-Ra immer wieder davon erzählte, was er zusammen mit den Elfenkindern erlebt hatte. Scha-Ra bewunderte den Terraqu für seine Geduld und Ausdauer mit seiner ewigen Trauer: Er wurde nie müde, ihm die immer gleichen Geschichten von Alak und Ilke zu erzählen, um ihn aufzumuntern.

Die Sonne blendete Scha-Ra, als Azur die Zeltplane aufriss und zu ihm hineingestürmt kam.

»Scha-Ra, das musst du sehen!«, rief der Meermann aufgeregt und hüpfte von einem Bein auf das andere.

»Was ist?«

»Du musst mitkommen! Jetzt gleich!«

Scha-Ra folgte Azur aus dem Zelt. »Was willst du mir zeigen?«, fragte Scha-Ra und schaute den Terraqu fragend an, der bis über beide Ohren strahlte.

»Sie sind zurück!«, rief er jubelnd.

Scha-Ra spähte ungeduldig über den spiegelblanken Chur-See in die Richtung, in die Azur zeigte. Er sah zwei weiße Adler. »Wer ist zurück?«, fragte er ungeduldig. »Mach es nicht so spannend!«

»Alak und Ilke!«, flüsterte Azur. Die Stimme versagte ihm vor Glück.

Als der alte Zauberer aus der Ferne mehrere Gestalten auf sich zureiten sah, traute er seinen Augen kaum. »Das ist unmöglich!«, flüsterte er und spürte, wie die Beine unter ihm nachgaben. »Bist du dir ganz sicher?«

Der Meermann nickte selig. »Ganz sicher«, sagte er.

Scha-Ra beobachtete, wie die Gruppe stehen blieb, als die Soldaten sie erreichten, und wie sie alle zusammen eine der Gestalten auf ein Pferd hoben. Sie schien leblos, und Scha-Ra spürte einen Stich im Herzen: Wenn bloß den Kindern nichts passiert ist!, dachte er aufgeregt.

Endlich kamen die Soldaten mit ihrer Last angeprescht. Die Pferde wieherten laut, als sie zum Stehen kamen.

Scha-Ra stürzte auf sie zu und seufzte erleichtert auf, als er sah, dass der Bewusstlose weder Alak noch Ilke war.

»Sie sind die ganze Nacht geritten«, sagte der Soldat, auf dessen Pferd Melka gelagert war, hob den verletzten Wolfsritter vorsichtig vom Sattel und legte ihn ins Gras. »Er ist schwer verletzt und braucht Pflege, wenn er überleben soll«, fügte er besorgt hinzu.

Scha-Ra setzte sich neben Melka. »Hol den Krug mit Salbe, der gleich neben meiner Rüstung steht!«, bat er Azur, der sofort losrannte.

Inzwischen entfernte der Zauberer den blutdurchtränkten Verband und untersuchte Melkas Wunden. Er war so vertieft in seine Arbeit, dass er gar nicht bemerkte, wie Alak und Ilke hinter ihm ihre Wölfe zum Stehen brachten, absprangen und zu ihm gerannt kamen. Die beiden verhielten sich ganz still und schauten zu, wie Scha-Ra eine dünne Schicht Salbe über die Wunden strich. Augenblicklich schloss sich das Fleisch, und es bildete sich frische, rosige Haut.

»Ist das die Salbe, die wir von den Luftpropheten bekommen haben?«, fragte Ilke staunend.

Scha-Ra drehte sich um und schaute sie mit Tränen in den Augen an. »Ja!«, sagte er leise und erhob sich.

Bevor er noch mehr sagen konnte, hatten sich Alak und Ilke um seinen Hals geworfen.

Sie hielten sich eng umschlungen und weinten vor Freude.

»Ich habe es doch immer gesagt, die ganze Zeit!«, lächelte Azur und spürte, wie auch ihm die Tränen über das Gesicht liefen. »Alak und Ilke werden zurückkommen – das habe ich immer wieder gesagt.«

»Ist das der Zauberer Scha-Ra?«, fragte Millian Ponjak, als sie ins Lager geritten kamen.

Der Wolfsritter lächelte und nickte.

»Ich finde, er sieht aus wie ein alter Mann. Ich dachte, er wäre ein bisschen … magischer«, sagte sie enttäuscht.

»Das darfst du ihm nie ins Gesicht sagen, dass er alt aussieht, meine ich!«, lachte Ponjak.

»Lasst euch anschauen!«, sagte Scha-Ra selig, hielt die Zwillinge ein Stück von sich weg und kniff die Augen zusammen. Liebevoll sah er sie an und lächelte unter Tränen. »Ihr seid so groß geworden!«, murmelte der Zauberer. »Es ist so lange her …«

»Fast ein Jahr, Scha-Ra!«, sagte der Meermann leise, der hinter die drei getreten war.

»Azur!«, riefen Alak und Ilke im Chor.

Alak hob den Terraqu hoch und lachte aus voller Kehle.

»Es gibt so viel, worüber wir reden müssen«, sagte Scha-Ra und wurde still. Die Freude über das Wiedersehen mit den Kindern konnte das Traurige leider nicht ganz aus dem Gedächtnis löschen.

»Wir haben es gehört, Scha-Ra!«, flüsterte Alak und umarmte ihn. »Wir haben gehört, dass Arul tot ist.«

Der alte Zauberer drückte die Elfenkinder fester an sich und begann leise zu weinen.

Hauptmann Rathü trat zu ihnen und räusperte sich.

Scha-Ra versuchte, ihn anzublicken, doch dem Hauptmann war es peinlich, sie stören zu müssen, und er starrte deshalb auf den Boden.

»Was hältst du davon, wenn ich eine Gruppe Soldaten vorausschicke, damit sie eine Tagesreise von hier ein neues Lager aufschlagen?«, schlug er vor. »Oder möchtest du lieber noch eine Weile hierbleiben?«

»Es wäre schön, wenn wir mit der Abreise bis morgen früh warten könnten«, sagte Scha-Ra und lächelte Rathü an. »Aber schick deine Soldaten ruhig voraus, dann müssen wir morgen Abend keine Zelte aufschlagen.«

Hauptmann Rathü salutierte lächelnd und ging rasch zurück zu seinen Soldaten.

Scha-Ra schloss die Augen und sog den Geruch der beiden Elfenkinder in sich auf. Von diesem Duft hatte er so lange geträumt – dass die Wirklichkeit aber noch schöner als seine Träume würde, hätte er nicht für möglich gehalten.

Sie standen noch immer auf der grünen Ebene und hielten sich umarmt. Keiner von ihnen sagte etwas – sie fühlten nur die Nähe der anderen, lauschten dem Atem ihrer Liebsten, der sie wie eine Liebkosung umwogte, und den schlagenden Herzen.

Unterdessen bewegte sich die Sonne unverdrossen weiter über den Himmel, um allem Lebenden neues Leben einzugeben, ihnen einen Grund zu geben, groß zu werden, sich zu ernähren und die Schönheit des Lebens zu sehen.

Die Wiedergeburt

Die Sonne brannte ihnen im Nacken. Scha-Ra ging den Elfenzwillingen ruhig voraus zum Ochsenkarren, der neben ein paar Bäumen am Rande des Lagers stand. Er wollte ihnen vor allem anderen Arul zeigen und Alak und Ilke die Möglichkeit geben, sich in Ruhe von dem toten Winterbären zu verabschieden. All die vielen Fragen, die er ihnen stellen wollte, mussten warten. Das hier war wichtiger.

Nachdem er die Decke von dem Leichnam entfernt hatte, nahm Scha-Ra Alak und Ilke an den Händen und drückte sie sanft.

Ilke lehnte ihren Kopf an die Hüfte des alten Zauberers und schaute zu ihm hoch. »Er sieht aus, als ob er schlafe!«, flüsterte sie.

Scha-Ra nickte und spürte, wie ihm eine Träne über die Wange lief. Er fand es seltsam, dass er noch weinen konnte, so oft, wie er im zurückliegenden Jahr geweint hatte.

Alak blieb stumm. Er konnte nicht begreifen, dass das Arul war, der so still vor ihm auf dem Ochsenkarren lag. Der Wind fuhr sanft durch den weißen Pelz, und es sah aus, als ob die weißen Haare tanzten und davon träumten, am Leben zu sein.

»Er ist nicht tot, solange wir uns an ihn erinnern und er in uns weiterleben kann!«, sagte er leise.

Scha-Ra zog den Elfenjungen liebevoll an sich und strich ihm über den Kopf.

»Er soll, wenn wir nach Altfjerd kommen, eine schöne Beerdigung bekommen – eines Königs würdig!«, sagte der Zauberer bestimmt und lächelte die Zwillinge traurig an.

»War er wirklich der Winterprinz?«, fragte Ilke.

»Ja!«, antwortete Scha-Ra. »Der letzte Winterprinz.«

»Hatte er keine Geschwister?«, wunderte sich Alak.

»Nein, er war der letzte in der Geschlechterfolge der Könige des Schneereiches. Mit ihm bricht die Linie ab.«

Ilke beugte sich nach vorn und strich mit der Hand über Aruls weißen Pelz. Sie klang heiser, als sie mehr zu sich als zu den anderen flüsterte: »Aber hat die Prophezeiung nicht gesagt, dass wir den Prinzen des Schneereiches reiten sollen? Arul war doch ein Teil der Prophezeiung!«

»Kommt, Kinder, lasst uns gehen«, sagte

Scha-Ra und führte die Elfenzwillinge sanft in Richtung Lager. Alak und Ilke tappten hinter ihm her, sahen sich jedoch immer wieder nach Arul um, der ruhig und friedlich auf dem Ochsenkarren lag. Sonnenlicht fiel durch das Laub der Bäume über ihm und tanzte fröhlich um den Winterprinzen herum.

Scha-Ra hatte etwas zu essen aufgetragen und eine große Flasche mit süßem Fenris-Tee in die Mitte gestellt.

»Ich habe keinen Hunger!«, sagte Ilke und schob das Brot weg, das der alte Zauberer ihr reichte.

»Versuche wenigstens etwas zu essen!«, sagte Scha-Ra und nickte ihr aufmunternd zu.

Ilke nahm eine Scheibe und kaute widerwillig. Doch erst beim dritten Bissen merkte sie, wie gut ihr das Brot tat und wie hungrig sie eigentlich war. Beherzt nahm Ilke ein großes Stück von dem getrockneten Fleisch und schob es sich in den Mund.

»Du hattest doch Hunger, nicht wahr?«, lächelte Scha-Ra. »Ich konnte es dir ansehen!«

Alak hingegen ließ sich nicht bitten: Als Erstes trank er in großen Schlucken von dem kalten Tee und wischte sich dann mit dem Ärmel den Mund ab.

»Wisst ihr, es ist viel passiert, während ihr weg wart!«, begann Scha-Ra, als die Zwillinge gesättigt waren.

Weiter konnte er jedoch nicht sprechen. Dem alten Zauberer fehlten die Worte – irgendwie schien das, was er sagen wollte, irgendwo zwischen dem Herzen und dem Mund stecken geblieben zu sein.

»Was möchtest du uns denn sagen?«, fragte Alak.

Scha-Ra holte tief Luft, bevor er mit gesenktem Kopf beichtete: »Ich habe *Phenomena,* das Buch der Prophezeiungen, verloren!«

Die Elfenkinder zwinkerten einander schelmisch zu.

»Ich dachte, du hättest gesagt, dass du es gar nicht verlieren *kannst*!«, sagte Alak ernst.

»Ich weiß, dass ich das gesagt habe«, seufzte Scha-Ra. »Ich weiß …«

»Du hast uns versichert, dass das Buch so eng zu dir gehöre wie die Kleider, die du auf dem Leib trägst«, fuhr Alak fort und sah Scha-Ra böse an.

Der Zauberer schaute ihn mit einer Mischung aus Scham und Stolz, dass er alles Gelernte so gut behalten hatte, an. »Du erinnerst dich also, wie ich dir erzählt habe, dass die Prophezeiung tausend Jahre lang in Vergessenheit geraten wird, wenn das Buch abhandenkommt?«, fragte er den Elfenjungen.

Ilke warf ihrem Bruder einen scharfen Blick zu, der sagte: Übertreib es jetzt bloß nicht!

Alak verstand ihren Wink und hielt den alten Zauberer nicht länger zum Narren. Lächelnd zog er das schwere Buch aus seiner Tasche und reichte es Scha-Ra.

Dieser hielt vor Verwunderung die Luft an und saß einfach nur stumm und sprachlos da, den Blick immer auf die beiden Kinder gerichtet. Dann nahm er das Buch mit zitternden Händen entgegen und legte es sich auf den Schoß.

»Wie …?«, begann er und fuhr mit der Hand ehrfurchtsvoll über das magische Auge auf dem Umschlag, das ihn keck anblinzelte.

Und dann ging alles ganz schnell: Blauer Nebel stieg aus dem Buch empor und formte in der Luft ein Meilenzeichen. Scha-Ra berührte es leicht mit der Hand, sodass es seine Form veränderte. Daraufhin erschien eine Reihe Meilenzeichen vor ihnen, bevor der Verschluss des Buches aufsprang und es sich wie von Geisterhand öffnete.

Der Zauberer schaute die Elfenkinder misstrauisch an. »Wie habt ihr die *Phenomena* in euren Besitz bekommen?«

Ilke nahm die Blume heraus, die sie unter der Jacke getragen hatte. »Der, der es uns gegeben hat, sagte, dass du diese auch bekommen sollst. Und dass du weißt, was das alles zu bedeuten hat«, richtete sie dem alten Zauberer aus.

Scha-Ra sah verwundert auf die taufrische weiße Blume, die Ilke ihm in die Hand legte.

»Eine Cardia!«, murmelte er. »Die wuchs vor langer, langer Zeit einmal in Aldra. Seit Jahrhunderten hat sie niemand mehr gesehen.«

»Ich soll dir Grüße bestellen …« Sie hielt inne und dachte konzentriert nach.

»Von jemandem ohne Herz …«, sagte Alak ihr mit leiser Stimme vor.

»Ja, ja, nun erinnere ich mich«, strahlte Ilke und lächelte unschuldig. »Jemand ohne Herz hat keine Träume und jemand, der keine Träume hat, keinen Glauben. Und derjenige, …«

»… der keinen Glauben hat, kennt auch keinen Weg, auf dem er gehen könnte«, unterbrach sie Scha-Ra und nickte eifrig.

»Ja! Woher wusstest du das?«, fragte Ilke verwundert.

Scha-Ra sah sie lange an. Dann öffnete er die *Phenomena*. Zu Ilkes und Alaks Erstaunen prangte auf der Titelseite eine Zeichnung der weißen Blume. Unter der Zeichnung stand das, was Ilke gerade gesagt hatte.

Die Zwillinge sahen den Zauberer fragend an.

»Das Buch beginnt mit diesen Worten«, erklärte Scha-Ra und deutete nickend auf die Meilenzeichen. »Mit diesen Worten sammelte einst König Weha die Zauberer um Azhel, um das Buch seinem Ende zuzuführen. – Und nun sag bitte: Wer hat mir das Buch geschickt? … Und diese Blume?«

»Er sagte, du würdest es verstehen«, sagte Alak.

Scha-Ra schüttelte den Kopf und kratzte sich die Stirn.

»Aber das ist unmöglich!«, sagte er schließlich.

»Was genau ist unmöglich?«, hakte Alak nach.

»Dass ihr König Weha getroffen habt«, antwortete Scha-Ra und sah den Elfenkindern direkt in die Augen.

Alak und Ilke verzogen ihre Gesichter zu einem breiten Grinsen.

»Ihr seid ganz unglaublich!«, gab sich Scha-Ra geschlagen und fügte neugierig hinzu: »Habt ihr ihn eigentlich in der anderen Welt getroffen?«

»Auf Tellus heißt er Sir Thomas und ist Schriftsteller. Er hat Millian mit uns geschickt«, sagte Alak und zog das Buch hervor, das er von König Weha bekommen hatte.

»Millian? Heißt sie so?«, lächelte Scha-Ra. »Ich konnte sie noch gar nicht richtig begrüßen, aber sie sieht wie ein nettes Mädchen aus.«

»Sie ist wirklich toll«, sagte Ilke eifrig. »Sie kann selbst die glattesten Felswände hochklettern. Und sie ist erst sechzehn, obwohl sie eigentlich schon viele Hundert Jahre alt ist.«

»249 Jahre, um genau zu sein«, ergänzte Alak trocken.

Der Zauberer lächelte und schüttelte ungläubig den Kopf. »König Weha – schreibt Bücher?«

»Ja, und außerdem ist er noch Bibliothekar!«, sagte Ilke.

»Bibliothekar?«, wiederholte Scha-Ra und blätterte in dem Buch, das ihm Alak gegeben hatte.

»Das habe ich auch zu ihm gesagt«, lächelte Ilke. »Aber weißt du, was er da geantwortet hat?«

Der Zauberer schüttelte den Kopf.

»Dass man durch Schreiben und Lesen große Dinge vollbringen kann.«

»Das ist wohl richtig«, sagte Scha-Ra ernst.

»Das Buch heißt ›Erzählungen von König Artus und den Rittern der Tafelrunde‹«, erklärte Alak. »Es handelt von einem Jungen, der ein Zauberschwert findet und König wird. König Weha hat mir vorn ins Buch eine Widmung geschrieben.«

Alak nahm sich noch mehr von dem süßen Tee, trank zwei Schlucke und wollte schon fortfahren mit seiner Erzählung, doch Ilke war schneller.

»Wenn wir die Widmung nicht gehabt hätten, hätten wir Kheiko niemals gefunden!«, sprudelte es aus ihr heraus. »Oh, und dann haben wir uns im Merwihl-Gebirge in einem riesigen Labyrinth verirrt.«

»Hast du das Schwert geholt?«, fragte Scha-Ra verwundert und sah erst Ilke und dann Alak an.

Der Elfenjunge zog den blutigen Schwertgriff aus seiner Tasche und legte ihn vor sich auf den Teppich.

Scha-Ra starrte ihn lange an, bevor er ihn aufnahm und den Griff gründlich untersuchte.

»Du hast einmal zu mir gesagt, dass das Schwert zuerst einmal keine Waffe sei«, sagte Alak, »doch ich habe noch nie so viel Blut und Tod erlebt wie mit ihm.«

Der alte Zauberer riss einen Büschel Gras aus dem Boden und versuchte, das angetrocknete Blut vom Griff zu entfernen.

»Ich erinnere mich, dass ich das zu dir gesagt habe, als wir aus El-Elem wegsegelten«, antwortete er dann. »Aber ich habe auch gesagt, dass wir manchmal Dinge tun müssen, die wir nicht tun wollen. Jemanden zu töten ist nichts, das man mögen muss.«

»Ich mochte es jedenfalls nicht!«, sagte Alak leise.

»Niemandem von uns hat das Spaß gemacht!«, pflichtete Ilke ihm bei und sagte leise: »Ich konnte meine Kräfte zum ersten Mal in vollem Ausmaß einsetzen – und das hätte mir eigentlich viel Spaß machen sollen. Stattdessen fühlte ich aber nur einen riesigen Schmerz.«

»Wollt ihr darüber sprechen?«, fragte Scha-Ra.

»Vielleicht später«, antwortete Alak. »Ich muss dir erst noch etwas Wichtiges sagen.«

»Ja natürlich!«

»Ich muss nach Murem, ins Drachengebirge, und Panthelum das Auge des Parados geben«, sagte Alak.

»Aber du hast den Stein ja nicht einmal«, wandte Ilke ein. »König Weha hat ihn.«

Alak schaute seine Schwester eindringlich

an. »König Weha hat es mir ausdrücklich befohlen.«

»Aber …«, begann Ilke noch einmal.

»Alak hat recht!«, unterbrach sie Scha-Ra. »Wenn König Weha das gesagt hat, dann sollte Alak den Weg zu Panthelum auf sich nehmen. Egal, ob er das Auge des Parados nun bei sich hat oder nicht. Wir reisen alle gemeinsam, es liegt in Richtung Altfjerd.«

Scha-Ra erhob sich und schaute über den Chur-See. Der Wind kräuselte die Oberfläche. Er sah Millian gemeinsam mit Azur, Ponjak und Melka umhergehen, eifrig in ein Gespräch vertieft.

»Es sieht aus, als ob die Salbe, die ihr von den Luftpropheten bekommen habt, bei Melka gut gewirkt hat. Er ist schon auf und läuft herum«, sagte der alte Zauberer lächelnd.

Die Elfenkinder eilten an seine Seite.

»Es sieht aus, als ob sie angeln gehen«, sagte Alak.

»Wollen wir mitgehen?«, fragte Scha-Ra. »Das wäre für mich eine gute Gelegenheit, eure Freundin ein wenig besser kennenzulernen.«

Alak und Ilke strahlten. Eine Angeltour war jetzt genau das Richtige.

»O ja, kommt schnell!«, rief der Elfenjunge begeistert und stürmte los.

Auf dem Weg redeten die Zwillinge ohne Punkt und Komma, fielen sich gegenseitig ins Wort und übertrafen einander mit lebhaften Beschreibungen ihrer Erlebnisse.

Scha-Ra hörte lächelnd zu.

In der Nacht schlief Alak unruhig und wurde immer wieder wach. Nicht einmal die heiße Milch mit Honig, die Scha-Ra ihm brachte, hatte geholfen. Seufzend schob er die Decke beiseite und ging leise zum Zelteingang, um die anderen nicht zu wecken.

Schnell schlüpfte er in die Dunkelheit hinaus und atmete tief durch. Die Nacht war kühl, und das Wasser glitzerte im Mondlicht wie viele Tausend Edelsteine.

Alak setzte sich ans Ufer und dachte noch einmal über den Tag nach. Es war eine schöne Angeltour gewesen, und am besten hatte ihm gefallen, dass Millian Scha-Ra zum Lachen gebracht hatte.

Sie ist so ganz anders als Ilke, dachte er, und dann sind sie sich auch wieder so ähnlich …

Alak hob die Hand zum Gruß, als eine der Wachen mit erhobener Fackel auf ihn zukam, um zu sehen, wer sich hier draußen herumtrieb.

»Kannst du nicht schlafen?«, fragte der Soldat leise.

Alak nickte und ließ den Blick weiter schweifen. Drüben bei den Bäumen stand der Ochsenkarren. Einer plötzlichen Eingebung folgend erhob sich der Elfenjunge und ging zu dem toten Winterbären.

Aruls weißer Pelz funkelte im Mondlicht, und Alak konnte nicht anders: Er streichelte den breiten, flachen Kopf seines Bärenfreundes und betrachtete ihn wehmütig. Der Elfenjunge konnte sich einfach nicht an den Gedanken gewöhnen, dass Arul seine schwere Tatze nicht mehr um seine Schultern legen und er seinen Atem oder seine tiefe, beruhigende Stimme nie mehr hören würde. Seufzend legte Alak seinen Kopf gegen den Kopf des Eisbären und schloss die Augen.

Er wusste nicht, wie lange er da gestanden hatte, doch ein Geräusch riss ihn aus seiner Trauer. Erschrocken drehte Alak sich um.

Am Waldrand war ein Reiter aufgetaucht. Sein Umhang wogte im Wind, und das Pferd schüttelte die Mähne.

Plötzlich schien die Luft viel kühler, und Alak wich instinktiv ein Stück zurück. Alle Muskeln in seinem Körper waren gespannt, und der Elfenjunge war bereit wegzulaufen, als er sah, wie die Gestalt ihm zuwinkte.

Diese freundliche und friedfertige Geste brachte Alak vollständig aus dem Konzept, und er hielt inne. Selbst als der Reiter auf ihn zukam, blieb er stehen.

»Kannst du nicht schlafen, Alak?«, fragte die Gestalt freundlich und stieg vom Pferd.

Der Elfenzwilling erkannte die Stimme sofort: Das war König Weha. Jauchzend lief er auf ihn zu und warf sich ihm um den Hals. »Ich dachte schon, ich würde dich nie wiedersehen«, rief er.

»Nun enttäuschst du mich aber!«, lächelte Weha. »Solltest du nicht den hier für mich bei Panthelum abgeben?«

In der Hand hielt er das Auge des Parados. Der Kristall glühte in der Dunkelheit und war fast noch schöner als das letzte Mal, als Alak ihn gesehen hatte.

»Ist das der Winterbär Arul?«, fragte Weha und ging zu dem Ochsenkarren.

»Ja!«, antwortete Alak traurig. »Er starb, während wir in deiner Welt waren.«

»Hat Scha-Ra dir die Geschichte vom Auge des Parados erzählt?«

»Nein! Er sagte nur, dass in der *Phenomena* nicht so viel davon steht und dass er das, was er darüber weiß, von seinem Lehrer Arkin als Märchen erzählt bekommen hat.«

König Weha lächelte Alak an. »Dann musst du ihn dazu bringen, euch einige dieser Märchen vorzulesen. Als er damals Scherpas Prophezeiung aus San-Alabar geholt hat, hat er nämlich auch ein Märchenbuch mitgenommen.«

»Was will er denn mit Scherpas Prophezeiung? Sollen nicht die Prophezeiungen aus der *Phenomena* in Erfüllung gehen?«, fragte Alak.

König Weha lachte. »Der alte Zauberer wollte wohl nur Scherpa und Tarkan etwas in die Karten gucken.«

Dann wurde er ernst und hielt ihm das Auge des Parados hin. »Bevor ich dir den Stein gebe, möchte ich dir etwas erzählen«, sagte Weha. »Erinnerst du dich, wie ich zu dir und Ilke sagte, dass ihr Gratia wärt?«

»Ja!«, antwortete Alak und nickte eifrig.

»Und dass Scha-Ra alles verstehen würde, was er früher nicht verstanden hat?«

Alak wand sich, er verstand nicht ganz, worauf König Weha hinauswollte. »Scha-Ra hat nicht ganz verstanden, was du damit gemeint hast, als du sagtest, dass jemand, der keinen Glauben hat, auch keinen Weg weiß, auf dem er gehen könnte.«

»Er wird es mit der Zeit verstehen, aber das ist jetzt nicht so wichtig. Lass Scha-Ra das für sich selbst herausfinden!«, riet Weha. »Jetzt höre mir aber gut zu: Nachdem ich die drei Türme verschlossen hatte, überließ ich die Verantwortung für die drei Steine Panthelum, der Mutter der Drachen, dem Fürsten des Schneereiches und Gruthul, dem Häuptling der Elfen.«

»Dem Häuptling der Elfen?«

König Weha nickte. »Du und Ilke, ihr seid direkte Nachkommen von Gruthul. Deshalb verbrennt euch das Auge des Parados auch nicht die Hände, wenn ihr den Kristall berührt. Scha-Ra wird bald verstehen, dass du der weiße Fürst bist, von dem die Prophezeiung in der *Phenomena* spricht. Doch vorher muss der Krieg bei Gredom geführt werden.«

»Der weiße Fürst?«, sagte Alak verwundert.

»Ich habe es auch nicht sofort begriffen, doch jetzt bin ich mir sicher: Du bist der weiße Gratia, dessen Kommen in der *Phenomena* prophezeit wurde.«

»Und Ilke?«

»Ihre Gratia wird sich offenbaren, wenn ihr nach Altfjerd kommt.«

Alak schaute auf den Stein, der in einem intensiven Rot glühte. Auf einmal wirkte er anders auf ihn, so als ob er ein Teil von ihm geworden wäre.

»In der *Phenomena* steht, dass das Auge des Parados Leben spenden wird, solange ein gutes Herz darüber wacht«, fuhr Weha fort.

»... Und deshalb soll ich Panthelum das Auge geben«, vollendete Alak den Gedanken, »damit sie wieder zum Leben erwacht, nicht wahr?«

»Ja!«, antwortete der König. »Du sollst nach Murem reisen und das Auge vor sie hinlegen. Das wird sie wieder lebendig machen.«

»Und die anderen Steine?«, fragte Alak.

»Weil ihr die Auserwählten seid, wird eure nächste Aufgabe sein, sie zu finden«, antwortete Weha. »Aber ich sehe schwarze Wolken am Horizont. Sei also auf der Hut, Alak! Pass gut auf deine Schwester auf, wenn ihr ins Winterland reist!«

»Vor was oder wem sollen wir auf der Hut sein?« Alak wurde ängstlich.

»Das kann ich nicht sehen, aber die Gefahr droht dir von jemandem, von dem du es am wenigsten erwartest. Mehr kann ich nicht sagen.« Aufmunternd strich König Weha über Alaks blonden Haarschopf und lächelte ihm zu.

»Wir werden dich stolz auf uns machen,

König Weha!«, versprach Alak, obwohl ihm ein wenig mulmig war bei dem Gedanken, so viel Verantwortung tragen zu müssen.

»Das ist schön!«, sagte König Weha mit einem Nicken. »Nur noch eine Sache, bevor ich weitermuss: Arul war der letzte Winterprinz, das wisst ihr, oder? Er war der letzte Nachkomme von König Polaris.«

Alak nickte.

Darauf legte König Weha das Auge des Parados zwischen die Tatzen des Winterbären. »Das Auge des Parados wird einem guten Herzen, das über es wacht, Leben spenden«, sagte er, wandte sich um und bestieg sein Pferd.

»Pass gut auf dich auf!«, sagte er zum Abschied; dann ritt er davon.

Als es in dem Ochsenkarren knackte und er sich umschaute, erschrak Alak fast zu Tode. Wie gelähmt sah der Elfenjunge den Winterbären an, der sich vor seinen Augen erhob und sich erstaunt umblickte.

»Scha-Ra! Ilke!«, rief Alak, so laut er konnte, und wagte vor lauter Aufregung nicht, sich zu bewegen. Er konnte nicht glauben, was er sah.

Scha-Ra kam schlaftrunken aus dem Zelt gestürzt und sah den schwarzen Ritter gerade noch zwischen den Bäumen verschwinden.

»Alak!«, schrie er und rannte zu dem Elfenjungen. »Ist dir etwas passiert? Und wer war der Reiter?«

Von dem Geschrei erwachte das gesamte Lager, und die Männer stürzten aus den Zelten.

Alak blickte Scha-Ra verwundert an. »Hast du ihn etwa gesehen? Das war König Weha!«

»Warum machst du solchen Lärm?«, fragte Arul mit rauer Stimme. »Ich habe solche Kopfschmerzen, dass ich keinen klaren Gedanken fassen kann.«

Beim Klang von Aruls Stimme fuhr Scha-Ra herum und stolperte beinahe über seine eigenen Füße. »Arul!«, flüsterte er – zu mehr war er in diesem Moment nicht fähig. Er starrte mit dem Rest des Lagers gebannt auf den Winterbären, der da quicklebendig vor ihnen saß.

»Arul!« Ilke sprang auf den Karren und schlang ihre Arme um ihn.

»Vorsicht!«, sagte der Winterbär. »Mir tut der Kopf weh, und ich habe Hunger!«

Scha-Ra griff nach der Eisbärentatze und drückte sie fest. »Ich verstehe das nicht«, murmelte er, strahlte jedoch über das ganze Gesicht.

»Was ist das?«, fragte Arul und hielt das Auge des Parados hoch. Es leuchtete im Dunkel der Nacht.

Scha-Ra schaute zu Alak.

»Es wird Leben spenden, solange ein gutes Herz darüber wacht!«, wiederholte Alak die Worte König Wehas.

»Der Reiter?«, fragte der alte Zauberer.

Alak nickte. »Ich habe dir doch erzählt, dass das König Weha war!«

Der Winterbär klammerte sich an Ilke, als er vorsichtig und ein wenig tapsig von dem Ochsenkarren kletterte.

»Hast *du* mir diesen harten Karren zum Schlafen gegeben?«, fragte er Scha-Ra mit vorwurfsvollem Ton. »Weißt du denn nicht, dass ich auf so einer unbequemen Unterlage Rückenschmerzen bekommen kann?«

Scha-Ra schüttelte den Kopf und lachte, laut und lange.

Arul schaute sich um. »Wo bin ich?«, fragte er und sah die Zwillinge und den alten Zauberer skeptisch an. »Was ist hier überhaupt los?«

»Wenn du gegessen hast, erzähle ich dir alles«, versprach Scha-Ra und bahnte für sich, den Winterbären und die Zwillinge einen Weg durch die Menge.

»Kommst du, Alak?«, rief Ilke ihrem Bruder aufgeregt zu und trippelte hinter Scha-Ra und Arul her.

»Ich komm gleich!«, sagte der Elfenjunge und griff nach dem Auge des Parados, das Arul auf dem Ochsenkarren abgelegt hatte.

Alak blieb noch lange stehen und blickte nachdenklich in die Richtung, in der König Weha verschwunden war. Der Wald war schwarz und undurchdringlich und doch schien es, als ob die Sonne langsam zwischen den Bäumen emporzusteigen begann und die Dämmerung heller und friedlicher machte.

Alak lächelte und betrachtete die rote Kugel, die er in seinen Händen hielt. Es fühlte sich an, als ob ihm das Leben eine neue Chance gegeben hätte.

Der Sinn des Lebens war, sinnvoll zu leben – und heute spürte Alak zum ersten Mal, dass sein Leben Sinn hatte.

Zheher
ebal-Gebirge
Akel
Ahuya
Chur-See
Mihraschaha
Werdad
Zheher-Wald
Merwihl-Gebirge
Greschih-Pass
Chanihsa
Lethara
Gebirgspass Ughi
Lupusta
San-Alabar
Gebirgs

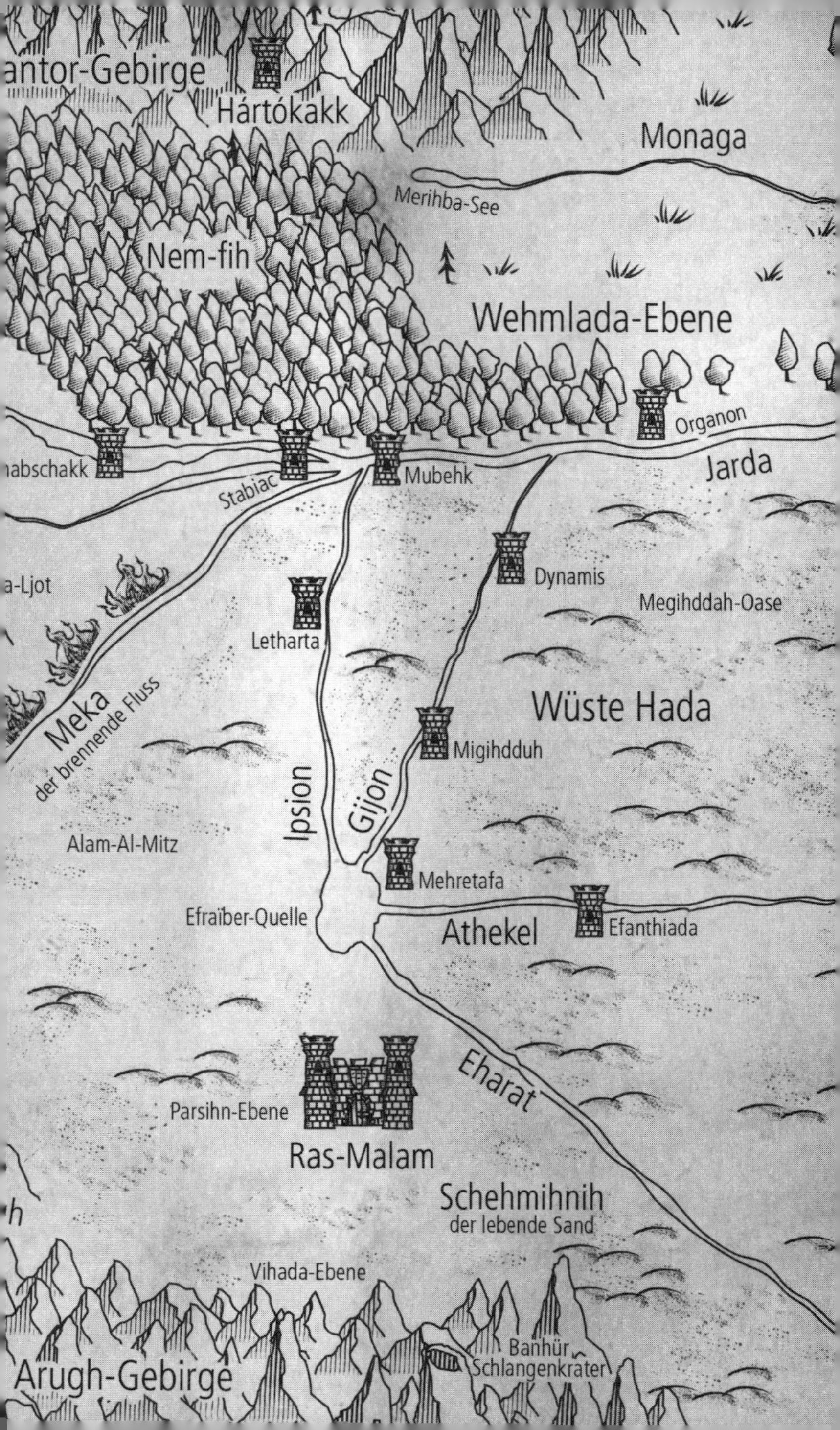

antor-Gebirge
Hártókakk
Monaga
Merihba-See
Nem-fih
Wehmlada-Ebene
Organon
habschakk
Stabiac
Mubehk
Jarda
Dynamis
a-Ljot
Megihddah-Oase
Letharta
Meka
der brennende Fluss
Wüste Hada
Migihdduh
Ipsion
Gijon
Alam-Al-Mitz
Mehretafa
Efraïber-Quelle
Athekel
Efanthiada
Eharat
Parsihn-Ebene
Ras-Malam
Schehmihnih
der lebende Sand
Vihada-Ebene
Banhür
Schlangenkrater
Arugh-Gebirge